KAREN
AU CŒUR DE LA NUIT

SUSAN R. SLOAN

KAREN AU CŒUR DE LA NUIT

BELFOND

Titre original :
Guilt by Association
publié par Warner Books, Inc., New York

Traduit de l'américain par Arlette Stroumza

Ce livre est une œuvre de fiction. Les noms, les personnages, les lieux et les faits sont fictifs ou utilisés fictivement. Toute ressemblance avec des personnes, des événements ou des endroits existant ou ayant existé serait pure coïncidence.

ISBN : 2-266-07316-8

Pour Pamela, qui m'aida depuis le début et me donna le courage de commencer.

Et pour Virginia, qui jamais ne cessa de croire en moi.

Je sais qu'elle sourit.

REMERCIEMENTS

Je serais plus qu'ingrate si je ne remerciais pas certaines des personnes qui ont permis que ce livre existe.

Tout d'abord le lieutenant Mike Pera et le sergent Angela Martin, de la police de San Francisco, Division des agressions sexuelles et membres du Centre de traitement du viol de cette même ville, qui m'ont fait part de leur précieuse expérience.

J'exprime ma sincère reconnaissance au Dr Susan Pendergrass pour m'avoir apporté ses connaissances, à Susan E. Klein pour ses recherches et ses observations, ainsi qu'à Janine Asch et à l'équipe de la bibliothèque de Half Moon Bay, Californie, pour leur aide.

J'ai eu la chance que mon agent, Esther Newberg, le soit déjà en 1978 et que mon éditeur, Jamie Raab, ait eu le talent qui est le sien.

Une pensée émue pour Linda Stenn, qui m'a tant apporté, pour Howard Schage, qui m'a soutenue sans relâche, et pour mon petit groupe de lecteurs, qui m'a empêchée d'interrompre mon travail quand j'en eus la tentation.

Enfin, ma très profonde gratitude à Sally Sondheim, pour sa foi en moi et son œil d'aigle.

REMERCIEMENTS

Je serais plus qu'ingrate si je ne remerciais pas certaines des personnes qui ont permis que ce livre existe.

Tout d'abord le lieutenant Mike Pera et le sergent Angela Martin, de la police de San Francisco, Division des agressions sexuelles et membres du Centre de traitement du viol de cette même ville, qui m'ont fait part de leur précieuse expérience.

J'exprime ma sincère reconnaissance au Dr Susan Pendergrass pour m'avoir apporté ses connaissances; à Susan E. Klein pour ses recherches et ses observations, ainsi qu'à Janine Asch et à l'équipe de la bibliothèque de Half Moon Bay, Californie, pour leur aide.

J'ai eu la chance que mon agent, Esther Newberg, le soit déjà en 1978 et que mon éditeur, Jamie Raab, ait eu le talent qui est le sien.

Une pensée émue pour Linda Stein, qui m'a tant apporté, pour Howard Schage, qui m'a soutenue sans relâche, et pour mon petit groupe de lecteurs, qui m'a empêchée d'interrompre mon travail quand j'en eus la tentation.

Enfin, ma très profonde gratitude à Sally Sondheim, pour sa foi en moi et son œil d'aigle.

22 décembre 1962

Il faisait froid. Ce froid intense, aigu et pénétrant, propre à la ville de New York en hiver. Quelques flocons de neige avaient saupoudré les trottoirs et blanchi les toits avant d'être soufflés, comme d'un revers de main. Si peu de chose que les gens se demandaient s'ils n'avaient pas rêvé.

À trois jours de Noël, le seul mot qui semblât approprié pour décrire Manhattan était « morne ». La température tournait autour de zéro et d'épais nuages cachaient le ciel, maussades le jour, menaçants la nuit.

D'ordinaire, Margaret Westfield dormait plus tard le samedi matin. Ce jour-là, pourtant, elle était non seulement réveillée mais habillée et prête à sortir. Le magasin de prêt-à-porter de la Septième Avenue où elle travaillait comme aide-comptable lui avait accordé une semaine de congé, et elle en profitait pour aller passer les fêtes avec ses parents, à Rhode Island. Avant d'installer Brandy, son retriever doré, sur le siège arrière de sa Coccinelle, elle voulait le faire courir dans Central Park. Sinon, il ne supporterait pas les trois heures de voyage jusqu'à Providence.

Il fallait être très riche ou très fou pour posséder

une voiture à Manhattan, Margaret le savait, mais son père avait négligé ses protestations.

« C'est ma façon à moi d'être sûr que tu pourras toujours revenir à la maison », lui avait-il dit en lui tendant les clés.

Il n'ignorait pas qu'elle partait pour New York afin de s'éloigner de sa famille ou, plutôt, pour lui éviter la gêne d'avoir une fille non mariée, à trente-trois ans, la seule célibataire parmi ses huit frères et sœurs. Mais il n'avait aucune intention de l'abandonner à son sort.

« Si ça roule bien, nous arriverons à temps pour déjeuner », dit-elle à Brandy en traversant la Cinquième Avenue pour entrer dans le parc.

À cette heure matinale, la plupart des New-Yorkais se reposaient encore, et Margaret était seule avec son chien sur le sentier qui menait au bord du petit lac. Elle fit quelques pas puis s'arrêta et détacha le chien. Le retriever bondit en avant et disparut bientôt.

Margaret tira son bonnet de laine sur ses courts cheveux bruns, boutonna étroitement son caban sur sa silhouette trapue et le suivit distraitement. Elle n'éprouvait pas la moindre inquiétude. Ils prenaient chaque jour le même chemin et elle savait que Brandy ne dépasserait pas East Drive, où il s'assiérait, la langue pendante, en remuant la queue, et l'attendrait. Ils entameraient alors leur jeu favori : elle lancerait la vieille balle de tennis qu'elle avait toujours dans sa poche et il se précipiterait pour la lui rapporter. Même en hiver, il n'hésitait jamais à plonger joyeusement dans l'eau glaciale du lac. Mais, lorsqu'elle arriva au croisement, le chien n'était nulle part en vue.

« Brandy ! appela-t-elle. Brandy ! Reviens, mon vieux ! On n'a pas le temps de traîner. »

Pas de réponse. Margaret fronça les sourcils en scrutant la route dans la faible lueur de l'aube. Le retriever avait quatre ans, et il était impeccablement dressé. Il lui obéissait au doigt et à l'œil, et exécutait ses ordres avant même qu'elle ait eu le temps de terminer sa phrase. En outre, son petit déjeuner et son dîner mis à part, leur jeu matinal était ce qu'il préférait au monde.

Margaret traversa la route et poursuivit son chemin en direction du lac, regardant de tous côtés et appelant son chien tous les quinze ou vingt pas. Elle avait dépassé le hangar à bateaux lorsqu'elle entendit un faible gémissement.

« Brandy, où es-tu ? » cria-t-elle.

Un bref aboiement lui répondit enfin, provenant de quelque part à droite. Margaret aperçut un étroit sentier sinueux et s'y engagea rapidement. Elle fit une centaine de mètres au pas de course. Les aboiements semblaient de plus en plus proches. Elle déboucha enfin sur une sorte de clairière. Le chien, dont on ne voyait que la croupe, était à une dizaine de mètres, à moitié enfoui dans des buissons.

« Brandy, sors de là ! »

Margaret espérait qu'il n'avait pas chassé un petit animal du parc. Il ne l'avait jamais fait auparavant, mais il y a un début à tout.

Le retriever se tourna un instant vers elle, aboya une fois encore et enfouit à nouveau sa gueule dans les buissons sans faire mine de lui obéir. Margaret était stupéfaite. Le chien ne s'était jamais conduit comme cela. En soupirant, elle prit en main la laisse qu'elle avait mise en bandoulière et s'approcha.

Elle se rendit alors compte que son chien fouillait les branchages, ou déterrait quelque chose qui paraissait l'intéresser au plus haut point. Or, elle lui avait toujours strictement interdit de manger ce qu'il trouvait.

« Non, Brandy ! ordonna-t-elle, à une distance d'environ cinq mètres. Ne touche pas à ça ! »

Parvenue à trois mètres de l'animal, Margaret se figea sur place. Un pied humain, chaussé d'un escarpin de satin noir, se détachait dans la lumière blafarde. L'aide-comptable hoqueta. À moitié caché sous les buissons, il y avait un corps de femme. Ses vêtements étaient lacérés, et sa peau, striée de vilaines blessures, était bleuie par le froid. Couché sur elle, Brandy lui léchait le visage.

« Mon Dieu », murmura Margaret, terrorisée, en avançant d'un pas hésitant.

Le visage de la jeune fille était enflé et maculé de sang séché. D'horribles traces violettes marbraient son cou. La position d'une de ses jambes n'était pas normale, mais Margaret ne le remarqua pas. Bien qu'elle fût certaine que la jeune fille était morte, elle rassembla son courage, posa ses doigts sur sa gorge et sentit une très légère pulsation.

« Elle est vivante, Brandy ! Elle n'est pas morte, elle vit encore ! Il faut faire quelque chose ! » La jeune femme s'efforçait de reprendre ses esprits. « Tu as raison, tiens-lui chaud ! C'est ça ! il faut la réchauffer. »

Elle arracha son caban et le posa sur la partie du corps que le chien ne recouvrait pas. Comment savoir depuis combien de temps la jeune fille était étendue là ? Comment savoir si elle n'était pas en train de mourir de froid ? Il faisait tellement glacial ! En quelques secondes sans manteau, elle-même s'était mise à grelotter.

« Reste là, Brandy. Je vais chercher du secours. »

Stimulée par le froid, Margaret courut aussi vite qu'elle en était capable le long du chemin sinueux, traversa East Drive et parvint enfin sur la Cinquième Avenue. Il n'y aurait pas encore beaucoup de circulation, à cette heure-ci, mais elle espérait tout de même trouver quelqu'un. Elle se posta au milieu de la rue et arrêta la première voiture.

« Qu'est-ce qui vous prend, ma petite dame ? s'écria le chauffeur de taxi en colère qui freina brusquement. Vous voulez nous tuer tous les deux ?

— Au secours, je vous en prie, aidez-moi ! Il y a une femme, là. Je crois qu'on l'a battue, elle est à moitié morte de froid. Je vous en supplie, allez chercher un médecin, la police, n'importe qui !

— D'accord, d'accord, ma petite dame, dit le chauffeur d'une voix adoucie. Calmez-vous. Il y a un poste de police au coin. Expliquez-moi où je les emmène.

— Par là, dit Margaret en lui montrant la direction, dans les buissons.

— D'accord. Ils trouveront, je suppose. » L'homme sortit une couverture de sa voiture et la tendit à Margaret. « Prenez déjà ça. Elle n'est pas très chaude, mais ce sera mieux que rien. Je vais chercher de l'aide. »

Margaret prit la couverture et rebroussa chemin jusqu'à la clairière et les buissons d'où son chien n'avait pas bougé.

« Il faut la réchauffer encore un moment, Brandy, dit-elle. Jusqu'à ce que les secours arrivent. »

Elle sautilla sur place pour conserver le peu de chaleur qu'elle avait emmagasiné en courant. Margaret n'avait pas le courage de s'approcher de la jeune fille. La seule pensée du sang la rendait malade ; cependant, elle lutta contre une nausée tenace, rampa dans les buissons, se coucha tout près de la jeune fille et s'enroula avec elle et Brandy dans la couverture. Le chien protesta un peu, mais ne bougea pas.

Les feuilles mortes dégageaient une puanteur horrible. Margaret ferma les yeux et avala sa salive. Il lui fallait trouver quelque chose à quoi penser, quelque chose qui lui ferait oublier le froid et l'odeur et le sang. Pourquoi pas l'arbre de Noël que ses parents décoreraient ce soir ?

Elle ignorait si la jeune fille qu'elle tenait entre ses bras pouvait l'entendre, mais elle se mit à parler à haute voix, à décrire l'arbre et sa famille, à raconter les moments heureux qu'ils avaient partagés tout au long des années. Un souvenir en amenait un autre, qu'elle égrenait d'une voix douce.

Ils restèrent ainsi pendant presque une demi-heure — la jeune fille, la femme et le chien — jusqu'à ce que le chauffeur de taxi fît irruption dans la clairière avec un policier et deux médecins en blouse blanche.

Première partie

1962

Nous ne croyons le mal que quand il est venu.

Jean de La Fontaine

1

Décidant soudain de se rendre à pied jusque chez Jill Hartman, qui habitait dans le West Side, Karen Kern sortit du métro à Columbus Circle.

C'était l'heure où, dans les entreprises qui seraient fermées lundi, se terminaient les pots de Noël. Les chauffeurs de taxi, irritables et frigorifiés, se frayaient péniblement un chemin sur le rond-point embouteillé, à grands coups de klaxon impératifs. Les officiers de l'Armée du Salut, engoncés dans leurs uniformes rouges, agitaient frénétiquement leurs cloches à chaque coin de rue. Une odeur tenace de châtaignes grillées flottait dans l'air.

La neige ne manquait pas à Karen. Elle venait d'arriver d'Ithaca, où il en était tombé presque un mètre en quarante-huit heures, bloquant la circulation, provoquant des accidents, annulant les cours de la Cornell University, où elle était inscrite en premier cycle. Le froid ne la gênait pas non plus, bien que le manteau de cachemire noir dans lequel elle était étroitement enveloppée ne la protégeât pas réellement.

Karen évita les taxis, donna une pièce à l'Armée du Salut et dépassa en souriant des groupes de secrétaires légèrement éméchées avant de prendre vers le nord, le long de Central Park. En ce 21 décembre 1962, elle était jeune, en bonne santé, et ne s'était jamais sentie aussi heureuse.

La lumière glauque de l'éclairage urbain laissait deviner un visage trop long, un nez trop petit et des pommettes trop hautes pour répondre aux canons de la beauté classique. Mais ses cheveux foncés, coiffés à la Jackie Kennedy, brillaient, ses yeux gris-bleu étincelaient et deux fossettes impertinentes encadraient ses lèvres pleines. Avec ses escarpins de satin noir, sa fine silhouette semblait flotter sur le trottoir.

À l'immense consternation de sa mère, la jeune fille n'avait pas été admise à Radcliffe, où elle aurait eu l'occasion de fréquenter les jeunes gens de Harvard, ni à Smith ou à Mount Holyoke, qui n'étaient qu'à un jet de pierre de Yale. Mais Karen était enchantée de son choix : elle adorait Cornell, son décor de carte postale, son campus gothique et son atmosphère bon enfant. En outre, comme son père y avait fait ses études de dentiste, sa mère ne put que s'incliner sans protester davantage.

« Ne perds pas ton temps avec les étudiants de première année, lui avait conseillé Beverly Kern. Concentre-toi sur les jeunes gens des cycles professionnels. »

Karen avait vaguement essayé de suivre ces objurgations pendant un petit mois ; elle savait que, dans le milieu de sa mère, on mesurait la réussite au nombre de médecins, de dentistes ou, pour le moins, d'avocats, que l'on prenait dans ses filets. Les jeunes gens étaient activement encouragés à s'engager dans ces filières et tout parent d'une fille à marier aspirait à en harponner un pour en faire le gendre idéal. Mais Karen rencontra Peter Bauer, et les exhortations maternelles lui sortirent complètement de la tête.

Il lui suffisait d'évoquer le futur ingénieur pour

que se creusent ses fossettes et qu'une vague de chaleur lui réchauffe le cœur, en dépit du froid glacial. En réalité, elle pensait rarement à autre chose. Les deux jeunes gens se fréquentaient régulièrement depuis deux ans et avaient résolu de se fiancer officiellement au printemps. Cet engagement délicieusement romantique avait donné lieu à une cérémonie traditionnelle à l'université : debout sur le perron du pavillon des filles, entourée de ses amies au grand complet, elle avait écouté la sérénade offerte par les camarades de Peter. Puis il avait accroché l'épinglette de sa fraternité sur son chandail en angora rose. Et Karen avait eu l'impression d'être la jeune fille la plus heureuse du monde.

Elle aurait tant voulu que Peter soit avec elle ! Mais il passait Noël en famille, à Bangor, dans le Maine, et elle ne le verrait pas pendant toute une semaine. Un gros soupir lui échappa.

Malgré la déception de sa mère, Peter représentait l'idéal auquel Karen avait toujours aspiré : un esprit vif, une nature généreuse, des cheveux couleur de sable, des yeux bruns et des lèvres douces qui ne demandaient qu'à sourire.

« Nous nous rattraperons au Nouvel An, lui avait-il dit en lui faisant ses adieux sur le quai de la gare d'Ithaca. On se retrouve le 30. »

Plus que neuf jours, songea Karen en souriant, elle qui aurait pourtant tellement aimé afficher son bonheur lors de la soirée de Jill et Andy Hartman.

Elle tourna dans la 77e Rue Ouest.

Karen avait vécu son enfance à Great Neck, une banlieue chic de Long Island Sound, à une demi-heure seulement de Manhattan. Mais la jeune fille n'avait pas envisagé une seconde de rester en ville à Noël. Pour qu'elle s'y résolve, il avait fallu que sa meilleure amie donne une soirée. Jill était revenue de sa première année d'université à Northwestern, Chicago, avec cinq kilos de trop et enceinte de deux mois.

Quelle histoire ! Jill désespérée, ses parents s'efforçant en vain de faire bonne figure, Andy obligé d'interrompre ses vacances à l'étranger, la confusion était à son comble. Mais personne n'avait souhaité recourir à un quelconque boucher clandestin. On avait préféré antidater de six mois un mariage civil célébré à la sauvette. Le père de Jill, un célèbre avocat new-yorkais, avait usé de ses relations pour inscrire Andy à la faculté de droit de l'université de Columbia. Et, naturellement, Jill avait arrêté ses études.

Karen pouvait aisément imaginer l'effet d'une telle nouvelle sur ses propres parents. Il lui suffisait de penser aux imprécations et aux lamentations de sa mère, et son estomac se révulsait. Elle remercia silencieusement Peter, qui, malgré quelques tentatives d'aller plus loin, sur le siège arrière de sa Pontiac verte et après avoir bu quelques bières, n'avait jamais poursuivi son avantage.

Peut-être était-ce désormais démodé, mais Karen accordait de la valeur à la virginité et se préservait pour sa nuit de noces. Et sa mère n'avait pas manqué de la prévenir contre les risques de la promiscuité.

« Les hommes sortent volontiers avec des filles faciles, mais ils épousent des vierges, martelait Beverly Kern avec obstination. Dans un magasin, irais-tu payer le prix fort pour une marchandise d'occasion ? »

Et Karen devait bien avouer que non.

« Imagine, continuait sa mère, Dieu nous en préserve, que tu sois enceinte ! Nous ne pourrions plus jamais marcher la tête haute. Toutes les langues de la ville se déchaîneraient ! »

À l'idée de l'humiliation qu'elle ferait subir à sa famille, Karen gardait la tête froide. Chaque fois qu'elle avait bu un peu trop de bière sur le siège arrière de la Pontiac, une petite voix, qui ressemblait à celle de sa mère, murmurait inlassablement à son oreille. Elle l'aidait à s'en tenir à sa résolution, et à croiser énergiquement les jambes.

Karen avait de la peine pour Jill, qui avait dû quitter l'université, se marier en cachette et qui allait avoir un bébé alors qu'elle était à peine sortie de l'adolescence. Jill, Karen le savait, désirait aller passer un an à Paris après avoir terminé ses études, vivre dans un petit studio de la Rive gauche, et peindre des versions surréalistes de la tour Eiffel en compagnie d'artistes venus du monde entier.

Karen ne nourrissait pas de telles ambitions. Elle étudiait la littérature, mais sans projet de carrière. En fin de compte, elle ne rêvait que d'une chose : se marier et avoir beaucoup d'enfants. Surtout depuis qu'elle connaissait Peter. Pour prosaïque et vieux jeu que pût paraître cet objectif, c'était le sien et elle attendait avec impatience le jour où retentirait la marche nuptiale dans la nef, et où elle commencerait sa nouvelle vie.

À Cornell, Karen avait rencontré plusieurs filles qui envisageaient de faire carrière après avoir obtenu leurs diplômes, mais sa mère avait toujours considéré avec mépris l'idée même de vocation chez les filles. Le travail était réservé, selon elle, à de pauvres jeunes veuves ou à des filles incapables de conclure un beau mariage.

Pis encore, Beverly Kern était persuadée que si un jeune homme comme Andy Hartman, séduisant et de bonne famille, se voyait contraint à épouser Jill pour des raisons de convenances, il divorcerait à la première occasion, même si la vie de la jeune femme devait s'en trouver irrémédiablement gâchée.

Peu après vingt heures Karen parvint au coin de West End Avenue et de la 77e Rue. L'immeuble de brique qui dressait ses douze étages devant elle avait connu des jours meilleurs, comme tant d'autres à Manhattan.

Un portier en livrée marron la fit entrer dans un hall aux lumières tamisées, dont le décor semblait copié sur celui du château de Versailles.

« Enfin ! s'exclama Jill Hartman après que l'ascenseur eut déposé Karen sur le palier et qu'elle eut trouvé la porte G. Je commençais à me dire que tu avais changé d'avis, et que tu ne viendrais pas.

— Tu me connais trop bien pour imaginer que je me priverais d'une telle fête ! » dit Karen en riant.

Jill était enceinte de huit mois. En dépit des circonstances, elle paraissait radieuse. Ses cheveux chatoyaient, ses yeux brillaient. Cette soirée était son apothéose avant l'entrée en scène du bébé.

« Viens, s'écria-t-elle. Il y a une flopée de types plus séduisants les uns que les autres qui t'empêcheront de te languir de Peter. Ce soir seulement, bien entendu. Je te les présenterais volontiers, mais en fait ce sont surtout des amis d'Andy, et je les connais à peine. » Elle prit le manteau et le sac de son invitée, et s'éloigna dans un couloir. « Saute dans la mêlée, lança-t-elle par-dessus son épaule. N'aie pas peur. »

Karen éclata de rire : elle était d'un naturel ouvert et chaleureux, et pas le moins du monde timide. Elle fit bouffer ses cheveux, lissa sa jupe et regarda tout autour d'elle. L'appartement était splendide : de grandes pièces hautes de plafond, aux superbes moulures, des rideaux de velours aux fenêtres qui donnaient sur l'Hudson River, de précieux parquets ou de profondes moquettes.

Les Hartman n'avaient pas craint le contraste : ils avaient choisi des meubles danois modernes, un bar à une extrémité du salon et des canapés confortables à l'autre. Un buffet somptueux était dressé sur une longue table devant les fenêtres de la salle à manger. La voix rauque de Nat King Cole sortait d'une hi-fi sophistiquée, installée par Andy.

La foule des invités se partageait équitablement entre le bar et le buffet. Karen ne buvait pas beaucoup, elle se dirigea donc vers la salle à manger où elle se composait une assiette avec du poulet, des crevettes au curry et des salades que Jill avait dû mettre un mois à préparer lorsque quelqu'un la bouscula, et qu'elle sentit une haleine chaude lui chatouiller la nuque.

« Vous venez sûrement d'arriver, murmurait une voix douce, sinon je vous aurais remarquée. »

Surprise, Karen renversa un peu de mayonnaise sur sa robe du soir préférée.

« En effet, je viens d'arriver, répondit-elle courtoisement alors qu'elle avait plutôt envie d'enfoncer son talon aiguille dans le pied de l'inconnu, mais pour l'instant vous voudrez bien m'excuser. »

Elle posa son assiette sur la table et sans lui jeter un seul regard se précipita dans la salle de bains pour évaluer les dégâts. Consternée, Karen, debout devant un grand miroir, contempla la tache de graisse sur le coûteux satin de sa robe.

« Oh, zut ! s'exclama-t-elle en s'emparant d'une serviette.

— Que se passe-t-il ? » demanda Jill, sur le pas de la porte.

Karen se retourna en soupirant.

« Dieux du ciel !

— Un aspirant don juan m'a murmuré des sottises à l'oreille au moment où je me servais de la salade de pâtes.

— Je vais te chercher un détachant. »

Jill disparut et revint un instant plus tard. Comment fait-elle pour se déplacer aussi vite dans son état ? s'interrogea Karen en voyant son amie brandir une boîte de poudre blanchâtre dont elle saupoudra généreusement le satin noir.

« Qui est-ce qui t'a parlé à l'oreille ? s'enquit Jill.

— Je ne sais pas, dit Karen. Je n'ai pas pris le temps de demander une présentation dans les règles.

— Va voir, suggéra Jill lorsque le détachant eut presque effacé la tache. Et renverse-lui de la sauce cocktail sur sa chemise.

— Bonne idée », s'écria Karen dans un éclat de rire. Mais au lieu de se rendre au buffet elle se dirigea vers le bar où elle prit une bouteille de bière.

« Je suis navré pour votre robe, dit la voix derrière elle. Je suis tout disposé à la remplacer.

— Aucune importance, répliqua Karen en souriant, et en se demandant si la bière causerait autant de dégâts que la sauce cocktail. C'est presque parti. Un bon nettoyage, et il n'y paraîtra plus. Mais je vous remercie de votre proposition. »

Elle se retourna et plongea dans deux yeux couleur d'aigue-marine si extraordinaires que le reste du visage ne lui laissa qu'une impression très vague.

« C'est une très jolie robe », dit-il et Karen eut l'impression que le regard vert d'eau se posait sur son corps et le parcourait de haut en bas.

« Mille mercis, mon gentil sire, rétorqua-t-elle d'un ton léger.

— Je m'appelle Bob », dit-il avec un sourire qui éclaira son visage. Un très beau visage, d'ailleurs, aux sourcils droits et aux cils épais, avec un nez très fin, une mâchoire carrée et une bouche bien dessinée. Un petit grain de beauté noir sur la joue droite en brisait la perfection, mais il lui allait parfaitement. Les cheveux sombres et abondants étaient sans doute trop bouclés au goût de Bob, si l'on en jugeait par la quantité de brillantine qu'il utilisait.

« Karen, dit-elle à son tour.

— Karen, répéta-t-il comme s'il caressait le prénom. Eh bien, Karen, vous êtes incontestablement la plus jolie femme de toute cette assistance. »

C'était une flatterie convenue bien sûr, une réplique de comédien, mais il avait l'air tellement sincère en la disant qu'elle sentit un petit frisson courir le long de sa colonne vertébrale. Bob était plus grand que Peter, qui était loin d'être petit. Des heures et des heures sur les courts de tennis avaient façonné la silhouette élancée de Peter, alors que Bob était large d'épaules, et musclé comme un joueur de football. Elle remarqua le pli impeccable de son pantalon, les boutons de manchettes en or qui dépassaient légèrement sous les manches de son blazer bleu marine, sa simple cravate rayée, et ses chaussures étincelantes.

Il était manifestement content de lui, mais Karen connaissait ce genre d'hommes et elle n'eut pas le sentiment qu'elle trahirait Peter en laissant ce séduisant inconnu lui adresser un ou deux compliments.

« Votre goût est excellent », dit-elle en souriant.

Il cogna son verre de whisky contre le verre de bière de Karen : « À notre rencontre », trinqua-t-il d'une voix douce.

Karen ne se sentait jamais mieux qu'au milieu d'une nombreuse assemblée. Elle allait et venait d'un groupe à l'autre avec tant d'aisance qu'un de ses professeurs avait un jour fait observer qu'elle serait l'épouse idéale pour un homme politique ambitieux.

Elle se mêla à une conversation sur la crise de Cuba, discuta sur James Meredith et les droits civiques, et donna son avis sur l'avenir d'un groupe de quatre musiciens chevelus originaires de Liverpool, qui avait pris le nom d'un insecte.

Tout le monde se sentait bien et en sécurité, la soirée se déroulait sans accrocs.

Karen aurait volontiers passé un moment avec certaines des personnes avec qui elle nouait connaissance, mais Bob ne la quittait pas d'une semelle. Il se chargeait des boissons, abreuvant Karen de grands verres de bière, et lui prépara une mixture à sa façon, sans l'en avertir. La jeune fille fit une petite grimace en dégustant un mélange de bière et de whisky, mais ne protesta pas. Bob était si séduisant et si attentionné qu'elle pouvait bien se prêter à un flirt sans lendemain ! En outre, les regards d'envie que lui jetaient certaines jeunes personnes la remplissaient d'un plaisir intense.

C'est juste pour ce soir, les filles, songeait-elle. Demain, il sera tout à vous.

Bob était un ami d'un ami d'un ex-camarade d'Andy à Northwestern. Il lui raconta qu'il était un pur produit californien, et avait fait ses études à Stanford.

« Des palmiers, le soleil et la tequila, résuma-t-il avec un soupir nostalgique. Une fête qui a duré quatre ans.

— J'en suis persuadée, s'exclama Karen en riant.

— Mais maintenant, je suis en droit à Harvard, maugréa-t-il. Et je bosse, je bosse, je bosse. On ne nous laisse aucun répit, vous savez. Quatorze heures par jour, sept jours sur sept. Me croiriez-vous si je vous disais que c'est ma première soirée en presque un an et demi ?

— Pauvre petit », le consola-t-elle. Encore un de ces avocats qui ferait bientôt un gendre de rêve.

« Je ne plaisante pas. Je suis arrivé de Cambridge avant-hier et je n'ai pas l'intention d'y retourner avant d'être rassasié.

— Bonne chance !

— Cornell n'est pas très loin de Harvard, vous savez, dit-il à un moment quelconque de la soirée, bien qu'il y eût plusieurs centaines de kilomètres entre Ithaca et Cambridge. Je pourrais venir vous voir un de ces jours. »

Elle faillit lui parler de Peter, puis se ravisa. Il ne s'agissait que de propos en l'air, qu'il ne fallait pas prendre au sérieux. En outre, la situation l'amusait trop pour qu'elle s'en privât déjà.

« Voyons, le taquina-t-elle. Dans un an et demi, alors ?

— Pour vous, je pourrais faire une exception », rétorqua-t-il sur le même ton, le visage éclairé d'un sourire couleur d'aigue-marine.

Karen ne vit pas le temps passer, et il fut bientôt deux heures. La soirée s'achevait, il ne restait qu'une douzaine d'invités qui erraient d'une pièce à l'autre en donnant l'impression qu'ils ne se rappelaient plus où ils étaient censés aller ensuite. Andy s'était enivré, il cuvait son alcool sur un des canapés du salon, et Jill rassemblait paresseusement les derniers vestiges de la fête.

« Je vais t'aider, proposa Karen.

— Non, je ne ferai rien ce soir, refusa son hôtesse. Juste empiler les restes au réfrigérateur. Le ménage attendra demain. Il est très tard. Ne veux-tu pas dormir ici ? Je te trouverai bien un divan.

— Je te remercie, mais je vais chez mon oncle et ma tante. »

Edna et Harry Kern habitaient dans la 76e Rue Est, de l'autre côté de Central Park. Karen occupait leur chambre d'amis chaque fois qu'elle passait la soirée en ville. C'était très pratique : elle y laissait des vêtements de rechange, un pyjama et une brosse à dents, et son oncle confiait une clé au portier pour que Karen pût rentrer sans les déranger.

« Tu ferais mieux d'y aller, alors, sinon tu ne trouveras pas de taxi.

— J'ai été ravie de vous connaître, dit Karen à Bob qui l'aidait à enfiler son manteau.

— Pourquoi nous quitter aussi tôt ? Allons boire un dernier verre quelque part.

— Merci infiniment, mais il est vraiment tard et j'ai un long chemin.

— Comment pourrais-je vous faire changer d'avis, insista-t-il.

— Vous ne le pourrez pas. J'habite chez des parents. Ce sont des gens qui ont des principes. Si je ne rentre pas bientôt, ils sont capables d'alerter la police. »

C'était un mensonge éhonté. Karen savait que son oncle et sa tante dormaient profondément mais lui, il l'ignorait. En d'autres occasions, peut-être aurait-elle accepté son invitation. Mais la soirée était terminée et Peter la rejoindrait dans quelques jours.

« Je vais tâcher de vous trouver un taxi, alors. Je ne voudrais pas que vous erriez toute seule dans les rues à cette heure-ci. »

Elle lui sourit, car il se conduisait vraiment gentiment. « Merci, dit-elle, mais le portier s'en occupera.

— Parfait. Mais vous ne m'empêcherez tout de même pas de prendre l'ascenseur avec vous ?

— D'accord. »

Ils firent leurs adieux et partirent. Lorsqu'ils arrivèrent dans le hall, le portier n'y était pas.

« Il est peut-être allé aux toilettes, suggéra Bob.

— Ou faire une petite pause-café », dit Karen.

Ils attendirent une dizaine de minutes, mais le portier ne revint pas.

« Allons chercher un taxi, dit Bob. Il m'en faut un aussi, de toute façon.

— Bon. »

Le temps avait nettement fraîchi. Ils prirent vers l'est, dépassèrent l'imposant bâtiment du musée d'Histoire naturelle et se dirigèrent vers Central Park. Les rues étaient désertes, le bruit de leurs pas résonnait dans l'obscurité, répercuté par les murs des immeubles.

En arrivant en bordure du parc, ils s'arrêtèrent sur le trottoir. Karen tapait des pieds et se frottait les mains pour avoir moins froid tandis que Bob scrutait la chaussée, à gauche et à droite.

« Il va en passer un tôt ou tard, dit-il.

— Avant que nous ne soyons morts de froid, j'espère », plaisanta Karen qui appréciait maintenant la chaleur que lui procurait l'alcool.

Ils patientèrent un quart d'heure.

« Marchons jusqu'à Columbus Circle, proposa Karen. Nous aurons plus de chance d'en trouver un.

— Et si nous traversions le parc ? » répliqua Bob.

Pour sa part, Karen ne l'aurait jamais envisagé. La nuit, le parc était considéré comme une zone très dangereuse.

« C'est très aimable à vous, dit-elle. Mais il n'est pas question que je vous fasse faire un tel détour.

— Mais si, voyons. Où habitent vos parents ?

— 76e Rue Est, entre Lexington et Park Avenue.

— Et moi, je vais dormir chez des amis au coin de la 74e Rue et de la Troisième Avenue, annonça Bob. Vous voyez, c'est presque mon chemin.

— Dans ce cas », dit Karen, un peu hésitante encore, mais qui n'avait aucune envie de le voir partir et la laisser toute seule. En outre, ce grand gaillard bien bâti était de taille à la protéger contre toute mauvaise rencontre. « Allons-y. »

Ils entrèrent dans Central Park et s'engagèrent sur les sentiers piétons. Bob la tenait solidement par le coude et la guidait : à droite, à gauche, sur un petit pont puis à droite à nouveau. Ils s'enfoncèrent si bien dans le parc qu'ils n'entendaient plus les bruits de la ville. Tout ici était sombre et calme. Aucune voix ne brisait le silence et la lune, cachée par les nuages bas, n'éclairait pas leur chemin. Des branches d'arbres dénudées leur griffaient parfois le visage, tels des doigts noirs et crochus.

« Où sommes-nous ? demanda Karen. J'ai perdu toute notion de l'orientation avec tous ces détours.

— Ne vous inquiétez pas, je connais le chemin. »

En effet, Bob la guidait comme s'il savait parfaitement où il allait et Karen, qui n'avait pas le choix, se laissait conduire. Elle se rappela qu'il avait prétendu venir de Californie et n'avoir pas quitté Harvard depuis un an et demi.

« Comment se fait-il que vous connaissiez si bien le parc ?

— Je suis arrivé par ici tout à l'heure. Mes amis m'ont indiqué la route.

— Ah ! murmura-t-elle.

— Faites-moi confiance, voyons », dit-il d'une voix chaude et amicale.

Ils continuèrent d'avancer. Le sentier rétrécissait, les buissons étaient de plus en plus touffus et la végétation plus abondante à chacun de leurs pas.

« Il fait si noir, dit Karen, que je ne sais même plus dans quelle direction nous allons.

— C'est facile. Vous entendez l'eau ? C'est le lac. Tant que l'eau est à notre droite, nous marchons vers l'est. »

Karen tendait l'oreille, mais sans parvenir à localiser l'origine du faible clapotement. Elle commença à regretter de n'avoir pas semé son chemin de miettes de pain, ou de petits cailloux.

« Vers la sortie de la 79e Rue ?

— Non. Ce chemin-là, je ne le connais pas. Nous allons vers la 76e.

— Espérons-le, dit Karen. Je grelotte.

— Froid? Mais il faut s'occuper de ça tout de suite, dit-il en ouvrant son grand manteau dont il les enveloppa tous les deux étroitement. Vous vous sentez mieux, maintenant? »

La chaleur de son corps lui faisait du bien, mais il la tenait trop serrée à son goût.

« Ça ira, dit Karen en essayant de se dégager. Nous ne devons plus être très loin. » Mais Bob ne la lâchait pas.

« Ne soyez pas bête! Que diraient vos parents si je leur ramenais un bloc de glace?

— Mais...

— De plus, ajouta-t-il d'une voix devenue rauque, c'est très agréable. »

Karen l'interrompit poliment mais fermement. « Merci infiniment, mais je préférerais que vous me lâchiez, à présent.

— Et si je ne voulais pas? » la taquina-t-il en la serrant un peu plus fort.

Malgré la morsure du froid, Karen ressentit un frisson d'appréhension.

« Écoutez-moi, dit-elle en choisissant soigneusement ses mots. Vous êtes très gentil, mais je ne veux pas que vous vous fassiez des illusions sur moi. Je suis fiancée. Je vais me marier. »

Karen mentait rarement mais elle sentait que la situation était assez sérieuse pour qu'elle se permît d'enjoliver légèrement la vérité.

« Pourquoi vous jetez-vous ainsi à la tête des hommes, si vous êtes fiancée?

— Je n'ai rien fait de tel, rétorqua Karen.

— Oh que si! Et je n'ai pas envie d'avoir gâché toute cette soirée pour rien. »

Avant qu'elle eût pu l'en empêcher, il l'embrassait, forçait sa langue dans sa bouche et glissait une main insistante sous son manteau.

« Arrêtez », haleta Karen en tentant de lui échapper. Mais il était beaucoup plus fort qu'elle et n'avait aucun mal à la retenir.

« Ça suffit, maintenant, la comédie, dit-il en riant.

— Je ne joue aucune comédie, protesta-t-elle en luttant. Et vous n'êtes pas drôle du tout. Lâchez-moi immédiatement. »

Était-ce la quantité d'alcool qu'il avait ingurgitée, ou la fatigue due à ses études, elle ne le savait pas, mais Karen sentit que quelque chose basculait en lui.

« Ferme-la », aboya-t-il et il la gifla si fort qu'elle tomba en arrière dans un buisson.

« Qu'est-ce qui vous prend, s'écria-t-elle en s'apercevant, mais trop tard, que cela tournait très mal.

— Je vais te faire exactement ce dont tu as envie depuis le début de la soirée, dit-il en écartant son lourd manteau.

— Je n'ai envie de rien du tout. J'ai passé une très bonne soirée, et c'est tout.

— Tu ne crois pas que je sais reconnaître une petite allumeuse en chaleur quand j'en vois une ? Il suffisait de regarder ta robe !

— Vous êtes fou ! » s'exclama-t-elle sans penser à l'effet que risquaient de produire ses paroles et en se relevant.

Mais il la rattrapa par les cheveux et la tira si fort en arrière qu'elle trébucha et s'abattit sur lui. Puis il lui tordit le bras dans le dos, provoquant une douleur intolérable qui irradiait dans tout son corps.

« Tu t'imagines que je suis fou, lui cria-t-il à l'oreille. C'est toi qui vas être folle de moi quand j'en aurai fini avec toi. »

D'un violent coup de poing dans le ventre, il la fit tomber à la renverse. Karen, le souffle coupé, ne bougea plus. L'incrédulité faisait maintenant place à la peur. Il s'acharna sur elle à coups de pied, la frappant tour à tour au sternum, dans les reins, dans le ventre.

« Je vous en supplie, murmura-t-elle.

— C'est ça, supplie, siffla-t-il. Excuse-toi de m'avoir mis en colère. Avoue que tu en meurs d'envie. »

Penché au-dessus d'elle, il ouvrit son manteau et s'attaqua à sa robe dont il déchira le fragile satin. Puis il lui arracha son soutien-gorge et son porte-jarretelles, réduisit en lambeaux sa petite culotte en soie.

Elle sentait ses mains impatientes courir sur son corps, sur ses seins, ses hanches, entre ses jambes, là où elle n'avait jamais autorisé Peter à s'aventurer. Puis il la mordit sauvagement, couvrant son corps de marques cuisantes.

Il s'arrêta soudain. Karen crut à un répit, mais en fait il déboutonnait hâtivement son pantalon. Et, sans plus attendre, il s'enfonça profondément en elle.

Karen hurla. Jamais elle n'avait ressenti une telle douleur. Elle avait l'impression d'être ouverte en deux par une lame chauffée au fer rouge, du bassin à la poitrine. Il plaqua une main sur sa bouche et l'autre sur sa gorge, l'empêchant à la fois de crier et de respirer.

« Je ne t'ai pas dit de crier. Je t'ai dit de supplier. »

Mais Karen n'avait plus la force de prononcer un seul mot, ni de faire un geste, ni même de respirer. Elle ne pouvait que subir ses coups, immobile, prostrée sur le sol glacé. Des larmes coulaient de ses yeux, elle étouffait, et refusait encore de croire qu'une telle chose pût lui arriver à elle, qui avait toujours été si prudente. Mais l'intensité de la douleur qu'elle ressentait le lui prouvait cruellement.

En un éclair, il lui apparut qu'elle allait mourir, qu'il ne pouvait se permettre de la laisser en vie, et elle pria pour que sa délivrance fût rapide.

Peu à peu, sa vue se brouilla. Elle n'entendait plus. Elle avait l'impression de monter, de plus en plus haut, comme en apesanteur, et de flotter dans une douce lumière blanche, bien au-dessus des nuages sombres. Là, tout était beau, on ne pouvait plus lui faire aucun mal. Et la mort lui sembla douce.

Lorsqu'elle rouvrit les yeux, seul le ciel la menaçait encore. Lui, il était parti. Ses mains ne lui écrasaient plus la bouche et la gorge, et le froid l'avait rendue presque insensible à la douleur. Elle avala avidement quelques gorgées d'air en se demandant d'où provenait le bruit rauque qu'elle entendait. Encore incrédule, elle songea qu'elle avait survécu et commençait à prier en silence lorsque le visage de Bob apparut à nouveau au-dessus du sien.

« Alors, ça t'a plu ? Dis-le, dis-moi combien tu as aimé ça. Je parie que ça n'a jamais été aussi bien avant. »

Karen détourna son visage.

Mais il la gifla d'un revers de main. « Dis-le », aboya-t-il.

Elle ouvrit la bouche, mais ne put émettre qu'un sifflement rauque.

Il se remit à la caresser brutalement. Réunissant le peu de forces qu'il lui restait, Karen rampait sur le sol pour lui échapper, mais il la retint.

« Ne t'en va pas, voyons ! Je n'ai pas encore fini. Bien au contraire. Je commence juste à m'échauffer.

— Ça suffit, suffoqua-t-elle.

— Oh non, ça ne suffit pas ! Il faut que je compense pour tous ces mois passés à réviser. Et tu es le seul gibier dont je dispose. »

Sur ces mots, il la retourna brusquement sur le

ventre, lui écarta les jambes et se fraya un chemin en un lieu où une telle invasion avait été jusqu'ici impensable.

Le hurlement de Karen mourut : sa bouche était pleine de terre, plaquée au sol par une main puissante. La douleur était encore plus intolérable que la première fois. Un bélier la pénétrait, la saccageait, détruisant tout sur son passage.

Pendant ce qui lui sembla durer une éternité, il la chevaucha comme un taureau, la dépouillant de toute dignité humaine, en une course folle et frénétique, jusqu'à ce que, dans un grand cri, il explosât au plus profond d'elle-même. Hébétée, Karen ne le sentit pas se retirer; elle ne savait pas si cela avait duré quelques secondes, quelques minutes ou des heures.

Des liquides divers s'écoulaient hors de son corps, emportant sa vie dans leur flux. Il la remit sur le dos, sans même qu'elle le remarquât.

« C'était encore meilleur comme ça, dit-il, manifestement apaisé. Avec un peu d'entraînement, tu te débrouillerais très bien. »

Pour toute réponse, il n'obtint qu'un halètement rauque.

Il se pencha et la saisit par les cheveux, l'obligeant à relever la tête et réveillant mille douleurs dans son corps meurtri.

« Je te parie que je sais de quoi tu as envie maintenant, lui susurra-t-il dans l'oreille. Je suis sûr que je le sais. Je suis sûr que tu aimes ça autant que moi. Et je te parie que tu vas faire ça très bien. Hein, que tu vas faire ça très bien ? »

Karen ignorait complètement ce qu'il avait en tête, mais quelle importance ? Elle n'avait aucun moyen de l'arrêter. Il ferait ce qu'il voulait et ce serait fini, elle mourrait et ce serait bien. Comment vivre après cela, de toute façon ?

Il la tenait toujours par les cheveux, et resserra sa prise. Avant qu'elle ait eu le temps de comprendre ses intentions, il s'était agenouillé auprès d'elle et enfonçait profondément son pénis dans la bouche de la jeune fille.

« Montre-moi comme tu sais bien t'y prendre, salope ! Montre-moi que tu aimes tout ce que je fais pour toi ! »

Karen eut un haut-le-cœur, un réflexe lui fit serrer les dents.

Bob rugit de rage en se libérant. « Je vais t'apprendre à jouer à ce petit jeu avec moi », gronda-t-il en lui martelant le visage et la mâchoire à coups de poing.

Puis Karen perdit enfin conscience.

2

Le Dr Stanley Waschkowski terminait son stage à l'hôpital de Manhattan. C'était un homme de haute taille, à la calvitie naissante et aux yeux sombres et inquisiteurs, qui avait le teint blafard de ceux qui passent le plus clair de leur temps enfermés au milieu des malades et des mourants. En quatre ans, il avait été confronté à tous les genres de maladies et de blessures possibles et imaginables — une expérience qu'il n'aurait pas eu l'occasion d'acquérir dans la petite ville du New Hampshire dont il était originaire — et il s'enorgueillissait d'être parvenu à l'indifférence émotionnelle indispensable à tout acte médical.

Un confrère plus âgé, qu'il admirait énormément, lui avait dit un jour : « Si tu donnes un morceau de toi à chaque malade que tu ne peux pas guérir, il ne te restera bien vite plus rien à offrir à ceux que tu peux soigner. »

Waschkowski avait compris l'importance de ce conseil avant d'avoir terminé son internat. Et l'avait si bien intégré que, parmi les jeunes médecins, on le surnommait souvent, en cachette, le « vieil homme de pierre ». Mais ça lui était égal. Bien au contraire, il était plutôt fier de ce sobriquet, dont lui seul savait le prix qu'il avait payé pour le mériter.

Mais ce matin-là, en regardant une infirmière des urgences retirer les lambeaux de vêtements qui recouvraient encore la jeune femme violentée qu'on venait de lui amener, ses yeux foncés étincelèrent de colère. Le verrou qui maintenait ses sentiments sous contrôle recula d'un cran.

« Mon Dieu, murmura-t-il, c'est presque une enfant. »

Waschkowski avait deux filles. Imaginer qu'une chose pareille pût survenir à l'une d'elles suffit amplement à lui faire oublier son serment.

« Elle n'arrive plus à respirer, dit-il à l'interne. Préparez-la pour une trachéotomie. »

Il contempla la jeune fille étendue, meurtrie, en sang, à peine capable de faire entrer un peu d'air dans ses poumons, et dont le sort était entre ses mains.

« Dites-moi tout ce que vous pouvez, docteur, et le plus vite possible », chuchota le policier qui avait accompagné l'ambulance. L'homme, d'un certain âge pourtant, était livide.

« Asseyez-vous, sergent, lui proposa le médecin. Et buvez une tasse de café. Nous en avons pour un bon moment. »

Une heure plus tard, Waschkowski, le visage fatigué, sortait du minuscule habitacle, sa blouse blanche éclaboussée de sang. « Elle avait des papiers d'identité ? demanda-t-il à l'agent de police.

— Oui. Dans son sac. Permis de conduire, adresse, numéro de téléphone.

— Appelez chez elle. Faites venir quelqu'un. Il nous faut le consentement familial pour l'opérer. »

Henry « Tug » McCluskey était à six mois de la retraite, après avoir passé trente dures années dans la police new-yorkaise sans jamais transiger avec l'intégrité, malgré les multiples tentations auxquelles il avait été exposé. Le mur de son salon était tapissé de lettres de félicitations, que sa femme époussetait consciencieusement, son uniforme était surchargé de médailles et sa montre en or l'attendait, pour le récompenser de ses bons et loyaux services. Mais il n'avait pas été capable de protéger cette pauvre fille.

D'une extrémité de Manhattan à l'autre, il avait eu droit à plus que sa part de blessures par balle, de coups, de mutilations ou d'étranglements, mais il ne s'y était jamais habitué. Chaque fois, il payait son tribut à la souffrance ; et le spectacle du corps désarticulé et couvert de sang de Karen Kern était l'un des pires auxquels il eût jamais été confronté.

Assis dans la salle d'attente des urgences, en cette froide matinée de samedi, trois jours avant Noël, il savait qu'il aurait, de bon cœur, échangé ses lettres de félicitations, ses médailles, sa montre en or et même sa retraite contre cinq minutes seul dans une pièce avec le salaud qui avait fait ça.

Tug avait été élevé dans le respect de la femme et il avait enseigné les mêmes principes à ses quatre fils. En ville, on le surnommait Gentleman Tug, et même les prostituées qu'il ramassait parfois sur la Huitième Avenue louaient sa courtoisie. Pour lui, la question ne se posait pas : quoi qu'ait pu faire la jeune fille pour provoquer une telle violence, elle ne méritait pas cela.

Le sergent se leva lentement de son fauteuil et se dirigea vers la rangée de téléphones alignés contre le mur de la salle des urgences. D'une voix aussi calme que possible, il pria son interlocutrice de venir à l'hôpital sans perdre un instant.

« Non, madame, soupira-t-il, j'ai bien peur de ne pas être en mesure de vous donner plus de détails pour l'instant. Mais les médecins vous verront dès votre arrivée, je vous le promets. »

Pour rédiger son rapport, Tug devait attendre les résultats de l'examen médical, mais il n'avait besoin d'aucune expertise pour savoir que la pauvre fille avait été violée, et battue à mort. Ce n'était pas le genre de nouvelle à annoncer à des parents par téléphone. Ils le sauraient bien assez tôt, lorsqu'ils seraient à l'hôpital.

3

Leo et Beverly Kern parcouraient le couloir du troisième étage de l'hôpital de Manhattan — lui, de petite taille avec des lunettes sans monture et un pantalon hâtivement enfilé au-dessus de son pyjama, elle imposante, les yeux soulignés d'une ombre à paupière bleue, et habillée d'un manteau de vison qui lui descendait aux chevilles. Ils arpentaient le couloir en sens inverse l'un de l'autre et se croisaient au milieu sans s'adresser la parole.

Les hauts talons de Beverly claquaient sur le linoléum gris, incongrus dans cette ambiance calme et stérile. Jamais, en quarante-cinq ans de vie, elle n'avait failli à la règle qu'elle s'était fixée une fois pour toutes : on ne se montre pas en public avant d'avoir pris le temps de soigner son apparence. Sa famille avait érigé ce principe en obligation depuis des générations : on ne sortait pas de chez soi en tenue négligée, ni sans porter de linge propre.

Leo avait donc brûlé d'impatience pendant que Beverly passait une élégante robe en lainage et cachait ses rides sous un maquillage étudié ; en fait il ne lui avait pas fallu plus d'un quart d'heure pour être prête.

Ils marchaient, ils attendaient et il leur semblait

qu'une éternité s'était écoulée depuis le coup de téléphone qui les avait réveillés ; cela ne faisait pourtant que six heures.

« Pourquoi est-ce aussi long ? marmonna Beverly.

— Il y a des choses qui prennent du temps, répondit timidement Leo. La chirurgie en est une. Tu ne voudrais pas qu'ils bâclent leur travail, qu'ils commettent des erreurs ?

— Bien sûr que non. Mais c'est si dur, cette attente. »

Karen avait été emmenée au bloc opératoire peu après neuf heures, et il était maintenant trois heures moins le quart.

Après avoir effectué le trajet en vingt-sept minutes et laissé leur Buick dans le parking de l'hôpital, ils s'étaient précipités aux urgences, où les avait accueillis le Dr Waschkowski. « Votre fille est gravement blessée, leur avait-il dit, elle a été victime d'une agression.

— Une agression ? » Beverly était interloquée. « Mais c'est impossible. Elle assistait à une soirée, chez sa meilleure amie.

— On l'a découverte à Central Park, à six heures et demie du matin, intervint Tug McCluskey. Je suis personnellement arrivé sur les lieux à sept heures. C'est moi qui ai amené votre fille ici.

— Mais que faisait-elle à Central Park ?

— Nous l'ignorons, madame.

— Est-elle gravement blessée ? demanda Leo.

— D'après les premiers examens, contusions multiples, fractures, et hémorragie interne, précisa Waschkowski. Nous avons dû pratiquer une trachéotomie, afin qu'elle puisse respirer.

— Elle souffre ?

— Non, les rassura-t-il. Elle est inconsciente.

— Mon Dieu ! hoqueta Beverly.

— C'est fréquent, dans ce genre de cas, expliqua rapidement le médecin. Elle a subi un choc considérable. De plus, elle a été exposée à des températures extrêmement basses pendant plusieurs heures.

— Pourquoi quelqu'un ferait-il une chose pareille ? Pas pour la voler en tout cas, elle ne portait pas de bijoux, et elle n'avait que très peu d'argent sur elle. »

Waschkowski s'éclaircit la gorge et se balança d'un pied sur l'autre. La mort d'un patient exceptée, c'était là ce qu'il détestait le plus dans son métier.

« Nous ne sommes pas certains que... Nous pensons... En fait, l'agresseur ne songeait pas tout d'abord à la frapper », dit le médecin aussi gentiment qu'il le pouvait. Ils avaient trouvé du sperme dans le vagin, dans le rectum et dans la bouche. « Elle a été violée », ajouta-t-il dans un souffle.

Beverly s'effondra en larmes sur Leo. Pour une mère, c'était sans doute la pire des choses qui pût survenir à son enfant.

« Ma petite fille, ma petite fille », sanglota-t-elle. Puis elle se redressa. « Je veux les meilleurs soins possibles, dans le meilleur des centres hospitaliers, déclara-t-elle fermement.

— L'hôpital de Manhattan est le meilleur de tous.

— Alors, faites appeler les meilleurs médecins. Ne vous vexez pas, docteur Waschkowski mais je ne peux pas confier ma petite fille à un généraliste.

— Je me suis permis de contacter un certain nombre de spécialistes. Un chirurgien, un orthopédiste, un neurologue et un gynécologue sont à son chevet. Tous sont éminents, et tous pensent qu'il faut opérer d'urgence.

— Bien entendu, dit Leo.

— S'ils le disent, murmura Beverly.

— Il faut que l'un de vous signe les autorisations nécessaires. »

Leo s'éloigna avec Waschkowski, tandis que Beverly restait sur place, dans l'espoir d'apercevoir sa fille lorsque s'ouvrirait la porte de la petite pièce immaculée où des infirmières la préparaient pour l'opération.

« Votre fille va s'en tirer, madame, lui dit Tug McCluskey en s'approchant d'elle. J'ai malheureusement connu beaucoup de cas encore pires que le sien.

— Merci », murmura Beverly.

Tug s'éclaircit la gorge, lui aussi, comme l'avait fait le médecin quelques instants plus tôt. « Je voulais aussi vous dire, madame, à quel point je suis désolé.

— C'est très gentil à vous.

— Vous comprenez, j'ai des petites-filles. Et si je mettais la main sur le salaud qui s'en est pris à votre fille, je crois bien que je le tuerais. »

Beverly se détourna en marmonnant. L'idée que tous ces étrangers étaient au courant la révulsait.

Des membres du personnel médical ne cessaient d'entrer et de sortir de la cabine où était allongée Karen. Tous observaient attentivement le corps massacré de son enfant tandis qu'elle attendait dehors, inutile et désespérée. En sortant, ils s'entretenaient du cas à phrases courtes, émaillées de termes techniques que Beverly avait du mal à comprendre.

D'ailleurs, songea-t-elle, elle ne comprenait plus grand-chose à la situation en général. Comment sa merveilleuse fille, si intelligente et si bien élevée, si prévenue contre les dangers, avait-elle pu s'aventurer dans Central Park en pleine nuit ? Comment ces horribles choses avaient-elles pu lui arriver, à elle ?

« Nous devrions téléphoner à Jill, dit subitement Leo, interrompant le cours de ses pensées.

— Pour quoi faire ? Tu ne t'imagines tout de même pas que les Hartman sont mêlés à tout ceci ?

— Bien sûr que non. Mais Jill sait peut-être quelque chose qui nous aiderait à comprendre ce qui s'est passé.

— Il n'y a rien à comprendre, hélas, se plaignit Beverly en regardant de haut la tête chauve de son mari. C'est malheureusement très clair, non ?

— Mais ne devrions-nous pas au moins...

— Attendons un peu. Il sera toujours temps de prévenir Jill. Il est déjà assez pénible que la police soit mêlée à tout ça. Tant que Karen ne pourra pas nous expliquer elle-même ce qui lui est arrivé, il est inutile d'aviser la terre entière. Moins cela se saura, mieux cela vaudra. »

Leo hocha doucement la tête. « Je n'avais pas envisagé cet aspect des choses, en effet. »

Leo Kern était un petit homme myope qui, à l'âge de vingt-six ans, avait échangé une mère contre une autre, sans remarquer la différence.

Karen quitta le bloc opératoire à trois heures vingt. Stanley Waschkowski, l'air épuisé, s'entretint avec les Kern dans la salle de réveil.

« Elle s'en sort très bien. Les dégâts internes étaient plus importants que prévu, mais nous pensons nous être occupés de tout. »

Plus tard, quand ils auraient un peu récupéré, il leur donnerait des détails ; mais pour le moment le choc était trop fort pour qu'ils soient en état de les supporter.

« Elle va mettre un certain temps à retrouver sa forme, ajouta-t-il. Bientôt tout cela ne sera plus qu'un cauchemar.

— Elle est réveillée ? demanda Beverly.

— Non, pas encore.

— Puis-je la voir ?

— Patientez une heure ou deux, jusqu'à ce qu'on

l'installe en soins intensifs. Peut-être sera-t-elle réveillée, à ce moment-là.

— Il lui faut des soins intensifs ? s'étonna Leo.

— Lorsque le traumatisme a été aussi sévère, dit le médecin, nous ne voulons courir aucun risque. Quand votre fille a été admise, elle était inconsciente. Peut-être était-ce dû au choc, mais peut-être souffre-t-elle d'une fracture du crâne. D'autre part, nous observerons très attentivement le fonctionnement rénal. La surveillance sera constante, afin d'être en mesure de réagir instantanément. »

À dix heures du soir, Karen avait 40° de fièvre.

« Que se passe-t-il, s'écria Beverly.

— C'est une pneumonie, déclara le Dr Waschkowski. Nous espérions l'éviter, mais nous nous y attendions.

— C'est grave ? s'enquit Leo.

— Dans son état, malheureusement, tout est grave, soupira le médecin. Mais elle est sous traitement et l'infection devrait être rapidement enrayée. En revanche, bonnes nouvelles côté crâne et reins. »

Vers minuit, l'équipe médicale persuada les Kern d'aller se reposer.

« Même si elle reprend conscience, leur dit Waschkowski, vous ne pouvez absolument rien faire. Et il nous faut soixante-douze heures pour être certains d'avoir vaincu la pneumonie. Je ne bougerai pas de la nuit. S'il se produit le moindre changement, je vous appellerai immédiatement.

— À n'importe quelle heure ? demanda Beverly.

— À n'importe quelle heure », promit-il.

Ils se rendirent chez Edna et Harry Kern. Malgré l'heure tardive, le frère de Leo et sa femme étaient réveillés et les attendaient dans leur vaste appartement de la 76e Rue.

« Nous ne nous étions même pas aperçus que

Karen n'était pas là avant que vous n'appeliez, sanglota Edna. Nous lui avons laissé une clé et nous sommes allés nous coucher, comme d'habitude.

— Vous n'avez rien à vous reprocher, voyons, dit Leo. Comment pouviez-vous prévoir ce qui s'est passé ?

— Bien sûr que non », ajouta Beverly. Puis, prenant la seule décision qui lui semblât convenable, elle s'engagea d'un pas assuré sur le chemin du mensonge, un mensonge qu'elle allait construire pierre par pierre durant les semaines et les mois à venir. Durant toute une vie, en fait. « Comment qui que ce soit aurait pu prévoir ce terrible... accident ? »

4

Tout d'abord, il n'y eut ni jours, ni heures, ni minutes, aucune mesure de temps ou de distance. Pas de pensée, pas de sentiment, pas de souvenir. Uniquement le néant, noir et profond, qui enveloppait son corps et son esprit pour les protéger contre la souffrance.

Peu à peu, l'obscurité fit place à un brouillard gris et épais, dont les strates successives se posaient sur elle, presque tangibles, annonçant en se déchirant par lambeaux que bientôt il ferait jour.

Enfin, malgré toute la résistance qu'elle opposait, la conscience revint. Cela commença par des voix. Elle les entendait à travers le brouillard, douces, insistantes, agaçantes, trop basses pour qu'elle comprenne les mots. Puis des odeurs déplaisantes, inconnues. Et, en tout dernier, la conscience de la douleur, accompagnée du saut dans la lumière crue de la réalité et de l'horreur.

Karen ouvrit les yeux.

Elle était couchée dans un lit qui n'était pas le sien, dans un endroit qu'elle ne connaissait pas. Une grande fenêtre laissait entrer les rayons d'un soleil vif. Des inconnus en blanc s'affairaient autour d'elle. Où qu'elle posât son regard, tout était blanc. Sa chemise de nuit, ses draps, le plafond. Elle voulait demander où elle était, elle voulait parler de sa douleur, mais apparemment elle ne pouvait pas remuer la bouche ni produire autre chose qu'un son rauque et étouffé.

« Julie, va chercher le Dr Waschkowski, dit une dame aux cheveux gris noués en chignon à son assistante. Je crois qu'elle est réveillée.

— Tout de suite », répondit une petite blonde aux yeux d'un bleu intense en se précipitant hors de la chambre. La dame aux cheveux gris se pencha sur le lit et sourit. Quelques mèches de cheveux s'étaient échappées de son chignon et auréolaient son doux visage.

« Tout va bien, dit-elle à Karen d'une voix rassurante. Je m'appelle Rose Thackery. Vous êtes au service des soins intensifs de l'hôpital de Manhattan. On vous a amenée ici après votre... euh... accident. Ne vous inquiétez de rien. Le docteur sera là dans un instant, il répondra à toutes vos questions. »

Karen tenta à nouveau de parler, mais en vain. Puis elle voulut lever son bras droit, pour savoir ce qui empêchait sa tête de bouger, mais il était coincé dans quelque chose de blanc et de lourd. Du coin de l'œil, elle regarda son autre bras : il était fixé sur une tablette blanche, paume vers le haut; une aiguille était plantée dans la veine de son poignet. Son corps tout entier ressemblait à un enchevêtrement de tubes et de fils. Les yeux écarquillés de terreur, Karen voulut hurler, mais n'émit qu'un faible gargouillis.

« Allons, allons, la rassura la dame en blanc. Calmez-vous, ma chère petite. N'essayez pas de parler. Vous vous en tirez très bien. Croyez-moi, tout cet attirail est plus impressionnant qu'autre chose ! »

Rose Thackery en avait vu de toutes les couleurs, mais jamais rien de comparable à l'état de cette pauvre jeune fille.

Karen ferma les yeux. Des larmes se mirent à couler doucement sur ses joues. Elle avait mal partout. La tête, l'œil, le nez, la bouche, la poitrine, les bras, le ventre, les jambes. Bouger lui faisait mal, l'immobilité lui faisait mal, respirer lui faisait mal. Elle se rappelait vaguement Bob et Central Park mais en pleine nuit, alors que maintenant c'était le jour, et elle ne se souvenait pas de ce qui s'était passé entretemps. Pourvu que la gentille dame aux cheveux gris ait appelé son oncle et sa tante ! Elle ne voulait pas qu'ils s'inquiètent de ne pas la voir au petit déjeuner.

« Karen ? Karen, vous m'entendez ? »

Elle ouvrit les yeux. Le soleil était couché, il faisait nuit à nouveau. Un homme était debout à son chevet. Dans l'obscurité, il ressemblait à Bob. Karen s'agita. Elle savait qu'il fallait qu'elle s'éloigne de lui, et cela lui donna la force d'ignorer les mille douleurs qui lacéraient son corps.

L'homme qui ressemblait à Bob dit un mot et la femme en blanc lui donna quelque chose. Il se pencha sur elle, écarta ses draps et lui enfonça une longue aiguille dans la hanche.

Une douce chaleur la pénétra. Elle dansait dans une prairie, dans l'odeur des fleurs des champs. Le soleil lui chauffait le visage.

« Karen, reprit la voix. Karen, vous m'entendez ? »

Elle n'avait pas envie de répondre. Elle voulait simplement jouer dans la prairie.

« Karen, réveillez-vous, maintenant. »

La prairie s'éloigna, les verts vibrants et le bleu du ciel s'estompèrent, le délicieux parfum des fleurs des champs se transforma en une odeur aigre de désinfectant. Elle reprit conscience malgré elle. Le monde blanc de la souffrance l'accueillit.

L'homme debout près de son lit avait des yeux

bruns et chaleureux, un nez aquilin et un doux sourire. Ses mains aux ongles parfaitement coupés étaient longues et fines. Il aurait pu être pianiste.

« Bonjour, dit-il. Je suis le Dr Waschkowski. »

Un médecin, bien sûr, pas un pianiste, se dit Karen en gargouillant.

« N'essayez pas de parler, lui dit-il. Votre lèvre supérieure est cousue, votre mâchoire est bloquée et vous avez un tube dans la gorge, pour vous aider à respirer. »

Karen ne le quittait pas des yeux.

« Je sais, ça a l'air terrifiant, mais en réalité ce n'est pas aussi grave que ça », ajouta-t-il en lui souriant.

Karen voulut sourire, elle aussi, mais ne le put pas.

« Non, vous ne pouvez pas encore sourire avec votre bouche. Mais avec les yeux, oui. Et je vous ai vue me sourire. Donc, nous allons jouer à un petit jeu, tous les deux, d'accord ? Je vais vous poser des questions, et vous me répondrez en clignant les yeux. Une fois pour dire oui, deux fois pour dire non. Vous avez compris ? »

Karen cligna une fois les yeux.

« Parfait. On y va. Vous appelez-vous Karen Kern ? »

Un clignement.

« Avez-vous vingt ans ? »

Un clignement.

« Habitez-vous Port Washington ? »

Deux clignements.

« Bravo, approuva Waschkowski en tournant autour du lit.

Vous rappelez-vous être allée à Central Park ? » interrogea-t-il très doucement.

Le regard de Karen s'emplit de crainte. Elle cligna une fois les yeux.

« Très bien, l'encouragea-t-il. Vous m'avez dit ce que j'ai besoin de savoir pour le moment. À présent, je veux que vous vous reposiez. Nous continuerons cette conversation demain. »

Il allait s'éloigner, mais Karen, dans un effort surhumain, souleva un peu son bras droit pris dans un plâtre, pour le retenir.

« N'ayez pas peur, dit-il gentiment. Vous serez bientôt en pleine forme. Je suis un très bon médecin, ce n'est pas une gamine comme vous qui me fera renoncer à ma réputation. »

Un clignement. Un clignement.

« Vous souffrez beaucoup ? »

Un clignement.

« Jusqu'à présent, on ne vous a pas donné d'analgésiques, parce qu'on ne voulait pas masquer d'éventuels symptômes. Mais maintenant que vous êtes réveillée, je vais demander qu'on vous fasse une piqûre. »

Karen l'empêcha à nouveau de partir.

« Vous voulez me dire autre chose ? »

Un clignement.

« Bon, soupira Waschkowski. Je vais tenter de deviner. Vous voulez savoir à quoi servent tous ces fils et tous ces appareils ? »

Un clignement.

« Vous ne préférez pas vous reposer? Nous en parlerons demain. »

Deux clignements.

« D'accord, se résigna-t-il en tirant une chaise près du lit et en s'asseyant à califourchon. J'ai compris, vous ne me laisserez pas me défiler. Voyons donc, voulez-vous partir du bas ou du haut ? »

Karen cligna les yeux une fois, puis deux fois, puis une fois à nouveau.

« Bien fait pour moi, dit Waschkowski en riant. Bon, on va partir du haut. »

Il lui décrivit ses blessures une à une : l'œil au beurre noir, qui resterait sensible quelque temps, le nez cassé qu'ils avaient réparé, la lèvre fendue qu'ils avaient recousue. Puis il lui expliqua à quoi servaient les différents fils, d'une voix calme, en des termes simples, qui permirent à Karen de ne pas s'affoler.

« Votre mâchoire est fracturée. Nous l'avons remise en place et nous vous avons immobilisé la tête dans une attelle. Elle sera comme neuve dans un mois environ, mais d'ici là vous ne pourrez ni parler ni manger normalement. »

Le premier coup de poing de Bob, à son visage. Elle s'en souvenait.

« Votre larynx est écrasé. Vous ne pourrez pas parler pendant quelque temps. Comme si vous aviez très mal à la gorge. Nous avons dû procéder à une trachéotomie : c'est un grand mot qui signifie qu'on a fait un petit trou dans votre trachée pour que vous puissiez respirer plus facilement. »

La main de Bob se refermant autour de son cou. Elle s'en souvenait.

« Avançons, dit Waschkowski sur le ton d'un guide de musée passant d'un tableau à un autre. Nous trouvons maintenant plusieurs côtes cassées. On les a simplement bandées. Pour l'instant, la science ne dispose pas d'autre moyen pour qu'elles se recollent. »

La pointe du soulier de Bob la frappant sans relâche. Elle la sentait encore.

Il lui montra un tube qui sortait de sa cage thoracique. « Nous appelons cette charmante petite chose un drain. Nous l'avons placé parce qu'une de vos côtes a perforé votre poumon droit. Imaginez que votre poumon ressemble à un ballon, et qu'on y ait enfoncé une aiguille. »

Waschkowski vit s'agrandir les yeux de Karen.

« Heureusement, de nos jours il n'y a plus aucune raison de s'inquiéter pour un trou dans un poumon. Le tube va drainer le liquide et votre poumon se regonflera, comme un ballon, et guérira très probablement tout seul. »

Il manifestait un tel détachement amusé que Karen se dit qu'après tout un trou dans un poumon ce n'était pas si terrifiant.

« Je parie que vous avez compris pourquoi votre bras droit est plâtré ? »

Un clignement.

« Je m'en doutais. C'est une fracture simple, facile à réduire. Le temps qu'on vous l'enlève, votre plâtre portera sûrement les signatures de tout le personnel de l'hôpital. Continuons. Vous avez sans doute mal au ventre, n'est-ce pas ? »

Un clignement.

« C'est parce que nous avons dû ouvrir, pour réparer un certain nombre de choses. Vous savez ce que c'est que la rate ? »

Un clignement. Puis deux.

« Oui et non. Bon. Ça n'a pas grande importance, d'ailleurs, parce que vous n'en avez plus. Elle avait éclaté, nous avons dû vous l'enlever. On vit parfaitement sans. »

Il allait poursuivre, et mentionner l'état de son utérus, qu'ils n'avaient pas pu soigner. Il hésita.

« Et vous avez perdu beaucoup de sang. » Mieux valait attendre qu'elle fût plus forte, physiquement et moralement, pour lui annoncer qu'elle ne pourrait jamais avoir d'enfant. « Nous vous en avons donc transfusé quelques litres. Un bon apport de sang neuf, comme on dit. Et, pour finir, votre genou est cassé. Le genou gauche. Je trouve que c'est parfait pour la symétrie : le bras droit, et le genou gauche. Mais peut-être auriez-vous préféré être bancale ? »

Deux clignements.

« Parfait. Je suis heureux que vous partagiez mon sens de l'harmonie. Votre jambe est dans une attelle. Elle y restera jusqu'à ce qu'on puisse l'opérer. Il y a un chirurgien orthopédiste qui monte la garde dans le couloir en attendant que vous ayez repris un peu de forces. »

Il termina son exposé en lui parlant de sa pneumonie, du traitement antibiotique et des perfusions qui la nourrissaient, des écrans qui contrôlaient son rythme cardiaque.

Puis il lui parla de Margaret Westfield et de son chien.

« Les animaux ont un instinct magnifique », déclara-t-il.

À l'âge de quatre ans, Karen avait été mordue par le caniche de ses voisins. Depuis, elle en avait un peu peur. Et à présent c'est à un chien qu'elle devait la vie !

« Vos parents sont là, naturellement. Ils ne nous ont pas laissés respirer un instant depuis huit jours ! »

Karen avait écouté calmement le catalogue de ses blessures, mais ses yeux s'écarquillèrent de stupeur en entendant les dernières paroles du médecin. Huit jours ? Elle avait perdu huit jours de vie ? C'était impossible ! Mais il y avait pire encore : combien d'inconnus l'avaient-ils examinée pendant ce laps de temps, et découvert le terrible traitement que lui avait fait subir Bob ? Quelle affreuse humiliation !

Qu'avaient-ils pensé d'elle, alors qu'elle était inconsciente et incapable d'expliquer ce qui s'était passé ? Au mieux, ils avaient dû la trouver stupide. Au pire, la prendre pour une fille facile. Ses yeux se remplirent de larmes. Même son père et sa mère étaient au courant, et elle n'avait pas pu les préparer au choc qu'ils avaient dû éprouver ! Mais ce qui terrifiait encore davantage Karen, c'était l'angoisse d'être enceinte. Tout sauf cela, suppliait-elle en silence, en priant un Dieu auquel elle n'était plus certaine de croire.

Elle n'eut alors qu'un désir : se débarrasser des tubes et des fils qui la retenaient prisonnière et ramper, s'il le fallait, jusque sous une douche brûlante pour éliminer les couches de peau que le monstre avait touchées, pour effacer toutes les preuves de son existence. Mais elle savait que, quelque effort qu'elle fît pour éradiquer le souvenir de son supplice, elle ne serait plus jamais tout à fait propre. Et elle pleura amèrement.

Waschkowski était bouleversé. « Écoutez-moi bien. Je ne vais pas minimiser l'épreuve que vous subissez. Mais vous êtes jeune et forte. Vous avez résisté jusqu'à maintenant, donc vous allez gagner la bataille, même si cela prend du temps. Je veux que, pendant les semaines et les mois à venir, vous vous souveniez de mes paroles. Et n'oubliez pas que je ne me trompe jamais. »

Ses yeux étaient doux, son visage empreint de compassion, et Karen voulait le croire, de toutes ses forces.

Stanley Waschkowski était médecin. Il savait mieux que personne les ravages que pouvait occasionner sur un organisme une blessure ou une grave maladie. Il avait appris à recoller les os et à traiter les infections. Mais il n'avait jamais eu l'occasion, durant ses études ou ses années de pratique, d'être appelé au chevet d'une âme anéantie.

5

Karen dormait beaucoup, d'un lourd sommeil artificiel qui estompait la réalité et favorisait la guérison. C'était tellement plus facile de ne pas penser, de ne pas sentir et de ne pas se souvenir. Elle aurait souhaité que cela pût durer toujours.

Elle sombrait dans cette absence, puis de nouveaux cauchemars la projetaient dans le réel. Elle contemplait alors le plafond et le blanc cocon qui l'entourait, écoutait les voix douces des infirmières du service des soins intensifs et reprenait progressivement son calme ; la panique s'éloignait, et elle replongeait dans l'oubli salvateur. Elle n'avait aucune notion du temps. L'alternance de la clarté et de l'obscurité était son seul repère.

Un jour, elle ouvrit les yeux et vit ses parents. Elle aurait voulu leur sourire, les rassurer, mais sa mâchoire bloquée l'en empêcha et sa gorge ne laissa passer que l'habituel gargouillement.

« Bonjour, ma chérie, roucoula Beverly. Nous sommes là, papa et moi, nous nous occupons de tout, ne t'inquiète pas. »

Un gargouillement.

« N'essaie pas de parler, ma chérie. Il faut que tu

te reposes. Le charmant Dr Waschkowski a dit que plus tu te reposerais plus vite tu guérirais. »

Karen n'avait guère besoin d'encouragement : elle se laissa glisser presque instantanément dans la non-existence réparatrice. Un autre jour, ce fut Peter qu'elle découvrit à son chevet.

« Salut, mon amour, dit-il doucement. Bonne année 1963. »

Elle se rappelait vaguement qu'il devait revenir du Maine pour passer le Nouvel An avec elle, et qu'ensuite ils étaient censés vivre heureux et avoir beaucoup d'enfants. Mais le mot bonheur n'avait plus sa place dans ses cauchemars.

À la fin du mois, on la retira des soins intensifs pour l'installer dans une chambre, à l'autre extrémité du troisième étage.

Ici, les murs étaient peints couleur abricot et une large bande rose foncé faisait le tour de la chambre, à hauteur de ses yeux. Des rideaux rayés, beige, rose, vert et gris, encadraient la fenêtre. Deux fauteuils confortables, recouverts du même tissu que les rideaux, montaient la garde autour de son lit, telles des sentinelles. Une moquette gris tourterelle remplaçait le linoléum qui protégeait d'ordinaire les sols de l'hôpital. Deux reproductions de tableaux de Monet égayaient les murs.

« Cette aile a été complètement redécorée l'année dernière, lui expliqua Julie van der Meer, l'aide-soignante. Le décorateur a réussi à convaincre l'administrateur que les malades guériraient plus vite dans un environnement agréable. »

Aux soins intensifs, situés à l'arrière du bâtiment, il régnait un calme absolu. Ici, au contraire, sur la Première Avenue, on entendait les bruits de l'intense circulation, des coups de klaxon impératifs et des voix en colère.

Parfois, la nuit, lorsqu'elle cherchait le sommeil, Karen pensait à tous ces gens dans leurs voitures. Où allaient-ils ? Où leur vie les entraînait-elle ? Ce fut ainsi que, peu à peu, elle reprit contact avec le monde extérieur.

Le jour où Karen fut capable d'ingurgiter sa première vraie nourriture, un milk-shake au chocolat qu'elle but à l'aide d'une paille flexible, fut un jour de fête. Il avait un goût délicieux, et elle n'en laissa pas une goutte. Nourrie artificiellement depuis son entrée à l'hôpital, elle avait perdu huit kilos, que les médecins souhaitaient lui voir reprendre le plus vite possible.

Désormais, elle n'était plus prisonnière de tubes et de fils. Plusieurs fois par jour, l'équipe venait s'occuper d'elle : on lui apportait sans cesse des boissons reconstituantes, on la lavait à l'éponge, on la coiffait avant que ses parents n'arrivent, on la massait pour stimuler son activité musculaire. Ils étaient fiers de leur travail, fiers d'avoir recollé tous les morceaux de ce corps disloqué, mais Karen avait si peu conscience d'elle-même qu'elle ne souhaitait qu'une chose : qu'on la laissât tranquille.

Ses parents venaient lui rendre visite presque tous les jours. Son père, avec le même regard triste, sa mère affichant une gaieté forcée. Ils la poussaient à manger et à rééduquer ses bras et ses jambes, comme s'ils croyaient que cela suffirait à lui reconstruire une intégrité physique.

Peter venait, lui aussi, il s'asseyait à son chevet, lui prenait la main et lui racontait des anecdotes amusantes, en souriant. Puis les vacances d'hiver s'achevèrent, et il repartit pour Cornell.

« Je t'appellerai, lui dit-il. Quelqu'un te tiendra le téléphone et me confirmera que tu entends ce que je raconte. Ne laisse surtout personne écouter, ajouta-t-il avec un sourire espiègle, ça risquerait d'être gênant. »

Mais Karen se demandait ce qui pourrait être gênant pour une équipe de professionnels qui connaissaient chaque centimètre carré de son corps.

Le trente-quatrième jour, au début de l'après-midi, elle prononça son premier mot.

Sa mère tricotait, assise dans l'un des fauteuils, à côté d'elle. Elle portait son tailleur noir et s'était mis trop de rouge aux joues.

« Pour compenser la pâleur de l'hôpital », plaisantait-elle.

Ses cheveux étaient relevés en un chignon impeccable et ses cils recouverts d'une épaisse couche de mascara noir. Karen avait remarqué que Beverly s'habillait souvent en noir, ces derniers temps, et que cette couleur ne la flattait guère.

Depuis le jour où Karen s'était installée dans une chambre seule, les fleurs abondaient, envoyées par des amis ou des parents, des voisins, et même certains patients de son père. Les senteurs mêlées des roses, des chrysanthèmes, des tulipes, des glaïeuls et du delphinium recouvraient presque les âcres odeurs des désinfectants. Dès qu'un bouquet commençait à se faner, il était remplacé par un autre. Lorsqu'il y avait trop de fleurs, Beverly conservait la carte qui les accompagnait et demandait à une aide-soignante de les descendre à la réception.

Karen recevait beaucoup de courrier. Beverly perchait ses petites lunettes sur le bout de son nez et lui lisait les lettres les plus amusantes. Puis elle répondait consciencieusement à toutes les correspondances et remerciait au nom de Karen pour les bons vœux de rétablissement. Elle avait également écrit une lettre très émue à Margaret Westfield.

Beverly venait de terminer son courrier lorsque

entra Julie van der Meer, avec un immense vase rempli de roses.

« Je crois que c'est le troisième bouquet que t'envoient Jill et Andy, dit Beverly après avoir jeté un rapide coup d'œil à la carte. Mais je me trompe, s'exclama-t-elle en terminant sa lecture. Celui-ci vient de Jill, Andy et Rebecca Karen, née le 23 janvier, trois kilos et demi, cinquante-deux centimètres, dix doigts, dix orteils, en pleine forme. Une fille, comme c'est adorable, dit-elle en plaçant la carte sur la pile et en reprenant son tricot. Et quelle charmante attention de lui avoir donné ton nom ! »

Jill avait exprimé le désir de venir voir Karen à l'hôpital, mais Beverly avait refusé. Elle avait d'ailleurs interdit toutes les visites, celles de Peter exceptées, en prétendant que seule la famille proche était autorisée au chevet de Karen. C'était elle qui avait voulu que cette règle soit instituée.

« Je descends les fleurs à la réception ? s'enquit Julie qui avait encore le vase dans les mains.

— Pas celles-ci, ma chère petite. Nous allons leur trouver une place. »

Beverly tricota deux mailles à l'endroit, une maille à l'envers. Julie chercha où poser le vase. Karen les regarda tour à tour.

« Bé-bé », dit-elle.

Beverly laissa filer tout un rang de mailles. « Vous avez entendu ? Elle a parlé. Je crois qu'elle a dit bébé. Vous avez entendu, Julie ?

— J'ai entendu », s'exclama Julie qui se précipita dans le couloir.

Beverly bondit de son fauteuil et se pencha sur le lit.

« Bravo, ma chérie, dit-elle à haute et intelligible voix, en détachant bien ses mots, comme si Karen était dure d'oreille ou attardée mentale. Un bébé. Jill a eu son bébé. Tu peux le répéter ?

— Non », murmura Karen en souriant intérieurement. Sa mère croyait-elle qu'elle avait perdu l'esprit en même temps que la voix ?

Mais Beverly ne perçut pas l'ironie. Elle riait et pleurait à la fois. Sa petite fille avait parlé ! C'était le signe qu'elle attendait depuis des semaines, en priant de toutes ses forces, la preuve que le cerveau de sa fille n'avait pas subi les mêmes outrages que son corps.

Des os cassés, on pouvait s'en expliquer. Mais un cerveau anéanti ?

Elle avait passé d'innombrables nuits à écouter Leo ronfler paisiblement, et à envisager la possibilité que sa fille soit définitivement transformée en légume à la suite du drame. On sombrait dans la folie pour bien moins que ça.

Le médecin traitant et les neurologues avaient eu beau lui affirmer que les facultés mentales de Karen étaient intactes, ils ne l'avaient pas convaincue. Tant qu'une erreur de diagnostic restait possible, Beverly attendrait, espérerait, mais se préparerait au pire.

Si ce pire survenait, il serait hors de question de garder Karen à la maison. La ville entière se répandrait en ragots, et Leo risquerait de perdre une partie de sa clientèle. Sans parler des conséquences sur Laura. D'un seul petit mot, Karen venait de mettre fin aux craintes de sa mère.

« Que c'est bon d'entendre ta voix, mon trésor, murmura-elle. Je croyais que je ne l'entendrais plus jamais.

— Pas-de-chance, ironisa Karen, péniblement.

— N'exagère pas. Il ne faut pas que tu fatigues tes cordes vocales dès le premier jour.

— Je-veux-te-raconter, grinça Karen sans finir sa phrase.

— Je sais, ma chérie, mais pas maintenant »,

l'interrompit hâtivement Beverly, qui se rendit compte qu'elle n'avait aucune envie d'entendre son innocente petite fille lui faire le récit des atrocités que le fou lui avait fait subir. Ce serait tellement plus facile de continuer à croire à la thèse de l'accident !

« Il faut que tu te reposes. Nous avons attendu jusqu'à maintenant, nous pouvons attendre encore un peu. Pour l'instant, je vais appeler ton père et lui annoncer la bonne nouvelle. » Elle plia son tricot et se prépara au départ. « Quand tu te sentiras mieux, nous bavarderons gentiment, tous les trois. »

Bavarder gentiment, songea Karen. Quel talent incomparable avait sa mère pour nier la réalité !

« Qu'en penses-tu, ma chérie ? N'est-ce pas la meilleure des solutions ? »

Karen trouvait déjà bien difficile de contredire sa mère lorsqu'elle était en pleine forme. Cette fois-ci, elle ne s'y risqua pas. Elle cligna les yeux une fois, par habitude.

6

La nouvelle se propagea dans les couloirs de l'hôpital comme un feu de broussailles.

Des médecins, des infirmières, des techniciens et des aides soignantes que Karen connaissait à peine se succédèrent à son chevet pour la féliciter. Des inconnus poussaient sa porte et lui souriaient, le pouce levé. On aurait dit que tout le monde voulait participer à son succès.

« J'ai cru comprendre que vous aviez quelque chose à dire, aujourd'hui », lui déclara le Dr Waschkowski le soir même, un immense sourire sur son chaleureux visage.

Karen le regarda. Sa gorge était douloureuse à force d'avoir répondu au flux incessant de visiteurs.

« Trop-de-choses, siffla-t-elle.

— Je suppose que ce qu'on dit est vrai — il est impossible de faire taire une femme.

— Très-drôle.

— Regardez, je vais vous apprendre à parler à travers le tube qui est dans votre gorge. » Il lui montra comment poser ses doigts sur le petit trou, et s'assit dans un fauteuil. « Bon, qu'est-ce que vous avez à me dire, après tout ce temps ? »

Le silence l'avait protégée, pensa Karen, elle

n'avait pas été obligée de participer, de communiquer. Elle s'était habituée à regarder et à écouter, à se cacher derrière la simplicité d'un ou de deux clignements d'yeux. Maintenant, elle allait devoir répondre à des milliers de questions, donner des explications.

« Je préfère continuer à cligner les yeux », dit-elle.

Le lendemain, le sergent Tug McCluskey entra dans sa chambre avec un jeune homme mince au visage pincé, qui portait des lunettes à monture d'écaille et un complet bleu marine.

« Je suppose que vous ne me reconnaissez pas, dit Tug aimablement, mais j'étais là. Je suis un de ceux qui... vous ont trouvée. »

Karen hocha la tête de son mieux. Les yeux du robuste policier étaient petits et bleus, son nez proéminent et son visage fatigué. Et sa veste d'uniforme le serrait un peu à la taille.

L'homme qui l'accompagnait s'éclaircit la gorge. « Je suis l'inspecteur Michael Haller, dit-il, du bureau du procureur. »

Karen l'observa attentivement. L'homme était presque squelettique. Avec son costume sombre, qui pendouillait sur son corps décharné, on aurait dit un épouvantail. Le col amidonné de sa chemise flottait autour de son cou et Karen n'avait jamais vu un homme aux si petites mains. Ses grosses lunettes ne cessaient de glisser sur son nez et il les remontait inlassablement de son minuscule doigt rose.

« Maintenant que vous pouvez parler, dit-il sur un ton impersonnel, j'aimerais que vous nous racontiez ce qui s'est passé. »

Karen était atterrée. Elle avait longuement réfléchi à ce qu'elle dirait à sa famille et à ses amis, elle avait soigneusement choisi ses mots, mais elle ne s'était jamais rendu compte qu'elle devrait parler à la police.

« Il le faut vraiment ? interrogea-t-elle en appuyant sur le tube de la trachéotomie comme le lui avait enseigné le Dr Waschkowski.

— Je le crains, répondit Haller en sortant un crayon et un bloc de sa poche. Cela se passe de la manière suivante : le sergent McCluskey ici présent fait un rapport, et mon bureau enquête.

— Je comprends, dit Karen. Que voulez-vous savoir ?

— Vous souvenez-vous de ce qui est arrivé durant la nuit en question ?

— Oui, dit-elle.

— Et si vous nous racontiez, maintenant ? »

Elle les regarda tour à tour, en se demandant si elle ne pouvait pas, subitement, feindre l'amnésie. Mais sans doute ne s'en iraient-ils pas avant de lui avoir soutiré les informations qu'ils étaient venus chercher, aussi prit-elle une profonde inspiration, et se lança-t-elle.

« Il s'appelait Bob.

— Il vous a dit son nom ?

— Oui. À la soirée. »

Les deux hommes échangèrent un bref coup d'œil.

« Commençons par le commencement, voulez-vous ? » suggéra le policier.

Karen ferma les yeux. Des images qu'elle ne voulait pas voir défilaient dans son esprit, des images qu'elle n'avait aucune envie de partager avec ces deux inconnus. Il lui fallut près d'une heure pour tout dire, en un discours parfois incohérent, entrecoupé de sanglots amers. Lorsque Haller en eut fini avec ses questions, Karen se sentait hébétée. Elle avait mal à la gorge, ses draps étaient trempés de sueur et son oreiller inondé de larmes.

« Pourquoi a-t-il fait ça ? hoqueta-t-elle. Pourquoi ?

— Il n'y a pas toujours de raison, répondit Tug. Et il y a pas mal de cinglés en liberté.

— Il n'avait pas l'air d'un fou.

— Ils n'en ont pas toujours l'air. Puis quelque chose bascule.

— Je ne peux pas vous garantir que nous retrouverons cet homme, dit Haller. Ces affaires sont toujours délicates, et nous n'avons pas beaucoup d'éléments.

— Ne vous en faites pas pour ça, la rassura Tug. Pour l'instant, il s'agit de guérir. Nous nous occupons du reste. »

L'épouvantail était à mi-chemin de la porte.

Karen cligna les yeux, mais les deux hommes ne comprirent pas ce qu'elle voulait dire. Elle les regarda partir. Peut-être était-ce à cause de l'insistance qu'ils avaient mise à lui faire répéter le moindre détail, mais elle avait l'impression qu'ils l'avaient violée, eux aussi, qu'ils avaient attenté froidement, sans aucune pitié, à sa fragile intégrité physique et mentale.

Une pensée la réconforta un peu : après ce qu'elle venait de subir, elle n'éprouverait plus aucune difficulté à tout raconter à ses parents, à Peter, et à ses amis.

« Vous ne trouvez pas qu'on a été un peu durs avec elle, demanda Tug à Haller en descendant les marches de l'entrée de l'hôpital.

— C'est la seule manière d'obtenir la vérité, répondit-il en haussant les épaules.

— Et qu'est-ce que vous en pensez, maintenant ? »

L'enquêteur secoua la tête et soupira. « C'est une affaire qui ne sera jamais jugée.

— Pourquoi ? Vous ne le retrouverez pas ?

— Si, nous le retrouverons probablement, si on le cherche. S'il s'appelle vraiment Bob, s'il est effectivement inscrit à Harvard. Mais ça ne servira à rien.

— Bon sang, Haller, s'exclama Tug. On ne peut quand même pas lui permettre de s'en tirer comme ça ! Avec ce qu'il a fait à cette gosse !

— Allons, sergent, ne vous laissez pas attendrir aussi facilement. Elle le connaissait, bon Dieu ! Ils ont fait la fête, ils ont bu. Elle est allée se promener avec lui. À deux heures du matin. Pour autant que je sache, elle pouvait être consentante. Et la situation a simplement dérapé.

— Vous n'avez pas vu dans quel état elle était quand on l'a découverte. Sinon, vous ne parleriez pas de simple dérapage.

— Il est fort possible qu'elle l'ait un peu provoqué, qu'elle l'ait laissé aller jusqu'à un certain point, puis qu'elle ait changé d'avis, et entonné un petit couplet sur la virginité. Et il s'est mis en colère. Ce genre de chose arrive très souvent, vous savez. Les femmes disent non quand elles pensent oui, et inversement. Comment savoir ce qu'elles veulent vraiment ?

— Ce n'est pas mon avis, rétorqua Tug. Moi, je crois que tout s'est passé exactement comme elle nous l'a raconté.

— Peut-être, dit Haller en haussant une fois encore les épaules. Et je vais poursuivre mon enquête, puisque je suis payé pour ça, et aussi qu'elle me fait un peu de peine. Mais croyez-moi : le procureur ne poursuivra pas. Vous savez aussi bien que moi à quel point ces affaires sont difficiles à prouver, même quand il y a une demi-douzaine de témoins oculaires et qu'il s'agit d'un récidiviste. Alors, imaginez un type de la faculté de droit de Harvard ! Bon Dieu ! Il se défendrait lui-même et réduirait cette pauvre fille en miettes.

— On ne devrait pas laisser de tels monstres en liberté, insista Tug.

— Vous avez sans doute raison. » Haller s'interrompit pour redresser ses lunettes et chercher ses clés de voiture dans sa poche. « Mais à la fin, ce sera sa parole contre celle de la fille.

— Si c'était une de mes petites-filles qui était clouée dans ce lit, je lui arracherais les couilles, à ce salaud. »

Haller soupira de nouveau. « Si c'était ma petite-fille, je lui conseillerais de rentrer chez elle et de tout oublier. Et d'être plus prudente à l'avenir. »

7

Dès le samedi après-midi, Karen pardonna aux policiers. En réfléchissant, elle se persuada que leur attitude froide était dictée par le désir de se montrer polis et de ne pas manifester d'émotion intempestive.

Pourtant, le sentiment qu'ils ne l'avaient pas crue continuait de la tracasser. Elle avait l'impression qu'ils la considéraient comme responsable de ce que Bob avait fait. Mais c'était absurde, se raisonnait-elle. Elle avait lutté de toutes ses forces. Sans doute les policiers réagissaient-ils ainsi parce qu'ils ignoraient tout de son éducation et de ses principes. Voilà pourquoi ils l'avaient interrogée aussi durement.

Elle but la dernière gorgée de son milk-shake en attendant l'arrivée de ses parents. Elle savait qu'elle devrait raconter à nouveau son histoire, mais à deux personnes qui l'aimaient et surtout la comprendraient.

« Bonjour, ma chérie », roucoula Beverly peu avant quatre heures.

Elle avait abandonné le noir. Sa mère portait un tailleur rouge vif que Karen ne connaissait pas, et elle était allée faire un tour dans un institut de beauté. Ses cheveux étaient impeccablement coiffés et ses ongles écarlates.

« Comment va ma petite fille ? demanda Leo, plutôt terne à côté de sa flamboyante épouse, en s'asseyant sur le plus éloigné des fauteuils.

— Mieux », dit Karen. Vraie ou pas, elle savait que c'était la réponse qu'il avait besoin d'entendre.

« C'est bien. » Et Leo hocha la tête avec satisfaction.

Leo Kern était le genre d'homme qui préférait ne pas voir la laideur du monde. Il passait ses journées dans un environnement stérile, immaculé, où l'on réparait les dégâts d'un coup de roulette magique, et laissait sa femme se charger des dures réalités de la vie.

« Que fais-tu avec tes doigts ? demanda Beverly.

— Je bouche le trou, pour pouvoir parler.

— Et tu ne fais que ça depuis jeudi ? Parler sans arrêt ?

— Il me semble bien, dit la jeune fille. La police est venue me voir.

— La police ? répéta Beverly. Pour quoi faire ?

— Ils font une enquête. »

Ses parents échangèrent un coup d'œil trop rapide pour que Karen pût le surprendre.

« Que leur as-tu raconté ?

— Tout ce dont je me souvenais. »

Beverly s'installa plus confortablement dans son fauteuil.

« Alors, autant nous le raconter à nous aussi », dit-elle.

Karen prit le temps de choisir soigneusement ses mots ; elle désirait dire la vérité à ses parents, mais surtout leur épargner toute souffrance inutile.

« Tu es allée chez Jill, souffla Beverly.

— Oui. Je suis allée chez Jill. Et peu de temps après mon arrivée j'ai rencontré un ami d'un ami d'un ancien camarade d'études de Andy. Un certain

Bob, de la faculté de droit de Harvard. Je ne connais pas son nom de famille. Mais il avait l'air très gentil, et il était très attentionné. Nous avons passé une bonne partie de la soirée ensemble.

— Il n'y a rien de mal à ça.

— Jusque-là, non. » Une amertume inhabituelle perça dans la voix de Karen. « À la fin de la soirée, il m'a proposé de m'aider à trouver un taxi pour rentrer chez tante Edna. Il était assez tard, plus de deux heures du matin, et j'ai accepté. Nous en avons cherché un pendant un bon moment, en vain. C'est alors qu'il m'a proposé de rentrer à pied en traversant le parc.

— Donc, un charmant jeune homme de la faculté de droit de Harvard te propose de traverser Central Park avec toi à deux heures du matin, résuma Beverly.

— Exactement.

— Bon. Voilà qui explique ce que tu faisais là. Encore qu'il soit difficile de comprendre pourquoi tu es allée dans un endroit aussi dangereux avec un ami d'un ami d'un ancien camarade d'université de Andy, et en pleine nuit.

— Il faisait froid. Marcher semblait plus malin que geler sur place.

— Bon. Vous voilà dans le parc. Et après ?

— Il m'a agressée.

— Qui t'a agressée ? interrogea Beverly, impassible.

— Bob. J'ai essayé de lui échapper, mais il ne m'a pas laissée partir. »

Beverly observa sa fille avec incrédulité et stupéfaction.

« Tu as été... attaquée, reprit-elle, incapable de prononcer le mot juste, par un étudiant de Harvard qui est un ami d'un ami d'un ancien camarade d'université de Andy Hartman ?

— Oui.
— Quelqu'un que tu connaissais ?
— Oui.
— Pourquoi ? s'écria Beverly.
— Pourquoi quoi ?
— Pourquoi un jeune homme se conduirait-il de cette façon ? Qu'est-ce que tu as fait ?
— Je ne comprends pas. Je n'ai rien fait du tout.
— Tu nous caches sûrement quelque chose, rétorqua amèrement Beverly. Un charmant jeune homme de Harvard n'agresse pas une innocente jeune fille sans raison.
— C'est pourtant ce qu'a fait celui-là.
— Oh, mon Dieu, murmura Beverly en renversant presque son fauteuil dans sa hâte à se relever.
— Qu'y a-t-il ? »

Beverly chercha son mari du regard, mais ce dernier était absorbé dans la contemplation de son pli de pantalon.

« Je croyais qu'il s'agissait d'un maniaque quelconque. Je croyais qu'un inconnu, un malade, t'avait attirée là de force, sans que tu puisses te défendre.
— C'est exactement ce qui s'est passé.
— Je ne te comprends vraiment pas, s'exclama Beverly avec colère. Tu te prétends follement amoureuse de Peter Bauer. Qu'est-ce qui t'a pris de te jeter au cou de quelqu'un d'autre ?
— Je ne me suis jetée au cou de personne, protesta Karen, les larmes aux yeux, qui en oublia que sa mère n'avait jusqu'à présent jamais considéré Peter Bauer comme un prétendant acceptable. Il a dit qu'il me ramenait chez tante Edna. C'est tout. Et je l'ai cru.
— Et tu es bien sûre de ne pas l'avoir encouragé ? De ne pas lui avoir laissé imaginer que tu accueillerais favorablement ses avances ?

— Oui.

— Tu ne t'es pas appuyée contre lui, d'une façon qui aurait pu être ambiguë ?

— Mais pas du tout, s'écria-t-elle en éclatant en sanglots. Je n'ai rien fait de mal.

— Allons, allons, ma chérie. » Beverly se précipita sur sa fille pour lui essuyer les yeux. « Ne te mets pas dans un tel état. Personne ne t'a dit que tu pensais à mal. Mais parfois, les autres interprètent mal nos actions. Notre façon de sourire, de parler, de marcher.

— Je me suis amusée, c'est tout, sanglota Karen.

— Bien sûr, ma chérie, comme tout le monde le fait à une soirée. Tu n'avais aucune raison de t'imaginer que ce garçon, Bob, prendrait cela aussi au sérieux.

— Non », marmonna Karen, profondément troublée. Les choses ne se passaient pas du tout comme elle l'avait prévu. D'abord la police, et maintenant ses parents.

« Je ne veux pas te faire de peine, continua Beverly, mais ton père et moi nous n'arrivons pas à comprendre comment tu as pu te mettre dans une telle situation, comment tu as pu te montrer imprudente à ce point. »

Leo n'avait pas encore prononcé un seul mot.

« Moi non plus », sanglota la jeune fille en lâchant le tube pour enfouir son visage dans ses mains.

Beverly s'enfonça dans son fauteuil, croisa les jambes et les chevilles, et posa les mains sur ses genoux.

« Nous en savons assez, maintenant, inutile de nous appesantir. C'est du passé, mort et enterré. Bientôt, tu iras bien. Il est temps de considérer tout cela comme... un malheureux incident, et de recommencer à vivre normalement. »

Mort et enterré, songea Karen avec amertume. Sa mère croyait-elle pouvoir effacer cette horreur d'un geste de la main ?

« Tu crois ?

— J'en suis certaine, affirma Beverly. Parler de cette histoire te bouleverse, je le vois bien. Inutile de t'obliger à la répéter à n'en plus finir. Ce serait une abominable épreuve pour toi. De plus, ça ne regarde personne.

— La police est au courant, lui rappela Karen. Ils vont arrêter Bob, et le faire payer pour ce qu'il a fait.

— Ton père se chargera de ça, répondit doucement Beverly. Mais il est hors de question que nous autorisions quiconque à te traîner devant un tribunal sordide et à salir ta réputation dans les journaux.

— Mais il faudra que je témoigne. J'y tiens. Je veux qu'il soit condamné, et jeté en prison.

— Il n'en est pas question. Tu ne seras plus jamais mêlée à cette épouvantable aventure. Désormais, si on te pose la question, tu diras que tu es à l'hôpital parce que tu... parce que tu as eu un accident.

— Un accident ?

— Oui, déclara Beverly en observant un grain de poussière posé sur sa veste rouge. D'ailleurs, c'est en gros ce que nous répondons quand on nous interroge. »

Karen regarda son père et sa mère, abasourdie. « Vous dites aux gens que j'ai eu un accident ?

— Nous ne donnons pas de détails, évidemment. En fait, nous ne savions pas grand-chose. Nous laissons entendre, c'est tout. Pourquoi entrerions-nous dans des détails sordides ?

— Et quel genre d'accident suis-je censée avoir eu ? »

Beverly hésita un instant. « Nous pourrions parler

d'un accident de voiture, décida-t-elle. C'est le plus plausible, non, vu ton état ? On ne va pas prétendre que tu es tombée d'un arbre, comme lorsque tu t'es cassé le bras quand tu avais six ans. »

Karen éprouva soudain un violent mal de tête.

« Mais... c'est un mensonge.

— D'accord. Mais nous mentirons pour te protéger, pour nous protéger tous, contre des ragots humiliants, déclara Beverly, la lèvre inférieure tremblante. C'est déjà assez pénible pour nous de savoir ce qui t'est arrivé ! Faut-il en plus que toute la ville soit au courant ? Nous faisons partie de la bonne société. Jamais l'ombre d'un scandale n'a éclaboussé la famille. Songe à la clientèle de ton père !

— Voyons, Beverly, intervint Leo.

— Et pense à ta sœur, poursuivit Beverly comme s'il n'avait rien dit. Si tu racontes toutes ces horreurs, les gens risquent de se demander ce qui t'a pris d'aller te promener dans Central Park en pleine nuit, avec un jeune homme que tu connaissais à peine.

— Mais ici tout le monde est au courant, contre-attaqua Karen en se demandant en quoi cela pouvait bien concerner sa jeune sœur Laura, âgée de seize ans.

— Peut-être, rétorqua Beverly, mais on doit pouvoir faire classer ton dossier "confidentiel".

— Et Peter ?

— Tu aurais mieux fait de penser à Peter avant d'aller te promener dans Central Park, répliqua sa mère, brutalement. Tu lui diras la même chose qu'à tout le monde, bien entendu.

— Je ne veux pas lui mentir.

— Il le faudra, pourtant. Comment peux-tu espérer faire un mariage convenable, avec lui ou avec un autre, si tu racontes ton affreuse histoire ? As-tu vraiment envie de gâcher le restant de tes jours ? C'est exactement ce qui risque de t'arriver si tu répètes ce que tu nous as dit à qui que ce soit. »

Le sang martelait la tête de Karen. De toutes ses forces, elle aurait voulu retomber dans l'inconscience et y demeurer pour toujours.

« Ce n'est pas juste.

— Juste ? Tu trouverais juste de dire au monde entier ce que tu as fait ?

— Ce que j'ai fait ? Tu veux dire ce qu'il a fait, n'est-ce pas ?

— Peu importe.

— Vous êtes mes parents. Vous êtes censés m'aimer. Je croyais que vous me soutiendriez.

— Évidemment que nous t'aimons, que nous te soutiendrons. Voilà pourquoi nous sommes prêts à aller aussi loin pour te protéger.

— Ce n'est pas vrai, accusa Karen. Vous pensez que c'est ma faute. Vous pensez que c'est moi qui devrais être punie, pas lui. Vous pensez que j'ai flirté avec lui, et que je l'ai entraîné dans le parc. Et vous pensez que j'ai mérité ce qui m'arrive, c'est bien ça ?

— Pas du tout. Il y a simplement eu un affreux malentendu, à un moment ou à un autre, et il en a profité. Peut-être qu'il faudrait le punir pour cela, mais pas au détriment de la réputation de toute ta famille. »

Subitement, le souffle manqua à Karen. Un spasme agitait sa jambe droite, son visage devint écarlate, son corps s'arqua et elle essaya d'arracher les fils qui bloquaient sa mâchoire.

« Mon Dieu ! Qu'est-ce qui se passe ? » s'exclama Beverly.

Leo bondit pour retenir la main de sa fille et l'empêcher de se faire du mal. « Appelle une infirmière », ordonna-t-il à sa femme.

Beverly se précipita à la porte. « Elle ne peut pas

respirer, cria-t-elle à la cantonade. Faites quelque chose ! »

Rose Thackery entra en courant, jeta un bref coup d'œil, tourna les talons et revint un instant plus tard, une seringue à la main. Elle bouscula presque Leo en s'approchant du lit.

« Calmez-vous, Karen, dit-elle d'une voix ferme. Vous faites une crise d'angoisse, c'est tout. Il n'y a aucune raison de vous inquiéter. »

Elle lui fit une piqûre et prit la main de sa malade. « Écoutez-moi, dit-elle doucement. Vous allez très bien. Rien ne vous est arrivé. »

À travers ses larmes, Karen regarda le visage apaisant, penché sur elle. Depuis des semaines, il lui apportait le réconfort et la bonne humeur. Le sentiment de panique desserra légèrement son étreinte.

« Respirez un bon coup, dit l'infirmière, profondément. Voilà. Encore une fois. Voilà. Ça va mieux, n'est-ce pas ? »

Peu à peu, Karen reprenait des couleurs. Rose Thackery rassura les Kern, puis leur demanda s'ils avaient l'un ou l'autre dit quelque chose qui fût susceptible d'avoir angoissé Karen.

« Certainement pas », rétorqua Beverly d'un ton indigné.

8

Karen était couchée, les yeux grands ouverts. Malgré le sédatif qu'on lui administrait chaque soir, elle ne trouvait pas le sommeil. En dépit de ses efforts, les paroles de sa mère la hantaient. Ce dont elle avait toujours eu le plus peur était arrivé : elle s'était déshonorée, elle avait déshonoré sa famille. Et si gravement que Beverly était disposée à vivre dans le mensonge plutôt que de prendre le risque de laisser filtrer la vérité.

Mais *quelle* vérité ? se demandait Karen. Était-elle responsable de son malheur, comme l'insinuait plus ou moins la police et comme sa mère semblait disposée à le croire ?

Elle se remémora, une fois encore, tous les détails de la soirée, du moment où elle avait renversé de la mayonnaise sur sa belle robe noire jusqu'au premier coup de poing de Bob. Rien dans sa conduite, elle en était sûre, n'avait pu prêter à confusion.

Comment Bob s'était-il mépris ? Certes, elle avait été flattée de ses attentions, mais cela faisait-il d'elle une fille facile ? Était-il interdit de flirter sans pour autant accepter de faire l'amour ? L'avait-elle vraiment bien cherché ?

Deux inconnus, et les deux personnes qui la

connaissaient le mieux, paraissaient le penser. Quel dommage qu'elle ait trouvé Bob séduisant ! Et que les regards d'envie que lui lançaient les autres filles l'aient amusée ! Si seulement elle avait insisté pour attendre le retour du portier ! Si seulement elle n'avait pas porté sa robe préférée ! Et, en tout premier lieu, si seulement elle était restée chez elle...

La tête lui tournait en évoquant tous les « si seulement » qui lui auraient évité de se retrouver, ses vêtements et sa vie en lambeaux, dans un buisson de Central Park.

Guère plus de deux mois auparavant, elle pensait qu'il n'y avait rien de pire au monde que de tomber enceinte et de devoir épouser un homme qu'on n'aimait pas ! Une éternité semblait s'être écoulée depuis. Comment avait-elle pu être aussi naïve ? Comparée aux Kern, la famille de Jill avait de la chance. Comparée à Karen, Jill était la plus heureuse des femmes.

Pourtant, se dit Karen tandis qu'une petite lueur d'espoir s'allumait dans l'obscurité, il y avait une chose que Jill n'avait pas, et qui faisait une immense différence : elle n'avait pas Peter Bauer.

Le solide, le fidèle Peter Bauer, qui téléphonait deux fois par semaine, lui envoyait des petites cartes postales amusantes et des gros bouquets de roses jaunes, ses préférées. Tant que Peter serait là, elle aurait le courage d'affronter n'importe quelle situation.

C'est en songeant au jeune homme que Karen s'apaisa peu à peu et que le sommeil lui ferma enfin les yeux.

Michael Haller revint deux semaines plus tard. Seul.

« J'ai retrouvé Bob », déclara-t-il sans préambule. Il faillit mentionner son nom de famille, mais décida de s'en abstenir si elle ne le lui demandait pas. « Il était exactement là où vous aviez dit qu'il serait.

— L'avez-vous arrêté ?

— Non.

— Pourquoi ?

— Parce que nous n'avons pas la preuve qu'il a commis le crime dont vous l'accusez, dit-il en remontant ses lunettes sur son nez.

— Mais regardez-moi, s'écria Karen. Ça ne suffit pas, comme preuve ?

— Le fait est que sa version ne correspond pas à la vôtre, répondit Haller en regardant la pointe de ses souliers. Il affirme que c'est vous qui avez eu l'idée de traverser le parc, et que vous vous êtes jetée sur lui. »

Le jeune homme avait été si facile à retrouver que Haller inclinait à le croire. Un homme impliqué dans un viol n'indique en général pas à sa victime l'endroit où il travaille.

Karen fixait le détective. Elle se rendit compte qu'elle se sentait offensée, mais qu'elle n'était pas étonnée. La conspiration, puisqu'il s'agissait bien de ça, continuait.

« Il a dit que je l'avais bien cherché ? Que je voulais qu'il me fasse ça ?

— Il dit qu'il n'a rien fait du tout — sauf vous satisfaire. Il dit que vous avez fait l'amour et qu'après, quand il a voulu s'en aller, vous avez refusé de partir avec lui.

— Et vous l'avez cru ?

— Il avait l'air sincère.

— Vous l'avez cru ? répéta Karen.

— Ce que je crois ne compte pas, murmura Haller pour se tirer de ce mauvais pas. Ce qui compte, c'est ce que croirait le jury si nous allions au procès. Nous n'avons pas de preuve, pas de témoin oculaire, c'est votre parole contre la sienne. Selon mon enquête, c'est un étudiant très sérieux, le fils d'une excellente famille de San Francisco. Il n'a jamais eu le moindre ennui.

— Moi non plus, intervint Karen.

— Je sais, dit Haller, mal à l'aise, mais dans un cas de ce genre, c'est à l'accusation d'apporter la preuve de la culpabilité. Et aucun jury ne condamne pour viol un jeune homme de bonne famille sans preuve flagrante.

— Ils penseraient que j'ai tout inventé ? Que je lui ai fait du charme et qu'ensuite je suis allée toute seule à Central Park, pour trouver quelqu'un d'autre, l'entraîner dans les buissons et le supplier de me violer et de me frapper à mort ? Ils penseraient que j'essaie d'accuser un charmant garçon coupable seulement d'avoir voulu me raccompagner chez moi ?

— Ils pourraient penser quelque chose comme ça.

— Même si ce n'est pas la vérité ?

— Si cela ne tenait qu'à moi, j'enfermerais ce salaud et je jetterais la clé de la cellule, dit Haller hypocritement. Mais c'est le procureur général qui décide, et il ne poursuit que s'il estime avoir de bonnes chances de gagner. Or, ce n'est pas le cas. »

En fait, le politicien roublard n'avait pas accordé le moindre crédit à Haller.

« Et ce qui compte, c'est de gagner ? Ce n'est pas de faire éclater la vérité ? Ou la justice ?

— Je vous l'accorde, soupira l'épouvantail. Mais je n'ai pas parlé de justice. J'ai parlé du fonctionnement d'un système.

— Est-ce que mon père est venu vous voir ?

— Oui. Votre mère aussi, d'ailleurs.

— Vous ont-ils demandé d'arrêter votre enquête ?

— S'ils l'ont fait, c'est uniquement pour vous éviter une nouvelle épreuve. Et, à mon avis, ils ont raison. Vous êtes une gosse sympathique. Vous n'avez aucune idée du traitement que vous infligerait un avocat de la défense au tribunal. Faites-moi confiance : le temps qu'il en ait fini avec vous, le jury serait convaincu que vous ne valez pas mieux qu'une prostituée à deux dollars de la Huitième Avenue. Suivez mon conseil : oubliez les tribunaux.

— Je vous remercie d'être venu », dit Karen.

La police la prenait pour une menteuse, ses parents pour une allumeuse, un jury la prendrait pour une prostituée ! À quoi bon protester plus longtemps de sa bonne foi ?

« Je suis navré, dit Michael Haller, conscient de la platitude de ses mots.

— Moi aussi.

— Personne ne mérite de souffrir à ce point-là, ajouta-t-il pour essayer de compenser un peu. J'espère que vous allez vite guérir. »

La conversation était terminée. Il tourna les talons et s'aperçut que Karen ne lui avait pas demandé le nom de famille de Bob. Cela valait aussi bien.

Karen ferma les yeux pour ne pas le voir partir. Curieusement, on aurait dit que c'étaient les os brisés et les traces de coups qui gênaient le plus les gens. Comme si, en se braquant ainsi, ils s'évitaient de réfléchir à ce qui lui était vraiment arrivé.

9

Karen quitta l'hôpital le 8 mai. Sa mâchoire et son bras étaient guéris. Son genou gauche avait été opéré deux fois. L'articulation fonctionnait à nouveau. Elle avait suivi une rééducation musculaire intense, et appris à marcher avec des béquilles.

Du trou dans sa gorge, provoqué par le tube de la trachéotomie, il ne restait qu'une petite bosse rouge. Le drain qu'on lui avait placé entre les côtes avait laissé une fine cicatrice, un pli dans la peau, comme une ride, qu'elle touchait et faisait rouler entre ses doigts.

Le trajet pour rentrer chez elle, dans la Buick familière de son père, lui donna l'impression de redécouvrir le monde. Pendant son hospitalisation, l'hiver avait fait place au printemps. Long Island était resplendissant et Karen s'abreuvait avidement de toute cette vie, de toute cette beauté.

Lorsque Leo tourna dans Knightsbridge Road, Karen se dévissa presque le cou pour apercevoir plus vite l'entrée de la maison de style colonial où elle avait passé toute sa vie.

« Les cerisiers sont encore en fleur, ils t'ont attendue », lui dit sa mère tandis que la voiture roulait entre les branches chargées de pétales d'un rose délicat qui, d'ordinaire, disparaissaient en avril.

Karen soupira de bonheur. Tout était exactement comme elle l'avait souhaité. Les bourgeons, l'épaisse pelouse vert tendre, les bégonias et les impatiens que sa mère soignait avec amour en plein épanouissement, la haie qui les séparait de leurs voisins bien taillée. Comme c'était bon d'avoir la preuve que certaines choses étaient immuables !

Karen s'était habituée à l'hôpital, au flot constant d'uniformes blancs qui entraient dans sa chambre, aux soins routiniers, et à son magnifique lit articulé. Mais cela n'avait rien à voir avec un foyer.

Un foyer, c'était une vieille paire de pantoufles qu'on enfilait pour se sentir bien, un endroit où l'on était aimée et acceptée, quoi qu'on dise et même quoi qu'on fasse. Mais cette fois Karen avait changé, et la maison lui paraissait à la fois familière et étrangère. Elle en parcourut toutes les pièces, admira comme si elle ne les connaissait pas les meubles anciens et les tapis d'Orient, jeta un coup d'œil attendri aux étagères de livres de son père et aux disques d'Elvis Presley de sa petite sœur avant d'entrer enfin dans sa chambre de jeune fille, où chaque objet racontait l'histoire de sa vie.

La première nuit, lorsqu'elle eut enfin réussi à se débarrasser de Beverly, qui ne cessait de lui tourner autour en jouant les mouches du coche, Karen ferma sa porte et pleura. Elle regrettait amèrement d'avoir quitté cette chambre, d'avoir grandi. La maisonnée tout entière dormait depuis longtemps lorsqu'elle alluma sa lampe de chevet et ouvrit le tiroir de sa table de nuit pour en sortir sa boîte à secrets.

C'était un coffre en bois qui avait appartenu à sa grand-mère. Karen y cachait d'innombrables feuilles volantes, où elle avait, au jour le jour, inscrit les idées qui lui passaient par la tête. Elle prit une feuille blanche et un stylo.

Un chien, dit-on, m'a trouvée,
déchirée, le corps en sang,
plus morte que vivante.
On s'était débarrassé de moi
comme d'un déchet.
Que suis-je devenue aujourd'hui ?
On a jeté des mots
tout autour de moi
outrage, pneumonie, trauma,
fractures, absence, désarroi,
mais, pour entendre ces mots,
je n'étais pas là.
Six heures durant,
soi-disant,
on m'a opérée.
Ils en ont enlevé
plus qu'ils n'en ont laissé.
Mais déjà le vide était en moi.
Mon regard le premier s'est réveillé.
Des semaines après, j'ai parlé.
Et enfin j'ai marché.
Ils avaient bien travaillé.
Fallait-il le leur dire,
Que j'aurais préféré mourir ?

Karen rangea la feuille, enfonça son visage dans son oreiller et pleura jusqu'à ce qu'elle s'endorme enfin, la lumière allumée.

Elle passait de longues heures dans le merveilleux jardin de sa mère, allongée ou assise, les jambes sur un coussin, à lire, à boire du thé glacé ou à regarder dans le vague. Le soleil lui rosit peu à peu les joues.

Désormais, Karen pouvait manger de tout. Obéissant aux instructions de Beverly, Winola, la domestique qui n'avait jamais quitté la famille, suivait la jeune fille partout, en lui proposant d'appétissantes nourritures.

« Si vous continuez comme ça, je deviendrai obèse », protestait faiblement Karen.

Contrainte à l'oisiveté, elle n'attendait que l'arrivée de Peter, telle la Belle au bois dormant.

Deux fois par semaine, les mardi et jeudi après-midi, Beverly l'accompagnait à l'hôpital de Manhattan pour ses séances de rééducation. Il aurait été bien plus pratique de continuer le traitement à l'hôpital local, mais Beverly n'avait pas voulu en entendre parler, sous prétexte qu'il valait mieux que Karen soit suivie par une équipe qui connaissait parfaitement son cas. Le trajet ne la dérangeait pas du tout, prétendit-elle.

En fait, elle détestait conduire en ville, mais elle préférait que le personnel de l'hôpital local et leur vieux médecin de famille ignorent la vérité.

Ces deux sorties mises à part, Karen accumulait les excuses pour ne pas quitter la maison.

« Viens en ville avec moi, proposait Beverly. Nous ferons des courses, ça te distraira.

— J'ai mal au genou », prétextait Karen. Son kinésithérapeute insistait pourtant pour qu'elle marchât le plus possible. Mais elle était persuadée qu'il suffisait de jeter les yeux sur elle pour comprendre ce qui lui était arrivé, malgré les mensonges qu'avait complaisamment répandus sa mère, et elle n'était pas encore prête à affronter le regard des autres.

Plusieurs fois, elle commença à parler de Bob, et des événements de cette terrible nuit, mais Beverly l'interrompait d'un péremptoire : « Tu as eu un horrible accident. Inutile de rabâcher tout cela.

— Mais j'ai besoin d'en parler, insistait Karen,

qui désirait avoir l'occasion de développer sa propre version des faits, afin que ses parents lui pardonnent son imprudence.

— Ce dont tu as besoin, c'est d'oublier, affirmait Beverly. Fais-moi confiance.

— Bien, maman. »

Alors qu'elle allait quitter l'hôpital, le Dr Waschkowski avait suggéré qu'elle prît rendez-vous avec un psychiatre.

« Nous nous sommes occupés de votre corps, mais ce n'est qu'une partie du problème. »

L'idée de questionner un psychiatre sur les causes du drame survenu dans le parc séduisait Karen, mais sa mère ne voulut pas en entendre parler.

« Il n'y a que les fous qui vont chez le psychiatre, explosa-t-elle. Tu t'es peut-être montrée imprudente, mais tu n'es pas folle. Mon Dieu ! Il ne manquerait plus que ça, un psychiatre qui mette son nez dans nos affaires ! » Et elle déchira rageusement le papier où était inscrit le numéro de téléphone du médecin.

Deux semaines après le retour de Karen chez elle, Jill vint lui rendre visite avec son bébé.

« Au cas où elle aurait la grossièreté de t'interroger, dit Beverly, ne rentre dans aucun détail. Après un accident, on a le droit de ne plus avoir les idées très claires.

— Bien, maman. »

La faculté de Beverly à nier les faits était extraordinaire. D'ici peu, elle serait intimement convaincue que sa fille avait été la victime d'un chauffard. Comme Karen aurait aimé pouvoir le croire, elle aussi !

La maternité avait transformé Jill, qui était resplendissante ; son corps avait perdu son côté anguleux.

« Il a fallu que je fasse un enfant pour qu'il me pousse enfin des nénés », dit-elle en riant.

Mais Karen s'intéressa surtout au petit paquet rose : une vraie personne en miniature, avec de grands yeux d'un bleu innocent, la peau la plus douce du monde et un duvet blond doré.

« C'est minuscule ! je n'aurais jamais cru qu'elle puisse être si petite !

— C'est l'impression qu'on a quand on n'a pas été obligé de la faire sortir de son propre ventre, grimaça Jill.

— Je peux la prendre ?

— Bien sûr », dit la jeune maman en sortant la petite fille de sa poussette et en la déposant dans les bras de Karen sans la moindre hésitation.

Rebecca observa un instant l'inconnue, et lui sourit.

« J'ai l'impression que je lui plais, s'exclama Karen.

— Du moment qu'on la prend dans les bras !

— Si elle était à moi, reprit Karen en caressant la petite joue rose, je la garderais toute la journée dans mes bras.

— On en reparlera quand tu en auras un, s'exclama Jill. Quand le ménage ne sera pas fait, qu'il faudra laver les couches, que tu n'auras même pas réfléchi à ce que tu allais préparer pour le dîner et que tu auras une bonne sciatique ! »

Karen se mordit la lèvre inférieure. La veille de son départ de l'hôpital, juste avant de lui indiquer l'adresse d'un psychiatre, le Dr Waschkowski lui avait annoncé qu'elle ne serait jamais mère. Dieu sait qu'elle avait passé des moments difficiles, mais celui-là fut le pire de tous. Tous ses rêves d'avenir se brisèrent d'un seul coup en mille morceaux. Ainsi, songea-t-elle avec amertume, elle subirait sa vie durant les conséquences de son imprudence.

Serrer Rebecca contre elle, respirer son odeur,

l'écouter gazouiller, sentir sa petite main crispée sur son doigt lui était un supplice abominable.

Karen poussa un long soupir déchirant et ne put empêcher les larmes de lui monter aux yeux, de couler sur ses joues et de tomber sur la barboteuse du bébé.

« Il ne faut pas me la gâter », intervint Jill sans remarquer les larmes et en interprétant le soupir comme un signe de fatigue. Elle réinstalla la petite fille dans sa poussette. Sans laisser à Karen le temps de protester, Beverly annonça que le déjeuner était prêt.

Lorsque, le bébé couché pour faire sa sieste, les deux amies se retrouvèrent enfin seules dans le jardin, Jill insista pour qu'on cesse de parler d'elle et du bébé. « À ton tour. Raconte, maintenant.

— Que veux-tu que je te raconte ?

— Voyons ! s'écria Jill, la dernière fois que je t'ai vue, tu sortais de chez moi en pleine forme, avec le plus bel homme de l'assistance, et j'apprends que tu es à l'hôpital. Que t'est-il arrivé ?

— Que t'a dit ma mère ?

— Qu'une voiture t'avait renversée, bien sûr. Mais comment ? »

Karen fixait obstinément les plis de sa jupe. En quinze ans d'amitié, elle n'avait jamais menti à Jill. Elles avaient partagé tous leurs secrets, leurs joies et leurs peines, et leur confiance réciproque était infinie. Karen était convaincue qu'elle pouvait dire la vérité à Jill. En outre, elle avait un immense besoin de parler à quelqu'un qui la comprendrait. Au moment même où elle allait ouvrir la bouche, Jill reprit la parole en gloussant.

« Au début, avant qu'on ne sache vraiment, tu comprends, Andy a dit que tu n'avais peut-être pas réussi à maîtriser la fougue du plus bel homme de la soirée.

— Qu'est-ce qui lui a fait imaginer une chose pareille ?

— Tu connais Andy ! Il ne pense qu'à ça !

— Et toi, qu'est-ce que tu as répondu ?

— Je lui ai dit que c'était grotesque, évidemment. Quand on te connaît, on sait que ton cœur est pur, et que ton corps appartient à Peter.

— Mais je dois reconnaître que le bel homme en question est drôlement costaud. Rien d'étonnant à ce qu'on suppose qu'il ait pu me forcer à lui céder, avança prudemment Karen.

— Ne sois pas ridicule. Beau comme il est, quel besoin aurait-il de forcer quiconque ? Les femmes doivent tomber dans ses bras comme des mouches.

— Tu crois ?

— Bien sûr. Et c'est ce que j'ai répondu à Andy. D'ailleurs, nous le savons tous, de nous deux c'est moi qui suis faible, et toi qui es le parangon de vertu. La bague au doigt, ou rien ! Allez, raconte, maintenant. »

Faiblesse ou vertu, songea amèrement Karen. N'y avait-il donc que cette alternative ? Comment Jill pouvait-elle rejeter aussi arbitrairement toute autre éventualité ? se demanda-t-elle en oubliant complètement qu'elle-même aurait réagi avec la même intransigeance six mois avant. Cela recommençait, comme avec la police et avec ses parents.

« Un chauffard, ivre mort, déclara-t-elle d'une voix blanche. Il m'a heurtée. Je ne l'avais pas vu venir.

— Quelle horreur ! s'exclama Jill que Beverly avait mise au courant de cette partie de l'accident. Mais où cela s'est-il passé ? Qu'étais-tu en train de faire ? »

Le cœur de Karen s'emballa, la sueur perla à son front. Elle ne se rappelait pas ce que sa mère lui avait conseillé de dire.

« Je ne sais pas vraiment. C'est très flou.

— Tu dois bien te souvenir d'un certain nombre de choses, insista Jill. La rue où c'est arrivé, par exemple. Commençons par le commencement. Tu pars de chez nous avec le séducteur en chef. Il était là pendant l'accident ?

— Oui. Enfin, plutôt non, se corrigea-t-elle immédiatement. Oui, je suis partie avec lui, mais non, il n'a pas été renversé par la voiture.

— Il n'était pas censé te trouver un taxi ?

— Si, mais il ne l'a pas fait. C'est-à-dire — on a attendu et... oui, il en a cherché un.

— C'est oui, ou c'est non ?

— Il était très tard, tu sais, et je... » Karen était si embarrassée qu'elle prit le premier prétexte qu'elle trouva, et se frotta les yeux en gémissant un peu. « Je suis épuisée, marmonna-t-elle. Il faut que j'aille m'allonger.

— Vas-y vite, dit Jill qui avait remarqué la pâleur soudaine de son amie. Ta mère m'a fait promettre de ne pas te fatiguer.

— J'ai été si heureuse de te voir, dit Karen. Et que tu m'aies amené Rebecca. Elle est adorable.

— Je n'avais pas le choix, tu sais. Jusqu'à ce qu'elle se nourrisse autrement, nous sommes comme des sœurs siamoises, elle et moi. »

Jill fit ses adieux à Karen et à sa mère.

« Revenez dès qu'elle ira un peu mieux, lui dit Beverly en la raccompagnant. Il est très important pour elle de voir ses amis.

— Je vous le promets.

— Qu'est-il arrivé ? demanda Beverly dès que Jill eut passé la porte. Pourquoi est-elle partie aussi vite ?

— Elle voulait des détails », répliqua Karen en tournant les talons.

10

Au volant de sa Pontiac, Peter Bauer se dirigeait vers Great Neck. Une semaine plus tôt, son diplôme d'ingénieur en poche, il avait quitté Cornell. Sa famille était fière de lui : Peter était le premier Bauer à sortir de l'université. Il était brièvement retourné dans le Maine, où ses parents avaient organisé une fête afin de célébrer l'événement. Son avenir était tout tracé : il entrerait dans la petite affaire familiale de composants électriques, il épouserait Karen dès qu'elle serait suffisamment remise pour terminer ses études (car elle insisterait sur ce point), puis ils seraient heureux pour la vie, à Bangor.

Peter releva ses lunettes de soleil sur son front et se frotta les yeux. Il roulait depuis près de quatorze heures. Karen et lui s'étaient régulièrement parlé au téléphone depuis l'accident, mais il ne l'avait pas vue depuis janvier. Plusieurs fois, il avait proposé de lui rendre visite, mais Beverly l'en dissuadait, prétendant qu'elle était trop fatiguée et qu'il valait mieux attendre encore un peu.

« Seule la famille proche est autorisée à la voir, disait Beverly, mais je vous tiendrai bien entendu au courant de son état. »

Et elle s'acquittait fidèlement de sa promesse.

Chaque semaine, elle lui téléphonait. Et ne manquait jamais de le prévenir de tout changement significatif : son premier milk-shake, sa première parole, ses premiers pas.

Fin décembre, Peter avait sonné à la porte des Kern, et Beverly lui avait annoncé l'accident de Karen sans donner de détails. « Nous ne savons pas exactement ce qui s'est passé. Il faut attendre que Karen puisse nous le raconter elle-même. »

Sans lui cacher l'importance de ses blessures, elle avait omis cependant de mentionner l'hystérectomie, trop difficile à justifier. Il le saura bien assez tôt, avait-elle pensé.

Ce fut également Beverly qui, le lendemain du jour où Karen avait confié à ses parents la terrible vérité, fit savoir à Peter que sa fille avait eu un accident de voiture.

« Elle ne se rappelle pas encore très bien. Vu les circonstances, mieux vaut s'en réjouir. Elle traversait la rue, et un chauffard l'a renversée. On suppose qu'il était ivre.

— A-t-elle été projetée, ou la voiture l'a-t-elle écrasée ? » s'enquit Peter.

Personne n'avait encore songé à poser cette question à Beverly, qui avait déjà raconté sa version des faits une dizaine de fois.

« On ne sait pas, répondit-elle, embarrassée.

— Les médecins ont dû s'en apercevoir en examinant les blessures.

— Je ne leur ai pas demandé. Et je ne vois pas la différence », rétorqua Beverly sèchement, rongée par l'inquiétude. Et si ce bon à rien du Maine la soupçonnait de mentir ? « Ce qui compte, c'est qu'elle se rétablisse. Contentons-nous de penser à ça. »

Peter la trouva soudain bien agressive.

« La police fait-elle une enquête ?

— Quelle enquête ? Il n'y a pas de témoins. Et ce n'est pas Karen qui pourra donner des informations !

— Il arrive que des témoins se déclarent si on lance un appel par voie de presse. Y avez-vous réfléchi ? »

Il ne nous manquerait plus que ça, se dit Beverly, irritée, en résistant à l'envie de lui raccrocher au nez. Il avait beau n'être qu'un petit ingénieur, et, aux yeux de Beverly, cela ne valait guère mieux qu'un mécanicien, il serait peut-être le seul parti qui se présenterait pour Karen. Inutile de gâcher cette chance en le brutalisant.

« Oublions donc le passé, pour ne songer qu'à l'avenir. Si vous persistez à vous appesantir sur ces questions sans importance, je crains que cela ne fasse du mal à Karen. »

Ainsi Beverly, d'un revers de main, avait-elle balayé son insistance aussi gentiment que possible.

Mais, tandis qu'il approchait de la maison des Kern, Peter était toujours révolté à l'idée que celui qui avait laissé Karen pour morte ne serait pas puni.

Le soleil allait se coucher. Très bas sur la ligne d'horizon, il baignait d'une lumière dorée la jolie maison coloniale. À une fenêtre du premier étage, Karen guettait son arrivée depuis plus d'une heure, joyeuse et inquiète à la fois. Depuis qu'il lui avait téléphoné pour s'annoncer, une semaine auparavant, elle se préparait à sa visite.

« Je partirai de chez moi tout de suite après la réception que donnent mes parents, et je viendrai directement, lui avait-il dit.

— Nous t'attendrons pour dîner », avait-elle promis.

Cela faisait deux ans que Karen n'envisageait son avenir qu'aux côtés de Peter. Elle avait passé d'innombrables heures à griffonner *Karen Bauer* dans les marges de ses cahiers et à dessiner un élégant monogramme avec deux *K* et un *B*. Peter était son héros, son chevalier servant et son meilleur ami, le seul homme au monde dont le sourire la fît chavirer. Il appartenait à sa vie, qu'elle ne pouvait envisager sans lui.

Pourtant, alors qu'elle le regardait s'approcher, elle eut l'impression de contempler un inconnu, une silhouette lointaine, debout sur l'inaccessible rive d'un fleuve dont tous les ponts avaient été détruits.

Elle n'avait éprouvé aucune gêne à lui parler au téléphone, mais l'imminente confrontation la terrorisait. Et s'il était révulsé à la vue de ses cicatrices ? Et si sa fragilité l'effrayait ? Et s'il ne supportait pas de la voir marcher avec des béquilles ? Et si son amour pour elle s'était évanoui ? Mais elle s'interdit même d'y penser. Peter était sa seule raison de lutter pour redevenir un être humain à part entière.

C'est Beverly qui ouvrit à Peter. Derrière elle, en haut de l'escalier, Karen attendait. On dirait une morte, songeait Peter en la regardant. Une main agrippée à la rampe, elle plantait solidement une béquille dans l'épaisse moquette et lançait sa mauvaise jambe de marche en marche. Sous sa petite robe de coton, il n'y avait plus que de la peau et des os, son teint était translucide et Peter lisait dans ses yeux une expression indéfinissable, lointaine, qu'il n'y avait jamais vue.

« Je mets un temps fou à faire quelques pas, dit Karen, les sourcils froncés, en arrivant enfin au rez-de-chaussée. Mais je dois veiller à ne pas tomber sur mon genou. »

La Karen qu'il connaissait aurait plaisanté : « Je n'ai pas voulu prendre le risque de tomber à tes pieds », aurait-elle déclaré en riant.

« Tu t'en tires plutôt bien. » Peter avança afin de

la prendre dans ses bras, pour la première fois depuis des mois.

Karen se raidit. Elle s'était préparée à cet instant, avait envisagé avec joie le bonheur qu'elle aurait à se sentir serrée contre lui. Mais en le voyant se rapprocher, tout d'un coup ce ne fut plus Peter mais Bob. Elle poussa un petit cri et recula, au risque de perdre l'équilibre.

« Je suis désolé, s'exclama Peter. Je ne pensais pas que je pouvais te faire mal.

— Elle est encore très fragile, intervint Beverly pour cacher leur embarras.

— Un baiser sur la joue, alors, proposa le jeune homme.

— Bien sûr », dit Karen. Mais elle dut réprimer un frisson lorsqu'elle sentit son souffle chaud contre sa peau, et ses lèvres effleurer le coin de sa bouche. Une de ses béquilles lui échappa.

« Ça va ? s'inquiéta Peter en la maintenant.

— Ce sont des objets très capricieux, murmura Karen en lui glissant entre les doigts. Le jour où j'aurai appris à les maîtriser, je suppose que je n'en aurai plus besoin.

— Cela ne saurait tarder, s'écria Beverly. Tu progresses tous les jours.

— Je suis heureux de l'apprendre.

— Ne trouvez-vous pas que notre petite Karen va mille fois mieux que la dernière fois que vous l'avez vue ? roucoula Beverly.

— Tout à fait, répondit poliment Peter, convaincu du contraire.

— Assez parlé de moi, intervint Karen. Alors, Peter, ce diplôme ? Raconte. Et le voyage ? Il n'a pas été trop long ? Es-tu affamé ? Ou épuisé ? Veux-tu faire un somme, ou dîner tout de suite ?

— Je préférerais dîner d'abord. »

Peter n'avait presque rien pris de la journée et son estomac protestait de plus en plus violemment.

« Parfait, s'exclama la maîtresse de maison qui craignait que son rôti ne fût trop cuit. Allez vous laver les mains, et à table.

— Veux-tu que je t'accompagne à ta chambre ? proposa Karen, prête à affronter à nouveau les marches.

— Bien sûr que non. Je connais le chemin. »

Peter était déjà venu deux fois chez les Kern, et Beverly l'installait toujours dans la grande chambre d'amis du premier étage. Il saisit sa valise et monta l'escalier. Il venait d'identifier l'étrange expression qu'il lisait dans le regard de Karen. C'était de la peur.

Le jeune homme se rafraîchit rapidement, passa un pantalon et une chemise et descendit rejoindre ses hôtes à table. Il serra la main de Leo, en costume et cravate, adressa un clin d'œil à Laura, dont la queue de cheval et l'accoutrement lui rappelaient ses sœurs et s'assit à côté de Karen.

« Le printemps est magnifique, cette année, attaqua Beverly.

— L'air est vivifiant, approuva Leo, en clignant ses yeux myopes.

— Plus que deux semaines d'école, ajouta Laura.

— La vie reprend ses droits en cette saison, poursuivit Beverly. Un nouveau départ, sur de nouvelles bases. La nature est admirable, non ?

— Si on aime les moustiques et les araignées, répondit Laura à sa mère.

— Le jardin n'a jamais été aussi beau, reprit cette dernière. Tout est en fleur ! La perfection absolue.

— Si c'est la propriétaire qui le dit », persifla Laura.

Vexée, Beverly changea de sujet de conversation.

« On avait annoncé de la pluie pour aujourd'hui.

— J'avais préparé mon parapluie, dit Leo. Mais en fait je ne suis pas sorti.

— Voilà pourquoi il n'a pas plu.

— Sans doute.

— Mon arthrite s'est signalée pour rien, dit Beverly en se frottant le pouce gauche.

— Tu aimes la pluie, Peter ? demanda Laura.

— Ça dépend », répliqua le jeune homme.

Quatre paires d'yeux se tournèrent vers lui.

« Ça n'a pas de sens, insista la sœur de Karen avec la malignité de son âge.

— Tout n'a pas forcément un sens, l'apaisa Leo.

— Si, rétorqua sa fille. Tout a un sens.

— Non, l'interrompit Karen d'une voix plus sèche que d'habitude. Pas tout. Il y a des choses qui n'ont aucun sens.

— Nous n'allons pas parler de ça, j'espère, s'écria Beverly.

— Nous ne parlons de rien du tout, justement.

— Et voilà ! Une tarte parfaite, complètement gâchée ! se plaignit amèrement Beverly.

— Parfaitement gâchée ! couina Laura en écho.

— Ne dis pas de bêtises, dit Leo. Cette tarte est parfaite.

— Et revoilà ce mot ! » Laura éclata de rire.

« Très drôle, coupa Karen.

— Quelqu'un a fait une blague ? demanda Leo.

— Vous pouvez rire, allez », dit Beverly.

Mais personne ne riait.

« Reste-t-il un peu de café, demanda Peter, qui avait l'impression d'avoir atterri chez les fous.

— Bien sûr. » Beverly lui remplit sa tasse en souriant, rassérénée. « Vous voyez, Peter comprend très bien. »

Mais Peter ne comprenait strictement rien.

« J'aime bien la petite pluie fine, une espèce de bruine, qu'on n'entend pas, qu'on voit à peine. C'est très amusant de sortir se promener dessous, de regarder le ciel et de lui permettre de te mouiller le visage. »

Peter se souvenait de la pluie d'Ithaca. Dans le temps, Karen et lui l'avaient souvent, et joyeusement, affrontée.

« Comme c'est romantique, ironisa Laura.

— Ça peut l'être, sourit Peter.

— Ici, il ne pleut pas comme ça. Ce sont des trombes d'eau qui tombent du ciel et manquent te noyer.

— Ça n'a aucune importance, intervint Karen.

— Tu n'accordes aucune importance au romantisme ? persifla Laura.

— Moi, si, répliqua Peter.

— Je parlais de la pluie.

— Tu n'accordes plus d'importance à rien », bouda Laura.

Beverly laissa tomber sa tasse, Leo s'étouffa presque en avalant son morceau de tarte.

« Tu es contente, maintenant ? demanda Karen à sa sœur.

— Je n'y suis pour rien du tout. Ce n'est pas ma faute.

— Personne ne te reproche quoi que ce soit, dit froidement Karen.

— Bien sûr que non, renchérit Beverly.

— Évidemment, susurra Leo.

— Ce n'est pas *moi* qui ai été imprudente », persifla Laura.

Autour de la table, chacun retint sa respiration.

« Ça suffit, à présent », dit sèchement Beverly.

Leo soupira. « Un si bon dîner...

— Je déteste vivre comme ça. On ne peut jamais

rien dire, s'écria Laura qui bondit de sa chaise et sortit de la pièce en courant.

— Ah, les jeunes, soupira Beverly en haussant les épaules. Ils sont si émotifs ! » Elle sourit innocemment à Peter et à Karen, en secouant la tête. « Allez donc dans le jardin, mes enfants, il fait si doux, ce soir.

— Bien, maman. »

Ils s'installèrent dans des chaises longues. Karen posa ses béquilles à côté d'elle et contempla le firmament.

« Qu'est-ce qui se passe dans cette maison ? lui demanda Peter dès qu'ils furent assis.

— Je ne comprends pas de quoi tu parles.

— Il y avait une telle tension, pendant le dîner. On aurait dit que tout le monde avait peur de respirer.

— Il ne se passe rien du tout.

— C'est à cause de moi ?

— Mais non, voyons. Chacun était ravi que tu viennes. Ils ont peut-être eu une dure journée.

— Et toi ? Toi aussi tu étais ravie que je vienne ?

— Évidemment, répliqua Karen, surprise. Pourquoi me poses-tu cette question ? Je suis restée près d'une heure à la fenêtre, à te guetter. Excuse-moi, pour tout à l'heure ; j'ai dû avoir peur que tu me fasses mal au genou.

— Tu n'as pas à t'excuser, voyons. En fait, tu ne devrais peut-être pas être dehors. Préfères-tu rentrer et te mettre au chaud ?

— Restons encore un peu. »

Peter sourit et lui prit la main.

« Je ne risque pas de te faire mal, maintenant ?

— Pas le moins du monde.

— Ton bras est guéri ?

— Presque.

— Tu crois que tu pourras reprendre la fac à l'automne ?

— Je n'en sais rien, dit Karen. En réalité, je n'y ai pas encore réfléchi.

— Vraiment ? s'étonna le jeune homme. Tu n'as raté qu'un semestre, tu n'auras aucun mal à rattraper le temps perdu.

— Je n'ai aucune envie de penser à cela en ce moment, répliqua Karen d'un ton plus sec qu'elle ne l'aurait voulu. J'ai d'autres choses en tête.

— Je ne voulais pas te bousculer. Mais je sais à quel point c'est important pour toi. »

Ça l'était, songea tristement la jeune fille.

« J'ai besoin d'encore un peu de temps pour que tout se remette en place, et pour ranger les choses par ordre de priorité. »

Ils se turent quelques instants. Un silence gêné, durant lequel chacun se demanda ce que pensait vraiment l'autre.

« Tu veux dire que tu souhaiterais que nous repoussions nos projets ? » suggéra-t-il enfin, dans l'espoir qu'elle rejetterait immédiatement cette éventualité.

Le cœur de Karen s'emballa. Ainsi ses craintes étaient fondées. Maintenant qu'il avait vu son état, il ne l'aimait plus et il essayait de rompre leur engagement aussi gentiment que possible.

« Si tu crois que c'est préférable », dit-elle.

Peter soupira. « Je veux simplement que tu sois sûre de toi.

— Je comprends.

— Tu as failli mourir, poursuivit-il après un silence. Je suppose que c'est une expérience dont on ne sort pas indemne. Donc je pense que tu as le droit de prendre tout ton temps pour décider de ton avenir.

— Merci », murmura Karen, qui aurait mieux

aimé qu'il la ménage un peu moins et qu'il lui parle en toute franchise.

Ainsi, c'était fini, déplora le jeune homme en silence. Mais il ne pouvait pas la laisser lui échapper sans une dernière tentative. Il se leva et se tint debout près d'elle pour plaider sa cause.

« Je ne te demande qu'une chose : réfléchis tant que tu veux mais n'oublie pas l'essentiel : je t'aime. »

Karen soupira de soulagement. Il ne se défilait pas. Il l'aimait toujours, malgré son apparence, malgré sa conduite. Pourquoi s'était-elle tant inquiétée ? Karen était si absorbée dans ses pensées, qu'elle ne le vit pas se pencher vers elle et poser ses lèvres sur les siennes.

De surprise, elle ne put s'empêcher de frémir et de crier.

« Qu'y a-t-il ? s'exclama Peter. Tu as mal ? Tu as froid ? »

Froid ? Mais il faut s'occuper de ça tout de suite.

Les mots surgissaient de son cauchemar. Les mots mêmes qu'avait prononcés Bob. Karen se dégagea brutalement, repoussa Peter de toutes ses forces.

« Va-t'en ! hurla-t-elle. Lâche-moi !

— Mais que t'arrive-t-il ? » Peter essaya de lui prendre les mains. « Qu'est-ce qui ne va pas ? Parle ! »

Dans la position où il se tenait maintenant, son visage était éclairé par les lumières de la maison. Karen put lire sa surprise dans ses yeux bruns — *ses yeux bruns* —, ce n'était pas le démon de Central Park, c'était Peter.

« Je ne sais pas ce qui m'a pris, dit-elle, le corps trempé de sueur. Je ne pouvais plus respirer, tout d'un coup.

— Tu m'as fait une de ces peurs ! Tu me regardais comme si j'étais un monstre !

— C'est vrai ?

— Tu as besoin de quelque chose ? Un médicament, peut-être ? » Peter la considérait avec une inquiétude mêlée de stupéfaction.

« Non, non. Ça va, maintenant. Ce n'était rien.

— Tant mieux, dit Peter, toujours décontenancé. Mais rentrons. »

Karen se laissa raccompagner dans la maison sans résistance, désireuse par-dessus tout d'échapper à sa curiosité. Ils se souhaitèrent une bonne nuit devant la porte de sa chambre, au premier étage. Peter caressa du doigt la joue de Karen, avec douceur.

« Je t'aime, tu sais, murmura-t-il.

— Je t'aime aussi. »

Il sourit joyeusement. « En ce qui me concerne, c'est la seule chose qui compte. »

Karen referma la porte et s'y adossa, en se demandant s'il avait raison.

Aux yeux de sa mère, Peter n'avait jamais représenté le gendre idéal. Il ne serait ni médecin, ni dentiste, ni avocat, il ne faisait pas ses études à Yale ou à Princeton et sa famille n'était pas en vue. Il cumulait les tares.

Cependant, le père du jeune homme possédait une petite affaire prospère, qu'il léguerait bientôt à son fils. Peter aurait donc de quoi faire bouillir la marmite, même s'il n'était qu'un petit ingénieur de rien du tout qui menaçait d'emmener Karen vivre au bout du monde, dans un trou perdu.

Selon Peter, l'usine de son père était prête à se reconvertir dans les composants pour ordinateurs. Beverly ignorait tout des ordinateurs, mais Leo affirmait qu'ils avaient de l'avenir.

Donc, tout en encourageant Karen à élargir son champ de recherche, elle avait fini par accepter la présence de Peter dans la vie de sa fille.

« Tant qu'elle n'aura pas attrapé de plus gros poisson, disait-elle en haussant les épaules, mieux vaut garder celui-là au frais. »

Jusqu'à l'« accident ».

Karen soupira et se coucha sans même se laver les dents. Depuis l'accident, sa mère n'avait plus tari d'éloges au sujet de Peter, un garçon si gentil, si fidèle, si loyal. La belle affaire, s'il n'était ni médecin, ni dentiste, ni avocat ! Karen avait une chance unique d'être tombée sur un jeune homme aussi exceptionnel !

Le message était limpide : un petit ingénieur remercierait le ciel qui lui offrait la fille de Beverly, même un peu abîmée. Il se mariait au-dessus de sa condition, comme on dit, et ne pouvait donc pas prétendre à la perfection. Karen ne protestait pas... En ce qui la concernait, Peter incarnait l'homme dont elle avait toujours rêvé, le mari idéal, qui lui offrirait une vie digne d'un conte de fées.

Sauf, se dit-elle avec un pincement au cœur, qu'ils n'auraient jamais de beaux enfants... Un détail que sa mère avait omis de signaler à Peter lorsqu'elle lui avait fait le décompte de ses blessures.

« Tu le lui annonceras plus tard, avait conseillé Beverly. Sans rien dire d'autre, bien sûr. »

Et Karen songeait amèrement que leur union serait fondée sur un mensonge par omission.

Mais où résidait la vérité ? Dans le temps, sa mère prêchait l'importance de la confiance absolue entre mari et femme, et aujourd'hui elle soutenait qu'il n'était pas utile de révéler tous ses sordides petits secrets. Et Beverly ajoutait que Peter n'avait pas jugé utile de raconter ses frasques passées à Karen, qui aurait pu en prendre ombrage et refuser de l'épouser, comme il le ferait peut-être s'il découvrait la vérité. Il valait infiniment mieux, pour eux deux, qu'ils enterrent le passé et se bâtissent un avenir radieux.

Karen ouvrit le tiroir de sa table de nuit, sortit sa boîte à secrets, prit une feuille blanche et un stylo et se mit à écrire à la faible lumière de sa lampe de chevet.

Amour égale vérité,
jalouse vérité
au-delà du temps qui passe.
Au-delà des soupirs qui lassent.
Quand l'enfant à la femme
fait place.
Quand la femme
pour la vie
choisit un mari.

Sans même se relire, elle rangea le papier et éteignit sa lumière. Les yeux fermés, elle se laissa envahir par une douce vision de dentelles et de pétales de rose. Elle descendait légèrement la nef, et Peter, debout, l'attendait en souriant pour la prendre dans ses bras et la protéger à jamais.

Elle trouverait un moyen pour dire à Peter qu'elle ne pourrait jamais avoir d'enfant. La nouvelle le plongerait dans le désespoir, bien entendu, mais il se montrerait compréhensif et aimant, comme d'habitude. Peut-être, plus tard, songeraient-ils à l'adoption. Il y avait, de par le monde, tant de petits êtres aux yeux brillants qui n'attendaient qu'un foyer...

Peter, lui aussi, était allongé sur son lit. Immobile, perdu dans ses pensées, il écoutait d'une oreille distraite les bruits discrets et feutrés de la maison des Kern sans parvenir à trouver le sommeil.

Le changement de Karen le bouleversait. Qu'était devenue la jeune fille vive et animée qu'il avait connue ? Un petit animal craintif, dont les réactions vis-à-vis de lui notamment lui semblaient incompréhensibles.

Sans doute le fait d'être renversée par une voiture et laissée pour morte au milieu de la rue, comme un chien, était-il plus traumatisant qu'il ne l'avait imaginé. La colère montait en lui en songeant au chauffard qui avait volé à Karen des mois de vie, et détruit sa confiance en elle. La jeune fille avait perdu ce qui séduisait le plus Peter, ce mélange d'assurance, de naïveté et d'innocence qui lui donnait l'agréable sensation d'être un homme d'expérience.

Peter se réjouissait à l'idée d'initier Karen aux plaisirs de l'amour. En réalité, il était ravi d'être le premier, et heureux qu'elle ait jusqu'à présent repoussé ses avances. Le prix qu'elle accordait à sa virginité lui convenait tout à fait.

Les conséquences de son accident étaient provisoires. Dès qu'elle aurait recouvré la santé, elle retrouverait aussi la confiance ; son désarroi émotionnel disparaîtrait, elle redeviendrait elle-même, se répétait-il sans cesse.

Tout ce qu'il lui fallait, c'était de la patience et de l'amour : Peter en avait à revendre. Peu à peu, elle comprendrait qu'il la soutiendrait fidèlement, jusqu'au bout de son épreuve, qu'elle pouvait compter sur lui pour partager les joies et les peines. Un sourire joua sur son visage tandis qu'il saisissait une petite boîte rectangulaire placée sur sa table de nuit. Karen prétendait qu'il lui fallait un peu de temps, mais Peter savait désormais que ce dont elle avait le plus besoin c'était d'être rassurée sur les sentiments qu'il éprouvait pour elle, et sur leur avenir.

Il ouvrit la boîte. Une bague de fiançailles où étincelait un diamant reposait sur un lit de velours noir.

11

Une bonne odeur de café le tira d'un profond sommeil. Peter crut tout d'abord qu'il était chez lui, dans le Maine, mais l'absence de bruit le détrompa. La maison de Bangor résonnait dès le matin de cavalcades effrénées dans les escaliers et des cris joyeux de sa turbulente famille.

Peter jeta un coup d'œil sur sa montre et s'aperçut, étonné, qu'il était dix heures et demie. Cela faisait des années qu'il n'avait dormi aussi longtemps. Il s'étira, sauta du lit et courut dans la salle de bains en se demandant si Karen était levée. Peut-être pourraient-ils sortir un peu dans l'après-midi, ou même pique-niquer. Sous le soleil, et débarrassés de la présence de son étrange famille, ils pourraient parler en toute tranquillité.

Après avoir pris sa douche, il s'habilla rapidement et fourra la bague de fiançailles dans la poche de son pantalon avant de descendre.

« Vous voilà ! s'écria Beverly du plus loin qu'elle l'aperçut. Vous deviez être absolument épuisé, ma parole. Nous avons essayé de ne pas faire de bruit. J'espère que nous ne vous avons pas réveillé.

— Je n'ai rien entendu. La fatigue du voyage, sans doute. Où est Karen ?

— Elle ne va sûrement pas tarder à descendre. Le matin, il lui faut du temps pour remettre la machine en route, depuis l'accident. Le café est dans la cuisine, et Winola va vous préparer votre petit déjeuner. Dites-lui ce que vous désirez prendre.

— Bonjour, m'sieur Peter ! s'exclama Winola en lui souriant de toutes ses dents, son bon visage noir comme l'encre rayonnant de bienveillance. Ma foi, vous m'avez l'air en pleine forme, ce matin. Mamselle Karen a bien de la chance.

— Ne perdez aucune occasion de le lui rappeler, Winola, dit Peter en riant.

— Vous pouvez compter sur moi, m'sieur Peter. Voilà du café. Mais ça ne suffira pas à nourrir une grande carcasse comme la vôtre. Que diriez-vous de mes fameux œufs à la crème aigre avec du bacon ?

— Vous n'avez pas oublié mes goûts. Volontiers, merci.

— Installez-vous là, ce sera prêt dans une minute.

— Winola, je vais avoir besoin de votre aide, lui dit le jeune homme tandis qu'elle s'affairait autour de sa poêle.

— Oui, m'sieur Peter ?

— Je voudrais emmener Karen en pique-nique, aujourd'hui, et je me suis dit que si tout était préparé, comme vous l'avez si souvent fait, elle ne pourrait pas refuser. Qu'en pensez-vous ? »

À cette évocation des heureuses journées remplies de rires et de complicité, les yeux de la domestique brillèrent de joie. « J'ai compris, m'sieur Peter. Le panier est dans l'office et il sera garni avant que vous n'ayez terminé vos œufs. Ça fera un bien fou à mamselle Karen de sortir de la maison. »

Peter eut le temps de dévorer son petit déjeuner avant que Karen ne fît son apparition dans la cuisine, dont elle poussa la porte avec une de ses béquilles.

« Bonjour, Peter. Tu as bien dormi ?

— Comme un loir. »

Vêtue d'un pantalon blanc et d'un chemisier jaune citron, ses cheveux noirs retenus par un ruban jaune, Karen resplendissait de fraîcheur. Le cœur de Peter s'emballa lorsqu'elle lui adressa un sourire.

« Winola s'est bien occupée de toi ?

— Elle m'a gavé !

— Et vous, mamselle Karen ? Qu'est-ce que je vous prépare de bon ?

— Du jus de fruits, Winola, s'il vous plaît.

— Ce n'est pas assez. »

Karen fit la grimace. « Si j'écoutais Winola, je pèserais deux cents kilos. Un vrai monstre de cirque.

— Vous avez un appétit d'oiseau. Et encore, grogna Winola en secouant la tête d'un air navré.

— Pourquoi manger si je n'ai pas faim ? D'accord, d'accord, je finirai mon assiette à déjeuner. »

Winola fit un clin d'œil à Peter. « Bon. Alors ça ira, concéda-t-elle au grand étonnement de Karen.

— Qu'est-ce qui se passe ? demanda cette dernière. Winola n'est jamais aussi conciliante !

— Une surprise, dit Peter.

— Quel genre de surprise ?

— Winola a eu la gentillesse de nous préparer un pique-nique formidable.

— Un pique-nique ? répéta Karen. Je ne comprends pas. Tu veux déjeuner dans le jardin ?

— Mais non. Nous irons quelque part, dans la nature.

— Je ne sors pas, déclara Karen d'un ton péremptoire.

— Je ne comprends pas ce que tu veux dire.

— Je ne sors pas, un point c'est tout.

— Pourquoi ? »

Karen aurait dû s'attendre à cette question parfaitement justifiée. Mais elle n'avait aucune réponse à fournir.

« C'est non. Point final, dit-elle sèchement.

— Fais une exception, pour une fois. Rappelle-toi comme on s'amusait bien en pique-nique.

— Un pique-nique ? Quelle excellente idée ! s'écria Beverly en entrant dans la cuisine les bras chargés des fleurs qu'elle venait de cueillir. Il fait un temps splendide. Ça vous fera un bien fou à tous les deux.

— Maman, protesta Karen.

— Pas de bêtises ! Tu t'enfermes dans cette maison depuis des semaines. Si tu ne te décides pas à mettre le nez dehors, tu finiras par oublier à quoi ressemble le reste du monde.

— C'est ridicule. Je vais en ville deux fois par semaine pour ma rééducation.

— En effet. L'hôpital, aller-retour. Un changement de décor, voilà ce qu'il te faut.

— Je serai là, dit Peter pour la rassurer. Tout près de toi. Il ne t'arrivera rien. Et si tu as encore peur des voitures, nous ne marcherons pas dans les rues. »

Karen avait les mains moites. L'intervention de sa mère était insupportable.

« Je ne peux pas, murmura-t-elle.

— Bien sûr que si, insista Peter.

— Mais regarde de quoi j'ai l'air, s'écria-t-elle. Et si nous rencontrons quelqu'un que je connais ?

— Et alors ? La belle affaire ! s'exclama Beverly. Tu souriras poliment et diras à ce quelqu'un que tu as eu un accident, voilà tout.

— C'est trop tôt, s'entêta Karen.

— Nous serons ensemble, reprit Peter. Tu ne seras obligée de parler à personne si tu n'en as pas envie.

— Tu ne peux pas passer le restant de ta vie cachée dans cette maison, la raisonna Beverly.

— Je ne me cache pas », rétorqua Karen en colère, car c'était exactement ce qu'elle faisait, et furieuse que sa mère profite ainsi de la présence de Peter, devant qui elle ne pouvait parler librement.

« Je sortirai quand je serai prête à le faire, déclara-t-elle avec le plus de dignité possible.

— Et quand se lèvera ce jour béni ? s'enquit sa mère.

— On verra bien. »

Beverly se tordit les mains de désespoir. « Emmenez-la pique-niquer, Peter, de force s'il le faut. »

Peter n'eut pas à employer la force. Il lui promit simplement de la ramener chez elle dès qu'elle le demanderait. Les jeunes gens parcoururent quelques kilomètres avant de découvrir l'endroit idéal.

Peter étala une couverture sur l'herbe, et Karen et lui s'assirent autour du panier de Winola.

« Je meurs de faim, déclara Karen. Voyons un peu ce que Winola nous a préparé. »

Sans attendre, elle plongea dans le panier avec l'impatience d'un naufragé qui n'aurait rien eu à se mettre sous la dent depuis une semaine.

« Quand je pense qu'il y a une heure à peine tu refusais de manger, s'étonna Peter.

— Le grand air, sans doute », rétorqua Karen en mordant dans une cuisse de poulet. Tout en dévorant, elle sortit assiettes et couverts, les disposa sur la couverture, versa de la citronnade dans leurs verres, affairée comme une petite fille préparant un goûter. Peter l'observait, un sourire ravi sur les lèvres.

« Qu'est-ce que tu regardes ? interrogea-t-elle.

— La plus belle fille du monde.

— En train de s'empiffrer... », ajouta Karen en songeant avec une pointe de tristesse que ces mots convenaient plutôt à celle qu'elle avait été des mois auparavant et dont il se souvenait sans doute. « Tu ne manges pas ? Pourquoi ?

— À cause de six œufs à la crème aigre », expliqua le jeune homme.

Karen éclata de rire. « Tu sais, quand on m'a décousu la mâchoire, la première chose dont j'aie eu envie c'était les œufs de Winola.

— Tu as intérêt à lui réclamer la recette avant qu'elle ne l'emporte dans la tombe, conseilla Peter.

— Ça ne servirait à rien, bafouilla Karen, la bouche pleine. Je ne sais pas cuisiner.

— Tu plaisantes, j'espère ! s'écria Peter. Ça fait partie du contrat.

— Je sais coudre, tricoter, jouer du piano. Mais dans une cuisine, on dirait une manchote !

— Un homme ne peut pas vivre de beurre de cacahuète et de pots de gelée !

— Il n'en est pas question.

— As-tu envisagé de prendre des cours de cuisine ?

— En fait, j'attends de l'homme que j'épouserai qu'il engage un chef, le taquina-t-elle comme elle le faisait si souvent par le passé.

— En plus de ne pas savoir cuisiner, la future me prend pour un Rockefeller ! C'est mon orgueil qui est en jeu, en plus de mon estomac ! Je ne vois qu'une solution : rompre le contrat.

— Comment le rompre, voyons ? Il n'est même pas signé ! s'écria en riant Karen qui redécouvrait avec bonheur qu'elle pouvait encore s'amuser.

— Un simple oubli », intervint-il. Et il sortit aussitôt de sa poche une petite boîte rectangulaire qu'il posa sur la couverture devant elle.

Karen redevint tout à coup sérieuse. « Est-ce ce que je devine ?

— Ouvre, et tu verras. »

Sa main glissa doucement vers la boîte et s'arrêta. « J'avais cru comprendre que tu préférais t'accorder le temps de la réflexion.

— J'avais cru comprendre que toi tu le voulais. »

Ainsi, le rêve de Karen allait se réaliser. Elle n'avait qu'à tendre la main pour effacer les sombres mois de désespoir, et à ouvrir cette boîte.

« Il faut qu'on parle d'abord, finit-elle par dire.

— Je ne veux pas te bousculer, s'empressa-t-il de déclarer pour la rassurer. Je sais que tu as besoin de temps. Mais je tiens à ce que tu saches que pour moi rien n'a changé.

— Attends, le prévint-elle. Il faut d'abord que je te dise quelque chose que tu ignores.

— Je t'aime, je veux t'épouser et je suis tout oreilles. »

Il ne lui facilitait décidément pas la tâche, se dit Karen en soupirant.

« Ma mère aurait dû t'en parler depuis des mois, mais elle a sans doute pensé qu'il s'agissait d'une question trop intime. Même à moi, le docteur ne l'a dit que la veille de mon départ de l'hôpital. Mais il est important que tu sois au courant, parce que... eh bien... ça change beaucoup de choses. Peter, je ne pourrai jamais avoir d'enfant. »

Les paroles mirent un moment avant de faire leur chemin dans l'esprit de Peter, qui s'efforça de dissimuler l'étendue de sa déception.

« À cause de l'accident ?

— Oui, dit Karen en détournant le regard. Je suis désolée.

— Mais, ma chérie, tu n'as rien à te reprocher. Ce n'est pas ta faute.

— Peut-être. Mais il n'empêche. »

Peter ne la considérait en rien comme responsable.

Ce n'était pas Karen qui le privait aussi cruellement des fils et des filles qu'il avait espéré avoir, mais un chauffard qui, selon toute probabilité, n'en saurait jamais rien et ne s'en souciait pas le moins du monde. Ainsi, s'étonna Peter, l'accident aurait des conséquences sur leur vie tout entière.

« Tu as vraiment imaginé que cela changerait quelque chose entre nous deux ?

— Je ne savais pas, admit Karen. Tu as tellement envie d'avoir des enfants.

— Et tu avais peur de me le dire ?

— Un peu, sans doute.

— Évidemment que je veux des enfants. Mais le pire n'est pas de ne pas en avoir. Le pire est que tu aies eu peur de m'en parler. Comme si tu ne me faisais pas confiance.

— Bien sûr que si ! s'exclama Karen. Depuis que je l'ai appris je n'ai qu'une envie, c'est de te le dire. » Comme je voudrais te dire tout le reste, songea-t-elle, mais ma mère me le défend. « Mais je ne voulais pas en parler par téléphone.

— Tu as eu raison, dit-il. Mais nous allons nous promettre quelque chose, tu veux bien ?

— Quel genre de promesse ?

— De n'avoir jamais de secret l'un pour l'autre. Qu'en penses-tu ? »

Karen, la gorge serrée, ne pouvait articuler un seul mot.

« Je veux tout savoir de toi, poursuivit-il. Et que tu n'ignores rien de moi. Quel drôle de couple nous formerions, si nous avions peur de nous confier la vérité ! D'ailleurs, les secrets ont la sale habitude de pointer leur nez au moment où on s'y attend le moins. Mieux vaut ne pas en avoir, c'est plus prudent. »

Si elle l'avait pu, Karen se serait enfuie en courant. Mais elle ne pouvait même pas marcher, et où se serait-elle cachée ?

« Et si c'était quelque chose qui risquait de faire de la peine à l'autre ? demanda-t-elle d'une toute petite voix.

— Il faudrait trouver un moyen de le dire très gentiment. »

Karen fronça les sourcils. Existait-il une façon gentille de lui annoncer qu'elle avait laissé un autre homme lui voler son bien le plus précieux ?

Peter perçut son angoisse. Il se pencha vers elle. « Mon amour, dit-il d'une voix pressante, tu me connais assez pour savoir qu'il n'y a rien que je ne puisse entendre. »

La voix de sa mère résonna dans l'esprit de Karen comme une sonnette d'alarme : *Tu veux gâcher ta vie tout entière ?* Mais comment promettre à Peter ce qu'il exigeait ? Cette promesse, en elle-même, constituerait le plus grave des mensonges.

« Parfois, avança-t-elle, le regard lointain, il vaut mieux garder certaines choses pour soi.

— Les autres, peut-être. Mais pas nous. »

Karen fixa sur lui ses yeux gris-bleu, l'espace d'un instant. Peter eut le temps d'y lire l'angoisse avant qu'elle ne lui réponde. « Je ne saurais pas par où commencer, si je devais te raconter tout ce que tu ignores. »

Ces paroles, tellement inattendues, le laissèrent sans voix. L'innocente et pure jeune fille dont il croyait tout savoir aurait donc des secrets ? Il hésita longuement : devait-il la prendre dans ses bras ou se détourner d'elle pour de bon ? Le silence douloureux se prolongea. Il se résolut enfin à parler.

« Quoi, par exemple ?

— Ça n'a pas d'importance, dit Karen en secouant la tête.

— Es-tu en train d'essayer de me dire que tu ne veux pas m'épouser ? »

Karen lâcha le biscuit qu'elle émiettait machinalement. « Bien sûr que si », s'exclama-t-elle. Je le veux si fort, que je suis prête à te mentir, à te voler ta vie, songea-t-elle.

Il poussa un immense soupir de soulagement. « Rien d'autre ne compte. Le reste, nous le résoudrons, fais-moi confiance. »

Et si sa mère avait tort ? S'il l'aimait assez pour comprendre ? Karen souhaitait si ardemment lui dire la vérité ! L'idée de vivre avec lui dans le mensonge lui était insupportable. Cependant, elle n'avait pas oublié le raisonnement de sa mère : personne ne paie le prix fort pour une marchandise d'occasion... Et Peter ne ferait peut-être pas exception. Mais elle était déjà allée trop loin, il était trop tard pour retirer les paroles qu'elle avait prononcées. L'unique possibilité qui lui restait était de tout avouer à Peter. Karen prit son souffle.

« Je sais bien que tu veux que nous soyons comme avant, commença-t-elle prudemment. Mais la Karen que tu connaissais n'existe plus, Peter. Elle ne reviendra jamais. Si nous avons un avenir, il sera différent de ce que nous avions imaginé.

— Pourquoi ? Nous n'aurons pas d'enfant, voilà tout. Mais nous serons ensemble. Et nous pourrons toujours en adopter.

— Il ne s'agit pas de ça », dit la jeune fille, heureuse malgré tout de constater que leurs pensées se rejoignaient. N'était-ce pas grâce à cette rassurante éventualité qu'elle avait enfin réussi à s'endormir la nuit précédente ?

« Je sais, c'est l'accident. L'expérience traumatisante que tu as vécue. Tu n'as plus confiance en toi. Mais beaucoup de gens ont eu des accidents de voiture, et s'en sont parfaitement remis avec le temps. Il te suffit d'y croire.

— Regarde-moi, Peter. Je veux que tu me voies comme je suis maintenant, comme j'étais hier soir. Je hurle si on me touche. Les ombres me terrorisent. À l'idée de sortir de la maison, j'ai des sueurs froides. Tu me vois ?

— Oui, admit-il de mauvais gré.

— Bon. Et maintenant, sois honnête : peux-tu vraiment croire qu'un accident de voiture m'aurait mise dans cet état ?

— Je ne comprends pas.

— Il n'y a pas eu de voiture, Peter. Je n'ai pas été renversée par un chauffard. Il ne s'agit pas d'un accident.

— Mais ta mère m'a raconté...

— Ma mère a menti à tout le monde. À toi comme aux autres.

— Mais alors, que t'est-il arrivé ? » Peter sentait le sol se dérober sous ses pieds.

« J'ai été... attaquée... à Central Park.

— Attaquée ?

— Oui. Les blessures que t'a décrites ma mère ne sont pas dues à une voiture. On m'a battue. Violemment.

— Mais pourquoi mentir, alors ?

— Parce que ce n'est pas tout. » Karen souffrait mille morts, les mots peinaient à se frayer un passage. Elle poursuivit en tremblant. « Je n'ai pas seulement été battue. J'ai été... violée.

— Violée ? répéta Peter, incrédule, les yeux écarquillés. Tu es en train de me dire qu'on... que quelqu'un t'a...

— Oui. »

Le monde bascula. Peter essayait en vain de reprendre ses esprits. Peu à peu, la douloureuse vérité fit son chemin et il comprit beaucoup de choses. Les explications évasives de Beverly, son refus de l'autoriser à rendre visite à Karen à l'hôpital, l'absurdité du dîner de la veille. Et, bien sûr, l'attitude de Karen à son égard.

« Je ne sais pas quoi dire.

— Je suis désolée. Je voulais tellement être... parfaite. »

Parfaite, se dit le jeune homme. Encore ce mot. Il avait envie de la prendre dans ses bras, de lui dire que tout cela n'avait pas d'importance, de lui promettre qu'à l'avenir il serait là pour la protéger, de la supplier de croire que tous les hommes ne traitaient pas ainsi les femmes. Il posa sa main sur celle de Karen.

« Je ne m'attendais pas à ce que tu sois parfaite, se força-t-il à dire bien que, naturellement, il ne se fût jamais attendu à autre chose.

— Moi, si.

— Mais pourquoi le cacher, bon sang ? C'est un crime. Le type qui l'a commis devrait être en prison. Que fiche la police ? Rien ? »

Karen haussa les épaules. « Elle a commencé une enquête. Mais mes parents ont eu peur que l'affaire soit rendue publique. »

C'était un argument que Peter pouvait comprendre. Après tout, on avait le droit de préserver son intimité. Mais lorsqu'il imaginait des mains d'homme sur elle, lorsqu'il imaginait un homme en train de... tout son être se révulsait, il avait la nausée. Ce salaud ne devait pas connaître l'impunité.

« Ils savent qui c'est ? »

Le plus difficile est encore à venir, se dit Karen en avalant sa salive.

« Ils le savent.

— On t'a montré des photos ? Tu as pu l'identifier ?

— Non. Je leur ai dit qui c'était. »

Peter laissa éclater sa stupéfaction. « Tu le connaissais ?

— Je l'ai rencontré à la soirée de Jill. Tu te rappelles ? Il était bien élevé, attentionné. Lorsqu'il a proposé de me raccompagner, je n'ai pas imaginé une seconde qu'il avait de telles arrière-pensées. »

Une fois encore, la terre se déroba sous les pieds de Peter. Dans ses cauchemars les plus échevelés, il n'était jamais allé jusqu'à envisager que la femme qu'il aimait, celle qu'il voulait épouser, se ferait violer par un inconnu qu'elle avait suivi de son plein gré.

Il savait que Karen attendait de lui quelques mots de compréhension, de sympathie. Mais ce n'était pas des paroles aimantes qui montaient aux lèvres du jeune homme. Il avait l'impression d'avoir été trahi.

« Je ne comprends pas, cria-t-il. Je croyais que tu m'aimais ?

— Je t'aime.

— Nous étions presque fiancés !

— Oui.

— Comment as-tu pu nous faire une chose pareille ? Me faire une chose pareille ?

— Et tu me demandais de te faire confiance, gémit Karen.

— Je ne savais pas... je ne pouvais pas imaginer... comment veux-tu que j'accepte...

— La vérité ? dit doucement Karen. Peter, j'ai fait une erreur. Et maintenant, il faut l'admettre.

— Pourquoi a-t-il fallu que tu me le dises ?

— Aurais-tu préféré vivre dans le mensonge ?

— Oui, murmura-t-il, désespéré. Non. Je ne sais pas. Je ne comprends plus rien. Comment as-tu pu laisser quelqu'un...

— Je n'ai laissé personne faire quoi que ce soit.

J'ai essayé de toutes mes forces de l'en empêcher. C'est pour ça qu'il m'a frappée. Je voulais que tu sois le premier — le seul —, tu dois me croire. »

Le visage de Karen était baigné de larmes. Peter ferma les yeux. « N'en parlons plus aujourd'hui. Attendons un peu. Demain, ou après-demain. Il faut réfléchir, tous les deux. »

Finalement, songea-t-il, il y a peut-être des choses qu'il vaut mieux garder pour soi.

« Si tu veux.

— Oui. C'est préférable. Nous sommes venus en pique-nique, n'est-ce pas ? Alors mangeons. »

Peter saisit son assiette. Quelques instants plus tôt, le poulet et la salade de pommes de terre lui avaient semblé appétissants, mais il savait désormais qu'il ne pourrait en avaler une seule bouchée.

Karen gardait les yeux fixés dans son verre de citronnade, comme si elle espérait y trouver une réponse.

Et ils oublièrent la petite boîte de velours noir posée entre eux, sur la couverture.

Deuxième partie

1964

On dit que tout commence avec le père.

Maxine Kumin

1

Amanda Willmont saisit la carafe posée sur la table à côté de sa chaise longue et se versa un autre verre de xérès, sans se soucier des gouttes qui tombèrent sur l'acajou ciré.

Les rayons du soleil couchant illuminaient la grande chambre à coucher de l'élégante maison victorienne de Pacific Heights, le quartier chic de San Francisco. Le gris subtil des tentures, le mauve pâle des rideaux s'en trouvaient baignés de reflets dorés.

C'était l'heure qu'elle préférait, juste avant le crépuscule, lorsque son courrier était terminé. Elle avait accompli ses diverses obligations mondaines, et pouvait enfin se retirer dans sa chambre, enveloppée d'une douillette robe de chambre en soie. On ne la dérangerait plus jusqu'au retour de Robert. S'il rentrait.

Depuis deux semaines, son mari passait trois nuits sur cinq hors de la maison. En général, c'était le signe annonciateur d'une nouvelle liaison. On était un jeudi, et elle n'avait pas vu Robert depuis mardi.

À vrai dire, elle ne s'en souciait plus guère. Amanda avait perdu toutes ses illusions au sujet du mariage peu après sa lune de miel, lorsqu'elle avait attendu Bobby et qu'elle avait confié à Robert le soin de gérer sa fortune personnelle.

Deux mois après leur mariage, il lui avait tenu un discours parfaitement clair. « Désormais, tu ne feras plus pitié à personne. Tu as un mari pour les soirées mondaines, une belle maison dans les quartiers chics et une place de choix dans la bonne société de San Francisco. En échange, j'exige de faire exactement ce qui me plaît. »

Et ce qui lui plaisait, c'était la réussite sociale, ou du moins ce qu'il considérait comme tel, mener la grande vie et séduire la moitié de la population féminine de l'État de Californie. Ils n'étaient pas mariés depuis cinq ans qu'il avait atteint ses deux premiers objectifs, et se trouvait bien avancé sur le chemin du troisième. En revanche, il n'éprouvait pas le moindre intérêt pour une maison remplie d'enfants turbulents. Le jour où sa femme lui annonça qu'elle était enceinte, il s'installa dans une chambre à part, et y resta pour de bon.

Amanda Willmont, de son nom de jeune fille Amanda Drayton, était la fille unique du magnat de la finance Horace Lewell Drayton, dont les ancêtres avaient été les principaux acteurs du développement économique de la ville. Sa mère, une femme discrète et raffinée, appartenait à l'une des plus vieilles familles de Philadelphie.

Elle était âgée de vingt-neuf ans lorsqu'elle rencontra Robert Willmont, de famille modeste. Il n'avait en poche qu'un diplôme d'avocat décerné par une université dont personne n'avait jamais entendu parler. Avec l'aide du nom de sa femme et le soutien de son beau-père, il entra comme associé dans l'un des plus grands cabinets juridiques de San Francisco. Même Horace, que l'on ne pouvait accuser de complaisance envers le seul gendre qu'eût réussi à lui dénicher sa fille, dut le reconnaître : c'était un homme qui savait profiter au mieux des occasions.

Ses succès professionnels étaient connus, mais Robert s'appliquait à garder secrètes ses bonnes fortunes personnelles. L'opinion de sa femme lui importait peu, mais il tenait à l'appui de son beau-père et ne voulait pas prendre le risque que ce dernier apprît ses frasques extraconjugales. Il ne fallait guère de perspicacité pour deviner qu'avec ses petits yeux rapprochés, ses lèvres pincées, son nez busqué et son teint jaunâtre, ce n'était pas pour sa beauté que Robert avait choisi sa femme.

Avec les années, Amanda apprit à fermer les yeux sur les incartades de son époux. Le xérès, et surtout Bobby, l'y aidèrent. Le bébé qu'elle avait bercé avec tendresse était devenu un beau jeune homme qui la serrait affectueusement dans ses bras chaque fois qu'il rentrait à la maison. Il était sa raison de vivre.

Son cœur battait en pensant à lui, si intelligent, si bien élevé, si gentil et attentionné. Jamais il ne lui avait donné la moindre cause de souci. Toujours premier de sa classe, apprécié de ses professeurs, admiré par ses détracteurs et envié par ses pairs. Quoi qu'il eût pu lui demander, elle n'avait en aucun cas trouvé de raison valable pour le lui refuser.

Amanda était fière de l'éducation qu'elle avait donnée à son fils. Sans se contenter de lui enseigner l'alphabet et les bonnes manières, elle lui avait inculqué la conscience de son rang et les obligations qui en découlaient.

« En eux-mêmes, la richesse et le pouvoir ne signifient rien, répétaient à qui voulait l'entendre son père et son grand-père. Ce qui compte, c'est de profiter de ce que Dieu nous a donné pour améliorer le sort de l'humanité. »

Bobby était Drayton jusqu'au bout des ongles et

nul ne doutait de l'avenir brillant qui s'ouvrait devant lui.

Robert s'était fort peu soucié de l'éducation de son fils. Lorsque, fait rarissime, il était à la maison, il s'enfermait dans sa bibliothèque après avoir ordonné qu'on ne le dérangeât sous aucun prétexte. À table, il était d'ordinaire trop absorbé par ses propres problèmes pour s'intéresser aux préoccupations d'un adolescent.

Quelques semaines encore et cet adolescent serait diplômé de Harvard, comme il l'était déjà de l'université de Stanford. Les trois cabinets d'avocats les plus prestigieux de San Francisco, dont celui de son père, lui avaient proposé un poste.

« J'ignorais même qu'il eût sollicité un entretien chez nous », déclara Robert en haussant les épaules lorsque sa femme tenta timidement de lui exprimer sa gratitude.

Amanda ne se souvenait que d'une seule et unique fois où Robert s'était mêlé des affaires de son fils. C'était pendant sa troisième année à Stanford. Une histoire de fille. Robert était furieux. Il convoqua son fils dans la bibliothèque et s'y enferma avec lui. Mais ils parlaient si fort qu'Amanda entendit une partie de la conversation.

« Comment t'es-tu permis de me mettre dans une situation pareille ? hurlait Robert. Je me crève le cul depuis des années pour me faire accepter dans cette satanée ville. Et tu fiches tout en l'air par une stupide bévue ! »

Bobby marmonna quelques mots qu'Amanda ne comprit pas. Puis la voix de Robert éclata à nouveau.

« Que croyais-tu qu'il se passerait, petit idiot ? Qu'elle te dirait au revoir et merci ? »

Bobby répondit à voix trop basse pour Amanda.

« Il m'a menacé, voilà ce qu'il a fait. Il est entré

dans mon bureau, et il m'a menacé ! Un type dont je ne voudrais pas pour cirer mes bottes ! « C'est pas que j'tienne à fourrer vot'gars dans les pattes de la police, mais ma p'tite Polly n'a que dix-sept ans, il faut bien que quelqu'un pense à elle. » Voilà ce qu'il a déblatéré ! Et qui est ce quelqu'un, tu crois ? Moi évidemment ! Cent mille dollars, voilà ce que ça va me coûter, de réparer tes dégâts ! je devrais les retenir sur ta part d'héritage.

— Je suis désolé, je n'ai jamais imaginé qu'il aurait le culot de venir te voir. Mais tu sais, je ne l'ai pas forcée, crois-moi. Elle en voulait !

— On se moque de ce qu'elle voulait ! Rentre-toi dans le crâne qu'elle n'a que dix-sept ans ! Selon les lois de cet État, c'est considéré comme un viol !

— Qu'ils attaquent ! Ce sera ma parole contre la sienne. Je dirai que je ne la connais ni d'Eve ni d'Adam. Et c'est moi qu'ils croieront. On ne condamne pas un Drayton, dans cette ville. »

Amanda distingua clairement un bruit de gifle.

« Tu es un Willmont, rugit Robert. Et ne t'avise plus de l'oublier. Les Drayton sont une bande de snobs à l'estomac fragile. Au moindre soupçon de scandale, ils se défileraient jusqu'au dernier, ta chère mère y compris. Et elle emporterait son biberon de xérès.

— Que suis-je censé faire ?

— Tu es censé la boucler ! Pas un mot à tes copains, pas de vantardises inconsidérées. Et tu te débrouilles pour ne plus jamais t'approcher à moins de cent mètres de cette fille.

— Comment veux-tu ? plaida Bob. Elle est tout le temps sur le campus.

— Change de trottoir ! Ne lui dis pas un mot. Ne lui fais pas un signe, ne la regarde même pas. Tu as compris ?

— Oui.

— Je paierai les factures du médecin. Je paierai la fin de ses études à Stanford. Bon Dieu ! Avec cent mille dollars en banque, elle est tranquille pour sa vie entière. Mais écoute-moi bien : c'est la dernière fois que je te sors d'un mauvais pas de ce genre. Alors, plus de conneries.

— Bien, père.

— Et si tu as de nouveau envie de jouer au dur, débrouille-toi pour ne pas avoir à payer les pots cassés. Parce que si tu me remets dans une situation pareille, tu n'auras pas un sou ! Et ne t'y trompe pas : c'est moi qui gère les fonds de ta mère.

— Tu vas la mettre au courant ? » La voix de Bobby était anxieuse.

« Et abîmer la belle image de son petit saint de fils ? soupira Robert. Non. Laissons-lui ses illusions. C'est tout ce qui lui reste. D'ailleurs, elle refuserait probablement d'y croire. »

Amanda en avait assez entendu. Robert avait dû avoir une dure journée au bureau, et il s'en prenait à l'enfant qui avait sans doute commis une petite bêtise. Lorsque Bobby frappa à sa porte, une demi-heure plus tard, elle était au lit.

Le jeune homme était encore sous le coup de l'humiliante conversation avec son père : personne ne lui avait jamais parlé sur ce ton et, en cet instant, il n'aurait guère versé de larmes si on lui avait annoncé que Robert était passé sous un camion. Il s'assit au chevet de sa mère et lui prit la main. Un de ses parents, tout au moins, serait toujours de son côté.

Ils parlèrent des cours qu'il suivait à Stanford, de la saison de foot et de ses projets de voyage à Mexico pendant les vacances de Noël, avec des amis. Puis il se leva, la borda et se pencha pour l'embrasser sur le front.

« Tu es ma meilleure amie, tu sais. Et tu le seras toujours. »

Quelques minutes après, sa voiture de sport ronflait dans l'allée. L'incident était clos. Avec les années, Amanda perdit jusqu'au souvenir de la conversation et ce fut comme s'il ne s'était jamais rien passé.

Amanda ramassa les pans de sa robe de chambre autour d'elle et se servit un autre verre de xérès. L'apéritif ambré avait perdu son goût depuis longtemps mais elle le but tout de même, à petites gorgées, comme on lui avait appris à savourer un bon vin. Peu lui importait le goût, après tout, pourvu qu'elle eût l'ivresse.

Les domestiques n'avaient jamais reçu aucune instruction, mais ils remplissaient régulièrement la haute carafe en cristal. Presque tout le personnel venait de la demeure des Drayton, sur Nob Hill. Ils avaient suivi Amanda lors de son mariage et la connaissaient depuis toujours. Quelle importance, s'ils connaissaient aussi son secret ?

Et quelle importance si son mariage était une imposture ? Ce qui comptait, c'était Bobby et son avenir.

On frappa doucement à sa porte. Étonnée, Amanda se demanda qui pouvait avoir la grossièreté de la déranger.

« Entrez », lança-t-elle d'un ton irrité. Puis son visage s'illumina.

« Bobby ! Quelle merveilleuse surprise ! Mais ne devrais-tu pas être à l'université ? Je croyais que nous allions à Harvard la semaine prochaine, pour assister à la cérémonie de remise de diplôme ! » Soudain effrayée, elle ajouta, dans un murmure : « Ne me dis pas que je me suis trompée de date, et que j'ai raté la cérémonie ! »

Robert Drayton Willmont se pencha sur la chaise longue et prit sa mère dans ses bras.

« Mais non, maman chérie, tu ne t'es pas trompée de date. J'avais envie de te voir, c'est tout.

— Oh, Bobby, je suis si heureuse, roucoula-t-elle. Il me semble que tu as encore grandi depuis Pâques. Tu dois dépasser ton père, maintenant. Comme il va être content de te voir ! J'espère qu'il ne s'attardera pas au bureau, ce soir. »

Amanda avait toujours sauvé les apparences. Les mensonges coulaient sans heurt de sa bouche.

« Combien de temps vas-tu rester ?

— Un jour ou deux.

— Un si long voyage pour un séjour aussi court ? Ça ne te ressemble pas. »

Il s'agenouilla près d'elle et lui saisit les deux mains dans la sienne. Amanda ne se souvenait pas de l'avoir jamais vu faire ce geste. Elle s'inquiéta soudain.

« J'ai quelque chose à te dire, maman.

— Quelque chose d'important ?

— Oui.

— Alors, attends que ton père soit rentré. Tu nous le diras à tous les deux en même temps.

— C'est impossible, maman. Tu comprends, il s'est produit un... accident. Papa ne... papa ne rentrera pas ce soir.

— Un accident ? Tu as dit un accident ?

— Oui, maman. »

Harold Sutton, le premier associé du cabinet Sutton, Wells, Willmont, lui avait téléphoné à Cambridge à trois heures du matin.

« Il s'agit de ton père, Bob, avait-il commencé sans penser à s'excuser de téléphoner aussi tard. Il est mort d'une crise cardiaque, il y a une heure. Il faut que tu rentres dès que possible. Le mieux serait que ce soit toi qui annonces la nouvelle à ta mère.

— Elle n'est pas au courant ?

— Non, répondit le vieux monsieur, manifestement gêné. Ton père n'était pas chez lui. »

Bob éclata de rire. Il n'avait pas besoin qu'on lui fasse un dessin pour savoir où l'on avait trouvé Robert Willmont.

« Bravo. Il est parti en s'éclatant. C'est sûrement la fin qu'il aurait choisie.

— Écoute, Bob. Ton père menait la vie qu'il voulait. Mais le scandale ne doit pas rejaillir sur le cabinet.

— Je comprends parfaitement, monsieur, dit le jeune homme en reprenant aussitôt son sérieux.

— J'en suis heureux. Mes associés et moi en avons discuté. Il nous a semblé préférable de déclarer qu'il était au bureau lorsque s'est produit ce, heu, malheureux — heu — accident.

— Les autorités accepteront-elles cette version des faits ?

— Je crois, oui. Le commissaire est un ami personnel.

— Je prendrai le premier avion.

— Parfait, Bob. À propos, notre offre n'a rien à voir avec tout ça, elle tient toujours, évidemment.

— Je comprends bien, monsieur. Ces deux choses n'ont aucun rapport entre elles. D'ailleurs, après y avoir bien réfléchi, j'ai décidé d'accepter votre proposition. »

Bob perçut l'infime hésitation à l'autre bout de la ligne. « Voilà une bonne nouvelle, pour nous tous.

— Merci, monsieur. »

Et Bob eut un large sourire car il avait clairement entendu penser son interlocuteur : tel père, tel fils.

« Prends des précautions avec ta mère, elle est fragile, tu sais. »

Amanda Willmont était en effet fragile, et d'autant

plus lorsqu'elle avait ingurgité la moitié d'une carafe de xérès.

« Quel genre d'accident, Bobby ? souffla-t-elle.

— Une crise cardiaque.

— Et il... il est... » Le mot ne passait pas sur ses lèvres.

« Oui, maman, malheureusement, oui.

— Quand ?

— La nuit dernière, au bureau. »

Amanda ferma les yeux. Son mari était mort depuis une journée presque entière et on ne l'avait pas prévenue. Une crise cardiaque... Une faiblesse du cœur... L'ironie de la chose la fit presque sourire, car elle savait pertinemment que Robert n'était pas mort à son bureau. Comme c'était gentil de la part de Bobby de chercher à la protéger !

Les larmes se pressèrent à ses yeux. Robert n'avait été que l'ombre d'un mari pendant vingt-cinq ans, et elle s'y était habituée. Mais, une fois mort, il allait lui manquer. Elle avait joué le rôle d'une épouse comblée pendant un quart de siècle. Imposture. Désormais, elle jouerait le rôle de la veuve éplorée. Et ce serait vrai.

« Il ne me reste que toi, Bobby, sanglota-t-elle.

— Ne t'en fais pas, maman. Je m'occuperai de toi. »

Elle lui sourit à travers ses larmes. « Tu as toujours été si gentil. Si gentil.

— C'est que tu as toujours été ma meilleure amie. »

Comme il ressemblait à son père ! Grand, large d'épaules, un beau visage, des cheveux noirs... Dans l'obscurité, on aurait pu les confondre. Pourtant, il y avait une différence : une particularité que Bobby avait héritée des Drayton et qui le désignait indubitablement comme l'un des leurs : l'extraordinaire couleur aigue-marine de ses yeux.

Troisième partie

1969

Tirer les leçons du passé, vivre pour le présent, anticiper l'avenir.

Anonyme

1

Engoncée dans un épais manteau noir, Karen Kern remontait la Cinquième Avenue aussi vite que le lui permettait la légère raideur de son genou gauche.

Elle avait recouvré la santé, et repris du poids. Le teint cuivré de sa peau, résultat de nombreux week-ends au soleil, faisait ressortir ses yeux gris-bleu. Ses longs cheveux noirs étaient tirés en arrière et attachés sur la nuque. Pour tout maquillage, elle ne portait qu'un rouge à lèvres rose.

Encombrée d'un sac de courses, elle s'engagea dans la 12e Rue et sortit ses clés dès qu'elle fut en vue de l'immeuble où elle partageait un appartement avec Arlene Minniken, son ancienne compagne de chambre à Cornell.

« Bonsoir, mademoiselle Kern, la salua le portier.

— Bonsoir, Martin », répondit la jeune fille en lui dédiant le sourire artificiel qu'elle réservait à tous les hommes qu'elle croisait.

L'entrée, modeste, ne souffrait aucune comparaison avec celle, opulente, de l'immeuble qu'habitait Jill Hartman sur West End Avenue. Mais Karen s'en moquait. Après avoir pris son courrier, elle s'engouffra dans l'ascenseur poussif qui la hisserait jusqu'au sixième étage.

Dès qu'elle fut entrée, elle ôta son manteau, déposa ses courses sur le comptoir de la cuisine et se dépêcha de mettre le climatiseur en marche. L'engin était vieux et si bruyant qu'elle et Arlene devaient crier pour s'entendre, mais la maigre fraîcheur qu'il dispensait était la bienvenue. Enfin, elle enleva ses chaussures, se prépara un vodka-collins et se laissa tomber sur le canapé du living.

Karen travaillait depuis six mois à la Washington Square Bookery, une librairie spécialisée en livres rares et d'occasion située à quelques pas de la célèbre place. Ses murs étaient tapissés d'affiches pacifistes. Sur un panneau, on pouvait lire « Faites l'amour, pas la guerre ». Un dessin humoristique montrait Lyndon Johnson chevauchant une bombe, prêt à fondre sur un bébé en larmes. L'odeur de l'encens flottait dans tout le magasin.

Habitués, amis et voisins venaient souvent passer un moment avec Demelza, l'excentrique propriétaire des lieux, mais on y voyait rarement des clients du haut de la ville. Karen s'occupait de l'inventaire, passait les commandes, rangeait tout ce que dérangeait la libraire et renouvelait le stock d'infusions. Son travail l'intéressait, la librairie n'était qu'à quelques minutes à pied de chez elle et la modicité de son salaire lui était indifférente : ses parents prenaient en charge ses grosses dépenses.

Lorsqu'elle n'était ni chez elle ni à la librairie, Karen s'asseyait sur un banc de Washington Square et se plongeait dans l'un des trésors dénichés par Demelza, se promenait dans les rues étroites de Greenwich Village en regardant les vitrines des boutiques d'occasion ou encore s'installait seule à une table dans l'un des petits cafés qui faisaient le charme du quartier.

Personne ne l'importunait. Les habitants du quartier se comportaient comme des billes : ils se cognaient les uns aux autres, se touchaient à peine et roulaient plus loin. Gratteurs de guitare, vendeurs ambulants, tous paraissaient soucieux de garder leurs distances et de protéger leurs douloureux petits secrets sous une carapace brillante et dure.

Si Karen avait eu le choix, elle aurait emménagé au cœur même de cette petite communauté, mais ses parents n'avaient pas voulu en entendre parler.

« Puisque tu tiens tellement à vivre en ville, avait déploré sa mère, autant que ce soit dans un endroit convenable, respectable, plutôt que dans un repaire d'excentriques, de bons à rien et de marginaux qui mènent une vie de bohème. »

Karen n'avait pas réussi à expliquer à ses parents que lorsqu'elle traversait Washington Square South, elle avait enfin l'impression d'être chez elle, d'entrer dans un autre univers, celui des marginaux, des bons à rien peut-être, mais un monde auquel il lui semblait appartenir.

L'immeuble où elle vivait, sur la 12e Rue Ouest, avait connu des jours meilleurs. Mais il était situé à une centaine de mètres de la Cinquième Avenue; tranquille et bien entretenu, il convenait aux Kern et à Arlene, qui partageait son temps entre le Bellevue Hospital et New York University où elle poursuivait ses études de psychologie.

Karen n'était jamais retournée à Cornell. Elle n'avait pas non plus épousé Peter Bauer. Les jeunes gens s'étaient plusieurs fois parlé au téléphone, après la dramatique visite de Peter chez les Kern, mais leurs conversations étaient courtes et superficielles. Peter parlait du temps, de son travail et de sa famille, mais il évitait avec soin d'envisager l'avenir. Karen l'écoutait poliment et n'insistait pas. Il n'y avait aucune raison. Peu à peu, les appels avaient cessé.

« Qu'est-ce qui t'a donc pris, de lui raconter cette horrible histoire ? se lamentait sa mère.

— Je n'allais pas bâtir ma vie de couple sur un mensonge, rétorquait Karen. Il fallait que je lui dise la vérité.

— La vérité, ma petite fille, est ce que nous voulons qu'elle soit. L'as-tu fait exprès, pour qu'il s'en aille ?

— J'avais besoin de savoir s'il m'aimait vraiment, telle que je suis, ou s'il poursuivait une chimère.

— Et alors ? Que reproches-tu aux chimères ?

— Rien. Mais on ne construit pas un mariage dessus.

— C'est pourtant arrivé, et plus souvent que tu ne le crois. Il faut que tu le comprennes une bonne fois, ce ne sont pas les hommes qui mènent la danse, bien au contraire. Nous jouons un rôle, pour obtenir ce que nous voulons. Et tout est pour le mieux, puisque les hommes aussi obtiennent ce qu'ils veulent.

— Vis-à-vis de lui, ça n'aurait pas été juste.

— Juste ? s'exclama Beverly. Qu'y a-t-il de juste vis-à-vis de qui que ce soit dans cette horrible affaire ?

— N'en parlons plus, je t'en prie, lança Karen d'un ton sec.

— Comme tu voudras. Mais rappelle-toi bien une chose : la bonne conscience ne compense pas la solitude. »

Karen s'était éloignée en clopinant, mais les paroles de sa mère s'étaient gravées dans son esprit. Elle apprit à accepter la sympathie qu'on témoignait à l'innocente victime d'un terrible accident de voiture et ne raconta plus jamais à personne ce qui lui était réellement arrivé. Le cauchemar s'inscrivit au plus profond d'elle-même, là où aucune lumière ne pouvait briller.

Bientôt, elle put se passer de béquilles. La raideur de son genou disparaissait peu à peu. Les médecins lui avaient d'ailleurs promis qu'un jour il n'y paraîtrait plus. Jupes longues et cols montants dissimulèrent ses cicatrices tandis qu'elle se composait une attitude d'indifférence polie, destinée à cacher les blessures de son âme. Il lui fallut deux ans pour se résoudre à quitter Knightsbridge. Mais lorsqu'elle s'y décida, pendant l'été 1965, ce fut pour toujours.

« Arlene Minniken me propose de partager un appartement avec elle à Manhattan, annonça-t-elle un soir à table. Ce serait amusant d'habiter à nouveau ensemble.

— Tu veux aller vivre en ville ? » Beverly n'en croyait pas ses oreilles. Dans son monde, les jeunes filles ne quittaient la maison de leurs parents que pour se marier.

« Oui. C'est fréquent, de nos jours. Regarde Arlene.

— Les parents d'Arlene habitent au bout du monde. Il lui serait impossible de se rendre tous les jours à New York. Mais ce n'est pas ton cas. Si tu tiens à t'en aller, retourne à l'université.

— Je n'en ai aucune envie. Ce que je veux, c'est vivre seule pendant un certain temps.

— Vivre de quoi ? demanda son père.

— Je travaillerai.

— Quel genre de travail ? ironisa Beverly.

— Je verrai bien, rétorqua Karen en haussant les épaules.

— Nous t'aiderons financièrement, du moins jusqu'à ce que tu retombes sur tes pieds », intervint Leo.

Karen rayonna. D'une seule phrase, il avait résolu ses problèmes matériels et réduit sa mère au silence, ce qui était assez rare pour être relevé.

« Merci, papa. Ce serait formidable. »

Mais Beverly ne s'avouait pas vaincue. « Avec Laura qui rentre en première année à Mount Holyoke et toi à Manhattan, la maison sera affreusement vide !

— Je viendrai souvent vous voir », la rassura Karen.

La jeune fille, sans aucune formation, mais trop bien élevée pour accepter n'importe quel emploi, ne trouva de travail qu'à la fin de l'été : elle devint réceptionniste à l'institut de beauté Marilyn. On l'autorisa à porter des jupes longues et des cols montants et les propriétaires, des femmes d'un certain âge, multiplièrent les prévenances. Elle accueillait les clientes, notait les rendez-vous, et fermait le magasin après s'être assurée que tous les séchoirs étaient convenablement débranchés. Rien d'excitant, mais c'était son premier salaire régulier.

Elle entra ensuite comme vendeuse chez Lord & Taylor, un grand magasin de la Cinquième Avenue, juste à la lisière des beaux quartiers. L'environnement était élégant, aussi bien les vitrines que la clientèle. Karen fut bientôt affectée au rayon lingerie où une vendeuse expérimentée lui apprit à distinguer les acheteurs des curieux, et à convaincre une cliente hésitante.

À sa grande surprise, Karen découvrit que les femmes n'étaient pas les seules à acheter de la lingerie. Des hommes, souvent gênés, s'y risquaient aussi, pour faire des cadeaux à leurs femmes, à leurs filles, à leurs mères ou à leurs petites amies. Karen sut vite faire la différence.

Elle travaillait depuis presque un an chez Lord & Taylor lorsqu'un homme aux cheveux poivre et sel s'approcha d'elle. Il avait l'air riche et bien élevé, et tenait en main un déshabillé de satin noir, la pièce la plus chère du rayon et l'une des préférées de Karen.

« Excusez-moi, mademoiselle, mais vous pouvez peut-être m'aider. Je cherche un cadeau d'anniversaire pour ma fille et je ne suis pas sûr de faire le bon choix. »

Karen dissimula un sourire. Il y avait belle lurette qu'elle avait compris que les hommes n'achetaient pas de déshabillé de satin noir à leurs filles, mais il fallait jouer le jeu.

« Quel âge a-t-elle ?

— À peu près le vôtre. Il vous plairait ?

— Il me plaît beaucoup, dit Karen. Quelle taille lui faut-il ? »

L'homme fronça les sourcils. « Ma foi, je n'en sais rien. La même que vous, je dirais. Si vous vouliez bien la tenir devant vous, je me rendrais compte de l'effet qu'il ferait sur elle. »

Karen s'exécuta. « Alors, qu'en pensez-vous ? »

Le client secoua la tête. « Je ne suis pas sûr. Auriez-vous par hasard la gentillesse de l'essayer pour moi ? »

Les cheveux de Karen se hérissèrent sur sa nuque. Personne ne lui avait dit comment se débrouiller dans une situation de ce genre.

« C'est impossible, je suis navrée. Comme vous le voyez, je suis seule à ce rayon, et je n'ai pas l'autorisation de m'absenter.

— Tant pis, sourit gentiment l'homme aux cheveux gris. Je vais le prendre, et s'il ne plaît pas à ma fille, elle le rapportera et l'échangera contre autre chose. »

Karen afficha aussitôt son habituel sourire artificiel. Lorsque l'homme et son paquet eurent enfin disparu, elle poussa un immense soupir de soulagement.

Le magasin fermait à six heures. Une demi-heure plus tard, Karen remontait en courant la Cinquième

Avenue pour attraper l'autobus. De nombreuses personnes attendaient à l'arrêt.

« En fait, dit une voix derrière elle, je l'ai acheté pour vous, même si vous n'avez pas voulu l'essayer. »

Karen fut si surprise qu'elle trébucha et bouscula une dame d'un certain âge.

« Excusez-moi, marmonna-t-elle en se penchant pour ramasser un sac qui allait échapper à sa propriétaire.

— J'aurais voulu vous l'offrir dans le magasin, mais cela vous aurait peut-être gênée. Alors j'ai décidé de vous attendre. Nous pourrions aller prendre un verre quelque part, et dîner ensemble. Faire connaissance.

— Vous faites erreur, répliqua Karen, le cœur battant.

— Vraiment ? Il me semblait pourtant que vous aviez parfaitement compris mon message. Moi, en tout cas, j'ai bien reçu le vôtre.

— Mais quel message ?

— Vous savez bien que je n'achetais pas un cadeau pour ma fille. D'ailleurs, gloussa-t-il, je n'en ai pas. Il est pour vous.

— Je vous remercie, mais je ne peux accepter, dit Karen aussi poliment que possible, pour ne pas prendre le risque de mécontenter un bon client. Je n'ai aucune occasion de porter ce genre d'articles.

— Je pourrai vous en offrir une, si vous jouez franc jeu. »

L'autobus approchait, et les voyageurs commencèrent à avancer vers la chaussée. L'homme aux cheveux grisonnants en profita pour se serrer contre elle.

« Je vous ai bien observée, vous savez, lui murmura-t-il en passant ses mains sur son corps. Vous avez l'air convenable, à vous voir, mais j'ai compris que, sous vos cols montants, vous aviez un sacré tempérament. »

Karen bouscula les gens qui faisaient la queue devant elle pour essayer de lui échapper.

« Attendez votre tour, jeta quelqu'un. On a tous envie de rentrer à la maison.

— Laissez-moi tranquille, hurla-t-elle à l'adresse de celui qui la poursuivait de ses assiduités.

— Vous n'en avez aucune envie.

— Que si !

— Vos lèvres disent non, mais votre corps dit oui. Je l'entends.

— Si vous ne cessez pas de m'importuner, j'appelle la police », lança Karen le plus haut qu'elle le put.

La femme âgée dont elle avait fait tomber le sac se tourna vers elle.

« Cet homme vous ennuie, ma chère petite ?

— Oui, sanglota à demi Karen.

— Faites-moi le plaisir de laisser cette jeune fille tranquille, ordonna la femme d'un ton sec. Elle n'a manifestement aucune envie de vous écouter. » Et, secouant la tête avec commisération, elle ajouta : « Un homme de votre âge, vous devriez avoir honte. »

Les portes de l'autobus s'ouvrirent enfin. L'aimable dame prit Karen par le bras pour monter les marches avec elle. L'homme aux cheveux gris se fondit dans la foule.

De ce jour, Karen ne se maquilla plus du tout et enfila un épais manteau sur ses vêtements, quel que fût le temps. Plus elle s'enlaidissait, plus elle se sentait en sécurité.

Elle démissionna de son poste chez Lord & Taylor et entra dans une agence de publicité, où elle répondait au téléphone, puis chez un dermatologue de Park

Avenue, dont elle tapait à la machine les notes d'honoraires, avant de trouver du travail à la bibliothèque municipale. Aucun emploi ne la satisfaisait bien longtemps.

Durant l'hiver 1969 elle répondit à une annonce de la Washington Square Bookery. Le magasin, que sa propriétaire appelait le bunker, était long et étroit. Les murs étaient tapissés d'étagères où s'empilaient des livres sur tous les sujets possibles et imaginables, de l'abasie à la zymotechnie. Dans la pièce du fond était entreposé un trésor constitué de premières éditions des œuvres de Somerset Maugham, Emily Dickinson, Edith Wharton, Sinclair Lewis ou Willa Cather.

La libraire était une femme d'une cinquantaine d'années, ronde, aux longs cheveux noirs et frisés nattés dans le dos et aux doux yeux bruns qui semblaient refléter toute la misère du monde. Lorsque Karen la rencontra pour la première fois, elle n'avait que la situation du Biafra en tête.

Peu nombreux étaient ceux qui connaissaient son vrai nom, Doris Ulasewicz, du Bronx. Tout le monde l'appelait Demelza, comme l'héroïne d'un obscur roman qu'elle avait tiré de l'oubli. « Demelza avait une âme de sainte et un cœur de putain, expliqua la libraire. Il y a quelque chose qui m'attire, là-dedans.

— Heureusement que ce n'était pas le contraire », fit observer Karen.

Demelza lança un coup d'œil appréciateur à Karen et déclara : « Je sens que vous allez me plaire.

— Merci, murmura Karen, ravie.

— Passons aux choses sérieuses. Je suis totalement inorganisée, et génialement créative. Au-delà de cinquante dollars, je ne comprends plus rien à l'argent. Je me disperse, mais je suis apte à conceptualiser. Ma curiosité est insatiable, mais je ne me mêle jamais de ce qui ne me regarde pas. J'ai besoin de quelqu'un qui mette un peu d'ordre et de raison dans ma vie et dans mon travail. Vous croyez que vous pourrez me supporter ? »

Karen regarda autour d'elle. Les quelques clients qui traînaient devant les comptoirs avaient plutôt l'air inoffensifs ; les livres l'attiraient et le parfum d'encens qui luttait vaillamment contre l'odeur de moisi ne lui déplaisait pas.

« Je peux essayer, dit-elle.

— C'est le maximum qu'on puisse demander à quelqu'un, approuva Demelza. Mais avant de vous emballer tout à fait, il vaut mieux que vous sachiez que je ne peux pas vous payer plus de quatre-vingts dollars par semaine. »

À la bibliothèque, Karen en gagnait dix de plus. Elle hésita un instant. Chaque fois qu'elle avait changé de travail, son salaire avait augmenté. Elle désirait se libérer de la tutelle de ses parents dès que possible. Et pourtant, elle envisageait avec plaisir l'idée de faire un pas en arrière.

« Pour compenser, déclara Demelza, séduite par la jeune fille et qui avait appris à se fier à son instinct, je peux vous offrir un titre ronflant.

— Par exemple ? questionna Karen, étrangement émue par cette femme au nom bizarre et son obscur magasin.

— Voyons, réfléchit à haute voix Demelza. Que diriez-vous de... sous-directrice ? »

Karen éclata de rire. « Ma mère sera enchantée !

— Alors nous sommes d'accord ?

— Nous sommes d'accord. »

Karen retourna chez elle folle de joie en se demandant pourquoi la perspective de gagner moins d'argent la ravissait à ce point.

« Ce n'est pas seulement Demelza qui me plaît,

expliqua-t-elle à Arlene. La librairie aussi. Je m'y suis sentie bien, à l'aise. Tu vas me croire folle, mais on aurait dit que les murs me parlaient, me disaient que là, je serais heureuse. »

Arlene n'étudiait pas la psychologie pour rien. « Alors tu as pris la bonne décision. Quant au salaire, ma foi, tant que tes parents s'en fichent ! »

Les Kern approuvèrent avec joie.

« Sous-directrice ? C'est magnifique, ma chérie, s'esbaudit Beverly. Comme je suis fière de toi ! »

Et, songea Karen, comme les voisins seront impressionnés, une fois que tes petits mensonges auront fait de ma minuscule librairie l'équivalent d'une grande surface où s'affairent une vingtaine d'employés débordés !

« Et ne t'inquiète pas au sujet de l'argent, ajouta son père. Nous t'enverrons un chèque mensuel aussi longtemps que tu en auras besoin. »

Nul ne mentionna le fait qu'il s'agissait de son sixième emploi en trois ans et demi, et qu'elle ferait peut-être mieux de se stabiliser un peu. Mais les paroles flottaient dans l'air aussi clairement que si on les avait prononcées.

Karen n'avait eu qu'un seul objectif dans sa vie : se marier et avoir des enfants. La fin de son doux rêve avait sonné le glas de ses espoirs. Mais, à la Bookery, elle retrouva un but. Ici, elle ne remplaçait personne : il lui fallait s'inventer un rôle. Non seulement la jeune fille y prit un réel plaisir, mais elle réussit si bien que Demelza l'augmenta deux fois en un an.

« Je n'ai pas le choix, disait-elle à ses clients et amis. Cette petite a si bien tout organisé que sans elle je serais perdue. »

En effet, Karen avait mis de l'ordre dans les comptes, établi un budget et proposé un projet pour augmenter le chiffre d'affaires en attirant les clients du haut de la ville dans la petite librairie reculée.

Mais, surtout, les deux femmes étaient devenues des amies. La réfugiée de Great Neck et l'exilée du Bronx se découvrirent de nombreux points communs.

« Quand il y a six gosses à la maison et pas assez à manger pour tout le monde, on apprend à être rapide, dit un jour Demelza en finissant le dernier beignet de leur pause-café. Par la suite, on n'a qu'une envie, se tirer vite fait.

— Quand on est l'aînée de deux enfants, et qu'on s'occupe tellement de vous qu'on vous empêche de respirer, tôt ou tard on a la même envie, soupira Karen.

— Mes parents étaient ravis de me voir partir.

— Les miens étaient consternés. »

Karen dévorait des romans populaires, mais sa patronne l'initia à la beauté des œuvres littéraires classiques qu'elle avait jusque-là considérées comme des lectures purement scolaires.

« Il faut tout essayer avant de se faire une opinion », disait Demelza.

Chaque jour, pendant quelques heures, elle plongeait dans un monde créé par un autre et se l'appropriait. Heathcliff la hanta, elle rougit avec Mme Bovary et pleura sur Anna Karenine.

Karen se fit aussi des amis en chair et en os parmi les clients de la librairie. Les femmes portaient des jupes longues, un bandeau dans les cheveux, et suivaient un nombre incalculable de cours de toutes sortes. Les hommes avaient des colliers autour du cou et les cheveux jusqu'aux épaules. Les plus jeunes traînaient et gagnaient quelques sous de temps à autre en attendant d'être appelés sous les drapeaux : alors, ils partaient au Canada. D'autres avaient abandonné leur carrière : ils erraient en se cherchant une bonne raison de se lever le matin. Les plus nombreux avaient un pied sur chaque rive : ils organisaient des soupes populaires dans le Bowery ou enseignaient à l'université de New York. On comptait aussi quelques poètes, compositeurs ou peintres, qui tentaient de donner forme à leurs rêves.

Ils avaient tous une histoire. En les écoutant, Karen la lisait, dissimulée sous leurs chiffons, leurs cheveux en broussaille ou leurs barbes hirsutes. Et c'était chaque fois une histoire qui ressemblait à la sienne, celle d'une âme en peine luttant pour trouver sa voie dans un monde hostile.

L'Amérique était à la croisée de plusieurs sous-cultures, à l'époque : hippies de San Francisco, militants des droits des minorités noires, drogués de Needle Park, croisés de la paix, violemment engagés contre la guerre au Vietnam. Demelza, pour sa part, affichait tous les posters ou dessins antimilitaristes qu'elle pouvait trouver.

Les Kern passèrent à la librairie par un pluvieux après-midi d'avril. Karen y travaillait depuis deux mois. Beverly, vêtue d'un ensemble rose fuchsia, entra en coup de vent, son parapluie à la main, et éclaboussa une édition de 1923 du *Time*.

« Quelle journée ! s'exclama-t-elle en frissonnant. Il y a un vent !

— Il vous a poussés dans la bonne direction, dit aimablement Demelza en s'empressant de mettre à l'abri la précieuse édition. Prenez un thé pour vous réchauffer. »

Sa tasse en main, Beverly inspecta les lieux. « Comme c'est charmant, s'écria-t-elle. Et si... intime !

— Étriqué, plutôt, corrigea Demelza.

— Il y a une atmosphère, renchérit Beverly.

— Parce que c'est sombre !

— Vos clients arrivent à lire, avec si peu de lumière ?

— Grands dieux ! Nous n'avons aucune envie de voir nos clients lire, rétorqua Demelza, un petit sourire au coin des lèvres.

— Et Karen ? Je ne veux pas qu'elle s'abîme les yeux.

— Demelza te taquine, maman, soupira Karen. Nous allumons les lumières quand il le faut. Mais nous trouvons l'ambiance plus agréable comme cela.

— Et ça économise de l'électricité, précisa la propriétaire.

— L'ambiance ? répéta Beverly sur un ton légèrement dédaigneux.

— Le style archives, confia Demelza. Vous savez bien, poussiéreux, humide, à l'écart. Là où on découvre des trésors rares.

— Quels trésors ? persifla Beverly en jetant un coup d'œil ouvertement méprisant sur les affiches pacifistes collées au mur.

— Je vais te montrer », proposa Karen en entraînant sa mère vers les vitrines du fond.

« Elle est étrange, cette femme, attaqua Beverly le soir même à table.

— Je n'ai rien remarqué d'étrange, répondit Leo en attaquant sa portion de canard laqué.

— Elle n'est pas étrange, intervint Karen, volant à la rescousse de sa patronne. Elle est un peu différente, c'est tout.

— Elle prend quelque chose ? s'enquit Beverly.

— Je ne comprends pas ce que tu veux dire, maman.

— Elle se drogue, quoi. Voilà ce que je te demande. »

Karen éclata de rire. « Que sais-tu au sujet des drogues ?

— Je suis plus à la page que tu ne l'imagines, ma petite fille. Je suis au courant de ce qui se passe dans le monde.

— Tu en sais plus que moi, alors.

— Il y avait une drôle d'odeur, dans la librairie.

— C'était de l'encens, maman.

— Tu en es certaine ? Ça sentait affreusement fort.

— Je l'ai allumé moi-même, juste avant votre arrivée.

— Peu importe. Mais je ne veux pas te voir mêlée à des gens qui se droguent.

— Si Demelza se drogue, ce que j'ignore, elle ne l'a en tout cas jamais fait à la librairie. Du moment qu'elle me signe mon chèque toutes les semaines, elle est libre de faire ce qu'elle veut ailleurs. Ça ne me regarde en rien. »

Elle avait ainsi écarté la question d'un revers de main, se disait Karen quatre mois plus tard, alors que le climatiseur commençait de dispenser une relative fraîcheur. Mais entre-temps elle avait découvert que beaucoup des amis de Demelza fumaient de la marijuana, de l'herbe, comme ils disaient, et elle était à peu près sûre que Demelza en fumait aussi.

Karen devait bien s'avouer que la fréquentation de gens qui se droguaient la mettait mal à l'aise. Elle ignorait presque tout des drogues, sinon qu'elles étaient illégales et qu'on s'y accoutumait. De temps à autre, elle apercevait dans la librairie des personnages visiblement mal en point. La première fois, choquée, elle s'était précipitée pour prévenir Demelza.

« Il y a un type, là dans le coin, qui a l'air très bizarre.

— On ne dit pas bizarre. Le mot juste est

défoncé », avait souri Demelza qui avait gentiment poussé dehors le client en question.

Un jour, Karen aperçut deux jeunes gens, à l'écart, qui échangeaient de l'argent contre un petit sachet en plastique contenant une sorte de poudre blanche.

« Je crois qu'il y a quelqu'un là-bas qui vend du talc », dit-elle à Demelza.

Cette fois-ci, la propriétaire de la Bookery ne prit pas la chose à la légère. Elle fondit sans tarder sur les jeunes gens et les jeta dehors sans ménagements.

« Pourquoi es-tu tellement en colère ? questionna Karen.

— Parce qu'il y a drogue et drogue. De la douce et de la dure. Et personne ne vendra de la dure chez moi.

— Pourquoi les gens se droguent-ils, d'ailleurs ? »

Demelza haussa les épaules. « Les raisons varient avec les gens. Certains en prennent parce que c'est à la mode, d'autres parce que c'est défendu, d'autres encore parce qu'ils sont devenus dépendants. Mais la plupart de ceux que je connais fument parce que ça les soulage provisoirement.

— De quel genre de douleurs ? » demanda Karen. Elle se souvenait des médicaments qu'on lui avait prescrits lorsqu'elle était à l'hôpital, et de la sensation de bien-être éprouvée quand s'estompaient enfin les souffrances de son pauvre corps brisé.

« Pas les migraines, ni les rages de dents. Je parlais plutôt de la douleur de vivre. »

La douleur de vivre. Karen n'avait encore jamais entendu cette expression. Elle la garda soigneusement dans un coin de sa mémoire. Demelza ne prononça plus jamais la phrase, mais Karen ne l'oublia pas.

Personne ne se serait risqué à qualifier Karen de

cordon-bleu, mais elle était parvenue à maîtriser les bases de la cuisine. Lorsque Arlene rentra de l'université, le dîner était prêt.

« Salade du chef, thé glacé et pain français, annonça-t-elle à sa compagne. L'idée d'allumer le four me paralysait d'avance ! »

Arlene approuva et se précipita sous la douche.

« Regarde-moi, s'écria-t-elle en sortant de la salle de bains un quart d'heure plus tard, les cheveux enveloppés dans une serviette. Je suis encore toute mouillée, et je transpire déjà !

— Je vais rappeler l'entretien, promit Karen.

— Ils savent envoyer un homme sur la lune, protesta Arlene, et ils sont incapables de faire marcher un climatiseur ! »

Karen poussa les livres de son amie à une extrémité de l'immense table de chêne qu'elles avaient achetée chez un brocanteur, comme la presque totalité de leur ameublement hétéroclite, et disposa leurs deux couverts.

Au milieu du repas, Karen posa à son amie une question qui la tracassait.

« Tu t'es déjà droguée ?

— J'ai fumé de l'herbe, une fois. Il y a des années.

— Et alors ?

— Rien de bien excitant. Je m'en souviens à peine, et je n'ai jamais eu envie de recommencer.

— Comme boire de l'alcool ? interrogea Karen qui avait récemment, et dans l'intimité, expérimenté les effets abrutissants de cette drogue-là.

— Pas du tout. L'alcool te fait perdre conscience, alors que l'herbe, paraît-il, te met dans un état d'éveil incomparable. Mais pourquoi t'intéresses-tu à ça ?

— Je suis invitée à une soirée, demain soir. Et je ne serais pas surprise qu'il y en ait.

— Une soirée? répéta Arlene, très étonnée car Karen n'acceptait jamais les invitations.

— Chez Demelza. Elle a convié des gens à dîner. On va même fermer la librairie plus tôt que d'habitude.

— Tu crois qu'elle fume?

— Je n'en suis pas certaine. Mais plusieurs de ses amis oui. Et ils seront sans doute là.

— Si tu veux mon avis, ne fais que ce que tu as envie de faire.

— Je t'avoue que je suis un peu curieuse. »

La douleur de vivre, songeait Karen.

« Eh bien alors, dit Arlene en haussant les épaules, c'est tout simple, essaie. »

2

Depuis qu'elle habitait New York Karen pouvait compter sur les doigts d'une seule main le nombre de soirées auxquelles elle avait assisté. Excepté les sorties au théâtre, au cinéma ou au concert, avec Arlène, Jill ou Demelza, sa vie sociale se limitait à quelques dîners au restaurant.

Chaque fois qu'un homme l'invitait, elle trouvait une bonne excuse pour refuser. Il lui arrivait de temps à autre d'avoir envie de compagnie masculine, mais, avec l'arrivée sur le marché de la pilule contraceptive, les mœurs s'étaient tellement relâchées que les garçons et les filles n'avaient plus qu'un seul mot à la bouche : l'amour libre. Faire l'amour était devenu la conclusion obligatoire du plus anodin des rendez-vous.

Comme le monde était différent, dans le temps, songea-t-elle avec un soupir en glissant enfin dans le sommeil.

Environ un an après le fameux pique-nique, elle avait reçu une courte lettre de Peter Bauer, s'excusant pour tout et l'informant de son prochain mariage.

« Je me demande pourquoi il a mis si longtemps à se décider », avait sifflé Beverly, aigrement.

Son cauchemar habituel la réveilla peu avant l'aube, baignée de sueur et tremblante : quelque chose de nuisible la pourchassait dans un épais brouillard, elle courait à perdre haleine, puis la chose la rattrapait, la saisissait à la gorge et lui ôtait la vie.

Le sang se remit à couler dans ses veines lentement, calmement, son pouls se ralentit, et Karen tenta de se rendormir. Mais elle ne pouvait empêcher son esprit de vagabonder en imaginant le loft de Demelza. Karen n'était jamais entrée dans un appartement du Village, et la curiosité la tenaillait.

Selon Demelza, sa tanière tenait à la fois de l'église et du bordel. La description était assez juste. L'immeuble de Bleecker Street était une ancienne usine de rubans. On accédait à l'appartement par une sorte de monte-charge dont il fallait manœuvrer soi-même la lourde porte en bois. Il donnait directement dans une immense pièce aux murs de brique et au plafond voûté haut de plus de sept mètres. Des rideaux de perles délimitaient approximativement trois espaces distincts. Le premier était meublé de profonds canapés et de tables basses, le deuxième d'une immense table de réfectoire et le troisième d'une demi-douzaine de matelas, recouverts de tissus bariolés et d'une multitude de coussins. Partout, des bougies brûlaient et l'odeur d'encens régnait. C'était un lieu bizarre, différent, qui allait comme un gant à Demelza.

« Te voilà enfin ! s'écria cette dernière, un verre dans une main et une assiette de crudités dans l'autre. Bienvenue dans mon paradis terrestre. Entre vite. Respire un bon coup, et plonge dans la mêlée. »

Karen obéit. Quelqu'un la salua aussitôt.

« Salut, Karen.

— Salut, Ethan, répondit-elle en souriant au jeune homme squelettique qui semblait avoir du mal à tenir sur ses jambes.

— Tu n'es pas comme à la librairie, fit-il observer timidement.

— Ce doit être la façon dont je suis habillée », plaisanta Karen qui portait les vêtements habituels : une simple jupe en coton bleu et une tunique à col montant.

« C'est ça, approuva Ethan. Ta jupe est de la couleur de tes yeux. Un ciel sans nuages. »

Un ciel d'orage, plutôt, songea Karen sans le contredire. Ethan était originaire du Nebraska. Client assidu de la librairie, il n'avait guère plus de dix-huit ans. Avec ses cheveux raides et blonds, qu'il ne cessait de repousser en arrière pour dégager ses yeux verts, Karen le comparait souvent à un petit chien perdu.

« La même couleur que les bleuets de ma maman, poursuivit-il en soupirant. J'espère que je les reverrai un jour.

— Je te le souhaite.

— Mais ce ne sera pas avant que papa ne meure.

— Pourquoi ?

— Il m'a jeté dehors. Il m'a traité de lâche et il m'a jeté dehors. Il a dit qu'il n'avait plus de fils.

— Parce que tu refusais d'aller au Vietnam ?

— Ouais. Il a perdu une jambe à Guadalcanal. »

Karen compatissait. Cette guerre lointaine, que tant de jeunes gens ne voulaient pas faire, avait détruit de nombreuses familles, d'un bout à l'autre du pays.

Ethan alluma une cigarette maladroitement roulée. « Tu en veux ? proposa-t-il après avoir tiré quelques bouffées.

— Non, dit fermement Karen. Non, merci. »

Ethan sourit. « Demelza dit que tu es vierge. Je n'y croyais pas.

— Pardon ?

— Elle dit que tu n'as jamais fumé.

— Pourquoi ne la croyais-tu pas ?

— Je ne sais pas. Quelque chose dans ton regard, peut-être, qui donne l'impression que tu as pas mal roulé ta bosse.

— Toi aussi, tu es différent, ici, dit Karen en changeant soudain de sujet. Plus ouvert. C'est à cause de ça ? » De la tête, Karen désignait le joint.

« Sans doute. Ça arrondit les angles, en quelque sorte. Tout devient plus... moelleux. C'est comme si tu regardais un film d'horreur avec des lentilles roses.

— Ça te fait cet effet-là, la marijuana ?

— Je ne te demande pas de me croire sur parole », dit Ethan en lui tendant le joint.

Tentée, Karen s'esquiva cependant : « Pas maintenant. J'ai faim. »

La jeune fille se servit une assiette de salade niçoise et de moussaka, agrémentée d'un grand verre d'ouzo. Au milieu de cette faune bigarrée qui bavardait tranquillement, Karen commençait à se sentir à l'aise.

Certains buvaient de l'ouzo, comme elle, mais la plupart des invités faisaient passer des joints. Deux d'entre eux étaient allongés sur un des matelas. Karen ne se rendit compte de ce qu'ils y faisaient que lorsqu'ils enlevèrent leurs vêtements. Elle se détourna en rougissant.

Ethan la rejoignit, et tenta de lui faire partager son enthousiasme.

« Géniale, cette soirée, non ? Pour un provincial comme moi, New York est une ville magique. Elle va me manquer, quand je serai au Canada.

— Tu reviendras un jour.

— Peut-être. Si tu es toujours là, ajouta-t-il, enhardi par le shit. Tu me plais drôlement, tu sais.

— Non, je ne le savais pas.

— Mais tout le monde le sait, voyons ! Je te tourne autour sans arrêt, à la librairie.

— Je croyais que tu t'intéressais à la lecture.

— Tu parles ! Je suis incapable de faire la différence entre Henry James et James Michener, avoua Ethan. Je n'y vais que pour toi.

— Je suis très flattée. » Karen était sincère. Le jeune homme s'était toujours montré si réservé qu'elle n'avait jamais songé à le trouver menaçant.

« Ça ne te fait pas bizarre, d'être la seule personne sobre de la soirée ?

— Sobre ? Mais j'ai bu tout un verre d'ouzo, s'étonna Karen.

— Regarde : personne ne se tient droit. Alors que toi, plus droite, on meurt. Tout le contraire du moelleux dont on parlait tout à l'heure. Essaie, tu verras », dit-il en lui tendant sa cigarette.

Cette fois-ci, la curiosité l'emporta. Karen s'étouffa à demi avec la première bouffée, insista, et finit par inhaler convenablement la fumée. Puis elle éclata de rire.

« Si ma mère me voyait, elle aurait une crise d'hystérie !

— Ta mère est hystérique ?

— Non. Elle est astigmate.

— Ça n'a rien à voir.

— Si. Ça a tout à voir, justement. »

Et cela lui sembla si extraordinairement drôle qu'elle rit de plus belle.

« J'ai l'impression qu'il est inutile de te demander comment tu te sens, intervint Ethan.

— Légère. Comme si je pouvais voler. Je n'ai jamais rien ressenti de pareil.

— C'est ça, le moelleux. »

Karen s'adossa un instant contre le canapé et

ferma les yeux. Elle avait l'impression qu'elle pourrait s'endormir d'un seul coup. Mais, une seconde plus tard, tout à fait réveillée, elle désignait les rideaux de perles à Ethan.

« Regarde, comme c'est beau ! s'écria-t-elle en l'entraînant d'un pas incertain. Viens, donne-m'en encore. »

Ethan s'exécuta. Karen fuma avec concentration, puis s'abîma dans la contemplation des arabesques que dessinaient les rangs de perles colorées. Elle écarta un peu le rideau et jeta un coup d'œil dans l'autre espace.

« Tout le monde danse », s'exclama-t-elle avec ravissement.

Ethan suivit son regard. En fait, la plupart des couples étaient allongés sur les matelas et s'abandonnaient sans retenue au plaisir.

« C'est la danse de l'accouplement, dit Ethan en gloussant.

— C'est la première fois que je vois ça. On peut essayer ?

— Bien sûr », dit Ethan qui voyait se concrétiser ses rêves les plus fous. Il avala sa salive et lui reprit le joint, en tira quelques bouffées et la suivit en tremblant. Bien qu'il eût préféré mourir plutôt que de l'avouer, le jeune homme était puceau.

Karen se promenait parmi les matelas en observant les couples indifférents à sa présence.

« Qu'ils sont beaux ! murmura-t-elle. Quelle grâce, quel rythme ! Comment on commence ? demanda-t-elle au jeune homme en s'arrêtant devant un lit inoccupé.

— On pourrait se déshabiller, bafouilla-t-il.

— Oh, non, dit Karen en pouffant.

— Mais c'est comme ça qu'on fait : on enlève ses vêtements et après on danse.

— Dansons tout habillés.

— Bon », dit Ethan.

Karen chantonnait un air qu'elle était seule à entendre. Ethan s'humecta les lèvres, s'approcha d'elle. Ils se déshabilleraient plus tard, songea-t-il, le moment venu.

Il la sentit se raidir lorsqu'il la prit dans ses bras, mais elle ne se détourna pas. Ils finirent le joint. Karen avait fermé les yeux, un sourire flottait sur ses lèvres. Incapable de se retenir plus longtemps, le jeune homme se pencha sur elle et l'embrassa avec douceur.

Karen, les yeux soudain grands ouverts, recula violemment la tête. « Ça ne fait pas partie de la danse, protesta-t-elle.

— Mais si.

— Je ne te crois pas.

— Regarde autour de toi. »

C'était vrai : les couples qui l'entouraient s'embrassaient, se touchaient, leurs corps entraient en fusion.

« C'est de l'art, souffla-t-elle. Regarde comme les muscles de celui-ci roulent, regarde comme la peau de cette fille brille à la lumière des bougies. »

Et Karen se laissa hypnotiser par les petites flammes qui rougeoyaient et clignotaient faiblement. « Tu vois les flammes ? On dirait qu'elles veulent monter jusqu'au ciel, comme les mille langues de l'enfer. »

Puis elle trébucha et le jeune homme dut la retenir pour l'empêcher de tomber.

« Qu'est-ce que tu as ? »

La pièce tournait tout autour d'elle, les lumières lui sautaient aux yeux.

« Asseyons-nous, proposa Karen.

— D'accord. »

Il la lâcha, et elle tomba comme un sac de farine.

« Flop ! fit-elle en riant. Donne-m'en encore.

— Je crois que ça suffit, maintenant. D'ailleurs, on était en train de danser, tu te rappelles ?

— C'est vrai, mais j'aime bien ces lumières. Ne les éteins pas. »

Il ne savait pas de quelles lumières voulait parler la jeune fille, mais il évita de la contredire. Karen s'allongea.

« De si jolies couleurs, murmura-t-elle. Je les vois même les yeux fermés. »

Ethan déboutonnait sa tunique.

« Rouge, bleu, vert, rose, violet et argent. »

Il baissait sa jupe.

« Ça brille ! »

Il dégrafait son soutien-gorge.

« Maintenant, ça flotte au-dessus de nous, regarde ! »

Il faisait glisser sa culotte.

« On dirait un vrai feu d'artifice. »

Les bougies dispensaient assez de lumière pour qu'il vît les cicatrices sur son cou et son genou. Tout en se demandant ce qui avait bien pu lui arriver, il enleva son T-shirt et déboutonna son pantalon.

« J'ai l'impression que je vais exploser en des milliers d'éclats de lumière, et flotter dans les airs », s'écria Karen.

Ethan l'adorait en silence depuis des mois. Ses mains couraient sur son corps, et il couvrait ses seins de baisers. Il était au comble du bonheur.

« Encore cette chanson, dit Karen. Tout le monde danse. Les chandeliers étincellent. Lalala, lalala... »

Sans plus se contenir, le jeune homme se coucha sur Karen et lui écarta les jambes.

Son hurlement retentit dans tout le loft. Non pas un hurlement de douleur, mais un cri de terreur en s'apercevant de ce qu'il avait l'intention de faire.

« Arrête ! rugit-elle toutes griffes dehors, en le repoussant de toutes ses forces. Arrête ! »

Ethan blêmit, humilié. Tout le monde les regardait.

Maintenant, Karen pleurait. « C'était si beau, bafouilla-t-elle entre ses sanglots. La musique, les lumières, la danse. Tu as tout gâché ! »

Karen frissonna, et se rendit soudain compte qu'elle était nue. Tout se brouilla devant ses yeux. La musique s'arrêta. Les lumières s'éteignirent. On ne dansait plus. Et tout devint noir.

3

L'éblouissante lumière du soleil traversait ses paupières. Karen gémit, encore à demi endormie, et tira le drap sur son visage.

« Réveille-toi, ma Belle au bois dormant, ironisa Demelza. Le prince charmant n'est pas arrivé, mais le café est prêt. »

Karen se força à ouvrir les yeux. Elle était allongée sur un matelas, dans une pièce immense, et la clarté intense qui tombait des hautes fenêtres signifiait que le jour était levé depuis bien longtemps.

« Où suis-je ?

— Chez moi, bien sûr, dit Demelza. Tu es venue à ma soirée, hier soir, tu t'en souviens ? Tu as mangé de la moussaka, tu as bu de l'ouzo, et Ethan t'a certainement offert un peu trop d'herbe. Sur le coup de minuit, tu t'es écroulée. Comme tu n'avais pas l'air d'avoir envie de bouger, j'ai décidé de te laisser dormir.

— Je me sentais si bien, dit Karen, songeuse. Je flottais, et j'entendais une musique magnifique. C'est à ce moment-là que je me suis évanouie ?

— Oui.

— Quelle horreur ! Tout le monde a dû me trouver affreusement mal élevée.

— À mon avis, personne n'a remarqué », sourit Demelza qui préféra laisser Karen dans l'ignorance des événements qui avaient précédé son profond sommeil.

En fait, la jeune fille leur avait fichu une frousse bleue. Elle avait hurlé, et griffé Ethan comme si le diable lui-même était à ses trousses. Dès que Demelza avait vu les cicatrices, elle avait pris la situation en main. Repousser Ethan, couvrir Karen d'un drap et conseiller à chacun de retourner à ses occupations, cela ne lui avait pas pris plus d'une minute.

Après le départ de ses derniers invités, Demelza s'était préparé une tasse de thé et était venue s'asseoir à côté de Karen. Elle l'avait rhabillée tant bien que mal et, adossée au mur sur un matelas voisin, avait veillé sur son sommeil.

Doris Ulasewicz était l'aînée de six enfants. Sa mère, une femme instable, perdait souvent ses moyens, et son père, marin au long cours, passait plus de temps sur les champs de courses que sur les quais.

À l'âge de huit ans, elle protégeait déjà ses frères et sœurs contre la colère de leur père lorsqu'il n'avait pas eu de chance, et remplaçait auprès d'eux une mère défaillante. Elle faisait le ménage, préparait les repas, langeait les bébés et n'avait pas sa pareille pour obtenir un crédit chez l'épicier.

La famille manquait de tout : il n'y avait jamais assez de nourriture, jamais de vêtements assez chauds, jamais assez d'amour. À treize ans, elle coucha avec le boucher, pour une livre de viande hachée et un poulet décharné ; elle calma la faim de la nichée pendant deux jours. La semaine suivante, elle eut droit à un rôti de porc.

À quinze ans, elle quitta l'école, mentit sur son

âge et prit un emploi de serveuse. Le salaire était maigre, mais elle recevait de temps à autre de bons pourboires, avait droit à un repas chaud par jour et à emporter les restes.

Elle économisait chaque sou, et allait une fois par mois à l'Armée du Salut chercher des vêtements usagés qu'elle raccommodait pour les enfants.

La bibliothèque municipale était son seul refuge. Elle y passait tous ses loisirs. Ainsi commença pour Demelza, avec les livres, une histoire d'amour qui ne connaîtrait pas de fin.

Le jour de ses dix-huit ans, la guerre éclata. Pearl Harbour devint pour Doris le symbole de sa liberté retrouvée : en effet, son père avait désormais du travail tous les jours, et la jeune fille n'avait plus à subvenir aux besoins de la famille. Elle trouva rapidement un emploi dans une librairie de Manhattan et ne jeta plus jamais un coup d'œil en arrière. Elle emménagea dans un studio sans eau chaude de Houston Street, aussi loin que possible du Bronx, changea de nom et de vie. En dix ans, elle prit vingt kilos et gagna assez d'argent pour ouvrir sa propre librairie.

Elle avait quitté ses frères et sœurs mais Demelza se souciait toujours de venir en aide, d'être utile. Les déshérités ne manquaient pas, ni les causes perdues. Elle se consacrait beaucoup aux uns et aux autres. Assise sur un matelas, buvant son thé à petites gorgées, la libraire de Washington Square regarda longuement Karen. Elle avait, apparemment, trouvé une nouvelle âme en peine.

Si innocente, si confiante, recroquevillée dans le sommeil, la jeune fille avait l'air d'un ange. Mais Demelza avait vu les cicatrices, et se demandait quels démons peuplaient ses rêves. Dès le premier jour, lorsque Karen avait répondu à son annonce, Demelza avait senti l'odeur de tragédie flotter autour d'elle. Et Demelza était une experte en tragédies.

On l'appelait l'assistante sociale du Village. Si quelqu'un ne savait où dormir, on le lui envoyait. Elle aurait volontiers offert son unique manteau à un vagabond grelottant, et son dernier sou à un enfant affamé.

Karen ne grelottait pas, elle n'avait pas faim, mais Demelza était certaine qu'elle avait besoin de quelque chose. Elle saurait bien découvrir quoi.

Les bougies s'éteignirent les unes après les autres. Le sommeil gagna enfin Demelza, qui n'ouvrit les yeux qu'à neuf heures du matin.

« Je n'arrive pas à croire que je me suis endormie et que j'ai passé toute la nuit ici, s'exclama Karen en sortant de la salle de bains. Je me sens magnifiquement bien.

— L'herbe n'a jamais fait de mal à personne, tu sais.

— Est-ce que je me suis... mal conduite ? s'enquit Karen avec inquiétude.

— À ma connaissance, non. Pourquoi ?

— Tu vas me juger ridicule, mais il y a une image absurde qui me trotte dans la tête : je me vois en train de danser toute nue !

— Quelle importance ? » Demelza haussa les épaules. « Nous étions entre amis.

— J'ai enlevé mes vêtements ? dit Karen en blêmissant. Devant tout le monde ?

— Personne n'a regardé. Il n'y avait pas beaucoup de lumière, et chacun vaquait à ses propres petites affaires.

— Mais alors... » Karen contempla sa jupe et sa tunique froissées. « Qui m'a rhabillée ?

— Moi.

— Alors, tu as vu...

— Si tu parles de tes cicatrices, oui, je les ai vues, répondit doucement son amie. D'où qu'elles viennent, tu as dû passer un mauvais quart d'heure. »

Les larmes aux yeux, en proie à une terrible gêne, Karen sentit la rage monter en elle. Ne se débarrasserait-elle donc jamais du passé ?

« Ça fait très longtemps. Je n'aime pas en parler.

— Je n'avais pas l'intention d'être indiscrète.

— Je sais. Tu ne l'es jamais », murmura Karen. Demelza écoutait, compatissait, encourageait, mais jamais elle ne critiquait, ni ne jugeait. En six mois, Karen avait appris à apprécier les conseils de la libraire. Elle avait confiance en elle et en sa discrétion. En fait, Demelza se conduisait comme Karen aurait souhaité que sa mère le fît.

« J'ai eu... un accident.

— Ça a dû être terrible, dit Demelza avec sympathie.

— J'ai été imprudente, et je me suis retrouvée où je n'aurais pas dû. Le moins qu'on puisse dire est que ça n'a pas été le moment le plus heureux de ma vie. »

L'estomac noué, Karen s'aperçut qu'elle n'en avait jamais dit autant sur la nuit de Central Park depuis six ans.

« Mais maintenant, tu vas bien, déclara Demelza sur un ton plus affirmatif qu'interrogatif, mais qui supposait tout de même une réponse.

— Ma jambe gauche est restée un peu raide. J'ai eu le genou cassé. Ça s'arrangera peu à peu. Mais je n'aime pas qu'on voie mes cicatrices.

— Je te comprends. Ce sont les témoins de quelque chose que tu préférerais oublier.

— Je n'aurai jamais d'enfants, s'entendit prononcer Karen à sa grande stupéfaction. J'ai toujours eu envie d'avoir des enfants.

— À cause de l'accident ? »

Karen hocha la tête. « Épouser un type bien et élever une ribambelle de gamins. Voilà de quoi je rêvais.

— Tu sais, dit Demelza, j'ai toujours considéré la vie comme une grande carte routière. Si je m'engage dans une voie qui n'a pas d'issue, je fais marche arrière, et j'en prends une autre. »

4

Le vent d'une fin janvier glaciale s'engouffrait sous l'épais manteau de laine grise que lui avaient offert ses parents pour Noël. Il couvrait ses chevilles et pesait presque aussi lourd que Karen. Mais des congères de neige sale s'amoncelaient sur les trottoirs, et le vêtement avait été le bienvenu.

La jeune femme, frigorifiée, poussa un profond soupir de soulagement en entrant dans un immeuble de quatre étages de Sullivan Street. Elle s'engagea dans la cage d'escalier mal éclairée et frappa à une porte qui, en s'ouvrant, lui révéla le Paradis. Ou, plus précisément, le jardin d'Éden, reproduit en détail sur les murs et le plafond du grand studio où elle pénétra.

« Tu es en retard, on a commencé sans toi », s'écria un géant barbu à la chemise maculée de peinture en se précipitant sur elle pour l'embrasser. Karen avait appris à accepter de bon cœur la franche accolade qu'il lui réservait depuis qu'elle venait chez lui. L'étreinte de Mitchell Rankin était sans ambiguïté aucune.

« Salut, Karen, que penses-tu de mes nuages ? »

Perchée sur un escabeau à l'autre extrémité de la

pièce, une jeune femme à l'allure masculine l'interpellait joyeusement.

Karen observa un instant le plafond peint de tourbillons de blanc. « Je les trouve très... nuageux », finit-elle par répondre.

Le visage tout éclaboussé de peinture blanche, la jeune femme éclata de rire. « Une assistante serait la bienvenue !

— Attention, Ione, la gronda Mitch. N'oublie pas que tu es censée garder l'équilibre pour deux.

— Ne t'inquiète pas pour nous, rétorqua-t-elle. Prends plutôt le manteau de Karen, que je la mette au boulot. Et prête-lui ma blouse, qui est accrochée dans la cuisine. Elle ne peut pas faire de la peinture dans une tenue pareille ! » ajouta Ione. Sous son manteau, Karen portait une longue jupe noire et une ample tunique en calicot nouée à la taille par une ceinture en corde. Ses cheveux étaient retenus par un bandeau incrusté de perles de bois. Elle soulignait désormais ses yeux d'un trait épais de crayon noir.

Tandis qu'elle attendait le retour de Mitch, un jeune homme dégingandé, aux grosses lunettes et à la barbe roussâtre, entra et la salua.

« Salut, Karen, dit-il d'un air distrait.

— Salut, Kevin.

— Ione, où est le dictionnaire ?

— Dans les chiottes », répliqua la jeune femme, qui ajouta devant l'air étonné de son interlocuteur : « J'ai fait des mots croisés. »

Kevin retourna dans sa chambre en grommelant entre ses dents.

« Il prépare des examens », expliqua Ione.

Kevin Munker était en troisième ou quatrième année à New York University. Karen n'en était pas très sûre, car Kevin n'était pas un étudiant ordinaire, engagé dans un cycle de quatre ans pour décrocher un diplôme. Chaque semestre, il s'inscrivait à trois cours, le minimum requis, et changeait de matière principale. Il s'arrangeait ainsi pour prolonger indéfiniment son sursis.

Au moment où Kevin revenait avec la blouse, la porte s'ouvrit en coup de vent et deux femmes entrèrent. Jenna, une rousse aux yeux bleus qui n'avait pas encore vingt ans, suivait des cours de stylisme à la Copper Union. Felicity, une brune aux yeux noirs et aux pommettes saillantes, âgée d'une trentaine d'années, était danseuse. Quand l'envie lui en venait, elle fabriquait d'incroyables bijoux qu'elle vendait lorsqu'elle avait besoin d'argent.

« Si vous ne peignez pas, ne rentrez pas avant dix heures », ordonna Mitch.

Jenna et Felicity se consultèrent du regard. L'idée de retourner dans le froid ne les séduisait ni l'une ni l'autre.

« On va peindre », répondirent-elles en chœur.

Karen ne comprenait pas comment ces cinq individus pouvaient partager un si petit appartement. Ils appelaient ça vivre en communauté, ils étaient convaincus d'inventer le mode de vie de l'avenir et se considéraient comme une famille, bien que n'ayant aucun lien de parenté.

Ione Meecham, originaire de l'Ohio, était arrivée à New York des étoiles plein les yeux, son diplôme d'histoire de l'art en poche. Elle se voyait déjà travailler au Metropolitan Museum. Deux ans après, la nécessité l'avait contrainte à accepter un poste d'enseignante à New York University. Karen trouvait pourtant qu'elle ressemblait beaucoup plus à une étudiante qu'à un professeur.

Mais Ione avait fait son chemin : en douze ans, elle était passée du rang de maître-assistante à celui de professeur, avait découvert qu'elle aimait l'enseignement, et rencontré Mitch Rankin, un artiste débordant d'optimisme et fauché comme les blés.

Ce fils de fermier du Montana avait fait le désespoir de son père : il ne lisait pas de bandes dessinées, ne jouait pas au base-ball, et ne s'intéressait pas le moins du monde à la culture de la betterave à sucre.

« Mais il peint, protestait sa mère. Il est différent, il est sensible à la beauté du monde. »

Il fut envoyé en Corée, où un obus de mortier lui déchira la joue droite. Il se laissa pousser la barbe pour cacher les cicatrices, et, lorsqu'il rencontra Ione, il gagnait sa vie en tant que peintre en bâtiment. « Toujours mieux que de faire le portrait des touristes de Washington Square », disait Ione, qui lui offrit l'hospitalité, et son cœur.

La première fois que Mitch avait vu Felicity Gravois, elle était assise sur un trottoir à côté d'un carton qui contenait tout ce qu'elle possédait au monde. Elle sanglotait amèrement. N'ayant pas payé son loyer depuis six mois, elle avait été expulsée de son appartement, et se retrouvait à la rue.

« Je suis danseuse, avait-elle expliqué. Une très bonne danseuse. Mais tout le monde s'en fiche. »

Quand elle avait huit ans, on l'avait emmenée voir *Les Chaussons rouges*. Dès lors, Felicity avait décidé de devenir ballerine. Elle dansait en dormant, en mangeant, en respirant et acceptait n'importe quel travail pourvu qu'elle pût payer ses cours de danse.

« Depuis combien de temps es-tu à New York ? avait demandé Mitch.

— Trois ans, renifla-t-elle.

— Tu devrais peut-être rentrer chez toi, avait-il suggéré gentiment. La vie est dure ici, quand on est tout seul.

— Tu me vois frapper à la porte de l'orphelinat de Saint Louis à vingt-trois ans ?

— Viens avec moi », avait dit Mitch.

Felicity n'avait jamais connu ses parents. L'orphelinat lui avait donné le nom de Gravois, la rue où on l'avait trouvée, et le prénom Felicity pour que cela lui porte bonheur.

« Et j'y ai cru », avait dit la jeune fille à Ione.

C'était la mère de Ione qui lui avait envoyé Jenna Bell. « Cette petite est la fille de notre nouveau pasteur, avait écrit Mme Meecham. Elle veut devenir styliste de mode, et s'est mis dans la tête qu'il lui fallait aller à New York pour devenir célèbre. Elle a réussi à convaincre ses parents. Mais nous serons tous plus rassurés de la savoir sous ta bonne garde. »

« Je suis libre ! s'était écriée Jenna le premier soir de son arrivée à Sullivan Street, en dansant de joie. Personne ne peut imaginer ce que cela signifie, d'être le rejeton de quatre générations de pasteurs ! Et d'être rousse ! »

Kevin fut le dernier à rejoindre le groupe. Mais parfois, lorsqu'un ou l'autre des membres de la communauté n'avait pas besoin de son lit, il le prêtait volontiers à un ami de passage. Karen les avait connus par l'entremise d'Ethan, qu'ils avaient tous escorté jusqu'à la première étape de son voyage clandestin vers le Canada, où il se rendait pour échapper à l'armée.

La vie était si facile, avec eux, que Karen passa de plus en plus de temps en leur compagnie. La jalousie, l'envie étaient des sentiments qu'ils ignoraient. Ils partageaient tout ce qu'ils possédaient : leur argent, leurs vêtements et même leurs corps.

Comme elle était éloignée, l'époque où un tel mode de vie aurait profondément choqué Karen ! Ses nouveaux amis l'avaient reçue avec chaleur, ne lui avaient jamais imposé quoi que ce soit ; à leurs yeux, chacun était libre de choisir son chemin.

Arlene sortait avec un médecin de Bellevue Hospital. Il lui arrivait souvent de ne pas rentrer dormir à la maison. Karen prit l'habitude de passer plusieurs soirées par semaine à Sullivan Street. Les femmes faisaient la cuisine, les hommes roulaient des joints, puis, tous ensemble, ils partageaient le fruit de leur labeur. Si Karen se sentait un peu trop « moelleuse » pour rentrer chez elle, elle se lovait sur un canapé et se reposait jusqu'au matin.

Le jardin d'Éden était en fait une idée à elle. Le soir du Nouvel An, après avoir bu quelques verres de bon champagne et fumé plus que de raison elle s'était levée pour adresser ses vœux à ses amis.

« Je vous aime tous. Vous m'avez accueillie parmi vous et traitée comme une des vôtres sans jamais rien me demander en échange. Vous m'avez donné du courage, de l'espace, vous m'avez nourrie, et grâce à vous je me suis épanouie. Je vous remercie du fond du cœur, et je vous souhaite pour 1970 autant de bonheur que vous m'en avez offert en 1969. Si ce lieu était un jardin, vous en seriez les fleurs les plus splendides. »

Cela faisait sept ans que Karen n'avait pas prononcé un si long discours.

« Quelle bonne idée ! s'était exclamé Mitch en jetant un coup d'œil autour de lui. On pourrait le faire, j'en suis certain.

— Faire quoi ? demanda Felicity.

— Transformer ce taudis en jardin, bien sûr ! Le jardin d'Éden. Je dessinerai sur les murs, et je pourrai me procurer toute la peinture nécessaire. Il ne nous faudra qu'un peu de main-d'œuvre.

— Je ne suis pas certaine que le propriétaire nous prenne pour des Michel-Ange », objecta Ione.

Mais ses protestations ne brisèrent pas le bel enthousiasme de Mitch. Le jeune artiste se mit au travail, encouragé par ses amis. Tous participèrent, et, le deuxième dimanche de février, le jour où Karen eut vingt-huit ans, l'appartement ressemblait à un paradis, luxuriant et coloré, à la manière de Gauguin.

« Nous avons donc deux occasions de faire la fête », déclara Ione en puisant dans la cagnotte de quoi acheter des steaks et du vin.

Ils mangèrent, ils burent et ils fumèrent. Jamais Karen ne s'était sentie aussi bien, aussi paisible.

« Si seulement la vraie vie ressemblait à ça ! soupira Kevin.

— En tout cas, la vie ne ressemble pas à ce que je croyais, ajouta Felicity. Quand j'étais jeune, j'étais certaine de devenir une grande danseuse avant d'avoir vingt ans ! Ensuite, je me suis donné cinq ans de plus, puis encore cinq ans ! Et je continue. »

Jenna éclata de rire. « Moi, si on m'avait dit que je viendrais vraiment à New York pour étudier la mode, j'aurais haussé les épaules ! Mais dans cinq ans, j'aurai ouvert ma propre maison de couture. »

Ione s'étira comme un chat, contempla son ventre arrondi et le caressa. « Mon gamin sera magnifique, et j'en profiterai au maximum.

— Dans cinq ans, s'écria Mitch, on accrochera mes tableaux au Metropolitan Museum !

— Moi, dit Kevin, je voudrais réussir mes examens et vivre normalement. Nixon a intérêt à tenir ses promesses, et à en finir avec ce satané Vietnam. »

Ils se tournèrent tous vers Karen, qui ne disait rien.

« Où voudrais-tu être dans cinq ans ? » lui demanda Ione.

Karen ferma les yeux pour mieux envisager son avenir. Mais il n'y avait rien à voir. Désespérée, elle comprit qu'elle n'avait pas la moindre idée de l'endroit où elle avait envie d'être dans cinq ans. Ou même dans cinq jours.

Quatrième partie

1971

Le mal est aisé, il y en a une infinité.

Blaise Pascal

1

Mai pouvait être le plus agréable des mois, à San Francisco. L'hiver et son cortège de pluie avaient cédé un terrain que les brumes de l'été n'envahissaient pas encore, l'air était frais, nettoyé, et tout le monde souriait. Les touristes n'affluaient pas, à la grande joie des habitants qui pouvaient jouir en toute tranquillité de la splendeur renouvelée de leur ville.

Elizabeth Willmont profitait d'une de ces radieuses journées pour se livrer à son passe-temps favori : courir les magasins. Une réunion du comité avait été annulée à la dernière minute et Elizabeth avait sauté sur l'occasion, trop rare à son goût, pour se faire inviter à déjeuner par son mari avant de fondre sur Union Square.

Vu sa silhouette à la Modigliani et son confortable compte en banque, la passion pour la mode d'Elizabeth, fille d'un millionnaire du Colorado et d'une beauté venue de France, se comprenait aisément. Elle entrait dans tous les magasins, essayait un modèle après l'autre, et choisissait ce qui lui plaisait.

Au milieu de l'après-midi, elle avait acheté trois robes, deux ensembles et divers accessoires. En temps normal, ces achats l'auraient mise d'excellente humeur mais, ce jour-là, un pli maussade barrait son ravissant visage.

En sortant de chez Mendesolle, la boutique de luxe de l'hôtel St. Francis, elle s'engagea dans Post Street et s'arrêta devant une vitrine comme si quelque chose avait attiré son attention. Mais en fait, elle scruta les reflets dans la vitre. La fille au manteau rouge était toujours là.

Elizabeth soupira. Elle l'avait remarquée pour la première fois au rayon porcelaine de Macy's lorsqu'elle avait aperçu les cheveux hirsutes, les yeux marron et les boutons sur la figure d'une femme engoncée dans un manteau bien trop chaud pour la saison.

Puis elle l'avait revue au rayon chaussures de Magnin's, où Elizabeth achetait des escarpins en satin, et enfin à la Maison Mendesolle, où sa présence incongrue choquait sans qu'elle semblât y prendre garde.

Jamais la femme en rouge ne s'était approchée d'Elizabeth, mais elle restait obstinément à portée de vue. La vendeuse elle-même s'en était étonnée :

« Vous connaissez cette personne en manteau rouge, madame Willmont ?

— Non, pas du tout.

— Ce n'est pas une cliente, c'est évident, et elle ne vous quitte pas des yeux. »

Elizabeth écarta le sujet d'un haussement d'épaules. Dans son milieu, on ne bavardait pas avec le personnel. Une remarque en passant pouvait donner lieu à un torrent de commérages où risquait de se perdre une réputation. Mais la femme en rouge l'agaçait. Si elle avait quelque chose à lui dire, Elizabeth souhaitait qu'elle le fît, et qu'elle disparût.

Non qu'elle ne fût habituée à ce qu'on la regardât. Elizabeth était l'une des plus jolies femmes de la bonne société de San Francisco. On la photographiait, on l'interviewait, on la copiait et on l'enviait depuis que Robert l'avait épousée et ramenée en Californie, trois ans et demi plus tôt. Et comme sa famille, les Avery, propriétaires de Avery Industries, était aussi lancée à Denver que les Drayton à San Francisco, la jeune fille avait suscité un intérêt curieux dès son plus jeune âge.

Elle avait hérité de sa mère française une abondante chevelure rousse, des yeux verts étirés vers les tempes et des traits d'une délicieuse finesse. Ses débuts dans le monde, en 1963, furent fracassants. Ses succès lui valurent six demandes en mariage, qu'elle déclina. Elle resta quatre ans à l'université et choisit de prendre pour mari un séduisant jeune avocat rencontré à Aspen.

Pour Elizabeth, ce fut le coup de foudre. Elle avait perdu un de ses bâtons de ski et négociait difficilement la pente lorsqu'il vint à son secours.

« Je crois que ceci vous appartient, dit-il, le visage impassible, en lui tendant le bâton.

— Grands dieux ! s'exclama Elizabeth, je ne m'étais même pas aperçue que je l'avais perdu.

— Bien répondu », s'écria le jeune homme en riant.

Un seul regard dans le fond de ses yeux d'aigue-marine avait suffi. De retour à Vassar, Elizabeth ressassa pendant plusieurs semaines le souvenir des quelques jours qu'ils avaient passés ensemble. Puis, enfin, il téléphona.

S'ensuivit une histoire d'amour à distance. Ils s'écrivirent des lettres enflammées, ruinèrent leur famille en notes de téléphone, et le jeune homme fit trois séjours dans la vénérable demeure des Avery, à Denver.

« Ma famille est très à cheval sur des principes

d'un autre âge, dit un jour Elizabeth à son prétendant qui s'étonnait qu'ils ne fussent jamais seuls un instant. Ça ne te dérange pas, j'espère ?

— Si, ça me dérange, rétorqua celui-ci, peu habitué à jouer au chat et à la souris. Si je veux te voir une minute sans chaperon, il va falloir que je t'épouse ! »

Ce n'était pas exactement ainsi que la jeune fille avait rêvé d'être demandée en mariage, mais elle n'y prit pas garde et flotta à quelques mètres au-dessus du sol pendant toute la journée.

« Parlez-moi de vos projets d'avenir, mon garçon », s'enquit auprès de son futur gendre Archer Avery, lorsque sa fille sollicita sa bénédiction.

Elizabeth n'oublierait jamais la scène. Robert s'était assis dans le bureau de son père en témoignant juste ce qu'il fallait de déférence et de confiance en soi. Il regardait le patriarche dans les yeux, ce qu'aucun des garçons qui l'avaient courtisée n'avait jamais eu le courage ou la stupidité de faire.

« Je travaille au cabinet Sutton, Willmont et Spaulding, monsieur. Vous connaissez John Spaulding, je crois. »

Le vieux monsieur hocha la tête.

« Le cabinet appartenait en partie à mon père, et j'ai toutes les raisons de penser qu'on m'offrira sa place le moment venu.

— Et je suppose que vous avez l'intention d'emmener Elizabeth vivre à San Francisco ?

— Bien entendu. La ville lui plaira, j'en suis certain, elle ressemble beaucoup à Denver. Et nous n'y resterons pas pour toujours. J'ai l'intention, lorsque ma réputation d'avocat sera faite, de me lancer dans la politique.

— La politique ? s'étonna Avery sans enthousiasme.

— Je suis un Drayton, expliqua Robert. Et les Drayton ont l'habitude de se consacrer à leur pays. Mes ancêtres ont fait bâtir des musées et des écoles. L'un d'eux a jeté les bases de la Fondation qui porte notre nom : elle distribue des bourses et contribue à de nombreuses œuvres sociales. D'autres ont construit des ponts ou des chemins de fer, ou encore ouvert une soupe populaire pendant la Dépression. Chacun choisit sa voie. La mienne, c'est la politique. »

Archer grommela et s'agita dans son fauteuil. C'était un homme direct, qui ne s'était jamais donné la peine de dissimuler ses sentiments. Mais il était incapable de refuser quoi que ce soit à sa fille.

« Ça ne me plaît pas, jeune homme. Ça ne me plaît pas du tout.

— Je sais que dans certains milieux on considère la politique comme quelque chose de sale. Dans le mien, en tout cas. Mais les temps changent, et les méthodes de gouvernement devront changer, elles aussi. Ce qui signifie que si nous désirons sauvegarder les intérêts de notre pays, il faudra bien nous en mêler, que cela nous plaise ou non. Je ferai donc mon devoir. »

Archer contempla songeusement le jeune homme assis en face de lui. « Et jusqu'où comptez-vous suivre votre devoir ? demanda-t-il sans aménité.

— Jusqu'à la Maison-Blanche, bien entendu. »

Leur mariage, au Denver Country Club, fut l'un des grands événements mondains de la décennie. Une villa du midi de la France abrita la lune de miel du jeune couple. Ils nagèrent dans les eaux bleues de la Méditerranée, visitèrent les petits villages de la Côte d'Azur, mais restèrent la majeure partie de leur temps au lit. Le personnel de la villa, attentif et attendri, changeait les draps plusieurs fois par jour.

Elizabeth vivait dans le ravissement. Elle découvrait le plaisir, la joie des sens. Elle s'était imaginé qu'il leur faudrait un peu de temps pour apprendre à se satisfaire, mais, malgré ses craintes, les jeunes gens avaient d'emblée trouvé une entente physique qui les laissait pantelants et insatiables.

Robert n'avait pas son pareil pour la caresser en plein restaurant, lui murmurer de séduisantes propositions au milieu d'un concert ou l'entraîner à l'écart pendant une soirée. Elizabeth ne protestait pas, loin de là. Mais cette hyperactivité sexuelle, à laquelle elle n'était pas habituée, ne tarda pas à lui valoir quelques petits ennuis.

« Mon amour, demanda-t-elle à Robert un après-midi où ce dernier proposait de se soustraire à une virée à Saint-Tropez au profit d'occupations plus excitantes, crois-tu qu'il serait possible de s'arrêter pendant un jour ou deux ?

— Pourquoi, grands dieux ?

— Eh bien, dit Elizabeth en souriant timidement, je dois être très sensible, et c'est devenu un peu douloureux quand tu...

— On est en pleine lune de miel, merde, explosa son mari. Qu'est-ce que tu crois qu'on est censé faire, pendant une lune de miel ?

— Ça ira très bien dans un jour ou deux, protesta la jeune femme, étonnée de sa colère.

— Moi qui me suis marié pour pouvoir baiser aussi souvent que j'en avais envie !

— J'ose espérer que ce n'était pas la seule raison, répliqua Elizabeth.

— Je t'ai attendue des mois, grogna Robert. Je n'ai jamais attendu personne aussi longtemps. Et on n'est pas marié depuis une semaine que tu me fais le coup de la migraine !

— Ce n'est pas une migraine, et ça ne durera pas.

Plus vite on arrêtera, plus vite on pourra recommencer. Entre-temps, je pourrai peut-être compenser d'une manière ou d'une autre.

— Voilà qui est parlé, s'exclama Robert, surpris. Allons-y. Je suis impatient de savoir ce que tu as en tête. »

Ce qu'elle offrit — un dîner sur la terrasse, une bouteille de champagne, un long bain et un massage du dos — ne correspondait pas exactement à ce que, lui, désirait.

« Quelle horreur ! protesta Elizabeth lorsqu'il lui décrivit ce qu'il voulait lui faire.

— Tu n'en sais rien, tu n'as pas essayé. Toutes les femmes que je connais adorent ça. »

Elizabeth tenait beaucoup à soutenir la comparaison avec les belles amies de Robert, des femmes plus âgées qu'elle, plus raffinées, croyait-elle, et du meilleur monde.

Elle accepta sans enthousiasme de se plier à ses fantaisies. Ils étaient mari et femme, après tout, ils avaient le droit de tout faire ensemble.

Elizabeth dut bien reconnaître l'excitation qui la gagnait sous ses caresses : elle jouit trois fois de suite. Mais lorsqu'il s'allongea sur le dos et attira son visage près de son sexe, l'extase tourna au dégoût.

« Je ne sais pas comment on fait », murmura-t-elle, en espérant qu'il trouverait autre chose.

Mais il lui donna de très claires explications et maintint fermement son visage. « Je ne t'ai pas entendue te plaindre quand je t'ai fait jouir trois fois, lui rappela-t-il. Maintenant, c'est à ton tour. »

Elle fit de son mieux, mais l'expérience lui déplut tellement que le lendemain matin elle courut s'acheter une pommade réparatrice.

« Quel dommage, murmura Robert lorsqu'elle lui annonça qu'elle n'avait plus mal. Ça m'a beaucoup plu, ce qu'on a fait hier. »

Un mois plus tard, ils rentrèrent à San Francisco. Amanda Willmont insista pour leur laisser la grande maison de Jackson Street, mais Robert ne voulut pas en entendre parler.

« Tu es ici chez toi depuis plus de trente ans, et personne ne te mettra dehors. Nous devrions vivre tous ensemble.

— Demande son avis à Elizabeth avant de prendre une décision, proposa Amanda en essayant de dissimuler sa joie.

— Elizabeth fera ce que je lui dirai. D'ailleurs, c'est une fille élevée à l'ancienne, qui a l'esprit de famille. Elle sera enchantée. »

Elizabeth ne le fut pas le moins du monde.

« J'aime beaucoup ta mère, protesta-t-elle, mais j'aimerais que nous ayons un endroit à nous.

— Ce sera presque pareil. Maman est vieille, elle quitte rarement sa chambre. Et c'est une maison magnifique, je n'aurais pas les moyens de t'en offrir une aussi belle.

— Ça ne me dérange pas de commencer petit.

— Bien sûr, ça ne me dérangerait pas non plus si nous y étions obligés. Mais ce n'est pas le cas. Alors, profitons-en.

— Ça peut te paraître stupide, reprit Elizabeth, mais je pense que les jeunes couples doivent habiter seuls.

— Écoute, dit-il en changeant de tactique, je ne voudrais pas t'influencer, mais il faut que je t'avoue quelque chose : je suis inquiet au sujet de maman. Elle dépérit à vue d'œil. Je crains qu'elle ne s'en aille bientôt, et je ne voudrais pas qu'elle soit seule. Je suis fils unique, tu sais, elle n'a que moi au monde. »

Les yeux verts d'Elizabeth s'embuèrent, elle posa sa main sur celle de son mari.

« Tu as raison. Excuse-moi d'avoir été aussi égoïste, mais j'ignorais qu'elle était en si mauvaise santé. Il n'est pas question de la laisser seule, bien entendu. Nous devrons tout faire pour qu'elle ait une fin heureuse. »

Elizabeth ne vivait pas depuis un mois dans la grande maison de Pacific Heights qu'elle avait appris deux choses : San Francisco ne ressemblait pas du tout à Denver, et Amanda Willmont leur survivrait sans doute à tous.

Il lui avait fallu un peu de temps pour s'habituer à la ville. La pluie remplaçait mal la neige de son enfance, les étendues grises du Pacifique ne la ravissaient pas comme les pics de ses hautes montagnes et les rues en pente ne lui rappelaient en rien le plateau de Denver.

Avoir épousé un Drayton lui assurait sa place dans la bonne société, mais il lui fallait encore gagner la sympathie générale, et cela dépendait d'elle seule. On lui proposa de devenir membre des clubs les plus sélects, de siéger à plusieurs comités et de patronner toutes les bonnes causes. Sa vie mondaine lui donnait le tournis.

Elizabeth acceptait chaque fois, car elle ignorait qu'elle pût dire non. À la grande fureur d'Amanda, le salon de Jackson Street vit défiler toutes les « bonnes samaritaines » comme les surnommait Robert.

« Ma maison n'est pas un lieu de réunion, fulminait-elle souvent. Je n'avais pas imaginé une chose pareille quand je vous ai proposé de vous installer ici.

— Je suis désolée de vous déranger ainsi, répondait sa belle-fille, mais c'est pour la bonne cause. »

Jeune et soucieuse de plaire comme elle l'était, Elizabeth devint vite la coqueluche de l'élite. Ses cheveux roux et sa beauté classique en firent la personnalité préférée des médias. Les journalistes de la presse écrite ou de la télévision lui demandaient son avis sur tout, aussi bien sur un défilé de mode que sur les futures élections.

Avec son sens de l'élégance, hérité de sa mère, et la généreuse pension que lui allouait son père, Elizabeth possédait une garde-robe magnifique, où elle puisait le vêtement le mieux adapté à chaque situation.

« Ton père serait-il actionnaire majoritaire chez Magnin's ? gronda Robert en recevant les factures.

— C'est mon argent, lui rappela-t-elle. Et je suppose que tu souhaites me voir belle.

— Tu es une Drayton, désormais. Les Drayton ne font pas étalage de leur richesse. Ils n'ont rien à prouver. »

Elizabeth sourit doucement à son mari. « L'unique chose que je souhaite prouver, c'est que je suis la femme d'un brillant avocat, qui sera un jour président des États-Unis. Mais si tu penses que j'ai tort, j'offrirai volontiers mes vêtements à l'œuvre de charité de ton choix, et je mettrai une chasuble pour la soirée de Noël de ton cabinet, la semaine prochaine.

— Il doit y avoir un compromis possible », grommela Robert.

C'est bien d'un homme politique, se dit-elle, amusée. « Certainement. J'ai une proposition à te faire. » Elle posa son doigt sur le luxueux costume sur mesure qu'il portait. « C'est toi qui mets la chasuble. »

Un an après son mariage, Elizabeth Willmont Drayton était la reine de San Francisco. Elle fut l'une des premières à adopter la mini-jupe, l'une des dernières à abandonner le port du chapeau, l'une des rares à renoncer aux dangers des chaussures à semelle compensée et son entrée dans la grande salle de l'opéra en smoking de satin noir laissa l'assistance médusée.

Elle attendit un premier enfant, qu'elle perdit au bout de dix semaines de grossesse. Les médecins la rassurèrent : ce n'était qu'un accident, qui ne l'empêcherait en rien d'avoir un bébé par la suite. Lorsqu'elle fut enceinte pour la deuxième fois, vers la fin de l'été, Elizabeth renonça à toutes ses obligations mondaines et resta au lit le plus possible. Ses efforts furent vains. Elle fit une nouvelle fausse couche, à cinq mois, et faillit mourir.

Cette fois-ci, les médecins ne prirent pas la situation à la légère. Ils conseillèrent à Elizabeth d'attendre au moins un an avant d'envisager une troisième grossesse, et lui recommandèrent une longue période de repos, ainsi qu'un changement d'air. En outre, le jeune couple devrait s'abstenir de tout rapport sexuel pendant trois mois, et faire très attention par la suite.

Elizabeth s'attendait à ce que son mari explosât de rage. Mais il ne manifesta pas la moindre émotion.

« Nous pourrons toujours faire ces autres choses que tu aimes tant, proposa-t-elle.

— Bien sûr », répondit Robert, indifférent.

Le jeune homme montait se coucher de plus en plus tard. Parfois, Elizabeth descendait le chercher : elle le trouvait en général dans la bibliothèque où il travaillait à ses dossiers devant une bouteille de whisky à moitié vide.

Désemparée, la jeune femme se rendit à Denver, où sa famille l'accueillit avec des transports de joie. Mais Robert lui manquait plus qu'elle ne l'aurait cru, et elle quitta ses parents au bout de trois semaines.

En rentrant chez elle, Elizabeth découvrit que Robert s'était installé dans une autre chambre à coucher.

« Ce serait trop difficile de dormir à côté de toi sans pouvoir... Tu sais...

— Je comprends, mentit-elle.

— Donc, poursuivit Robert, c'est la meilleure solution, jusqu'à ce que les médecins nous donnent le feu vert. »

Plusieurs mois passèrent. La faculté les y ayant autorisés, les Willmont reprirent leur activité sexuelle, mais Robert continua de faire chambre à part. Peu à peu, le mari et la femme prirent l'habitude de se retrouver le samedi soir. L'ardeur qu'ils avaient connue pendant leur voyage de noces se réveillait, et ils paressaient longuement au lit le dimanche matin.

Mais Elizabeth ne pensait qu'au moment où les médecins lui permettraient enfin d'avoir un enfant.

Peu après que Robert s'était ouvert de ses intentions à Archer Avery, Elizabeth et lui avaient mis au point une stratégie. Selon le jeune avocat, il fallait commencer dans la discrétion et s'imposer ensuite rapidement. Il savait pouvoir compter sur l'influence des Drayton pour remporter une élection locale, et, une fois qu'il aurait prouvé ses qualités de battant, les responsables de son parti ne pourraient qu'encourager son ascension.

Robert devait auparavant être admis comme associé du cabinet d'avocat. C'était essentiel pour asseoir sa crédibilité. De plus, s'il voulait s'en tenir à son plan, il devait y parvenir avant d'avoir trente-deux ans. Robert expliqua à Elizabeth qu'il devrait repousser les limites de sa spécialisation et accepter des cas difficiles, dont personne ne voulait. Ainsi attirerait-il l'attention sur lui en faisant preuve de compétence et de zèle.

« Une seule solution, ajouta-t-il : travailler davantage.

— J'espère que tu ne penses pas aux fins de semaine, s'exclama Elizabeth. Nous ne pouvons renoncer à aucune de nos obligations mondaines. Depuis que je suis rentrée, le téléphone ne cesse de sonner. Nous n'avons pas un week-end de libre avant des mois.

— Il faudra donc que je me résigne à travailler plus tard le soir », soupira Robert.

Et c'est ce qui arriva. L'avocat restait au bureau un ou deux soirs par semaine. Il rentrait vers trois heures du matin. Lorsque Elizabeth se réveillait en pleine nuit, elle le découvrait souvent endormi tout habillé sur son lit.

« Il m'inquiète, avoua-t-elle à Amanda un soir où, comme de plus en plus souvent, les deux femmes dînaient seules. Il s'épuise. Je ne suis pas sûre que cela vaille la peine de se gâcher la santé pour gagner un an ou deux.

— Les hommes n'en font qu'à leur tête », répliqua la mère de Robert en haussant les épaules.

« Tu ne dors pas assez, gronda-t-elle Robert au bout de six mois. Si tu continues à ce rythme, tu vas tomber malade.

— Je ne me suis jamais mieux porté, assura-t-il. Mais imagine la tête des associés si je leur disais que ma femme pense que je ne suis pas à la hauteur ?

— Je n'ai pas dit ça.

— Si je lève le pied, je me ferai doubler. Il n'en est pas question. N'oublie pas que j'ai déjà trente et un ans.

— Tu sais bien qu'ils te prendront comme associé. Un peu plus tôt ou un peu plus tard, quelle importance ?

— Pour moi, c'est important. Et je croyais que ça l'était pour toi aussi.

— Pour moi, c'est toi qui es important.

— Alors ne m'empêche pas d'obtenir ce que je veux.

— Je ne t'en empêche pas. Mais tu me manques.

— Toi aussi, tu me manques. Mais nous avons fait notre choix, et il faut s'y tenir. Tu seras la première First Lady du XXIe siècle, je te l'ai promis. Ça vaut bien quelques petits sacrifices. »

Être l'épouse du président des États-Unis n'était pas l'ambition majeure d'Elizabeth, mais elle céda, à contrecœur.

« Si c'est ainsi que tu vois les choses, n'en parlons plus », dit-elle, résignée.

Pendant un mois, Robert rentra tôt tous les soirs.

« C'est plus calme, ces temps-ci », prétendit-il.

Il était à l'heure pour le dîner et passait de longues soirées avec Elizabeth. Mais il semblait inquiet.

Cette trêve fut de courte durée. Robert resta de nouveau trois ou quatre nuits par semaine à travailler. Il avait toujours une bonne excuse et promettait chaque fois que cela ne durerait pas. « Souviens-toi de notre objectif », répétait-il à Elizabeth.

Mais la jeune femme souffrait de la solitude ; elle remplissait ses journées grâce à ses bonnes œuvres et ses comités, mais les soirées étaient longues. Sa belle-mère se retirait dans sa chambre après dîner et ne proposait jamais à Elizabeth de lui tenir compagnie. La jeune femme prit l'habitude d'aller se promener dans le quartier. Parfois, elle apercevait par une fenêtre des voisins en famille. Alors, le cœur gros, elle pensait aux deux enfants qu'elle avait perdus et se détournait. Rien ne l'aidait à oublier cette tragédie.

Peu de temps après que les Willmont eurent fêté leur troisième anniversaire de mariage, Marian Pinckton, l'une des femmes les plus en vue de San Francisco, téléphona à Elizabeth un beau matin.

« Je suis désolée de faire appel à toi à la dernière minute, ma chérie, mais mon neveu est de passage, et nous avons des places pour le ballet, ce soir, avec quelques amis. La jeune femme qui devait l'accompagner est tombée malade, et comme tu m'as dit que Robert travaillait souvent tard, en ce moment, je me suis demandé si tu accepterais d'être des nôtres.

— J'en serais ravie, Marian. Je n'avais rien de prévu, et ça me fera très plaisir de vous voir. »

Le neveu en question était un homme d'une quarantaine d'années, ennuyeux à mourir, dont la seule coquetterie était une moustache à la Hitler. En dépit de tous les efforts déployés par Elizabeth, il ne prononça que de rares paroles durant tout le dîner. En fait, il était bien trop occupé à séparer tous les ingrédients composant sa salade pour les manger l'un après l'autre, et à couper sa viande en minuscules morceaux, qu'il avalait après s'être consciencieusement essuyé les commissures des lèvres. Elizabeth s'attendait presque à le voir piquer un petit pois à la fois de la pointe de sa fourchette, et elle avait peine à refréner un fou rire. Les autres convives discutaient entre eux comme s'ils avaient abandonné tout espoir de le faire participer à la conversation.

Comme j'ai de la chance d'être mariée avec Robert, se disait une fois de plus la jeune femme. Il est si charmant, si spirituel ! Personne ne lui résiste ! Ou qu'il aille, on le fête, on l'entoure...

Le neveu prit le bras d'Elizabeth pour traverser le carrefour de Van Ness et Grove, en direction de l'opéra.

« Je trouve les conducteurs hautement imprévisibles, dit-il, surtout aux carrefours. »

C'était la phrase la plus longue qu'il eût prononcée de toute la soirée.

Il s'assit à côté d'elle dans la loge des Pinckton, les mains croisées sur les genoux, et fixa d'un œil morne le rideau marron qui allait bientôt se lever, sans plus s'occuper d'Elizabeth. La jeune femme soupira et se plongea dans son programme.

Marian Pinckton, assise derrière elle, se pencha pour lui glisser à l'oreille :

« Ne te vexe pas s'il ne succombe pas à ton charme, ma chérie. Il en est, tu sais. »

Les lumières, heureusement, s'éteignirent à cet instant. Elizabeth n'eut pas à répondre. Si elle avait bien compris les paroles de Marian, c'était la première fois qu'elle approchait un homosexuel d'aussi près. Elle aurait aimé lui poser un millier de questions, mais ce n'était pas envisageable. Une femme bien élevée, lui avait-on appris, n'aborde jamais certains sujets.

À l'entracte, le neveu proposa une coupe de champagne à Elizabeth.

« Nous en voulons, nous aussi », s'exclama Marian, et le petit groupe mit le cap sur le bar. Le neveu tenait fermement Elizabeth par le bras.

« Je trouve les spectateurs hautement imprévisibles, expliqua-t-il, surtout à l'entracte. »

Elizabeth ne savait pas s'il avait eu l'intention de faire de l'humour, mais elle éclata d'un rire en cascade qui attira l'attention d'un monsieur distingué, aux tempes grises.

« Elizabeth ? C'est vous ? »

La jeune femme se retourna en entendant son nom. Devant elle se tenait Stanton Wells, le principal associé du cabinet de Robert.

« Bonsoir, Stanton ! Quel plaisir de vous voir.

— Un plaisir partagé, ma chère amie. Où est votre charmant mari ?

— Au bureau, naturellement. Vous vous conduisez en négriers avec lui, ces temps-ci.

— Vraiment? Je l'ignorais, dit Wells, étonné. Nous allons mettre fin à cette situation le plus rapidement possible.

— Aucune objection, votre Honneur », plaisanta la jeune femme.

Stanton regardait obstinément à la droite d'Elizabeth, qui s'aperçut avec gêne que le neveu de Marian ne lui avait pas lâché le coude.

« Excusez-moi, dit-elle en se dégageant, je vous présente le neveu de Mme Pinckton, de Chicago. Il est de passage à San Francisco. »

Les deux hommes se serrèrent la main.

« Le ballet vous plaît, Stanton? demanda Elizabeth.

— Beaucoup. J'ai toujours eu un faible pour *Giselle.*

— Moi aussi.

— Nous allions chercher à boire, intervint le neveu brusquement. L'entracte sera bientôt fini.

— Je vous en prie. Passez une bonne soirée, Elizabeth, et ne craignez rien : je vais m'occuper de la petite affaire dont nous avons parlé. »

Elizabeth aurait certes préféré que Robert passât ses soirées en sa compagnie, mais elle n'était pas le genre de femme à se plaindre de son mari dès qu'il avait le dos tourné. Durant la deuxième partie du ballet, elle regretta amèrement ses paroles. La jeune femme espéra, sans trop y croire, que Stanton oublierait leur conversation et qu'elle ne subirait pas les conséquences de son imprudence.

Le lendemain, Robert se précipita sur elle avant dîner. Il n'était jamais rentré aussi tôt à la maison.

« Qu'est-ce que c'est que ces manières! rugit-il. Tu te plains de mes horaires à Wells, et tu t'affiches en ville au bras d'un autre?

— Je ne m'affichais pas, protesta Elizabeth. Je

rendais service à Marian Pinckton. Et Stanton m'a demandé où tu étais. Que voulais-tu que je lui réponde ? Tu aurais préféré que je lui mente ?

— Si tu étais restée à la maison, tu n'aurais rien eu à lui dire du tout.

— Mais je m'ennuie, à force d'être seule toute la semaine.

— Comment, seule ? Ma mère est là, et tu as des domestiques. »

Inutile de répondre à cela, se dit Elizabeth. « Pourquoi fais-tu une telle histoire ? Quel mal y a-t-il à ce que Stanton sache que tu travailles aussi tard ?

— Ce n'est pas la question. Ce qui me gêne, c'est qu'un collègue vienne m'annoncer que ma femme batifole avec un autre type.

— Stanton Wells n'a certainement pas dit une chose pareille. Et je ne batifolais pas.

— Il te tenait par le bras. Je ne veux pas qu'un type pose la main sur toi. Je ne veux pas que nous fassions l'objet de ragots humiliants. On commence par le bras, mais on ne sait pas où ça s'arrête. »

Elizabeth éclata de rire.

« Je ne vois pas ce qu'il y a de drôle.

— Tu verrais, si tu savais, pouffa-t-elle.

— Si je savais quoi ?

— Cet autre homme, qui te préoccupe tellement — c'est le neveu de Marian Pinckton. Il lui rend visite chaque année. Il sépare précautionneusement tous les ingrédients de sa salade avant de les manger et il picore sa viande comme un moineau. C'est un homosexuel.

— Tu plaisantes ?

— Pas du tout !

— Comment le sais-tu ?

— Marian me l'a dit.

— Bon sang !

— J'ai essayé de t'attendre hier soir, pour t'en parler, mais je me suis endormie avant ton retour. J'avais bu un peu trop de vin, sans doute.

— Ce n'est pas une raison, dit-il, radouci. Ça ne fait pas bon effet que tu sortes sans moi. Tu es ma femme, tu te dois de préserver ta réputation, et le nom des Drayton. Je te prie de ne pas recommencer. »

Elizabeth soupira. Elle n'était pas loin de lui donner raison. « Je suis navrée. Je ne le ferai plus.

— C'est promis ?

— C'est promis.

— Enfin, je reconnais ma brave petite femme ! » Robert se pencha pour l'embrasser sur la joue. « De plus, avec toutes tes bonnes œuvres, tu dois être épuisée. Quelques soirées à la maison te feront le plus grand bien.

— Oui, Robert. »

Elizabeth avait tenu sa promesse. Elle avait même renoncé à ses promenades nocturnes. Désormais, elle refusait toutes les invitations et passait de longues heures devant la télévision. Les héros de ses feuilletons préférés devinrent ses plus fidèles compagnons.

D'une certaine façon, se disait Elizabeth en entrant dans le grand magasin Gump's, les personnages de fiction qui peuplaient désormais son univers l'intéressaient davantage que la plupart des gens qu'elle connaissait.

Sauf la femme en rouge qui la suivait depuis le début de l'après-midi. Elizabeth jeta un coup d'œil par-dessus son épaule. Elle était toujours là.

Gump's de San Francisco était un magasin unique en son genre. Les nantis y trouvaient une inépuisable collection d'objets venus du monde entier. On aurait dit un musée, mais un musée où tout serait à vendre.

Elle ne cherchait rien de particulier, mais elle se

dirigea tranquillement vers l'escalier et monta au premier étage. Tout en parcourant d'un pas lent les divers rayons, Elizabeth s'arrêta dans une salle où ne s'attardait aucun client, et prit la jeune fille en rouge par surprise.

« Si vous avez quelque chose à me dire, faites-le, je vous en prie, dit-elle plutôt aimablement. Nous sommes seules, ici.

— Vous êtes sa femme, n'est-ce pas ? dit la fille.

— Pardon ?

— Vous êtes la femme de Bobby ? »

Elizabeth fit la grimace. Elle détestait le surnom dont Amanda avait affublé son fils durant son enfance et ne l'avait jamais utilisé. Il était extrêmement déconcertant de l'entendre sur les lèvres d'une étrangère.

« Si vous parlez de Robert Willmont, oui, je suis sa femme.

— Je sais. J'ai vu votre photo dans le journal des tas de fois. Bobby me tuerait s'il le savait, mais je traîne souvent dans Pacific Heights, et je vous regarde aller et venir. »

La jeune fille était beaucoup plus jeune qu'Elizabeth ne l'avait cru. Elle ne devait pas avoir vingt ans. Sans ses boutons, et mieux coiffée, elle aurait peut-être été jolie.

« Vous appelez mon mari Bobby. Vous le connaissez bien ?

— Et comment ! En trois ou quatre soirs par semaine depuis bientôt huit mois, on apprend à se connaître. »

Elizabeth eut l'impression de recevoir un coup de poing dans l'estomac.

« Pourquoi dites-vous une chose pareille ?

— Parce que c'est la vérité. »

Elizabeth avait envie de cracher à la figure de la

fille, de lui arracher les yeux, de lui hurler des obscénités.

« Que désirez-vous ? demanda-t-elle sur un ton glacial.

— Je veux que vous le laissiez partir. »

En dépit de ses efforts, Elizabeth ne pouvait plus cacher son désarroi.

« Vous voulez dire, que je divorce ? »

La jeune fille hocha vigoureusement la tête.

« Mais c'est absurde !

— Pourquoi ? Vous n'avez aucune raison de vous accrocher, maintenant que vous êtes au courant.

— Je ne suis au courant de rien du tout, rétorqua Elizabeth.

— Bobby le disait bien, soupira la jeune fille, que vous ne comprendriez pas, que vous seriez contre le divorce. Il dit que vous vous moquez pas mal de son bonheur, que vous l'avez épousé juste parce qu'il est un Drayton. Je sais que vous ne dormez pas dans la même chambre, et que vous ne pouvez même pas lui donner d'enfant. »

Elizabeth reçut un coup de poignard dans le cœur.

« Mon mari vous a raconté tout ça ?

— Bien sûr. Bobby me dit tout. Des fois, on ne fait que ça, parler, pendant des heures. On s'aime, vous comprenez.

— Il vous a dit ça aussi ? murmura Elizabeth.

— Il voulait vous l'annoncer lui-même, mais les hommes sont si lents à se décider ! Alors j'ai pensé que si je venais vous trouver moi-même, entre femmes, vous m'écouteriez, et vous comprendriez qu'on est sincères, qu'entre nous il ne s'agit pas d'une passade. Vous le laisserez partir, dites ? S'il vous plaît ? On était destiné à se rencontrer, nous deux. Je ne suis peut-être pas aussi intelligente que vous, ni aussi belle, mais je sais que je le rendrai plus heureux que vous et que je lui ferai autant de gosses qu'il voudra. »

Sur ces mots, la fille ouvrit son manteau rouge sur un ventre rond.

Le poignard se retourna dans la plaie. « Vous prétendez que l'enfant que vous portez est de mon mari ?

« Évidemment ! Qu'est-ce que vous croyez ? »

Une telle duplicité ! Elle n'aurait pu l'imaginer, même dans ses pires cauchemars. Elizabeth était frappée de stupeur. Était-il possible qu'elle eût été mariée durant trois ans et demi à un homme dont elle ignorait tout ?

Elle se souvenait de toutes ses soirées solitaires, passées à attendre le retour de Robert. Elle se souvenait de la gentillesse et des attentions dont il l'avait comblée après ses deux fausses couches. Elle songeait à tous leurs projets d'avenir. Tout cela était ridicule. Mais si c'était un mensonge, qui pouvait lui jouer un tour aussi cruel ? Personne ne la détestait assez pour ça.

« C'est mon mari qui vous a envoyée me parler ?

— Grands dieux non ! S'il savait, il me casserait la figure, ou pire. » Devant l'air stupéfait d'Elizabeth, la jeune fille ajouta : « Il l'a fait une fois, parce que je l'avais mis en colère. Quand il a trop bu, il lui arrive de me taper dessus. Il y a des hommes comme ça. Mais je m'en fiche. Il revient toujours. Je ne fréquente personne d'autre. »

Un profond sentiment de soulagement submergea Elizabeth. Tout cela n'était qu'une abominable erreur.

« C'est un malentendu, dit-elle à la jeune fille, maintenant, j'en suis certaine. Mon mari ne boit pas. De plus, c'est un homme très bien élevé. Il ne lui viendrait pas à l'idée de lever la main sur une femme. »

La fille repoussa les cheveux qui lui tombaient sur le visage, et montra la cicatrice qui lui barrait la joue.

« On m'a mis huit agrafes, dit-elle, parce qu'il m'a tapée du revers de sa main droite, celle où il porte sa grosse bague de Harvard. »

La fragile sensation de soulagement s'évanouit. Elizabeth, les jambes tremblantes, dut se retenir au dossier d'une chaise pour ne pas tomber.

Elle ne savait plus quoi dire. Son désarroi était tel qu'elle se rattachait à un seul espoir : cette scène ne se déroulait pas dans la réalité mais dans un de ses feuilletons, et le héros ne tarderait pas à voler à son secours.

En plus de trente années de vie commune, Archer Avery n'avait jamais regardé d'autre femme que sa délicieuse épouse française. Pour Elizabeth, le mariage sous-entendait ce genre de fidélité et de dévotion. La trahison de Robert n'en était que plus intolérable.

Elle aurait voulu haïr la fille qui se tenait devant elle et en qui s'épanouissait une nouvelle vie, elle aurait voulu la considérer comme le mauvais génie responsable de son malheur. Mais en fait Elizabeth la plaignait : si jeune, si vulnérable ! Elle était une proie facile pour Robert, qui la trahirait bientôt à son tour.

« Je vous souhaite d'avoir un beau bébé », dit-elle d'une voix blanche. Puis elle s'éloigna sans se retourner.

La jeune fille ne bougea pas. Elle comprenait que l'entretien était terminé, et qu'elle n'avait pas obtenu ce qu'elle était venue chercher. Maintenant, il fallait qu'elle se dépêche.

Bobby lui avait décrit Elizabeth comme une femme totalement dénuée de sensibilité. Une jolie poupée, disait-il, qui s'intéressait plus à sa garde-robe qu'à son mari. Pire que tout, depuis que des médecins lui avaient dit qu'elle n'aurait jamais d'enfants, elle refusait de faire l'amour et avait sans remords jeté son mari hors du lit conjugal. Il en était venu, par désespoir, à chercher une consolation ailleurs.

Pourtant, la jeune femme qu'elle avait vue était tout sauf froide. Elle s'était préparée à être rejetée sans ménagements, alors qu'Elizabeth lui avait parlé plutôt gentiment. Mais Bobby affirmait que ce mariage était une imposture, et plus que tout au monde elle désirait que son bébé eût un père et un nom. Et ce serait un Drayton.

Elle se hâta pour arriver chez elle et préparer le dîner avant l'arrivée de Bobby. Une bouteille de vin le mettrait de bonne humeur. Ensuite, elle lui masserait le dos, ce qui le rendrait amoureux, et elle lui ferait ce qu'il aimait tant.

Puis ils parleraient.

2

Elizabeth se précipita hors du taxi qui l'avait ramenée chez elle, et entra dans la maison en courant. Elle ignora le majordome qui lui tendait son courrier et ses messages, et monta directement dans sa chambre, évitant Amanda. Puis elle refusa de dîner, et exigea qu'on ne la dérangeât sous aucun prétexte.

L'idée même de parler à quelqu'un lui était intolérable, et elle mourait d'envie d'ôter ses vêtements. Elle se sentait affreusement sale. Mais le bain bouillant dans lequel elle se plongea, et le gant de crin avec lequel elle se frotta la peau jusqu'à ce qu'elle rougisse, se révélèrent peu efficaces.

Une chemise de nuit propre et des draps que Robert n'avait pas encore eu le temps de souiller ne le furent pas davantage. La vérité se frayait peu à peu un chemin dans son esprit. Prise de tremblements incoercibles, Elizabeth avait de plus en plus de mal à respirer. Mais ses yeux restèrent secs.

Les bruits habituels de la maison lui parvenaient, assourdis : une porte se fermait, une voix étouffée murmurait, un parquet craquait. Bien qu'elle n'eût jamais beaucoup aimé la demeure de son mari, Elizabeth trouvait, à écouter ces sons familiers, un étrange réconfort.

Elle se fit apporter un thé et des aspirines, et balaya d'un revers de main la sollicitude de la domestique. Elle avala deux cachets, puis deux autres peu après. Mais elle n'ignorait pas qu'il lui faudrait quelque chose de plus fort que ce médicament pour surmonter cette crise.

La fille d'Archer et de Denise Avery avait certes reçu une éducation stricte, mais elle n'avait pas peur d'affronter la réalité. Il lui faudrait prendre de pénibles décisions, mais elle ne s'y risquerait pas ce soir. Il sera temps demain, lorsque je me serai calmée, se dit la jeune femme en fermant les yeux, priant pour que lui soit accordé un sommeil seul capable de lui faire oublier jusqu'au matin la terrible épreuve qu'elle traversait.

Il n'était pas tout à fait dix heures lorsqu'elle entendit Robert. Cela faisait au moins six mois qu'il n'était pas rentré aussi tôt un mardi soir. Il claqua la porte d'entrée, aboya quelque chose à l'adresse d'un domestique et monta l'escalier quatre à quatre.

Elizabeth soupira. Ainsi, elle devait dès maintenant décider de son comportement. Dans quelques secondes, il serait à sa porte. Comment réagir ?

Exploser lui ferait le plus grand bien, mais ne valait-il pas mieux cacher sa souffrance, et préserver sa dignité, ou ce qu'il en restait ? Elle ne voulait ni lui donner la satisfaction de mesurer l'étendue de sa douleur, ni lui laisser croire un seul instant qu'elle pourrait se montrer une épouse complaisante. Et il lui fallait surtout se prémunir contre toute tentation de céder aux manœuvres d'apaisement que ne manquerait pas de lancer Robert. Elle pesait encore le pour et le contre lorsque son mari entra dans sa chambre.

« Preston m'a dit que tu ne te sentais pas bien », dit-il d'une voix sincèrement inquiète.

Elizabeth ne tremblait plus, l'étau qui lui enserrait la tête s'était relâché grâce à l'aspirine, mais sa souffrance intérieure n'avait rien perdu de son acuité.

« Une simple migraine », dit-elle.

Il se rapprocha d'elle et se pencha pour l'embrasser, mais au dernier moment Elizabeth détourna le visage et les lèvres de son mari effleurèrent son oreille. Décoiffé, le teint rubicond, Robert donnait l'impression de s'être rhabillé à la hâte. Sa chemise s'ornait d'une tache de vin rouge. L'estomac d'Elizabeth se révulsa.

« Puis-je faire quelque chose pour toi ? Te masser les tempes, peut-être ? » proposa Robert.

Aucune des réponses qui vinrent spontanément à l'esprit d'Elizabeth ne convenait à une jeune femme aussi bien élevée. Elle les refoula cependant avec peine.

« Rien du tout, merci », fit-elle d'une voix blanche.

Robert se balançait d'un pied sur l'autre. Malgré son anxiété, ce spectacle donnait envie de rire à la jeune femme qui n'avait jamais vu son mari aussi mal à l'aise, et prenait un plaisir pervers à contempler son embarras.

« Bon, je crois que je sais de quoi il s'agit, dit Robert dans un petit rire étouffé, en comprenant qu'Elizabeth n'était pas disposée à faire comme si de rien n'était. Mais, crois-moi, tout cela est une absurdité.

— Il y a une tache de vin sur ta chemise.

— Je n'avais pas remarqué. Cela a dû se produire pendant le déjeuner.

— Nous n'avons pas bu de vin rouge, à midi.

— Écoute-moi bien, s'écria-t-il soudain. Je ne

sais pas ce qu'elle t'a raconté mais la moindre des choses est que tu entendes ma version, et que tu connaisses la vérité.

— La vérité ? » Elizabeth écarquilla les yeux de surprise. « Veux-tu dire que cette fille m'a menti ?

— Évidemment, qu'elle t'a menti. Comme le font toutes les femmes dans cet état.

— Dans quel état ? Jeunes ? Vulnérables ? Ou enceintes ?

— Acculées. Elles ne reculent devant aucune invention.

— A-t-elle inventé sa grossesse ?

— Même si c'était vrai, qu'est-ce que ça prouve ? Je n'ai rien à y voir. Je lui ai parlé gentiment une fois ou deux, voilà tout. Elle travaillait dans notre immeuble, et il m'est arrivé de la croiser dans l'ascenseur ; j'ai dû lui dire que je la trouvais mignonne, et lui offrir un verre ou deux. Je ne m'en souviens même pas. Maintenant, comme elle a des ennuis, elle voit les mots "bonne affaire" écrits en grosses lettres sur mon front.

— Il est tard, et je suis très fatiguée.

— C'est du chantage, je te dis. Du chantage pur et simple. Quelqu'un l'a sans doute laissée tomber et elle saute sur une bonne occasion. »

Elizabeth lança un regard méprisant à son mari.

« Elle est au courant de mes fausses couches, elle sait que nous faisons chambre à part, elle t'appelle Bobby ! Et tu prétends que tu lui as juste offert un verre ou deux ? »

Robert observa sa femme ; elle ne serait hélas pas aussi accommodante, ni facile à manœuvrer, que sa mère. Il essaya une méthode différente.

« Mettons que j'aie vu cette fille un certain nombre de fois. Supposons même que je lui aie parlé de mes problèmes. Crois-tu être la seule à avoir souffert ? Ce sont aussi mes enfants que nous avons perdus. Et personne ne m'a jamais consolé, moi. Non, tout le monde s'occupait de toi. Pauvre Elizabeth par-ci, pauvre Elizabeth par-là ! Comme c'est tragique pour Elizabeth ! Eh bien, j'avais peut-être, moi aussi, besoin d'être plaint, d'être réconforté, et j'ai trouvé quelqu'un pour le faire. Ça ne veut pas dire que j'aie couché avec elle.

— N'essaie pas de me faire prendre des vessies pour des lanternes, je t'en prie. Et réfléchis un instant : cette fille porte peut-être le seul enfant que tu auras jamais. Cela ne mérite-t-il pas un minimum de considération ? »

Robert se cacha le visage dans les mains. Cette idée le torturait depuis que la jeune fille, fière et joyeuse, lui avait annoncé la nouvelle.

« D'accord. J'ai fait une erreur, admit-il sans lever la tête, les doigts enfouis dans les boucles brunes qui ceignaient son front. Je suis humain. Tu me connais, tu connais mes... appétits. Et j'avais peur de te toucher. Peur que tu ne sois enceinte encore une fois, et que je ne te perde, comme j'ai failli te perdre une fois. Alors j'ai trouvé quelqu'un qui ne comptait pas, quelqu'un dont je pouvais me servir, sans que cela porte à conséquence.

— Eh bien, le moins qu'on puisse dire est que tu as raté ton coup, répliqua Elizabeth, non sans ironie.

— En effet, soupira-t-il.

— Toutes ces soirées, toutes ces nuits, que j'ai passées seule, en pensant que tu te tuais au travail... Comme j'ai été stupide !

— Tu n'aurais jamais dû le savoir.

— Et tu t'imagines que cela suffit à te disculper ? Ce que j'ignorais ne pouvait pas te gêner, n'est-ce pas ? » Elizabeth hocha la tête avec amertume. « Et je me suis presque sentie coupable d'être allée à l'opéra avec le neveu homosexuel de Marian Pinckton !

— C'est totalement différent. Tu t'es montrée en public. Quoi que j'aie pu faire, moi, c'était discrètement...

— Espèce de salaud ! Comment oses-tu comparer ?

— Je t'ai dit que ça ne comptait pas.

— Elle m'a suivie tout l'après-midi, d'une boutique à l'autre, pour me supplier de te rendre ta liberté, pour que vous puissiez vivre heureux ensemble.

— Quoi qu'elle ait pu te dire, je n'ai jamais parlé de l'épouser.

— Peu importe ce que tu as dit ou non. Reste qu'il est hors de question que je sois un obstacle à votre bonheur.

— Qu'est-ce que ça signifie ? demanda Robert d'un ton vif.

— Que nous allons divorcer, naturellement. »

Et d'avoir prononcé ces paroles, qu'elle n'avait pas préméditées, soulagea soudain Elizabeth d'un immense fardeau.

« Ne sois pas ridicule. On ne divorce pas, chez les Drayton. »

S'il avait espéré l'intimider, Robert avait fait un mauvais calcul.

« Chez les Avery non plus, rétorqua la jeune femme. Mais il y a un début à tout.

— Tu abandonnerais tout ce que nous avons à cause d'une vague aventure avec une moins que rien originaire du Dakota ?

— Si je décide de divorcer, ce ne sera pas à cause de cette fille. Mais parce que je ne voudrai plus être ta femme.

— Tu le voulais jusqu'à hier. Je n'ai pas changé.

— Tu ne comprends vraiment pas. Hier, j'ignorais qui tu étais. Aujourd'hui, je le sais, et je ne suis pas sûre d'avoir envie de partager l'existence de quelqu'un en qui je n'ai pas confiance.

— Tu n'as pas le droit de me dire une chose pareille.

— Et toi, tu n'avais pas le droit de me faire une chose pareille. »

Sa superbe sembla le quitter tout d'un coup.

« Je t'en prie, implora-t-il, tu es ma femme. Je t'aime. Je t'ai choisie parmi les centaines de filles que j'aurais pu épouser. Je n'ai jamais aimé personne d'autre que toi. Et je n'en aimerai jamais une autre. Mon Dieu ! J'ai besoin de toi. Si tu savais à quel point ! Tu es ma force. Sans toi, je ne suis plus rien. Pense à l'avenir, à nos projets pour le bien de ce pays. Cela n'aurait plus aucun sens pour moi, si je ne les partageais pas avec toi. Si tu me quittes, je suis un homme fini. »

Elizabeth regardait son mari avec étonnement. Durant toutes leurs années de mariage, il n'avait jamais prononcé de telles paroles. Sa voix était pressante, et malgré la pénombre elle voyait des larmes dans ses magnifiques yeux. Jamais auparavant il n'avait laissé transparaître cette vulnérabilité qui la touchait, bien malgré elle.

« Je ne le savais pas, murmura-t-elle.

— C'est dur, pour un homme, d'avouer qu'il n'a pas autant confiance en lui qu'on pourrait le croire. C'est comme de reconnaître qu'il a peur. »

Elizabeth, en plein désarroi, secoua la tête. Les principes qu'on lui avait inculqués étaient simples et elle avait une conception parfaitement claire du bien et du mal. Robert l'avait trahie, c'était indubitable. Mais peut-être était-elle en partie responsable. Ses deux fausses couches l'avaient tellement bouleversée qu'elle s'était enfermée dans son propre chagrin et avait couru se réfugier à Denver, en le laissant seul, et livré à ses démons. Son attitude avait-elle contribué à le pousser dans d'autres bras ?

En le menaçant de divorcer, elle souhaitait lui rendre le mal qu'il lui avait fait. Mais Elizabeth savait, hélas, qu'elle était toujours désespérément amoureuse de son mari, et qu'elle n'envisageait pas la vie sans lui. En dépit de sa détermination première, elle sentit sa colère s'estomper.

« Peut-être les torts sont-ils partagés, murmura-t-elle. Peut-être aurais-je dû me préoccuper davantage de tes besoins. Mais ce que tu as fait... Il ne peut rien arriver de pire dans un couple.

— Si je le pouvais, je te jure que j'effacerais tout cela.

— C'est un peu tard.

— Donne-moi encore une chance, je t'en supplie. Donne-nous encore une chance. Je me dégoûte, tu sais ! Je te jure de ne plus jamais te décevoir.

— Même si j'acceptais, il restera toujours l'autre problème.

— Je m'en charge.

— Tu ne peux pas l'abandonner, Robert, si c'est ce que tu as dans la tête. Il y a l'enfant. Ton enfant. Il faut parvenir à un accord, à une sorte de contrat.

— Je t'ai dit que je me chargeais de ça.

— Mais, dit Elizabeth subitement frappée par une évidence, c'est encore pire que je ne l'imaginais. Ça se saura, n'est-ce pas ? Ce genre de choses se sait toujours. Et tu devras renoncer à ta carrière politique. Dans ce pays, on n'élira jamais président un homme qui a un enfant illégitime.

— En effet.

— Et si nous l'adoptions ? Si nous lui donnions un nom et un foyer ? Crois-tu qu'elle accepterait ?

Qu'elle retournerait dans le Dakota ? » Cette idée rasséréna un instant Elizabeth, mais elle se reprit bien vite.

« Mais non, poursuivit-elle après avoir réfléchi un instant. Non. Si c'était moi, je n'abandonnerais jamais mon enfant. Je préférerais mourir.

— Ne t'inquiète pas. Je m'en occupe, déclara Robert en se penchant pour déposer un baiser sur son front. Repose-toi, maintenant. Ne pense plus à tout cela. Ce n'est qu'un mauvais rêve. Et je trouverai la solution. »

Robert éteignit la lampe de chevet et sortit de la chambre, un sourire de satisfaction sur les lèvres. Décidément, songeait-il, les femmes avaient été mises sur cette terre pour être manipulées. Le tout était d'utiliser la bonne méthode.

Elizabeth s'enfonça sous ses couvertures. Cette horrible journée était finie, la crise était passée. Robert s'occuperait de la fille et de l'enfant. Et même si le chemin de la Maison-Blanche leur était désormais barré, la vie continuait. Elle ne devait garder de ce désagréable épisode qu'un souvenir un peu amer, qui s'estomperait avec le temps.

Une semaine plus tard, on découvrit le cadavre d'une jeune femme à Baker Beach. L'autopsie confirma la noyade et l'enquête conclut à un suicide, dû sans doute au fait que la jeune fille, non mariée, attendait un enfant. Personne ne se présenta pour réclamer le corps.

Le 6 juillet, Robert devint membre associé du cabinet Sutton, Wells, Willmont et Spaulding.

Cinquième partie

1979

Il y a toujours un moment... où la porte s'ouvre et laisse entrer l'avenir.

Graham Greene

1

Avant peu, songea Karen en soupirant, New York ressemblera à une forteresse. Et, comme le faisait désormais chaque commerçant du quartier, elle vérifia une deuxième fois la fermeture de la porte de Demion Five, un élégant magasin de Madison Avenue. Peu à peu, ils s'étaient tous équipés de systèmes de sécurité et d'alarme sophistiqués dans l'espoir d'échapper aux cambriolages de plus en plus fréquents. Durant ses deux premières années d'exploitation, Demion Five avait été cambriolé à trois reprises. La première fois, une semaine après l'inauguration, des vandales avaient saccagé la moitié du stock. Lorsque Karen était arrivée, elle avait découvert de précieuses éditions arrosées d'eau, des toiles crevées et des vêtements lacérés.

« Les petits salauds ! s'était exclamée Demelza. Ils se sont vengés parce qu'ils n'ont pas trouvé d'argent.

— Qui pourrait avoir la stupidité d'imaginer que nous laisserions de l'argent dans la caisse ?

— Nous le ferons, désormais. Cent dollars, chaque soir. Disons que c'est une assurance supplémentaire. »

Un taxi s'arrêta, et Karen s'y engouffra sous le nez d'un couple d'Asiatiques trop timides pour protester.

Elle referma la portière et donna au chauffeur l'adresse de son appartement de la 63e Rue avec le sentiment passager de honte qu'elle ne pouvait s'empêcher d'éprouver à chaque fois qu'elle sacrifiait à cette habitude peu chevaleresque, mais typiquement new-yorkaise.

La petite banlieusarde s'était transformée en une élégante citadine. Karen avait appris à se coiffer, à se maquiller et à s'habiller. Le négligé qui convenait à Washington Square n'était plus de mise dans les beaux quartiers.

Demion Five était l'enfant de Ione, dont le père était mort en lui léguant un héritage confortable. Le professeur d'histoire de l'art l'avait tout d'abord conçu dans le but de promouvoir le travail de son mari. Elle avait alors contacté Demelza.

« Je m'y connais en art, mais je suis incapable de diriger une affaire. Or, je voudrais ouvrir une galerie qui ne ressemblerait à aucune autre : livres et éditions rares, comme tu en as à la Bookery, mais aussi quelques œuvres, des bijoux et des vêtements de créateur. Pas un grand magasin, où l'on trouve de tout, mais un endroit où les clients se sentiront bien, où ils auront l'impression de rendre visite à de vieux amis, dans leur jolie maison. J'imagine des canapés, des tapis, du café le matin, du thé l'après-midi. En fait, ta Bookery, mais dans la ville haute, et avec les œuvres d'art en plus. »

Demelza était installée au Village depuis trente ans, elle n'avait jamais envisagé de vivre ailleurs. Mais son cher quartier avait changé. La mode des artistes faméliques était passée, la vie de bohème faisait ricaner. La guerre du Vietnam était terminée, personne ne portait plus les cheveux longs, afficher sa différence était passé de mode, et on ne s'enflammait plus pour aucune cause. C'était désormais le règne du « chacun pour soi ».

Le Village s'était métamorphosé. La plupart des naïfs qui voulaient changer le monde étaient partis. Drogués et grincheux chroniques les avaient remplacés. Dans les cafés où, à l'époque, de doux visionnaires chantaient en chœur, on voyait maintenant des silhouettes furtives vendre à la sauvette leurs doses mortelles. L'espoir avait fait place à la détresse, la protestation au terrorisme, l'amour au sexe, la musique au bruit, le collectif à l'individuel.

Demelza se résigna donc, et accepta de s'installer dans la ville haute. Grâce à Karen, la Bookery était devenue une affaire rentable. Elle la vendit, et s'associa avec Ione. En cinq mois, les deux femmes trouvèrent à louer l'endroit qui leur convenait et l'aménagèrent comme elles l'entendaient, sans jamais regretter le passé.

Demion Five tenait tout à la fois de la galerie d'art, de la librairie, de la boutique de luxe et du salon. Les toiles de Mitch ornaient les murs. Les modèles dessinés par Jenna étaient accrochés au premier étage. Les bijoux uniques de Felicity étaient exposés dans des vitrines et des sculptures du compagnon de Jenna, John Micheloni, étaient harmonieusement disposées dans l'espace. Sur les petites tables du balcon intérieur, on dégustait café, thé et gâteaux, en écoutant Bach ou Mozart.

Le concept était nouveau, le lieu était amusant : il devint rapidement à la mode et eut droit à un article dans le *Times* un mois après avoir ouvert. On eut vite envie d'être vu à Demion Five et les artistes qui y exposaient devinrent célèbres.

« J'ai transgressé tous mes principes, déclara un jour Mitch, qui venait d'accepter une commande de Gracie Mansion, la résidence du maire. Je me suis marié, je ne me drogue plus, je paie des impôts, je porte des costumes, je me pavane devant des imbéciles incapables de comprendre mon travail et pis encore, je suis en train de devenir riche. »

Il avait épousé Ione peu après la naissance de leur fille, Tanya. Les Rankin n'avaient pas déménagé, car Sullivan Street était tout près de New York University, où Ione enseignait toujours, mais ils avaient acheté leur loft et entrepris de le rénover de fond en comble.

Jenna et John habitaient Soho. Kevin Munker s'était installé à Boston. Felicity avait loué un appartement à Chelsea et Demelza avait échangé sa tanière de Bleecker Street contre l'élégance de West End Avenue. Ethan n'était jamais revenu.

« Moi, disait Felicity en riant, je n'ai jamais eu de principes, donc je n'ai rien à transgresser. Mais ça me gêne un peu d'avoir tant d'argent. »

Jenna annonça un jour qu'elle avait ouvert un compte d'épargne. « Quand je pense que c'est la troisième fois de ma vie que j'entre dans une banque », poursuivit-elle en éclatant de rire.

Quant à Demelza, elle constata qu'elle avait gagné plus d'argent en 1978 que son père en une vie entière passée à trimer sur les quais. « Je ne peux pas m'empêcher de trouver ça immoral », dit-elle.

Le taxi déposa Karen devant la jolie maison de ville dont elle louait le premier étage. Ses parents, ravis de la voir s'installer dans un quartier aussi chic, avaient insisté pour lui offrir les deux premières années de loyer, bien qu'elle n'en eût désormais plus besoin, car son salaire de sous-directrice de Demion Five était plus que confortable.

Quelques lithographies se détachaient çà et là, sur les murs blancs. Il y avait à Demion Five une superbe toile de Mitch que Karen aurait beaucoup aimé accrocher au-dessus de sa cheminée, mais elle était trop chère.

Karen posa son courrier sur la table de l'entrée et alla se changer dans sa chambre, où elle enfila de vieilles pantoufles et un peignoir confortable avant de se servir le scotch qu'elle dégusterait sur le canapé du living.

Elle était chez elle, libre de faire exactement ce qu'elle voulait. En quatre ans, elle ne s'y était pas encore tout à fait habituée, et il lui arrivait d'attendre le bruit de la clé d'Arlene dans la serrure, ou de mettre le couvert pour deux. Ses voisins, un professeur homosexuel au rez-de-chaussée et un couple âgé de réfugiés allemands qui cachaient sous de longues manches des numéros tatoués sur leurs avant-bras, gardaient leurs secrets comme elle gardait le sien.

Karen jouissait infiniment de cette liberté nouvelle, et de sa solitude. Parfois, elle laissait même sonner le téléphone sans y répondre.

« Je t'ai appelée, hier soir, mais tu étais sortie, lui disait sa mère en ces occasions. Où étais-tu ?

— J'ai dîné dehors, répliquait Karen, sachant que ce mensonge ferait plaisir à Beverly.

— Avec quelqu'un en particulier ?

— Avec des amis.

— Encore ces originaux avec qui tu travailles, je suppose, soupirait Beverly.

— Ex-originaux, maman. Ils sont tous devenus d'éminentes personnalités, très à la mode en ville. Mais évidemment, pas le moindre médecin, pas le moindre avocat, et personne qui ait seulement approché de Yale ou Harvard ! Je suis désolée.

— Voyons, ma chérie ! À t'entendre, on me prendrait pour une insupportable snob... Je m'étais imaginé, je te l'avoue, qu'en t'installant dans un quartier aussi chic tu te ferais de nouvelles relations, voilà tout. Tu ne rajeunis pas, tu sais. »

Lorsque Arlene avait épousé son orthopédiste et

déménagé à Scarsdale, Karen avait songé à partager son appartement avec quelqu'un d'autre, ne fût-ce que pour alléger la charge financière qui pesait sur son père. Mais avec les mois, puis les années, elle avait fini par comprendre qu'elle ne souhaitait rien tant que de rester seule.

C'était sa sœur Laura qui lui avait parlé de l'appartement de la 63e Rue. Un couple d'amis à elle s'apprêtaient à le quitter, le jeune homme ayant été nommé à Chicago. Sur le conseil de sa sœur, Karen était allée le visiter et n'avait pas hésité un instant à le louer.

Les années avaient passé, et Karen était persuadée d'avoir pris la bonne décision. Comme c'est étrange, se disait-elle souvent, que le hasard fasse parfois si bien les choses, et parfois si mal...

Le souvenir de la fameuse nuit la hantait toujours. Les quelques hommes qui se montraient assez obstinés pour obtenir qu'elle accepte de sortir avec eux étaient vite rebutés par sa réserve, et par son insistance à ne les rencontrer que dans des endroits publics et très fréquentés. Karen s'en moquait. Elle ne regrettait plus la vie qu'elle avait perdue et s'accommodait fort bien de sa nouvelle existence, avec ceux qu'elle appelait la bande de Sullivan Street.

Elle voyait de temps à autre Jill Hartman, qui avait divorcé, comme on pouvait s'y attendre. Sa fille était devenue une charmante adolescente.

Les mentalités avaient tant évolué depuis leur jeunesse ! Le divorce était désormais considéré comme une solution acceptable pour résoudre les problèmes conjugaux, et la légalisation de l'avortement n'obligeait plus les jeunes gens à se marier contre leur gré. En outre, les femmes se lançaient joyeusement dans une carrière alors qu'auparavant elles ne s'y résignaient que si elles n'avaient pas trouvé de mari... Les jeunes filles, celles qui vingt ans plus tôt rêvaient d'épouser un médecin, un dentiste ou un avocat, rêvaient aujourd'hui de devenir elles-mêmes médecin, dentiste ou avocat.

« Mon Dieu ! soupirait Jill. Nous étions en pleine préhistoire... »

La préhistoire, en effet, se disait Karen en sirotant son scotch. La semaine dernière, elle avait lu un article sur le procès d'un homme jugé pour avoir violé une femme qui avait pourtant accepté de sortir avec lui. L'accusation avait argué du fait qu'une femme qui prend rendez-vous avec un homme n'a pas forcément envie de faire l'amour avec lui, elle avait le droit de dire non et il était censé comprendre son refus. La roue avait tourné. Karen ne savait pas si elle devait en rire ou en pleurer.

Son courrier l'attendait. Elle écarta les publicités et les factures pour n'ouvrir que les lettres et les cartes de vœux. Il y en avait une vingtaine. On était le 8 février 1979, et Karen avait aujourd'hui trente-sept ans. Le lendemain, après son travail, elle allait chez ses parents pour fêter l'événement en famille. Laura serait là, avec son avocat de mari et ses deux enfants, Winola aurait préparé son fameux gâteau au chocolat, sa mère s'efforcerait de ne pas remarquer le nombre de bougies et personne n'oserait prononcer les mots de vieille fille ou de célibataire.

Mais cette soirée lui appartenait. Elle pourrait s'attarder dans la salle de bains pour arracher les cheveux gris qui s'étaient égarés dans sa tignasse noire, ouvrir une boîte de soupe au lieu de se préparer à dîner, songer au temps qui passe, inexorable, et envisager l'année à venir, qui, si elle ne prenait aucune mesure, ressemblerait en tous points à celle qui venait de s'écouler.

Karen s'apprêtait à se verser un autre scotch lorsqu'on sonna à l'interphone.

« C'est Ione. Je peux monter te parler une minute ?

— Bien sûr.

— Mitch et moi, nous nous sommes disputés, ronchonna Ione, en suivant Karen dans le living-room et en se laissant tomber dans un fauteuil. J'ai éprouvé le besoin de quitter le Paradis pour un petit moment. »

D'eux tous, Ione était celle qui avait le moins changé. À quarante-cinq ans, mariée, mère et enseignante, femme d'affaires accomplie, elle avait toujours son allure d'étudiante.

« Je suis en train de boire un scotch, dit Karen. Je te sers ?

— Volontiers. Un double, s'il te plaît. »

Lorsque Karen revint de la cuisine, Ione contemplait la douzaine de cartes de vœux.

« C'est ton anniversaire, s'exclama-t-elle. J'avais oublié.

— Pas du tout, tu m'as envoyé une carte adorable.

— Je veux dire que ce soir j'avais oublié. Je suppose que tu as des projets, il faut que je me sauve.

— Mais non, dit Karen en haussant les épaules. Je vais passer le week-end chez mes parents, et j'allais simplement me laver les cheveux.

— Bon. Mais alors, pour me faire pardonner, je t'invite à dîner où tu veux.

— C'est idiot. Je vais nous préparer quelque chose ici.

— Pas question de rester à la maison. Je suis bien trop énervée. J'ai envie de sortir, d'aller dans un restaurant chic et de faire la fête. Accompagne-moi, je t'en prie.

— D'accord, céda Karen, à contrecœur.

— Formidable ! » Ione poussa Karen en direction de sa chambre à coucher. « Je te donne dix minutes pour t'habiller. Et c'est toi qui choisis le restaurant. »

Il était huit heures lorsque les deux jeunes femmes arrivèrent au Dove, un restaurant français du quartier que la petite bande fréquentait assidûment. Il était bondé, et plusieurs personnes attendaient une table.

« Je ne m'attendais pas à ce qu'il y ait tant de monde, reconnut Ione, déçue.

— C'est plein tous les soirs, tu sais, lui dit Karen.

— Je vais essayer de me débrouiller, dit Ione. Garde-nous notre place dans la queue. »

Karen la vit se frayer un chemin et murmurer quelques mots à l'oreille du maître d'hôtel, qui sourit et hocha la tête.

« Qu'est-ce que tu lui as raconté, demanda Karen à son amie revenue la chercher pour la conduire à leur table.

— Que tu étais une célèbre critique gastronomique ! »

Le culot de Ione laissa Karen sans voix. À cet instant, elle entrevit un crâne familier.

« Regarde, c'est Demelza.

— Vraiment ? Regarde mieux. »

Et Karen vit aussi Jenna, John, Felicity et Mitch avec la petite Tanya, qui se précipita dans ses bras.

« C'est génial, les anniversaires, s'écria joyeusement Tanya.

— Et les surprises », renchérit Demelza. Elle avait maintenant cinquante-six ans, et ses longs cheveux étaient blancs. Mais elle les portait toujours noués en une natte qui se balançait dans son dos.

La soirée se déroula très agréablement. Ils rirent et burent, comme s'ils avaient retrouvé leurs vingt ans. Mais, songea subitement Karen, prise d'un subit accès de tristesse, le succès les avait transformés. Il n'y avait pas si longtemps, ils se moquaient des gens qui fréquentaient ce genre de restaurants et dépensaient une fortune pour que quelqu'un fasse la cuisine à leur place.

Il n'y avait pas si longtemps, ils se faisaient une fête de pouvoir s'offrir une bouteille de vin. Maintenant, ils engageaient des conseillers financiers, investissaient dans la pierre ou dans des entreprises de haute technologie. Le *Wall Street Journal* avait remplacé le *Village Voice,* et le scotch la marijuana. Ils ne parlaient plus de leurs projets d'avenir, ni de leurs espoirs, mais des résultats qu'ils avaient obtenus et de leurs plus-values. De rêveurs, ils étaient devenus des gens sérieux et responsables.

« Comme vous me manquez, s'entendit dire Karen à haute voix.

— Ouais ! On devrait faire ça plus souvent, s'exclama Mitch, plus mince qu'avant et qui avait rasé sa barbe broussailleuse.

— Au moins une fois par mois, renchérit Felicity, dont la maigreur semblait maintenant maladive.

— Ou une fois par semaine », ajouta John.

Le sculpteur ressemblait de plus en plus à Sherlock Holmes. On disait que sa famille, originaire du New Jersey, entretenait d'étroites relations avec la mafia. Mais John, même du temps où il tirait le diable par la queue, n'avait jamais accepté qu'elle lui donne un sou.

« Mais alors, ça deviendrait une habitude », dit Jenna, que la maturité avait transformée en un ravissant Rubens.

Le garçon apportait du champagne. Karen jeta un coup d'œil sur l'étiquette et reconnut une cuvée Dom Pérignon. Ils avaient vraiment fait du chemin, se dit-elle en souriant intérieurement.

Lorsque leurs verres furent remplis, Demelza se leva.

« Je sais que c'est l'anniversaire de Karen, mais ce n'est pas la seule raison de notre présence ici ce soir. Comme vous le savez, je dirige Demion Five depuis deux ans, et notre succès est si grand qu'il en devient gênant. Je suis entrée dans la tranche supérieure d'impôts, c'est vous dire ! Pourtant, vous savez tous que c'est une chose de rêver de réussir et une autre de réussir vraiment. Ione a rêvé, j'ai construit, mais la réussite, nous la devons à une seule personne, et c'est Karen. »

Chacun se tourna vers elle et applaudit.

« Si j'ai pu vendre la Bookery aussi cher, c'est parce que Karen en a fait un commerce rentable. Sans faire de bruit, elle imagine des solutions et elle les met en œuvre. Donc, en ma qualité de directrice de Demion Five, je souhaite que vous soyez les premiers à l'apprendre : je démissionne et je vous demande de lever votre verre en l'honneur de votre nouvelle directrice. Buvons à la santé de Karen.

— Un discours, un discours, réclama un des convives.

— Je ne sais pas quoi dire, déclara Karen stupéfaite, qui se tourna vers Demelza. Si tu me nommes directrice, qu'est-ce que tu vas faire ?

— Comme d'habitude. Je jouerai la mouche du coche. C'est toi qui fais le boulot depuis le début, tu mérites ce poste. Et mes livres me manquent. Maintenant que je suis une femme riche, j'ai envie de me remettre à fouiller, de voyager pour découvrir de nouveaux trésors.

— Je ne sais toujours pas quoi dire, bafouilla Karen.

— Demelza a oublié de mentionner un détail, intervint Ione. Ta promotion s'accompagne d'une hausse substantielle de salaire, évidemment. »

Un sourire heureux s'épanouit sur le visage de Karen. « Je vais pouvoir acheter le tableau de Mitch alors », dit-elle enfin.

2

La jeune femme, ronde et blonde, devait avoir approximativement le même âge que Karen. C'était la troisième fois qu'elle bravait les giboulées de mars pour venir admirer la sculpture de Micheloni.

C'était l'une des plus belles œuvres de John. Elle représentait, de façon abstraite mais très suggestive, la chevauchée nocturne de Paul Revere. Karen, qui l'admirait infiniment, l'avait disposée sur un piédestal, dans la niche qu'elle réservait aux pièces les plus spectaculaires. Malheureusement, son prix de vente était trop élevé pour qu'elle pût se l'offrir, malgré son augmentation de salaire.

La jeune femme, attentive et indécise, fit lentement le tour du piédestal, en observant la sculpture sous tous ses angles.

« Excusez-moi, dit-elle enfin en s'approchant de Karen. Pourrais-je voir le directeur ?

— C'est moi, répondit Karen en lui souriant gentiment. Que puis-je faire pour vous ?

— Je suis confrontée à un dilemme, expliqua la cliente. Soit j'emporte cette œuvre chez moi, soit je m'installe dans votre magasin.

— Je vous comprends parfaitement, dit en riant Karen. Si je pouvais me le permettre, il y a longtemps que cette sculpture serait dans mon appartement.

— Voilà bien la question. Je suis dans le même cas que vous. Mon mari vient d'être promu à un poste très important, et c'est un passionné de Revere. Cette statue serait parfaite pour célébrer l'événement. Mais s'il connaissait le prix, il me tuerait. Je me suis donc demandé si nous ne pourrions pas trouver un arrangement. »

Ce n'était pas la première fois qu'un client essayait de négocier un prix. La politique de Demion Five était de refuser courtoisement et de diriger l'acheteur vers un objet moins coûteux. Mais Karen trouvait sympathique la jeune femme au visage ouvert et légèrement asymétrique, un de ses yeux étant nettement plus grand que l'autre.

« Voulez-vous une tasse de thé ? proposa-t-elle à sa cliente. Pour ma part, je réfléchis toujours mieux, une tasse de thé à la main.

— Volontiers.

— Bien, dit Karen lorsqu'elles furent installées autour d'une théière et d'une assiette de petits fours. À quel genre d'arrangement pensiez-vous ?

— Je m'appelle Nancy Yanow, et je suis reporter-photographe. Ou du moins je l'étais, avant de devenir maman. J'ai travaillé pour le *Philadelphia Inquirer* et pour le *Reading Times.* On m'envoyait couvrir des événements intéressants, et le *New York Times* m'a parfois acheté des photos. Je m'appelais Doniger, en ce temps-là.

— Cela devait être passionnant.

— Ça l'était, oui, soupira la jeune femme. Bon. À présent, mes enfants vont à l'école, et j'ai beaucoup de temps libre. Travailler pour des journaux ne conviendrait pas à mon genre de vie, mais je songe à me mettre à mon compte. La photo devient à la mode, et j'ai toujours mes appareils. Je me suis donc dit que si vous aimiez ce que je fais, je pourrais vous régler la moitié de la sculpture et vous donner à vendre autant de tirages qu'il le faudra pour payer l'autre moitié. »

L'idée était séduisante, songea Karen. Et cela ne pouvait faire de tort à Demion Five de se lancer dans une activité nouvelle.

« Nous n'avons jamais conclu d'accord de ce genre, dit-elle lentement, en se demandant ce qu'en penseraient Demelza et Ione.

— Quel dommage, soupira Nancy.

— Mais cela ne veut pas dire que nous ne le ferons pas.

— C'est vrai ?

— Il faut bien sûr que je voie votre travail avant de m'engager, et que j'en parle aux propriétaires.

— Évidemment, approuva Nancy, rose de bonheur. Je peux vous apporter quelques photos demain ou après-demain, ou vous pouvez venir chez moi, et tout regarder. »

Karen choisit la seconde solution et rendez-vous fut pris pour le jeudi suivant. « Venez déjeuner vers une heure, proposa Nancy Yanow.

— Ce n'est pas nécessaire, protesta Karen.

— Je sais », déclara Nancy en lui donnant son adresse.

Nancy l'attendait à la porte d'un petit immeuble en brique de la 78e Rue, à côté du musée d'Histoire naturelle.

« Entrez vite vous réchauffer. J'ai fait un feu dans la cheminée, dit Nancy en précédant Karen dans l'escalier. Nous habitons les deux étages du haut, et mon frère les deux du bas.

— Comment avez-vous fait ? Vous avez tiré au sort ?

— Non. La maison appartient à mon frère. Nous sommes ses locataires. »

L'ameublement était éclectique, styles et époques mélangés avec un goût très sûr. Les murs de brique nue étaient recouverts d'étagères de livres. Des photos encadrées ponctuaient l'espace et lui donnaient un saisissant relief. Une très vieille femme au regard malicieux, un petit garçon solennel, une grosse larme sur la joue, un garçon et une fille qui partageaient une pomme.

« Ces photos sont de vous ?

— Oui.

— Elles sont belles.

— C'était ma période "portraits", expliqua Nancy, comblée. Désormais, je suis dans une période "lieux".

— Montrez-moi vite.

— Déjeunons d'abord, proposa Nancy en entraînant Karen dans la cuisine où alternaient bois et carrelages.

— Votre appartement est magnifique, s'exclama Karen.

— Ce n'est pas grâce à moi, hélas. À l'âge de six ans, mon frère voulait déjà être architecte. Si vous saviez ce qu'il arrivait à faire avec des Lego ! Sa femme est morte d'un cancer il y a trois ans, et il a réussi à surmonter son chagrin en se consacrant à plein temps à cet immeuble. Il l'a reconstruit de fond en comble. »

Les deux femmes déjeunèrent en bavardant comme de vieilles amies. Karen apprit que le mari de Nancy était directeur commercial d'une grosse entreprise industrielle, que son fils s'appelait Roger et sa fille Emily.

« C'est une grande famille », dit-elle.

« Etes-vous mariée ? lui demanda son hôtesse.

— Non.
— Vous aimeriez?
— Plus maintenant, dit Karen un peu brusquement. Je n'y pense vraiment pas.
— On ne sait jamais, répondit Nancy en souriant. Un jour, on tombe sur la bonne personne, et alors... »
Le repas terminé, Nancy emmena Karen dans son studio et ouvrit un grand carton à dessins sur une table en chêne. Des dizaines de visages, émouvants et expressifs, apparurent aux yeux éblouis de Karen. Chacun lui racontait une histoire.
« On dirait qu'il attend la mort, dit-elle à Nancy en désignant un vieil homme assis sur un banc, le regard perdu dans le vide.
— C'est exactement cela. Sa femme venait de mourir, expliqua Nancy. Ils étaient mariés depuis soixante-trois ans. Ils venaient tous les après-midi au parc, donner à manger aux oiseaux. Des centaines de pigeons les attendaient près de leur banc. Il m'a raconté que le lendemain de la mort de sa femme il était allé au parc comme d'habitude, pour que les pigeons n'attendent pas pour rien. Mais quand il est arrivé, il n'y en avait pas un seul, comme s'ils avaient su. »
Nancy posa un autre carton à dessins sur la table. « Voilà les lieux, à présent », dit-elle. Et Karen eut une vision entièrement nouvelle de sa ville : des bâtiments en ruine, abandonnés même par les rats, un gratte-ciel de Park Avenue juste avant le passage des éboueurs, le pont de Queensboro à l'aube, Broadway pendant le black-out, l'Empire State Building dans une tempête de neige...
« Écoutez, Nancy, dit Karen après avoir regardé toutes les photos, je ne prétends pas être critique d'art, mais si votre travail est aussi bon que je le crois, votre mari et vous allez bientôt être les heu-

reux propriétaires d'une œuvre de Micheloni pour laquelle je donnerais la prunelle de mes yeux.

— Ça vous plaît vraiment ?

— Non seulement vos photos me plaisent énormément, mais je suis persuadée qu'elles vont élever d'un cran le niveau de Demion Five. Pouvez-vous m'apporter ces deux cartons à dessins au magasin demain matin ? Je vais convoquer les propriétaires, et quelques amis, pour voir leurs réactions.

— Je serai là. Et si nous tombons d'accord, si je peux avoir le Revere, je vous accorde un droit de visite illimité. »

3

Le temps que les pluies d'avril remplacent la bise glacée de mars, les photographies à tirage limité étaient devenues l'une des spécialités de Demion Five. Le temps que s'épanouissent les fleurs du printemps au soleil de mai, Paul Revere trônait à la place d'honneur dans le living des Yanow, et Nancy et Karen étaient devenues des amies.

Elles se parlaient tous les jours au téléphone, se donnaient rendez-vous pour déjeuner et passaient ensemble de paresseux samedis après-midi. Depuis Jill, Karen n'avait pas eu d'amie aussi proche.

Le premier samedi d'août, Nancy se présenta chez Karen à dix heures du matin.

« Tu es deux heures en avance, protesta Karen en lui ouvrant la porte, les cheveux mouillés. Je viens de sortir de la douche.

— Joe emmène les enfants à la plage, dit Nancy en guise d'excuse. Il en a profité pour me déposer.

— Ce n'est pas grave. Assieds-toi, sers-toi une tasse de café. Je serai prête dans une demi-heure. »

Nancy aimait la sérénité de l'appartement de Karen. Il était facile de se détendre, ici. On n'avait pas à craindre de glisser sur un jouet ou de s'asseoir sur quelque chose de collant. Une vraie maniaque, cette Karen, songea Nancy en souriant. On aurait pu manger par terre, on se voyait dans les surfaces de bois bien cirées, et chaque chose était toujours à sa place.

Ce matin, pourtant, il y avait un coffret en bois ouvert sur le bureau. Nancy n'était pas indiscrète de nature, mais l'incongruité du coffret attira son attention. Elle jeta un coup d'œil à l'intérieur et vit une feuille de papier recouverte de l'écriture précise de Karen. Incapable de résister, Nancy s'en saisit et lut.

La mort d'un rêve
s'entoure de douleur,
de repentir,
de regret,
de vide.
La tragédie de la vie
est un linceul de chances,
inaperçues,
ignorées,
perdues.

Nancy, fascinée, prit un autre feuillet.

Une demi-heure plus tard, Karen fit son apparition, vêtue d'un pantalon bleu marine et d'un chemisier blanc, les cheveux bien coiffés.

« Puisque nous avons le temps, j'ai pensé que... »

Les mots moururent dans sa gorge en voyant le coffret de bois sur les genoux de Nancy et les feuillets posés à côté d'elle.

« Arrête ! s'écria-t-elle instinctivement. C'est à moi !

— Je suis désolée ! » Nancy était étonnée et gênée. « Je ne savais pas... J'ai vu le coffret ouvert et par curiosité... Je n'ai pas réfléchi. »

Karen ramassa les feuillets éparpillés, et les remit

dans le coffret qu'elle rangea au fond d'un des tiroirs du bureau.

« Rien d'important, dit-elle, le visage glacé. Des enfantillages.

— C'est important, la corrigea Nancy. Et je n'avais pas le droit de les lire sans ton autorisation. »

Un silence long et embarrassé s'ensuivit.

« Tu te demandes sans doute de quoi il s'agit ? » dit enfin Karen.

Les yeux bleus de Nancy ne manifestèrent qu'une sincère affection. « Pas si tu ne veux pas m'en parler, répondit-elle.

— Ça fait si longtemps, murmura Karen. J'étais jeune et naïve. J'ai commis une grave faute et j'en ai payé le prix. Il y a des fautes qu'on oublie facilement, parce qu'on sait qu'on ne les fera plus jamais, mais il y en a d'autres qui... Bref, j'ai dû apprendre à vivre avec ce qui était arrivé. Je n'en parle pas. Les gribouillis, là, personne n'était censé les voir. Ça aide, parfois. »

Nancy comprit la douleur de son amie. Elle s'excusa encore mais Karen haussa les épaules.

« Ce qui est fait est fait, n'en parlons plus.

— Parlons-en un tout petit peu, si tu veux bien, car j'ai quelque chose à te dire : je trouve tes textes très bons.

— Ne sois pas ridicule. Ils ne valent rien du tout.

— Tu as tort. Tu devrais penser à en faire quelque chose.

— Quoi donc ? Tapisser les murs de ma salle de bains avec ?

— Les publier, peut-être. »

Karen éclata de rire. « Qui voudrait éditer ces balivernes ?

— Les revues littéraires publient souvent des poèmes. Des poèmes de gens comme toi, qui essaient de résoudre leurs problèmes. J'en ai lu de bien moins bons que les tiens. Celui que tu as écrit sur l'hiver m'a donné des frissons. Pourtant, il fait vraiment chaud, non ?

— Laisse tomber, veux-tu. Je n'écris que pour moi. Donc, on va supposer que tu n'as rien vu et oublier le sujet. »

Mais Nancy n'oublia pas, et peu à peu prit forme une idée qui lui trottait dans la tête depuis un bon moment.

« J'ai une proposition à te faire, déclara-t-elle à son amie deux semaines plus tard, au cours d'un déjeuner. Et je ne veux pas que tu m'interrompes avant que j'aie fini.

— D'accord.

— Je me débrouille bien, non ? Mes photos se vendent ?

— Oui.

— Donc, je me suis dit, si les gens aiment ça, pourquoi ne pas en faire un livre ?

— Un livre de photos ?

— Exactement. J'ai un projet en tête, depuis quelque temps, et je ne veux pas le réaliser en une seule photo. Je veux illustrer une année à Manhattan, les quatre saisons, ce qui change de l'une à l'autre, les perspectives. Un type qui s'installe sur le même banc trois cent soixante-cinq jours par an, quel effet lui font les saisons ? La mère qui promène une poussette tous les jours que le bon Dieu fait, en quoi les saisons rendent-elles son geste différent ?

— C'est une bonne idée, s'écria Karen. Il ne faudra pas qu'il soit trop cher, pour qu'on puisse en vendre beaucoup.

— Il y a juste un problème.

— Lequel ?

— Il faut un texte, pour lier la sauce, tu

comprends ? Et je ne veux pas prendre un texte connu. Les idées devront être aussi neuves et originales que les photos. Mon problème est que je ne sais pas écrire.

— On te trouvera quelqu'un, répliqua Karen sans hésitation. C'est une si bonne idée que personne ne refusera.

— J'y compte bien, dit Nancy avec un sourire énigmatique.

— Tu ne commets pas la bêtise de penser à moi, j'espère ? Je ne suis pas écrivain.

— En l'occurrence, c'est à moi d'en décider, si tu permets.

— Mais je ne suis pas un écrivain professionnel, voyons !

— Et alors ? À mon avis, tu les vaux bien... Et je veux que ce soit toi qui illustres mes photos avec tes mots.

— Ce n'est pas le genre de textes qui convient à un projet comme le tien, argumenta Karen.

— Je ne parle pas de ça. Ce que tu as enfermé dans ton coffret ne regarde que toi. Ce que je veux, c'est que tu en écrives de nouveaux. Que nous nous lancions ensemble dans cette aventure. »

Karen ne répondit pas tout de suite. Après avoir réfléchi intensément, elle finit par demander à son amie : « Et tu crois vraiment que j'en suis capable ?

— Absolument, affirma Nancy. Écoute-moi bien : il y a cinq mois, tu as parié sur une photographe inconnue, par instinct. Aujourd'hui c'est mon tour. Et ne me fais pas l'insulte de penser que mon instinct ne vaut pas le tien ! Tu en es capable. Je te le dis, et je le sais. »

Karen n'en croyait rien. Elle avait assez lu, dans sa vie, pour connaître la valeur de ses gribouillages : des élucubrations d'adolescente attardée. Pourtant, l'idée la séduisait : créer une œuvre qui vivrait et respirerait d'elle-même ne ressemblait-il pas, d'une certaine façon, à créer une nouvelle vie, ce qui lui était à jamais interdit ?

Elle inspira profondément.

« On commence quand ? » demanda-t-elle à Nancy.

4

Karen se passa une dernière couche de rouge à lèvres, fit bouffer ses cheveux et s'observa attentivement dans le miroir.

Elle avait mis deux heures à choisir cette élégante robe grise qu'elle n'avait encore jamais portée et qui convenait parfaitement à ce mois d'octobre, beau et chaud, mais déjà automnal. Des escarpins assortis et un bracelet en or créé par Felicity complétaient sa tenue.

Elle s'inspecta sur toutes les coutures et, satisfaite de son image, poussa un profond soupir de satisfaction, prit son sac à main et sortit.

« C'est juste une petite fête pour le quarantième anniversaire de mon frère, l'avait prévenue Nancy début septembre. Il vit en reclus depuis la mort de sa femme. J'ai invité les sœurs et le frère de mon mari, avec leur progéniture.

— Mais c'est une réunion de famille, protesta Karen, je n'ai aucune raison d'être là.

— Bien sûr que si, et j'y tiens énormément. »

En vérité, depuis six mois, Karen se sentait parfaitement chez elle dans la maison des Yanow. Elle n'avait jamais rencontré le frère de Nancy, mais, Laura s'étant installée à Boston, elle connaissait son mari et ses enfants mieux que son beau-frère et ses propres neveux.

« Je peux t'aider en quoi que ce soit ? avait demandé Karen.

— Oui. Tu sais, le nouveau Rankin, celui avec le clown, je louche dessus, et je crois que mon frère l'aimerait beaucoup. Si je te donne des arrhes, peux-tu me le mettre de côté ? »

Le tableau représentait un personnage de clown en équilibre sur un monocycle tandis que le cirque tout entier dansait une folle ronde tout autour de lui. Mitch l'avait appelé « Équilibre-des-équilibres », à la grande joie de Karen.

« D'accord, je mettrai une étiquette "vendu" mais je le laisserai en exposition. Ça te va ? »

Joe Yanow lui ouvrit la porte. Il n'était pas beaucoup plus grand que sa femme, ni plus mince, bien au contraire. Son visage était parcouru de rides expressives qui lui donnaient un air jovial et bon enfant. Il serra Karen sur son cœur en une accolade chaleureuse qui ressemblait à celle de Mitch. Karen y était habituée et ne s'en formalisait pas.

« Nancy est à la cuisine, les enfants sont dans la salle de jeu et tous les autres regardent les Orioles mettre la pilée aux Pirates.

— Je choisis la cuisine », dit Karen que le base-ball laissait parfaitement indifférente.

Le désordre qui régnait dans la cuisine prouvait que Nancy maîtrisait la situation. Elle salua brièvement Karen et lui mit dans les mains un plateau de canapés.

« Apporte ça à nos invités, dit-elle. Ils doivent en avoir besoin, à entendre leurs hurlements. »

Ted Doniger ressemblait beaucoup à sa sœur : même nez pointu, sourire engageant, mâchoire carrée et cheveux blonds. Mais Ted mesurait un mètre quatre-vingts et ses yeux étaient couleur noisette, pailletés d'or.

Vêtu d'un pantalon gris et d'un chandail à col roulé, il fumait une pipe qui répandait une odeur délicieuse. Ce n'était pas à proprement parler un bel homme, mais il avait un visage agréable et ouvert.

« Je ne vois pas du tout pourquoi on fait tant d'histoires, murmura-t-il entre ses dents en prenant un canapé. Quand on était gosses, on détestait les Pirates.

— En ce qui me concerne, répondit Karen sur le même ton, une batte est un petit banc pour laver le linge, un point se coud avec du fil et une aiguille, et un essai est une audition que l'on passe avant d'être engagé pour jouer un rôle.

— Bravo ! Mais certains ici n'hésiteraient pas à vous pendre pour hérésie, vous savez.

— Je ne le dirai à personne d'autre », rétorqua Karen avant de continuer à passer le plateau.

Dès la fin du match, les enfants vinrent rejoindre la famille. Roger et Emily se jetèrent dans les bras de Karen, mais les autres restèrent en retrait.

« Les deux petits monstres au nez qui coule sont à moi », déclara la sœur de Joe.

Les trois petites Doniger se cachaient derrière leur père. Karen l'entendit leur dire tout bas : « Je ne crois pas qu'elle morde, les enfants. »

« Je m'appelle Gwen et j'ai douze ans, déclara l'aînée, une petite blonde aux yeux bleus comme ceux de sa tante, en faisant un pas en avant.

— Bonjour, Gwen. Je m'appelle Karen, et j'ai trente-sept ans. »

Les fillettes pouffèrent de rire.

« T'es drôlement vieille, alors ?

— Ça dépend des jours.

— Moi, je suis Jessica. » De ses yeux bruns et

sérieux, elle fixait l'inconnue. « J'aurai bientôt neuf ans.

— À neuf ans, répliqua Karen, j'étais en dernière année d'école primaire.

— Moi aussi, j'y suis », dit Jessica.

La benjamine s'avança à son tour.

« Je m'appelle Amy. J'ai cinq ans et ma maman est au ciel.

— Comme tu es grande, pour ton âge, sourit Karen en remarquant ses yeux dorés comme ceux de son père. Je parie que ta maman est en train de te regarder, et qu'elle est très fière de toi.

— Tu crois qu'elle peut me voir, à travers le toit ?

— Je crois qu'elle peut te voir où que tu sois, déclara Karen. C'est comme ça, quand on est au ciel.

— Herman me voit aussi, alors ?

— Oh, Amy ! s'exclama Gwen.

— Qui est Herman ?

— Notre cochon d'Inde. Il est mort la semaine dernière, expliqua Jessica, et on l'a enterré dans le jardin.

— À mon avis, tous ceux que nous aimons s'arrangent pour rester auprès de nous, dit Karen. Même après leur départ. »

Amy glissa sa main dans celle de Karen et s'approcha tout près d'elle. « J'ai gardé sa petite balle rouge. Il jouait tout le temps avec. Elle est sous mon oreiller.

— Quand j'avais ton âge, j'ai eu un petit chat. Il est mort, et j'ai fait la même chose que toi. »

Selon le plan de table soigneusement préparé par Nancy, Karen aurait dû prendre place entre Joe et Ted, mais Amy insista pour s'asseoir à côté d'elle, elle s'installa à sa droite et Gwen se glissa rapidement à sa gauche.

Le repas, servi par la respectable matrone qui s'occupait de la maison de Ted, fut somptueux.

Après un délicieux consommé au citron, les convives se régalèrent de poulets nains, accompagnés de riz, de petites carottes, d'oignons nouveaux et de pointes d'asperge. Karen se demanda où Nancy avait bien pu dénicher des asperges en cette saison.

« On aurait pu laisser à ces petits poulets le temps de grandir un peu, murmura Gwen.

— Ce ne sont pas des poulets normaux, mais une race particulière qui ne grandit jamais plus que cela. »

À peine eut-elle répondu que Karen sentit une petite main la tirer par la manche.

« Tu veux bien me couper ma viande ? Je suis trop petite.

— Une coupeuse de viande à votre service, mademoiselle », répliqua Karen en s'apprêtant à prendre l'assiette d'Amy. Puis elle se ravisa. « Regarde, je vais mettre mes mains sur les tiennes, et nous allons le faire ensemble. Comme ça, quand tu seras un peu plus grande, tu sauras comment on fait.

— Oh, oui ! Que c'est amusant, s'exclama la fillette lorsque la viande fut réduite en de toutes petites bouchées. On recommencera la prochaine fois ?

— À condition que tu finisses ton assiette.

— Mais j'ai un appétit d'oiseau, se désola-t-elle.

— Qui t'a dit cela ?

— Mme Peagram. Elle me le répète tout le temps.

— Moi aussi, j'avais un appétit d'oiseau, confia Karen. Puis, un jour, j'ai tout mangé. J'ai si bien nettoyé mon assiette qu'on n'avait plus besoin de la laver. Tout le monde était stupéfait. Et on m'a dit que j'avais un appétit d'ogre ! »

Amy éclata de rire, puis fronça les sourcils. « Moi, je n'aime pas manger ce qui est bon pour moi.

— Mais ce n'est pas comme ça que ça marche, lui dit Karen. On ne mange pas parce qu'il le faut, mais parce que c'est amusant. Regarde cette carotte, elle se dit : si elle pense que je suis bonne pour elle, elle ne me mangera pas, et je lui échapperai. L'oignon a choisi une autre défense : je vais me faire glissant, elle ne m'aimera pas, et je m'échapperai. C'est un jeu, tu comprends ; toi, contre la nourriture. La seule question qui se pose est : qui va gagner, toi ou la nourriture ? »

Amy plongea dans son assiette et embrocha un morceau de carotte sur sa fourchette. Nancy lui fit un grand sourire. Assis en face d'elle, Ted Doniger observait la scène attentivement.

5

« Ça m'a toujours l'air de traviole », dit Mitch en inclinant la tête.

Karen, perchée sur une échelle, recula autant qu'elle le pouvait sans prendre le risque de tomber et regarda le tableau.

« À mon avis, on y est presque, insista-t-elle.

— Un peu plus à gauche, je dirais.

— Mais non, voyons. C'est le contraire.

— C'est moi l'artiste. Si l'artiste dit au directeur plus à gauche, c'est plus à gauche.

— Je suis le directeur, déclara Karen. Le directeur vend l'artiste. Donc, ce sera plus à droite.

— Prends le niveau.

— Quel niveau ? Je n'ai aucun besoin de niveau. J'ai l'œil absolu, rétorqua Karen.

— Alors, demande son avis à quelqu'un d'autre.

— Un peu plus à droite », fit une voix derrière eux.

Karen sursauta et faillit tomber. Mitch la retint. Mains dans les poches et jambes écartées, Ted Doniger les observait.

« C'est bien ce que je disais, triompha Karen.

— Vous vous trompez tous les deux, voilà tout, répliqua Mitch, contrarié.

— Moi aussi, j'ai l'œil absolu, sourit Ted en haussant les épaules.

— Tu as intérêt à lui faire confiance, Mitch. C'est un architecte. De plus, il possède une de tes toiles.

— Et si vous vous écartez un peu, tous les deux, il se pourrait bien que j'en possède deux d'ici peu ! »

Mitch lança un coup d'œil rapide à Karen. « Un peu plus à droite, maugréa-t-il.

— Voilà qui est fait, dit-elle en redescendant. Maintenant, Ted, prenez tout votre temps pour regarder. »

Le tableau représentait une frêle embarcation sur une mer déchaînée, sous un violent orage.

« Quel mouvement ! s'exclama Ted. Tout y est, l'urgence, la fragilité, tout est en équilibre parfait. Comme mon clown.

— Je n'en étais pas certaine, au début, mais je crois vraiment que Nancy a parfaitement choisi son cadeau, dit Karen en souriant.

— Nancy a dépensé trop d'argent, répliqua-t-il.

— Quel bon vent vous amène par ici ? » demanda Karen à Ted.

Depuis son anniversaire, ils s'étaient revus à plusieurs reprises. Entre eux, une amitié naissait peu à peu. Ils découvrirent qu'ils avaient beaucoup de points communs, et qu'il leur était facile de parler et de rire ensemble.

« Je viens lancer une invitation, dit Ted.

— Voilà qui est prometteur, s'écria Karen. Dites vite.

— Mme Peagram fait la dinde, Nancy fait tout le reste et les filles et moi nous serions heureux que vous fêtiez Thanksgiving à la maison. »

Le sourire de Karen s'évanouit. Thanksgiving était chaque année, pour sa mère, l'occasion d'une réception à laquelle elle tenait comme à la prunelle de ses yeux. Amis et parents des quatre coins du pays y étaient invités. Laura et les siens venaient de Boston et l'absence de Karen serait considérée comme un grave manquement aux convenances.

« Ça m'aurait fait grand plaisir, mais c'est la seule fête que je sois absolument obligée de passer chez mes parents.

— Quel dommage, dit Ted. Vous nous manquerez. Vous faites partie de la famille, maintenant, vous savez. »

Et c'était vrai. Comme l'avait accueillie, en d'autres temps, la bande de Sullivan Street, le clan Doniger lui avait ouvert les bras.

« Grâce à vous tous, j'ai l'impression d'avoir découvert un frère et une sœur dont j'ignorais tout, déclara Karen avec reconnaissance.

— Je suis très heureux que vous vous sentiez bien avec nous. À l'aise.

— Tellement à l'aise, commenta Karen en souriant, que je me laisse voir en survêtement ! »

Ted l'avait surprise un dimanche matin, alors qu'elle passait chez les Yanow pour déposer un livre que Joe avait commandé à Demelza. Karen était si en retard qu'elle n'avait pas pris le temps de s'habiller.

« Un très joli survêtement, d'ailleurs ! Il vous allait très bien.

— Vous verrez, Ted, un de ces jours les survêtements deviendront à la mode.

— Vous passerez tout le week-end de Thanksgiving avec vos parents ?

— Sûrement pas. Je travaille le vendredi. C'est l'un de nos jours les plus chargés de l'année.

— Tout n'est pas perdu, alors. Venez nous aider à finir les restes. Mais à une condition : mettez un survêtement. Combien coûte ce tableau ? demanda-t-il en désignant la nouvelle toile de Mitch.

— Quatre mille cinq cents dollars.

— Et si vous l'apportiez quand vous viendrez à la maison ? »

Karen entrait pour la première fois dans la partie basse de la maison. L'architecture générale des lieux était la même qu'aux étages supérieurs, mais l'ameublement était très différent.

Alors que les goûts de Nancy étaient éclectiques, ceux de Ted étaient résolument modernes. Cuir, chrome et verre dominaient. Quelques tapis brisaient seuls la sévérité de l'ensemble.

« Voilà exactement ce que j'essaie d'obtenir chez moi : netteté, espace, limpidité, rigueur, élégance, dit Karen, admirative.

— Comme ça, vous allez vous sentir chez vous », plaisanta Ted.

Les petites filles affirmèrent que manger les restes était plus agréable que la fête de la veille, et Karen partageait leur opinion. Après dîner, ils tentèrent d'accrocher le tableau de Mitch à plusieurs endroits, y compris la cuisine dont ils se firent éjecter par Mme Peagram, avant de lui trouver sa place idéale : au-dessus de la cheminée, dans le living-room.

« C'est parfait, s'exclama Ted.

— Vite, suggéra Nancy à son mari, va chercher le marteau et un clou, avant qu'il ne change d'avis... »

Une semaine avant Noël, Karen posta les cadeaux qu'elle destinait à ses parents : un album de photos relié de brocart pour sa mère, une écharpe en cachemire pour Leo.

« Je resterai en ville, mardi, annonça-t-elle à sa mère.

— Pourquoi ?

— Parce que nous travaillons jusqu'à vingt et une heures lundi, et que nous ouvrons à neuf heures mercredi. Cela n'aurait aucun sens d'aller à Great Neck pour si peu de temps. Mais je ne serai pas seule. Mon amie Nancy m'a invitée chez elle.

— J'ai l'impression que tu passes un temps fou avec cette famille, fit remarquer Beverly, comme tu le faisais avec ces gens du Village. »

Malgré le retentissant succès de Demion Five, Beverly ne parvenait pas à masquer son dédain à l'égard de la petite bande de Sullivan Street.

« Ce sont des gens bien, et je les aime beaucoup.

— Combien sont-ils, exactement ?

— Nancy, son mari, Joe, leurs deux enfants, le frère de Nancy et ses trois filles. Ils habitent tous ensemble.

— Et la femme du frère ?

— Elle est morte il y a quelques années.

— Ah ! » Il y avait soudain une pointe d'intérêt dans la voix de Beverly. « Et lui, que fait-il ? »

Karen poussa un soupir d'exaspération. Elle n'avait qu'une envie : raconter à sa mère que Ted était éboueur, pour entendre sa réaction.

« Il est architecte. C'est un ami, maman.

— Un architecte ? Et il est sans travail, j'imagine, puisqu'il vit avec sa sœur ! Qu'a-t-il construit ?

— Je n'en sais rien.

— Enfin, je suppose que ça pourrait être encore pire... Tu vas nous manquer. Tout le monde sera là. Je leur dirai que tu as préféré passer Noël avec un architecte sans le sou. »

Karen savait que dans l'esprit de sa mère un architecte ne valait même pas un ingénieur.

« Nous sommes amis, maman, répéta-t-elle.

— Oui, ma chérie. »

Karen ne se souvenait pas d'avoir passé un plus agréable Noël. Elle était arrivée chez ses amis peu après l'aube, pour participer à la cérémonie des cadeaux, et ne les avait quittés que vers minuit.

Gwen avait demandé à sa tante de prendre une photo d'elle et de ses sœurs. Ted l'avait aidée à l'encadrer. « Comme ça, tu ne nous oublieras pas, dit-elle à Karen en la lui offrant.

— Je la mettrai sur mon bureau, répondit Karen. J'y passe la majeure part de mon temps. »

Jessica avait fabriqué une boîte en céramique à l'école. « C'est pour que tu y gardes tes objets les plus précieux, murmura-t-elle.

— Je la poserai sur ma table de nuit. Ce sera la dernière chose que je verrai le soir, et la première que je verrai le matin. »

Amy avait dessiné une petite fille blonde avec un gros chien hirsute.

« Qui est-ce ? lui demanda Karen.

— Moi, bien sûr.

— Je t'ai reconnue. Mais qui est l'autre personnage, à côté de toi ?

— Ce n'est pas un personnage, pouffa Amy. C'est Duster. Le chien que j'aurai un jour.

— Je crois que je vais coller ton dessin sur la porte de mon réfrigérateur. Et je vous dirai bonjour chaque fois que j'irai à la cuisine. »

Ted déposa un paquet sur ses genoux.

« Voyons, dit-elle en le soulevant. Moins léger qu'une plume, mais moins lourd que du plomb.

— Ouvre, ouvre », s'écrièrent les petites filles.

C'était un livre de décoration d'intérieur, magnifiquement illustré.

« Oh, Ted, il est superbe. Ces pièces sont plus belles les unes que les autres. » Et, les yeux brillants, elle ajouta : « Rien n'aurait pu me faire autant plaisir.

— Je suis content qu'il vous plaise, dit Ted en souriant.

— Et maintenant dit Karen en bondissant sur ses pieds, c'est mon tour. »

Elle avait travaillé avec Jenna pendant des semaines pour créer, à l'intention des filles et de Ted, des modèles uniques de survêtements. Ils furent tous les quatre sommés de les revêtir avant d'ouvrir leurs autres cadeaux.

Nancy les photographia, paradant dans leurs survêtements, et Ted déclara en riant : « Rien n'aurait pu nous faire plus plaisir... »

Tous s'attablèrent ensuite devant un copieux petit déjeuner, puis les hommes emmenèrent les enfants faire un tour dans le parc pendant que Nancy et Karen rangeaient la cuisine. Elles n'avaient pas si tôt fini qu'il leur fallut préparer le déjeuner.

« Je commence à comprendre ce que signifient les mots femme au foyer », murmura Karen en épluchant les oignons.

Bien plus tard, après une longue promenade et un bon dîner, ils s'installèrent tous au coin du feu pour écouter des chants de Noël. Ce fut le moment que choisirent Gwen et Jessica pour se glisser subrepticement à côté de Karen.

« Tu viendras passer le Nouvel An avec nous ? lui demanda Jessica, ses yeux confiants posés sur elle avec un immense espoir. Papa a dit que si tu venais, nous aurions le droit de boire du vrai champagne à minuit, pas du cidre.

— Papa a dit que nous ne serions plus tristes, ajouta Gwen. Et que si tu viens, ça voudra dire que 1980 sera une année formidable. »

Ted était assis par terre, Amy endormie dans ses bras. Karen n'avait jamais vu le mari de Laura se conduire ainsi avec ses enfants. Quelle chance pour Nancy d'avoir un frère aussi merveilleux ! se dit-elle avec une pointe d'envie.

« Je sais que nous vous monopolisons un peu trop, déclara Ted en la raccompagnant chez elle en voiture. Nous aimerions, bien sûr, vous avoir pour le Nouvel An, mais vous êtes sans doute déjà prise par ailleurs ?

— En fait, oui, lui dit Karen. Et c'est une soirée que nous passons traditionnellement ensemble, un groupe d'amis et moi. Ça a commencé quand nous n'avions pas un sou, et qu'il nous fallait au moins ce bon repas par an pour survivre...

— Ça doit remonter loin, alors.

— Nous n'avions aucune conscience de l'effet qu'aurait sur nous le succès, plaisanta à demi Karen. Mais je suis toute prête à couper ma soirée en deux.

— C'est vrai ? dit-il joyeusement.

— Je pourrais aller d'abord chez mes amis et venir vous rejoindre, à temps pour le champagne, bien sûr !

— Ce serait parfait. Dans quel quartier serez-vous ?

— Au Village. »

Ted fronça les sourcils. « Vous n'y allez pas seule, j'espère ? »

Karen éclata de rire. « Si la question est : est-ce que j'y vais avec quelqu'un, la réponse est non. Mais en taxi je ne risque rien du tout.

— Je n'aime pas vous savoir seule dans les rues par une nuit pareille. Ne le prenez pas mal, mais je voudrais vous proposer quelque chose qui me rassurerait : je vous y dépose, et je passe vous chercher pour vous amener à la maison. »

Karen le considéra avec étonnement. Il y avait si longtemps que personne ne s'était inquiété pour elle ! Il était vraiment le grand frère dont elle avait toujours rêvé...

« Merci, mais il n'en est pas question. Cependant, je suis prête à négocier.

— Je vous écoute.

— Accompagnez-moi à la soirée. Les Rankin seront ravis de vous avoir, ne serait-ce que parce que vous êtes l'heureux possesseur de deux toiles de Mitch. De plus, ils viennent de terminer la rénovation de leur immeuble, et ça vous intéressera sûrement.

— C'est entendu », dit Ted avec un large sourire.

6

Ted Doniger s'était marié deux semaines après avoir obtenu son diplôme d'architecte. Il connaissait sa femme depuis le lycée, et n'avait jamais envisagé d'épouser quelqu'un d'autre.

« Tu es bien trop jeune pour t'engager, lui avait déclaré sa mère alors que le jeune homme, âgé d'à peine dix-huit ans, économisait pour acheter une bague. Tu n'as aucune expérience de la vie.

— Ta mère a raison, Ted, avait renchéri son père. Que se passera-t-il si tu rencontres quelqu'un d'autre à l'université ?

— Je rencontrerai sans doute des centaines de filles, répondit Ted en songeant aux cheveux raides de Barbara et à son regard grave. Mais cela ne changera rien. »

Les deux jeunes gens s'étaient promis un amour éternel, et d'attendre jusqu'à ce que Ted puisse faire vivre sa famille décemment.

« Je ne veux pas te voir frotter les parquets, lui avait dit Ted le jour de son départ pour Yale. Nous vivrons dans un endroit agréable, nous aurons une voiture et assez d'argent de poche pour partir en vacances tous les ans. »

Il lui avait fallu huit longues années pour remplir ces conditions.

Puis ils se marièrent.

Leurs moyens ne leur permettant pas encore de faire construire la maison de leurs rêves, ils habitèrent dans un petit cottage appartenant aux parents de Barbara, qui le leur louaient en échange de petits travaux. Ted allait tous les jours travailler à Philadelphie, un long trajet de deux heures qui ne lui laissait que peu de temps à passer avec sa femme. Mais Barbara était patiente, elle l'avait prouvé en l'attendant pendant huit ans.

Un jour d'avril 1967, il ne mit qu'une heure et demie à faire le voyage : sa première fille était née.

Jessica naquit dans le Connecticut, et Amy à New York. La carrière de Ted se développait harmonieusement et le couple se mit à chercher le terrain où s'élèverait la maison de leurs rêves. Ils le découvrirent enfin, à Hastings on Hudson, et dès la semaine suivante ils versèrent le premier acompte.

Puis Barbara tomba malade. Les divers spécialistes consultés étaient tous du même avis. Il lui restait un an à vivre, peut-être deux.

« Elle n'est pas seulement ma femme, tu comprends, dit Ted à sa sœur un matin de mai où l'ambulance était venue chercher Barbara et l'emmenait, pour la dernière fois, à l'hôpital. Elle est ma force, elle est mon but. Tout ce que j'ai réussi à faire, c'est parce qu'elle m'a soutenu, parce qu'elle était là. Que vais-je devenir sans elle ? »

Le médecin sortit de la chambre de Barbara.

« Elle veut vous voir », dit-il.

Ted essaya de se lever, mais ses jambes refusaient de le porter.

« Allons, l'encouragea Nancy. Tu dois être fort, maintenant. Pour elle. »

Ted se reprit. Il n'avait que quelques pas à faire, mais il lui fallut une éternité pour parvenir à la porte de sa chambre et l'ouvrir.

Barbara, très pâle, le peu de cheveux qui lui restaient épars sur l'oreiller, reposait sur son lit. On avait débranché les tubes, les masques et les divers appareils qui s'étaient révélés incapables de la soigner. En le voyant approcher, elle tenta de sourire, et sa pitoyable tentative fit monter les larmes aux yeux de son mari, lui serra la gorge.

Il s'assit sur le lit, la prit par les épaules et l'embrassa doucement.

« Je t'aime, dit-il d'une voix tremblante. Je t'ai toujours aimée.

— Je sais, murmura Barbara.

— Je n'ai jamais aimé que toi, depuis le jour où je t'ai vue pour la première fois, dans ta ridicule jupette à volants.

— Pas plus ridicule que ton bermuda.

— Un sacré couple, hein ? »

Elle ferma les yeux, et il la crut partie. Mais elle reprit, très doucement :

« Les enfants...

— Quoi ? Quoi, les enfants ?

— Aime-les.

— Je les aimerai toujours.

— Trouve quelqu'un d'autre. Fonde une nouvelle famille. Construis la maison...

— Non, hurla Ted.

— Promets-le-moi.

— Non, sanglota-t-il en enfouissant son visage dans son cou. Tu ne peux pas exiger cela de moi. Je m'occuperai des enfants, je serai le meilleur des pères, mais je ne veux personne d'autre. Ne me fais pas promettre ça, je t'en supplie... »

Mais Barbara ne pouvait plus l'entendre.

Avant de rentrer chez elle, où l'attendaient son mari et ses deux enfants, Nancy engagea Mme Peagram, une veuve dotée d'un solide bon sens, qui avait perdu son mari à la guerre de Corée avant d'avoir eu le temps de faire des enfants. Elle saurait prendre en main la maisonnée de son frère.

Ted termina d'acheter le terrain, mais il ne fit jamais construire. L'idée d'y vivre sans Barbara était intolérable et il préférait habiter en ville, pour disposer de plus de temps à consacrer aux enfants. Ainsi acheta-t-il la maison de la 78e Rue et s'abîma-t-il dans les plans et les travaux pour échapper à son lancinant chagrin.

Lorsque les Yanow vinrent s'installer à New York, un an après, Ted leur proposa d'occuper les deux derniers étages. Nancy put jouer le rôle de seconde mère, une place que Mme Peagram n'avait pas su occuper, et Ted trouva un peu de réconfort auprès de sa sœur.

Les femmes ne lui manquaient pas le moins du monde. Pour Ted, l'acte d'amour était sentimental en même temps que physique, et aucune des femmes qui lui tournaient perpétuellement autour ne lui avait jamais inspiré le moindre sentiment.

Jusqu'à maintenant.

C'était la faute de Nancy, qui l'avait amenée à la maison, d'abord comme une associée, puis comme une amie, et l'avait introduite dans le cercle de famille.

Il s'y était tout d'abord opposé, et avait protesté lorsque Nancy lui avait annoncé qu'elle avait invité Karen pour ses quarante ans. Il s'attendait à découvrir une femme dévorée d'ambition, excitée et arrogante, mais certainement pas à faire la connaissance d'un personnage aimable, délicieux, qui avait fait la conquête des filles en moins de trente secondes.

« Bravo, lui avait-il dit ce soir-là. En général, les filles sont très timides avec les étrangers.

— J'adore les gosses », avait-elle simplement répondu.

Il ne comprenait pas pourquoi elle n'était pas mariée, et n'avait pas sa propre nichée à couver. Peu à peu, cependant, il commença à s'en réjouir.

Et à présent, en cette fin de 1981, il devait bien s'avouer que, quelle que fût sa culpabilité, il avait envie de voir leurs relations évoluer dans un sens plus intime.

C'était une femme intelligente, drôle et autonome qui ne parvenait cependant pas toujours à occulter sa vulnérabilité, et ses yeux, parfois, lorsqu'elle ne savait pas qu'on la regardait, exprimaient une profonde détresse.

Le premier de l'an, il l'invita à Hastings on Huston. Le sol était recouvert de trente centimètres de neige, et les filles se lancèrent dans la construction d'un bonhomme de neige tandis que Ted et Karen se promenaient.

« C'est superbe, dit Karen. Quel dommage que Barbara et toi n'ayez pas pu construire ensemble la maison de vos rêves.

— Je pense qu'elle t'aurait plu, s'entendit-il dire. En tout cas, je suis certain qu'elle t'aurait aimée.

— Te connaissant, connaissant les filles, répliqua Karen, il est clair que c'était quelqu'un d'exceptionnel. »

Ted savait que Karen le considérait comme un frère. Accepterait-elle volontiers la transformation de leurs relations ? Il l'ignorait. Cela faisait maintenant dix-huit mois qu'ils se voyaient régulièrement, mais elle n'avait jamais manifesté le désir de quoi que ce soit d'autre. En soi, cela suffisait à la rendre différente de toutes les femmes qu'il avait rencontrées en cinq ans, depuis la mort de Barbara.

Karen ne parlait pas d'elle. Leurs conversations tournaient principalement autour de lui, des filles ou de Demion Five. Elle était entrée dans son intimité, mais la réciproque n'était pas vraie.

« Je suppose que tu fais partie des féministes, lui avait-il dit un jour qu'elle le taquinait sur sa propension à séparer les rôles selon les sexes. Une femme émancipée, qui a choisi de faire carrière plutôt que de fonder une famille.

— Parfois, répondit-elle de façon énigmatique, dans la vie, il ne s'agit pas de choix.

— De quoi s'agit-il alors ? »

Le visage de Karen s'assombrit.

« De survie », dit-elle. Puis son expression s'adoucit et elle reprit ses taquineries habituelles.

Ce fut son premier aperçu de sa face cachée. Il se demandait quel fardeau pesait sur son passé, mais il ne lui posa pas de questions, de peur de paraître indiscret.

D'ailleurs, peu lui importait. Mais dans le silence de la nuit et la solitude de son lit, il ne pouvait s'empêcher de penser à elle.

Deux ou trois soirs par semaine, lorsqu'il savait que Karen était chez sa sœur, Ted inventait une excuse pour frapper à la porte. Devant la multiplication de ses visites, Nancy lui fit un jour remarquer qu'elle l'avait davantage vu en six mois que durant les quelques années précédentes.

« C'est un reproche ?

— Pas le moins du monde, rétorqua Nancy avec un sourire espiègle. Je voulais simplement te dire qu'au cas où tu serais à court de prétextes j'en ai un ou deux en réserve, à ta disposition. »

À l'instigation de Ted, les Yanow et les Doniger prirent l'habitude de dîner ensemble le dimanche soir. Avec Karen bien entendu.

Les filles étaient de plus en plus attachées à la jeune femme. Elle était la seule à savoir calmer les cauchemars d'Amy, à qui elle avait un soir promis de lui raconter une histoire avant qu'elle ne s'endorme, chaque fois qu'elle serait là.

Jessica et Gwen ne manquaient jamais de venir l'écouter, et Ted, sur le pas de la porte, les regardait et comprenait à quel point leur mère manquait à ses filles.

Karen n'était pas Barbara, certes, mais elle lui ressemblait. Elle connaissait les mêmes histoires, et agissait souvent comme Barbara l'aurait fait en des circonstances identiques.

Elle s'intéressait à son travail, aimait sincèrement ses enfants, se sentait parfaitement à l'aise chez lui. Inconsciemment, Ted lui attribuait de plus en plus souvent le rôle de la maîtresse de maison, qui élèverait les enfants et vieillirait à ses côtés.

La première à en parler ouvertement fut Gwen, un jour que les petites harcelaient leur père pour savoir si Karen passerait les voir.

« Tu sais papa, si tu épousais Karen, on n'aurait plus à se poser sans arrêt la question. Elle serait tout le temps là. »

Ses sœurs relayèrent cette proposition avec enthousiasme.

Avant que Ted eût eu la possibilité de répondre, Mme Peagram annonça que le déjeuner était servi.

« Allez avec Mme Peagram, les filles, dit-il en se levant. Moi, j'ai une course à faire en ville. »

7

Assise en tailleur au beau milieu de son living, un stylo fiché entre les dents, Karen contemplait les photos éparpillées autour d'elle. Elle avait une tache d'encre sur le menton.

Le livre qu'elle et Nancy avaient mis en chantier deux ans plus tôt était presque terminé. Les deux jeunes femmes avaient effectué la sélection finale, parmi les milliers de clichés disponibles, et il ne manquait plus que le texte.

« Ne te presse pas, lui avait dit Nancy en lui remettant un gros paquet de photos six mois auparavant. Emporte ça chez toi, vis avec pendant un certain temps et laisse venir. »

L'inspiration ne s'était pas manifestée tout de suite. Karen passait des heures devant une feuille blanche, en essayant de penser comme un poète. Puis elle cessa de réfléchir et se mit à regarder les images.

Elle trouva les mots pour décrire les enfants de Harlem jouant au-dessus d'une bouche d'incendie dont jaillissait un joyeux flot d'eau fraîche, par une torride journée du mois d'août, et ceux qui disaient le souffle glacé de la mort, venue réclamer son tribut sous un porche du Bowery où grelottait un vieil homme protégé par une couverture de papier journal, ou le renouveau de la terre au moment où surgit le premier crocus sur Riverside Drive.

Mais l'automne ne l'inspirait pas. Une fois de plus, Karen se pencha sur les douze clichés qui illustraient cette mystérieuse saison. L'un d'eux retint son attention : Nancy avait photographié la dernière feuille tombant du seul arbre de cette partie de Morningside Park. Elle prit son stylo, et commença d'écrire.

> La dernière larme de l'automne
> est tombée sans crier gare,
> tel un cri silencieux,
> sur la joue de l'hiver.

Enfin, elle avait un début.

Une heure plus tard, une demi-douzaine de pages étaient recouvertes de son écriture précise et elle était si concentrée sur son travail que la sonnerie inattendue à sa porte la fit sursauter.

« Salut, dit Ted en entrant.

— Salut, répondit-elle en s'étonnant de le voir au milieu de la journée. Ne me dis pas que j'ai oublié un rendez-vous, s'écria-t-elle.

— Non, non. Je passais par là, et je me suis dit que j'allais venir te dire bonjour. Mais si je te dérange, je me sauve.

— Mais pas du tout, protesta Karen qui sentait que les mots l'avaient quittée. Entre.

— Il fait si beau, je pensais que tu serais peut-être sortie.

— Non, j'essayais de travailler, ajouta-t-elle en rangeant soigneusement les feuillets épars sur son bureau.

— Et je t'ai interrompue ! Je suis désolé !

— Aucune importance, je n'arrivais pas à grand-chose. »

Ted avait l'air si manifestement navré que Karen sentit fondre son irritation.

« Je suis certain que ce bouquin aura un succès fou, tu sais.

— À condition que je remplisse ma part de contrat, soupira Karen. J'ai été folle de me laisser convaincre par Nancy...

— Un jour, tu seras contente, tu verras. »

En la taquinant comme une petite sœur, en la traitant comme une amie appréciée, Ted avait mis Karen à l'aise. À tel point qu'elle avait du mal à imaginer qu'ils ne s'étaient pas toujours connus. Il n'avait jamais eu le moindre geste ambigu et Karen lui en était infiniment reconnaissante. Au fil des jours, leur amitié était devenue plus fraternelle. Elle était toujours heureuse de le voir, et, plus encore, de passer du temps avec les filles, qui avaient remplacé dans son esprit les enfants qu'elle n'aurait jamais, et symbolisaient, à ses yeux, son innocence perdue.

C'était la première fois que Ted lui rendait visite sans s'être annoncé, et Karen comprenait à l'instant seulement à quel point elle était impliquée dans l'existence des Doniger.

« Veux-tu boire quelque chose, proposa-t-elle dans un sursaut de bonne éducation.

— Un verre d'eau, volontiers.

— Tu ne préfères pas un thé glacé ?

— S'il est prêt, d'accord. »

Karen revint de la cuisine avec deux verres et une assiette de petits gâteaux.

Ils burent en silence. Puis Ted posa son verre sur la table basse et s'approcha du Rankin accroché au-dessus de la cheminée.

« Amy aimerait bien que tu passes, ce soir, et Jessica voudrait te montrer son exposé de sciences naturelles. »

Karen acquiesça.

Ils ne retrouvaient pas leur habituelle aisance. Karen s'agita sur son siège, intriguée par la gêne qu'elle sentait chez Ted. Il promenait un doigt distrait sur le manteau de la cheminée.

« En fait, reprit-il d'un ton qu'il s'efforça de rendre léger, Gwen trouve que nous devrions nous marier, toi et moi, pour ne plus avoir à prendre de rendez-vous.

— La coquine, répliqua Karen en souriant.

— Elles sont toutes les trois du même avis, d'ailleurs, ajouta Ted.

— Les diablesses ! Qu'iront-elles encore inventer ? »

Ted se tourna vers elle. « Je dirais même que nous sommes tous les quatre du même avis », ajouta-t-il doucement.

Karen ouvrit la bouche pour répondre puis la referma en comprenant qu'il parlait sérieusement. C'était absurde, ils étaient amis, un point c'est tout.

« Je ne comprends pas, balbutia-t-elle, stupéfaite. Jamais tu... Je ne... Toi et moi, nous ne sommes pas...

— Jusqu'à présent non. Mais ça pourrait venir, peut-être.

— Mais ton amitié compte pour moi, dit Karen fermement. J'y tiens.

— Il me semble qu'on peut construire sur une base aussi solide que l'amitié. »

Voilà bien une réflexion d'architecte, songea Karen, de plus en plus mal à l'aise.

« Il faut que tu me laisses un peu de temps pour réfléchir, dit-elle enfin. Ce n'est pas une décision qu'on peut prendre à la légère.

— Bien sûr, s'exclama Ted. Tout le temps que tu

veux. Bon, il vaut mieux que je te laisse travailler, maintenant. On se voit tout à l'heure, de toute façon ?

— D'accord. »

Sitôt la porte refermée sur Ted, Karen se précipita dans la cuisine où elle se versa une copieuse rasade de scotch et la but d'une traite.

L'attitude sereine qu'elle avait adoptée depuis dix-huit ans, sa capacité d'occulter ses sentiments, volèrent soudain en éclats. Elle riait et tremblait en même temps. Puis elle alla se servir un autre verre. Lorsqu'elle en eut bu la moitié, elle se sentit ridicule.

« Pourquoi n'as-tu pas dit non tout de suite ? Pourquoi le laisser se bercer d'illusion ? »

Le jour où Peter Bauer était sorti de sa vie, Karen avait touché le fond du désespoir. Certes, elle l'avait trahi, cela était incontestable, mais elle avait tout de même l'intuition qu'à sa façon il l'avait trahie lui aussi. Et elle avait décidé de ne plus jamais se retrouver dans une situation similaire. Dans le fond de son cœur elle savait qu'aucun homme ne lui pardonnerait jamais ce qui s'était passé en cette glaciale nuit de décembre. Comme Peter, il frémirait et s'éloignerait d'elle avec horreur. Et elle n'avait jamais laissé personne l'approcher d'assez près pour mettre sa théorie à l'épreuve des faits.

Bien au contraire, elle s'était installée dans la solitude et profitait de la liberté qu'elle offrait. Les célibataires n'étaient plus de nos jours taxées avec dédain de vieilles filles. Beaucoup de femmes aimaient leur nouvelle vie. Elles vivaient avec des hommes qu'elles n'épousaient pas et faisaient même des enfants hors mariage.

Karen finit son verre et soupira. Il lui fallait bien admettre, cependant, qu'elle aurait volontiers troqué sa vie actuelle, ses succès professionnels et le Rankin sur la cheminée contre une seule journée à langer, à faire la vaisselle et à ramasser des Dinky Toys. Là résidait l'ironie de la proposition de Ted : s'il lui avait offert le poste de Mme Peagram au lieu du mariage, elle aurait accepté avec joie.

Karen éclata de rire. Pour admettre une chose pareille, il lui avait fallu boire deux verres de scotch. Mais c'était la vérité. Aucun sort ne lui semblait plus enviable que de prendre soin des petites filles, de les aider à s'épanouir. Cela seul pouvait l'aider à compenser l'absence des enfants qu'elle ne porterait jamais.

Eussent-elles été ses propres filles qu'elle ne les aurait pas aimées davantage. Mais épousait-on un homme pour ne pas quitter ses enfants ?

Certes, elle aimait beaucoup Ted, comme une sœur. Mais la simple idée de partager son lit, de lui montrer les affreuses cicatrices qui témoignaient de la terrible histoire de sa jeunesse la faisait frémir d'épouvante.

Bon. Elle le remercierait de sa flatteuse proposition et la refuserait, même si elle savait que sa réponse négative risquait de la priver de la présence des petites filles. Un homme accepterait-il volontiers sous son toit la femme qui l'avait rejeté ?

Karen se mordit les lèvres. Les larmes lui montèrent aux yeux. Les fillettes lui manqueraient terriblement, elle en était consciente. Et, se dit-elle le cœur serré, il lui faudrait aussi apprendre à se passer de son meilleur ami...

8

Mi-mai, le livre était prêt à être envoyé à la fabrication.

« Grands dieux ! s'exclama Demelza, je savais que Nancy était une bonne photographe, mais j'ignorais que Karen était capable d'écrire ce genre de poèmes. C'est de la dynamite. Nous en ferons tirer cinq mille exemplaires.

— Vous pensez en vendre tant que ça ? s'étonna Nancy.

— Au moins, oui. Quel sera le titre ?

— *Les Quatre Saisons,* à ne pas confondre avec Vivaldi », rétorqua Nancy.

Demelza fixa le prix à 49 $ 95.

« Mais c'est épouvantablement cher, s'écria la photographe.

— C'est une affaire, tu veux dire. Cinquante Yanow pour un dollar pièce ! Même sans le texte, qui pourrait faire l'objet d'une édition séparée, ce serait une affaire !

— Comme vous voudrez », s'inclina Nancy. Après tout, ses photos, tirées à cinquante exemplaires et signées, se vendaient 250 dollars pièce.

« N'oublie pas, reprit Demelza, qu'il s'agit d'un tirage limité.

— À cinq mille exemplaires ?

— Parfaitement. Nous le mettrons en vente à la fin de l'été, et je suis certaine qu'il sera épuisé à Noël.

— Tu es sérieuse ?

— Tellement qu'à mon avis tu devrais commencer à penser au prochain. »

Nancy et Karen avaient décidé de célébrer l'événement en dînant toutes les deux au restaurant.

Karen attendit le plat de résistance pour lancer sa bombe.

« Ted m'a demandée en mariage. »

Nancy en lâcha sa fourchette.

« Quand ?

— Il y a environ un mois.

— Et tu ne m'en parles que maintenant ?

— Je ne savais pas comment tu le prendrais.

— Quelle question ! J'attends et je prie depuis un an et demi.

— Malheureusement, continua Karen, je n'ai pas l'intention d'accepter. J'aime Ted comme un frère. Et, je te l'ai déjà dit, je ne souhaite pas me marier.

— Mais c'est ridicule, s'exclama Nancy.

— Je vis seule depuis si longtemps...

— C'est à cause de ce qui s'est passé naguère, n'est-ce pas ?

— C'est à cause de plein de choses, répondit Karen en détournant le regard.

— Mais les choses changent, insista Nancy, si on le veut vraiment. »

Ni l'une ni l'autre ne savaient comment poursuivre cette conversation.

« Il me semble que nous sommes tous doubles, dit enfin Karen. Le personnage public, celui qu'on montre au grand jour, et le privé, celui qui nous fait tenir debout. Il arrive que le personnage public soit une simple extension du personnage privé, mais il arrive aussi que ce soit un masque, qui permet de survivre...

— Pour survivre, on peut aussi partager, dit Nancy en regardant celle qui était sa meilleure amie depuis plus de deux ans.

— Pas dans mon cas, crois-moi sur parole.

— Alors, pourquoi m'as-tu parlé de la proposition de Ted ?

— Parce que vous êtes très proches, Ted et toi, et que je ne veux pas qu'il y ait ce secret entre vous. Ni entre nous deux... Quant à Ted, il mérite mieux que moi. »

Le lendemain soir, Karen passa chez les Doniger à l'heure où Amy se couchait. Elle lui raconta l'histoire de la princesse et du petit pois, souhaita bonne nuit à Gwen et à Jessica et partit à la recherche de Ted. Elle le trouva dans son bureau, penché sur sa table à dessin.

« Tu es occupé ? » s'enquit-elle d'un ton hésitant.

Le visage de Ted s'éclaira en la voyant.

« Jamais pour toi, dit-il en s'étirant pour soulager son dos douloureux. Les filles sont au lit ? demanda-t-il en s'installant sur un canapé.

— L'une oui, la deuxième y va et la troisième doit être au téléphone.

— Viens t'asseoir. »

Karen se posa sur une chaise, en face de lui.

« Tu as dû te dire que je te laissais tomber, dit-elle.

— Pas du tout. Je sais que vous avez travaillé dur, Nancy et toi. »

Ce serait tellement plus facile, songeait Karen, s'il n'était pas aussi aimable et compréhensif.

« Ne t'imagine pas que j'ai oublié ton aimable proposition... »

Ted sourit, les paillettes d'or de ses yeux étincelèrent.

« À t'entendre, on croirait que je t'ai proposé un boulot.

— Oh, excuse-moi, je ne voulais pas... »

Karen bredouillait. Elle avait simplement l'intention de le remercier et de refuser, puis de s'en aller le plus vite possible.

« Ça fait si peu de temps..., s'entendit-elle dire. On se connaît à peine. Enfin, on est amis, bien sûr et je t'aime beaucoup, mais...

— Mais tu ne m'aimes pas tout court.

— Ce n'est pas tant ça... mais il m'est arrivé des choses, murmura-t-elle, des choses que tu ne pourrais pas comprendre, et tu vois... je... j'ai décidé de n'épouser personne. »

Il la regarda un long moment se tordre les mains sur ses genoux.

« Après la mort de ma femme, reprit-il enfin, j'ai longtemps cru que plus personne ne me toucherait jamais. J'avais trop souffert, et je ne voulais pas prendre le risque que cela m'arrive à nouveau. Alors j'ai construit un mur invisible tout autour de moi, une espèce d'abri atomique, si tu veux, et je me suis enfermé dedans. J'avais mon travail, les filles et j'estimais que cela suffisait. Mais j'avais tort. Si on refuse de prendre des risques, on ne goûte pas à la vie. La sécurité, c'est comme la mort.

— Pour moi, c'est le contraire, dit Karen. Je ne peux vivre que dans la sécurité.

— C'est ton dernier mot ? »

Sans le regarder, Karen répondit d'une voix pensive :

« Je t'aime énormément, j'ai confiance en toi, plus qu'en personne d'autre au monde, je me sens bien avec toi et avec les filles. Tout cela a beaucoup plus d'importance pour moi que tu ne l'imagines.

— C'est un début.

— Mais ce n'est pas suffisant.

— Pourquoi ? »

Karen recommença à fixer ses mains. « Parce que je ne peux pas être ta femme. J'ai eu... un accident. Il y a très longtemps. Et il y a des choses qui... qui ne fonctionnent pas, chez moi.

— À ce stade de ma vie, je ne cherche pas la grande passion, dit Ted, sincèrement. Je ne m'attends pas à retrouver ce que j'ai connu avec Barbara. Mais j'éprouve pour toi des sentiments profonds et vrais, et ça me suffit. Je voudrais que tu fasses partie de ma vie, et partager le rire et les larmes avec toi.

— À t'entendre, cela semble si simple. Mais ça ne l'est pas.

— Ça pourrait l'être. Trois petites filles qui t'adorent, et leur père, qui trouve que le monde est un endroit convenable puisque tu en fais partie. Nous pourrions ne pas chercher plus loin. À moins que tu n'en aies envie un jour, naturellement.

— C'est bien un boulot que tu me proposes, en fait, celui de Mme Peagram.

— Je ne pensais pas exactement à ça, mais je m'en contenterai, s'il le faut. »

Karen soupira encore une fois. La vie n'était pas un conte de fées.

« Je voudrais...

— Écoute, l'interrompit-il. Je dois aller à New Haven, demain. Je resterai absent deux ou trois jours. Réfléchis jusqu'à mon retour. On en rediscutera à ce moment-là, à tête reposée.

— Si tu y tiens, dit Karen qui aurait préféré échapper à une autre conversation du même genre.

— Je sais parfaitement que tu es venue ce soir pour me dire non. C'est tout à fait clair. Donc, je n'ai rien à perdre à réclamer un petit délai. Bien au contraire, j'ai peut-être beaucoup à gagner.

— Comme ce serait plus facile si je ne t'aimais pas autant, répliqua Karen, qui ne put s'empêcher de rire.

— C'est bien là-dessus que je compte.

— Que vas-tu faire à New Haven ?

— Mon université m'a invité à participer à un colloque sur les nouvelles tendances de l'architecture, et on m'a demandé de soumettre un projet pour un nouveau centre informatique.

— Yale est bien à New Haven ?

— Oui, c'est bien ça. »

Karen éclata de rire. Cela faisait des années qu'elle n'avait pas ri comme cela... Il y avait donc des choses qui arrivaient par hasard, sans rime ni raison, sans qu'on puisse imaginer comment ni pourquoi !

« Tu as fait tes études à Yale ? questionna-t-elle enfin.

— Oui. Pourquoi ?

— Mon Dieu ! s'exclama-t-elle en riant de plus belle, ma mère va t'adorer ! »

9

La publication des *Quatre Saisons,* de Yanow et Kern, fut précédée d'une campagne de promotion qui dura un mois. « Le jour où ce livre sera en vente, avait prédit Demelza, il n'y aura pas un seul soi-disant connaisseur de New York et de ses environs qui ne se sentira obligé de le poser sur sa table basse. »

Le jour de la sortie, le jeudi 13 août, Nancy et Karen dédicacèrent sans relâche leur ouvrage. Les acheteurs se bousculaient à Demion Five.

« Je vous avais dit qu'ils seraient tous là », leur rappela Demelza en leur apportant une assiette de canapés.

La dernière goutte de champagne bue, l'heure de la fermeture arriva enfin.

« Je crois que je ne pourrai plus jamais me servir de ma main droite, déclara Nancy, épuisée.

— La rançon du succès, s'exclama Demelza.

— Cela reste à voir, fit remarquer Karen. Un lancement réussi, et deux cents exemplaires vendus, d'accord, mais nous sommes encore loin des cinq mille.

— Tu as passé douze ans à travailler avec moi,

s'écria Demelza. C'est incroyable que tu n'aies pas encore appris à sentir un succès. »

Karen haussa les épaules. « Il se pourrait bien qu'en ce qui concerne ce livre j'aie perdu un peu de mon objectivité... »

À la fin du mois d'octobre, les deux tiers du tirage étaient vendus.

« Faites-moi confiance, il sera épuisé avant Noël, affirma Demelza.

— Je n'arrive pas à y croire, dit Nancy lorsque Karen lui remit le chèque à cinq chiffres qui représentait sa part de droits d'auteur.

— Je te comprends, répliqua Karen qui avait déposé le même à sa banque au début de l'après-midi. On aurait dû en tirer dix mille.

— Aucune importance. J'ai une idée formidable pour le prochain.

— C'est bien ce que je craignais, protesta Karen en riant.

— Le principal est que tu ne dises pas non », répondit Nancy avec désinvolture.

Deux jours plus tard, elles se lancèrent dans *Images dans le miroir*, une étude contrastée des habitants de New York. Le 14 novembre, à trois heures de l'après-midi, elles avaient fini la maquette.

Quatre heures après, Karen et Ted se marièrent. La cérémonie civile fut suivie d'un dîner avec la famille et les amis proches dans l'un des restaurants les plus en vue de New York, *Les Quatre Saisons*.

« Ça ne pouvait pas mieux tomber, s'écria Beverly Kern en souriant à son gendre. C'est vous qui en avez eu l'idée ?

— Non, c'est Karen.

— Bravo, ma chérie, roucoula-t-elle.

— Merci, maman », répondit poliment Karen.

« C'est l'un des architectes les plus en vue de tout le pays, avait confié Beverly à sa belle-sœur Edna peu après l'annonce des fiançailles.

— Comme je suis heureuse pour Karen ! J'ai bien cru qu'elle ne se stabiliserait jamais...

— Il faut avouer qu'elle a pris son temps. Mais elle ne pouvait pas épouser n'importe qui. Ted sort de Yale, tu sais.

— Non, je ne savais pas. »

« Un architecte, c'est sans doute mieux que rien, avait-elle dit à son mari en soupirant. Mais un veuf avec trois enfants ! Karen n'est vraiment pas raisonnable !

— Je ne vois aucun mal à ça, avait répondu Leo. Surtout vu les circonstances.

— Trois gosses accrochés à ses basques ? Comment veux-tu que ça ne tourne pas à la catastrophe ?

— Ne t'inquiète donc pas tant », suggéra Leo à sa femme.

« Nous sommes si heureux pour Karen, dit Beverly à la mère de Ted pendant la réception. Votre fils est un homme charmant, et qui a réussi. Et ses délicieuses petites filles ! Un vrai cadeau.

— C'est bien notre avis », répliqua la mère de Ted.

Karen ne parla jamais de ce qui avait fait pencher la balance en faveur de Ted. Ni avec Nancy, ni avec Jill, ni surtout avec sa mère. Elle dit à tout le monde que Ted s'était débrouillé pour qu'il lui soit très facile de dire oui, et impossible de dire non. Mais elle n'était pas entièrement sincère.

Certes, une carrière compensait l'absence d'une vie de famille, mais ce n'était jamais que ça : une compensation. Au fond d'elle-même, Karen éprouvait le besoin de créer un lien avec un autre être humain, et d'en finir avec la solitude. Il y avait aussi de la curiosité, et, une sorte d'instinct qui lui soufflait qu'elle avait peut-être rencontré un homme pour qui sa personnalité comptait plus que ce qu'elle avait fait.

Karen avait toujours rêvé du chevalier dans son étincelante armure, qui, indifférent à ses imperfections, surgirait un jour tel un rayon de soleil dans la tempête, la regarderait dans les yeux et l'enlèverait.

Ted Doniger était venu plus subrepticement. Il avait peu à peu gagné sa confiance, et son affection. De plus, Karen était consciente qu'il représentait peut-être sa dernière chance de mener un jour le genre de vie pour lequel on l'avait élevée : des enfants, un foyer, un statut social et la sécurité. Il lui avait offert tout cela, aux conditions qu'elle avait choisies.

« Je sais que tu es quelqu'un de secret, et que tu as besoin d'un espace à toi. Malheureusement, mon appartement n'est pas assez grand pour que nous ayons une chambre chacun, mais nous aurons au moins des lits jumeaux, si tu le souhaites. »

Ted Doniger était doué d'une infinie patience. Il désirait passer sa vie entière avec cette femme, et il était prêt à attendre aussi longtemps qu'elle le voudrait pour partager une intimité qui manifestement lui faisait peur. Qu'elle soit là, qu'il puisse lui parler et la regarder quand il en aurait besoin, cela lui suffirait.

« Veux-tu partir en voyage de noces ? lui avait-il demandé.

— Je n'y avais pas songé, avait répondu Karen, subitement gênée par ce qu'impliquaient ces mots. Est-ce obligatoire ?

— Ça dépend des deux intéressés. Et comme je

suis très pris par le projet pour Yale et que Nancy et toi avez commencé un nouveau livre, nous ferions peut-être mieux de ne rien prévoir pour le moment.

— Je crois que tu as raison », avait soupiré Karen, soulagée.

Elle aurait eu beaucoup de mal à supporter tout ce que sous-entendaient les mots de lune de miel, et le remercia en silence de se montrer aussi compréhensif. Il allait déjà lui être assez difficile de déménager, de changer de vie. Heureusement, les enfants seraient là, et faciliteraient la transition.

Felicity créa leurs anneaux, et Jenna dessina la robe de Karen, qui voulait un modèle simple, sans traîne ni voile, et ne pouvait envisager l'idée de se marier en blanc. La styliste avait parfaitement compris, et le satin beige rosé dont elle avait vêtu Karen lui allait à merveille.

La cérémonie fut brève mais solennelle, et la réception très agréable. Karen se souvint surtout d'avoir été entourée par tous ceux qu'elle aimait.

En revanche, l'idée de coucher pour la première fois chez Ted avait évidemment fait naître chez elle un incoercible sentiment d'angoisse.

Animée des meilleures intentions, Nancy avait emmené les filles dormir chez elle, et Mme Peagram avait pris quelques jours de congé.

L'appartement était sombre et étrangement silencieux. À tel point que Karen s'imagina un instant qu'ils s'étaient trompés d'adresse. Elle suivit Ted dans la cuisine, ses hauts talons résonnant sur le parquet au même rythme que les battements affolés de son cœur.

« Comme c'est différent, sans les filles », murmura-t-elle.

Ted alluma la lumière dans la cuisine. Une bouteille de champagne attendait dans un seau à glace contre lequel était posée une carte de Nancy : *Longue et heureuse vie ensemble,* avait-elle écrit de sa haute écriture anguleuse.

« Ma sœur est une romantique, déclara Ted. Elle a dû se faufiler ici juste avant notre arrivée. »

Il déboucha la bouteille et remplit deux coupes.

« On peut toujours faire confiance à Nancy, répliqua Karen, qui n'avait qu'une envie : être chez elle, dans sa propre cuisine, à boire une petite goutte de cognac avant d'aller se coucher dans son propre lit.

— Je n'ai pas le pouvoir de décider de la longueur de notre vie, mais je m'engage à une chose, dit Ted en lui tendant son verre, je ferai tout pour qu'elle soit aussi heureuse que possible. »

La gentillesse de Ted était sans faille, comme d'habitude. Karen était heureuse de porter encore son manteau, qui dissimulait le tremblement de tout son corps. Mais le vêtement ne lui cachait pas les mains.

« Tu as froid, constata Ted. Veux-tu que j'allume un feu dans la cheminée ? Et que nous buvions notre champagne en nous réchauffant ? »

C'était exactement ce qu'aurait pu proposer le fameux chevalier dans son étincelante armure.

« Il est tard, répondit Karen, et je suis épuisée. Ça t'ennuie si je vais me coucher tout de suite ?

— Pas du tout. Vas-y. » Il se pencha et l'embrassa légèrement sur la joue. « Je vais rester un peu ici. Appelle si tu as besoin de quelque chose. »

Karen descendit rapidement l'escalier intérieur, bien décidée à être endormie avant que Ted ne vînt la rejoindre. Les semaines précédentes, elle avait déménagé ses affaires et les avait rangées. Elle savait quels étaient son lit, son bureau, ses tiroirs, et où trouver les serviettes de toilette et les interrupteurs électriques. Elle n'aurait aucun besoin d'aide.

En cinq minutes, elle se déshabilla, se démaquilla,

se brossa les dents, enfila une chemise de nuit et se glissa entre les draps, en laissant allumée la lampe de chevet du côté de Ted. Il avait accroché entre les lits jumeaux un rideau astucieusement drapé pour donner à Karen une illusion d'intimité.

Couchée dans ce lit étranger, les yeux fixés sur cette demi-chambre étrangère, Karen se demandait ce qu'elle faisait là. Cette maison, d'ordinaire inondée de lumière et bruissante de rires, lui semblait ce soir silencieuse comme une tombe, et menaçante.

« Faites que je m'endorme, murmura-t-elle dans le noir. Faites que le matin vienne vite, et que les filles rentrent tôt. »

La brume devint brouillard bas, grimpa le long de ses jambes, s'enroula autour de son corps, l'engloutit tout entière. Elle ne voyait pas à plus d'un mètre de distance. Le chemin par lequel elle était arrivée avait disparu, et elle était seule, et perdue. Seule avec lui.

Elle savait qu'elle ne pouvait pas rester immobile, qu'il lui fallait continuer à avancer. Elle plongea dans la purée de pois, en courant aussi vite que possible. Le battre à la course était l'unique chose qui pouvait la sauver. Elle haletait, une douleur atroce lui déchirait la poitrine, mais elle ne devait pas s'arrêter. Elle l'entendait, qui courait derrière elle, qui se rapprochait.

Puis elle trébucha et tomba dans un buisson épais. Un buisson familier, dont les branches la griffaient, s'accrochaient dans ses cheveux, qu'elle reconnaissait. Rassemblant le peu d'énergie qui lui restait, elle essaya de ramper pour s'échapper, mais c'était trop tard. Il était là.

Les flammes léchaient les bûches, irradiant une douce chaleur. Ted sirotait son champagne en ruminant de sombres pensées. Il avait épousé une femme qui ne l'aimait pas pour fuir la solitude. Pourtant, il ne s'était jamais senti aussi seul que ce soir.

Il ne pouvait rien reprocher à Karen, qui s'était montrée parfaitement franche. Il avait insisté, affirmant que cela n'avait pas d'importance. Avait-il été honnête avec elle, ou avec lui-même ?

C'était leur nuit de noces, la seule qu'ils connaîtraient jamais, et il aurait tant aimé bavarder un peu avec elle, de choses et d'autres, pour se prouver qu'elle était bien là. Mais elle l'avait fui, et il ne savait comment interpréter son attitude.

Ils avaient toujours été si à l'aise l'un avec l'autre que le départ précipité de Karen le désorientait complètement. Il passa en revue les événements récents qui pourraient l'aider à comprendre, mais ne trouva aucune réponse. Durant les préparatifs du mariage, Karen, fidèle à elle-même, s'était conduite tout à fait normalement ; elle avait organisé la réception, déménagé et rangé ses affaires, entreposé ses meubles au garde-meubles et sous-loué son appartement. Ils se voyaient presque quotidiennement et prenaient ensemble toutes les décisions nécessaires. Karen avait l'air heureuse, alors.

Pendant la cérémonie, ses yeux brillaient, et sa main avait tremblé un peu lorsqu'il lui avait glissé la bague au doigt, ce que Ted avait interprété comme un heureux présage. Au restaurant, radieuse, debout à côté de lui, le bras passé sous le sien, elle paraissait l'image même du bonheur.

Son humeur s'était assombrie lorsqu'ils s'étaient retrouvés seuls. Et Ted s'interrogeait avec angoisse : auraient-ils perdu en se mariant ce à quoi ils tenaient tant, leur belle amitié ?

Il était si bien absorbé dans la contemplation du feu qu'il ne sut pas depuis combien de temps se faisait entendre le son qu'il percevait enfin : mi-cri, migémissement, on aurait dit la plainte d'un animal blessé. Il mit un certain temps à comprendre qu'elle venait de l'intérieur de la maison. Il se leva d'un bond et descendit les marches en courant.

Karen semblait en proie à un cauchemar. Elle s'était débattue entre les draps, qui s'étaient emmêlés autour d'elle. Plus elle luttait pour se dégager, plus elle était prise au piège, et plus elle se sentait prise au piège, plus ses hurlements devenaient stridents.

Ted lui toucha doucement l'épaule. « Karen, murmura-t-il, Karen, réveille-toi. »

Elle sursauta, frémit et recula.

Il la secoua un peu plus fort. « Tout va bien, Karen. Je suis là, tu ne risques rien. Tu fais un mauvais rêve. »

Ted s'assit au bord du lit et essaya de la prendre dans ses bras pour la bercer, comme il l'avait si souvent fait pour rassurer ses filles endormies. Mais elle ne se laissa pas approcher.

Il alluma la lumière d'une main, avec l'espoir qu'elle se réveillerait, le verrait, et se sentirait alors en sécurité.

Karen ouvrit grands les yeux.

« Ce n'est qu'un cauchemar, ne crains rien », dit-il doucement.

Mais Karen se mit à le frapper de ses poings avec autant d'énergie que si sa vie en dépendait, en le regardant comme s'il était un monstre échappé des enfers.

Sixième partie

1981

Qui, ayant plus qu'assez à boire,
lui remplira son verre.

THÉOCRITE

1

Le Boeing 727 roula doucement jusqu'à la passerelle de l'aéroport de San Francisco, la porte s'ouvrit et le représentant au Congrès de la Californie, suivi de sa femme et de son fils Adam, un bambin de deux ans, s'engagea dans le long couloir qui menait au terminal.

Son visage séduisant commençait à porter les traces de ce que l'on appelle le vieillissement chez les femmes, et la maturité chez les hommes. Sa chevelure sombre était parsemée de fils gris. Il avait quarante-trois ans.

« Monsieur le député, l'interpella une jeune femme ravissante en se détachant du groupe compact que formaient les journalistes et en brandissant un micro, faut-il croire la rumeur selon laquelle vous êtes rentré pour présenter votre candidature au poste de sénateur ? »

Le député lui sourit largement et laissa son célèbre regard aigue-marine s'attarder un instant sur la séduisante jeune personne.

« Mademoiselle Evans, n'est-ce pas ?

— Oui, monsieur Willmont. Janice Evans, de Channel Seven.

— Eh bien mademoiselle Evans, dit-il en prenant

dans ses bras son fils à moitié endormi, vous devriez savoir que je ne commente jamais les rumeurs.

— Faites une exception, supplia la blonde aux yeux marron.

— Allez, monsieur le député, rendez-nous ce service. On n'a rien à se mettre sous la dent aujourd'hui », intervint un autre journaliste.

Robert Willmont éclata de rire. « Je me demandais bien ce que vous faisiez tous ici au milieu de l'après-midi.

— Donnez-nous un coup de main.

— Ça me ferait très plaisir, mais la vérité est toute simple : nous venons passer nos vacances en famille, comme chaque année.

— Deux semaines plus tôt que d'habitude, rectifia un journaliste.

— Puisque vous insistez, sachez que ma mère ne se porte pas très bien, et que je tiens à rester le plus longtemps possible avec elle. »

Mais il n'y avait là rien de nouveau. La santé d'Amanda était fragile depuis des années.

« Votre femme nous en dira peut-être un peu plus, reprit l'obstinée Janice Evans. Madame Willmont, aimeriez-vous être la femme d'un sénateur ? »

Elizabeth sourit de ce sourire qu'on lui avait appris dès l'enfance à opposer aux indiscrets.

« Je suis très fière de mon mari et je le resterai, quelle que soit la voie où il décide de s'engager, répliqua-t-elle.

— Allons, Bob, le pressa un vétéran du *Chronicle,* vous le voulez vraiment ce siège de sénateur, non ?

— Un jour, peut-être. Mais pour le moment, celui que j'occupe me convient parfaitement.

— Un jour, c'est très vague, objecta un autre.

— Je vais vous faire une promesse : le jour où

j'aurai décidé de postuler à de plus hautes fonctions, vous serez parmi les premiers à le savoir.

— Ce jour-là, vous n'aurez qu'à siffler, et nous viendrons en courant. Vous savez siffler, n'est-ce pas, Bob ? »

Au rappel de la célèbre réplique de Lauren Bacall dans *Le Port de l'angoisse,* tous s'esclaffèrent y compris le député. Mais son visage commençait à se figer sous l'effet de la colère lorsque Randy Neuburg se fraya enfin un chemin dans la foule.

« Où étais-tu, bon Dieu ? s'enquit Robert, excédé, à son assistant.

— Coincé dans la circulation.

— Personne n'était censé savoir que nous arrivions aujourd'hui. Que s'est-il passé ?

— Je suis désolé, patron. Il y a eu une fuite quelque part », s'excusa Neuburg, secrétaire particulier de Robert depuis que le charismatique associé du cabinet Sutton, Wells, Willmont and Spaulding avait été élu député, trois ans auparavant.

Pour quelqu'un de si jeune, il était exceptionnellement intelligent et perspicace, et se consacrait corps et âme aux causes que Robert défendait.

Ce grand rouquin dégingandé, aux yeux bleu clair et au visage constellé de taches de rousseur, était un pur produit de la faculté de droit de Harvard, comme Robert. Mais il était originaire de Virginie et avait entamé ses études supérieures à Princeton. Après deux étés au service d'un sénateur de Virginie, il avait senti se développer en lui un goût certain pour la politique. Au printemps 1977, il avait accepté l'offre d'emploi d'un célèbre cabinet de San Francisco, pour vérifier par lui-même si la Californie était vraiment le paradis sur terre. Et il avait attaché ses pas à ceux de Robert Willmont.

Son instinct, réputé infaillible parmi ses condisciples, ne l'avait pas trompé. L'avocat était un homme d'avenir.

Le nom de Robert fit pour la première fois la une des journaux à l'occasion de l'affaire Ridenbaugh. Joseph Ridenbaugh était accusé d'avoir escroqué environ trois cents personnes d'une somme de quinze millions de dollars en leur vendant des terrains dans une partie du désert de Californie où il n'y avait pas d'eau, et aucune chance d'en avoir pour moins de deux cent cinquante mille dollars par maison. Lorsque les premières rumeurs circulèrent, Joseph liquida ce qu'il pouvait, transféra ses avoirs sur le compte de sa mère et s'envola pour l'île de Trinidad.

Robert accepta de se charger de l'affaire. Il lança une enquête intensive, qui tenait beaucoup de la chasse aux sorcières. Avec le jeune avocat désigné pour l'assister, Randy Neuburg, il passa au peigne fin la vie de Joseph Ridenbaugh, essayant de trouver une faille. Au moment où ils allaient s'avouer vaincus, Randy dénicha un vieil accord commercial entre l'escroc et sa mère, Alice Ridenbaugh. Cet accord n'avait jamais été dénoncé et Robert allait s'en servir pour prouver que la mère était tout aussi responsable que le fils. Robert fit le décompte précis des biens d'Alice, et attaqua. La seule chance de l'avocat de la défense aurait été que le jury eût pitié d'une vieille dame aux cheveux gris qui prétendait ne rien comprendre aux affaires et ne rien savoir des agissements de son fils.

Mais le jury ne l'entendit pas de cette oreille.

Alice Ridenbaugh fut convaincue de complicité de fraude et les investisseurs dupés récupérèrent une partie de leur mise. Quant à Joseph, qui s'était mis en ménage avec une native de Trinidad, il ne manifesta pas la moindre envie de revenir aux États-Unis pour partager le sort de sa mère. Son confortable compte en banque, domicilié aux îles Caïmans, lui permettait de couler des jours heureux sous le soleil tropical.

Dès lors, le nom de Robert devint synonyme de défenseur des petites gens, et bienfaiteur des citoyens. Deux mois après le verdict, un groupe de notables lui suggéra l'éventualité de se présenter aux prochaines élections législatives.

Robert n'était pas homme à laisser passer une bonne occasion. Il sauta à pieds joints dans le tourbillon de la politique, battit le député sortant et fut élu avec une marge confortable.

« Reste avec moi, dit le député à Randy. Qui sait jusqu'où nous irons. »

Mais Randy Neuburg savait exactement jusqu'où ils iraient, et il avait réservé sa place pour tout le voyage.

Capitol Hill était un lieu prestigieux, dont beaucoup se seraient contentés. Mais aux yeux de Randy, la chambre des Représentants n'était qu'une étape sur le chemin de Pennsylvania Avenue[1].

L'avocat virginien ne prétendait pas régner lui-même sur le bureau ovale de la Maison-Blanche ; les qualités qu'il fallait posséder pour être élu président des États-Unis n'avaient rien à voir avec celles dont on devait faire preuve pour gouverner. Mais il avait compris immédiatement que Robert Willmont, avec son charme et sa fantastique utopie de faire de l'Amérique le plus grand pays du monde, serait un excellent candidat. Et Randy Neuburg, éminence grise qui exerçait dans l'ombre, saurait transformer les idéaux de son patron en projets aptes à conduire le pays à l'aube du XXIe siècle.

C'était plutôt bien imaginé pour un jeune homme de vingt-six ans, fils d'un ouvrier et d'une couturière.

1. Adresse de la Maison-Blanche.

« Tu es intelligent, Randy, lui avait déclaré son père. Tu es persévérant. Ils t'ont donné une bourse pour Princeton. Profites-en au maximum. »

C'était bien son intention.

Il avait un jour entendu un sénateur du Sud dire à quelqu'un : « Il n'y a qu'une seule chose qui ait de l'importance. Et ce n'est pas l'argent, et ce n'est pas le cul, et ce n'est pas de sortir des meilleures écoles. Non. Ce qui compte, c'est le pouvoir, voilà ce que c'est. Le pouvoir pur et simple. Le prendre, le garder, et savoir l'exercer. »

Le jeune étudiant en droit n'avait jamais oublié la leçon. Et aujourd'hui, à mi-parcours du deuxième mandat de Robert, Randy mettait en œuvre les principes acquis.

« Alors, qu'est-ce qu'on dit, "là-haut"? lui demanda Robert dès qu'ils se furent engouffrés dans la limousine qui les attendait devant l'aéroport. On y va ou on n'y va pas? »

« Là-haut » était un euphémisme pour désigner la machine à faire ou à défaire les carrières politiques en Californie. Elle n'était plus constituée de vieux messieurs fumant de gros cigares dans les arrière-salles d'un club sélect, mais de cadres supérieurs, banquiers, financiers ou hommes de communication qui se réunissaient aux derniers étages des sièges de leurs diverses sociétés, et qui étaient cent fois plus puissants que leurs prédécesseurs.

Sans leur soutien, aucun candidat n'était élu et celui qui en bénéficiait avait toutes ses chances. Robert Willmont leur plaisait : c'était un homme séduisant et intelligent, qui réconciliait les intérêts libéraux et les intérêts conservateurs; il portait le nom de Drayton avec une assurance d'homme bien élevé et savait gagner la confiance des électeurs. Il croyait en une Amérique forte mais généreuse, aux échanges commerciaux, à la libre entreprise mais aussi aux droits des travailleurs à un salaire décent. Il ne dédaignait pas de se pencher sur les questions que l'on pouvait considérer comme mineures : ainsi avait-il un jour déploré le trop faible niveau du système éducatif en Californie, en des termes particulièrement durs.

Il faisait campagne dans les quartiers les plus riches de la ville, où lui-même était né, avait été élevé, mais avait inscrit dans son programme la nécessité d'une politique collective plus solidaire et d'un partage plus juste des richesses.

Sa sincérité ne faisait aucun doute, les Drayton étaient philanthropes depuis des générations. Et il avait le don, fort rare, de soulever l'enthousiasme des foules, comme, en son temps, le jeune John F. Kennedy.

« On y va », dit Randy.

Un large sourire apparut sur le visage du député qui s'exclama : « Bravo ! »

Randy était rentré à San Francisco une semaine plus tôt pour tâter le terrain avec les gens de « là-haut ». Avec son habileté habituelle, il avait soigneusement préparé son approche, en dosant très précisément la confiance et l'humilité.

Le Congrès était un excellent terrain d'entraînement, et Robert apprenait vite. Il se lassait vite, également et avait désormais très envie de grimper à l'échelon supérieur : le Sénat. Nul n'ignorait que le candidat sortant était un vieillard gâteux, éminemment vulnérable.

La mission de Randy était de sonder les gens de « là-haut », et d'obtenir si possible leur feu vert. Le moment était bien choisi, Robert le savait et Randy en avait eu confirmation. « Là-haut », on le suivrait. Au Congrès, le jeune député n'avait pas accompli de prouesses particulières, mais son travail était honorable. Il avait tenu ses promesses, appris à tirer son épingle du jeu et gagné le respect de ses collègues. Quant aux électeurs, ils vénéraient leur jeune représentant qui, malgré sa richesse et sa naissance, faisait preuve d'une sincère compassion pour les plus démunis.

De plus, le procès Ridenbaugh était encore dans toutes les mémoires, et Randy savait que Robert allait en capitaliser les bénéfices pendant sa campagne. En revanche, s'ils attendaient l'élection suivante, l'affaire serait oubliée et ne leur servirait plus à rien.

« Convoque Mary Catherine. Qu'elle soit là dès demain, si possible, et lançons la machine.

— Parfait », dit Randy en écrivant sur son carnet le nom de l'assistante parlementaire du député. Puis il se tourna vers la jeune femme assise à côté de lui, le bébé endormi dans ses bras.

« Et vous, madame Willmont, la questionna-t-il en imitant comiquement la jolie journaliste, aimeriez-vous être la femme d'un sénateur ? »

Elizabeth, qui n'avait prêté qu'une attention distraite à la conversation, se força à sourire.

« Étape numéro deux », dit-elle, sans grand enthousiasme.

En ce qui la concernait, la naissance de son fils était le véritable couronnement de son existence.

Après ses trois fausses couches, les médecins l'avaient prévenue du risque qu'elle courait en cas de nouvelle grossesse, agrémentant leurs prédictions d'une quantité de termes techniques, qu'elle était incapable de répéter et plus encore de comprendre. Elizabeth les avait remerciés courtoisement, avait payé leurs exorbitants honoraires et avait décidé d'ignorer leurs conseils.

Robert siégeait pour la première fois au Congrès. Il était très occupé, passionné, et affrontait un nouveau défi par jour. Elizabeth partageait les honneurs, mais pas l'engagement quotidien. Une fois terminée l'excitation de la campagne, sa vie se révéla dénuée de but.

« Je sais ce que tu devrais faire, lui dit Robert en rentrant un soir, une semaine après l'élection. Trouve-nous une maison convenable.

— À louer ou à acheter?

— À acheter, répondit Robert avec un sourire assuré. Je crois que nous allons rester un certain temps à Washington. »

Elizabeth mit un mois à la dénicher, et trois à diriger les travaux nécessaires. Enfin, ils allaient habiter chez eux. Elizabeth s'engagea de tout cœur dans la rénovation et la décoration de leur nouveau foyer. Aucun détail n'échappa à son contrôle : elle choisit personnellement tous les tissus, sélectionna les échantillons de peinture et courut inlassablement les magasins pour trouver les meubles qu'elle désirait.

Le résultat était harmonieux et confortable, un mélange de classicisme et d'audace de bon goût. Tous ceux qui eurent la chance d'y être invités chantèrent les louanges de leur maison.

Et, bien entendu, celles de la ravissante Mme Willmont, qui séduisit la capitale comme elle avait séduit San Francisco dix ans auparavant. Toutes les femmes qui comptaient à Washington se mirent à imiter sa façon de recevoir et de s'habiller, et à solliciter ses conseils.

« Elles savent reconnaître la vraie classe », fit observer Robert à Randy lorsque, quelques mois seulement après son entrée en fonctions, on demanda à Elizabeth de faire partie du comité de parrainage du plus prestigieux des bals de la capitale.

Pourtant, une fois la maison de Rock Creek Park aménagée, Elizabeth fut une fois encore désemparée.

Ses diverses œuvres de bienfaisance, certes utiles, ne lui apportaient plus la même satisfaction que jadis, et ses obligations mondaines étaient un passe-temps qui ne comblait en rien le vide intérieur qu'elle ressentait. C'est ainsi qu'à l'âge respectable de trente-quatre ans elle décida de tenter à nouveau d'être mère.

« Pourquoi, grands dieux ? lui demanda Robert lorsqu'elle lui annonça qu'elle était enceinte.

— Parce que j'ai entendu sonner ma petite horloge biologique.

— Ça n'est guère raisonnable, et tu le sais. Tu n'as pas besoin de prendre un tel risque pour moi.

— Je ne le fais pas pour toi, Robert. Je suis lasse de remplir ma vie de façon futile. Je veux un enfant, et je me moque de l'avis des médecins.

— Ne sommes-nous pas un peu trop vieux pour fonder une famille ?

— Apparemment non, répliqua Elizabeth en souriant.

— Les gens vont trouver ça bizarre.

— Si tu songes aux gens de Washington, ça n'a aucune importance. Quant à ceux de chez nous, je pense que les électeurs aiment voter pour un père de famille, quel que soit son âge.

— Tu crois, vraiment ?

— Oui, je le crois. Je suis certaine que les hommes politiques qui ont des enfants rassurent davantage que ceux qui n'en ont pas.

— Je vais consulter les sondages d'opinion à ce sujet », répondit Robert.

Mais, lorsque naquit Adam Drayton Willmont, dix jours avant le début de l'année 1980, Robert ne s'intéressait plus aux sondages. Elizabeth avait mené à bien sa grossesse et son accouchement, et il avait un héritier.

Les problèmes n'avaient cependant pas manqué, mais la jeune femme était résolue. Elle se retira pratiquement du monde pour se reposer le plus possible. Les médecins la suivaient régulièrement, lui imposaient des régimes, lui faisaient subir d'innombrables examens cliniques et la bourraient de vitamines. Sa première fausse couche s'était produite au tout début de la grossesse, la deuxième pendant le cinquième mois et la troisième au cours du quatrième. Lorsque Elizabeth atteignit le sixième mois et qu'elle sentit le bébé donner son premier coup de pied, elle pleura de soulagement.

« Restez vigilante, lui conseilla-t-on. Vous n'êtes pas au bout du chemin.

— Je vais y arriver, rétorqua farouchement Elizabeth. Nous allons y arriver tous les deux. »

Deux jours plus tard, elle eut des saignements.

« Dites-moi ce que je dois faire, demanda-t-elle aux médecins.

— Rien, répondirent-ils. Absolument rien. »

Elizabeth obéit. Elle resta alitée et donna naissance, après un épuisant travail qui dura dix-huit heures, à un petit garçon en tous points parfait.

Les médecins parlèrent de miracle.

Mais elle avait failli en mourir, et, deux ans plus tard, n'avait pas encore récupéré toutes ses forces. Le long vol depuis Washington l'avait épuisée et elle n'avait qu'une envie : se mettre au lit. Non qu'elle ne s'intéressât plus à la carrière de son mari, mais elle consacrait désormais toute son énergie à son fils.

Adam était devenu sa raison de vivre. Obligations mondaines et œuvres de charité passèrent au second plan. Lorsque Robert était à la maison, elle l'accueillait volontiers dans ce qu'elle appelait son cercle vital, mais quand il était absent, elle pensait à peine à lui. Les premiers mots d'Adam, ses premiers pas, ses premières dents remplissaient ses jours et elle consacrait ses nuits à imaginer son avenir, son éducation et son bonheur futur.

Robert avait voulu engager une gouvernante, mais Elizabeth s'y était opposée.

« Je ne laisserai pas une étrangère élever mon fils.

— Tu es la femme d'un député, et une Drayton. Tu as des obligations.

— J'accomplirai tout ce que tu considéreras comme nécessaire à ta carrière, lui consentit Elizabeth, mais je n'ai désormais d'obligations qu'envers mon fils. »

Et elle fut fidèle à sa parole. Quoi qu'il lui en coûtât, elle continua d'accompagner Robert à deux ou trois soirées par semaine, et à séduire les hommes d'État les plus récalcitrants par son charmant sourire et ses bonnes manières.

Lorsque Robert lui avait annoncé qu'ils resteraient absents de Washington deux semaines de plus que d'habitude, Elizabeth s'en était réjouie. Savoir qu'il lui faudrait supporter les ronchonnements d'Amanda n'avait pas entamé son plaisir, contrairement à ce qu'elle venait d'entendre.

Car si Robert annonçait sa candidature au Sénat pendant les vacances, le tourbillon des conférences de presse, interviews et séances de photos allait commencer. Et elle ne pourrait y échapper. Avec un profond soupir, Elizabeth résolut de renouveler son stock de médicaments, pour résister à la fatigue.

Robert s'enfonça dans les coussins de cuir. Tout se déroulait comme il l'avait rêvé, et il n'était plus loin de son objectif. Ses interminables études, son long apprentissage au cabinet d'avocat, un mariage convenable, les corvées d'un député, les ennuyeuses séances de comités étaient les marches de son ascension vers la Maison-Blanche. Et il savait que cela en valait la peine.

La limousine s'arrêta devant la maison de Jackson Street. Robert prit Adam dans ses bras, Randy aida Elizabeth à sortir de la voiture, et ils entrèrent tous les quatre.

« Je vais embrasser maman, dit Robert à sa femme en lui tendant le petit garçon, puis Randy et moi nous devrons aller voir un certain nombre de gens. »

Elizabeth l'entendit à peine.

« Où allons-nous ? demanda Randy une demi-heure plus tard, alors que les deux hommes remontaient en voiture.

— Va où tu veux, mon vieux. Moi, je vais répondre à une interview », répliqua le député avec un clin d'œil entendu.

Randy dissimula sa désapprobation sous une grimace complice. Non qu'il fût prude, loin de là, mais il savait que les appétits sexuels de Robert lui faisaient parfois perdre tout bon sens, et tomber entre les pattes d'une journaliste juste avant d'annoncer sa candidature au Sénat lui semblait particulièrement déraisonnable.

2

Le supersonique volait vers le coucher de soleil. Mary Catherine O'Malley sirota son champagne, grignota un canapé au saumon fumé et réfléchit à la réunion de stratégie qui commencerait un instant après l'atterrissage. L'annonce qui en résulterait aurait-elle un impact important sur son propre avenir ? Elle avait la faiblesse de le croire.

Elle travaillait pour Robert Willmont depuis trois ans, et tous considéraient qu'il avait de la chance car, dans leur petit monde, Mary Catherine était unanimement reconnue comme la meilleure assistante parlementaire de Capitol Hill. Elle avait acquis cette flatteuse réputation en une trentaine d'années passées à guider les députés dans les méandres de la politique locale.

Pour une fille née du mauvais côté de la barrière qui avait commencé sa carrière en tant que modeste employée de bureau, c'était une belle réussite, incontestablement.

Au début, elle fit quelques faux pas, mais elle apprenait vite et s'aperçut bientôt qu'elle était plus intelligente que la plupart des grosses têtes bardées de diplômes qui défilaient entre les murs du Congrès.

Après avoir assisté à six séances inaugurales et à

trois élections présidentielles, elle était à tu et à toi avec le Tout Washington. Invitée à toutes les réceptions importantes, elle était courtisée par la presse, recherchée pour ses conseils, et les hommes politiques lui faisaient confiance. Avec les années, elle avait déterré tous leurs petits secrets et savait quelle roche soulever pour y dénicher une éventuelle anguille. Et ce n'était pas sur l'oreiller qu'elle avait recueilli toutes ces confidences.

Mary Catherine était petite : un mètre cinquante, mais on s'en apercevait rarement. On remarquait plutôt, chez cette femme de quarante-huit ans, une silhouette de sablier, une masse abondante de cheveux châtains et des yeux noisette qui rappelaient vaguement ceux de Bambi.

Elle dirigeait son équipe avec la patience de Pénélope et la détermination d'un adjudant, elle s'adressait au public avec humour et impartialité et pilotait ses députés avec tact et discrétion.

Son prédécesseur l'avait léguée à Robert qui, deux mois après son intronisation, avait écrit une lettre reconnaissante au député sortant.

« Si vous avez un doute, se prit-il à répéter de plus en plus souvent, adressez-vous à Mary Catherine. »

Septième d'une famille de neuf enfants, de mère institutrice et de père alcoolique, Mary Catherine sut dès l'âge de six ans qu'il était préférable de garder un profil bas même si l'on connaissait la bonne réponse à une question. Son accent chantant cachait un cerveau exceptionnel et, avec ses manières enjôleuses de femme du Sud, elle n'avait aucun mal à convaincre les hommes que c'étaient toujours eux qui prenaient les décisions.

Elle avait ving-neuf ans lorsqu'un conseiller de la Maison-Blanche la demanda en mariage, un jeune homme intelligent et séduisant, avec qui elle sortait depuis quelques mois.

« Que feras-tu quand l'équipe pour laquelle tu travailles cédera la place ? lui avait-elle demandé.

— Nous avons cinq ans devant nous, avait-il répondu en riant.

— Et dans cinq ans, que feras-tu ? avait-elle insisté.

— Je suppose que je rentrerai à Boston. C'est assez difficile de reconnaître ses amis de ses ennemis, à Washington. »

Mary Catherine avait trimé trop dur pour se créer une place au soleil, et elle n'envisageait pas de quitter la capitale, même dans cinq ans. Elle refusa donc de l'épouser, à regret. Les deux jeunes gens continuèrent néanmoins de se fréquenter. Moins d'un an après, le président des États-Unis disparaissait dans les conditions tragiques que l'on sait, et le conseiller lui faisait ses adieux.

Robert Willmont était son troisième député de Californie. Vu son expérience et son habileté, Mary Catherine n'avait qu'à choisir dans la moisson biennale, mais elle aimait les Californiens. À l'inverse de beaucoup d'autres députés, ils avaient de la classe. En leur présence, les femmes se tenaient droites et les hommes avaient tendance à commander du vin plutôt que du bourbon.

Celui-là, outre la classe, avait une allure, un cerveau et une ambition qui l'emmèneraient bien plus loin que le troisième étage de la Chambre. Il était en pleine ascension. Mary Catherine attendait un homme de cette trempe depuis longtemps.

Comme presque tous ceux qui venaient de leur plein gré travailler dans la capitale, Mary Catherine nourrissait l'espoir de finir sa carrière à la Maison-Blanche. Depuis des décennies, elle scrutait les personnalités, en quête d'un homme possédant cet indéfinissable mélange de qualités et de caractère qui le désignerait comme le candidat apte à postuler à la plus haute fonction. Et, cette femme d'expérience et d'instinct en était intimement convaincue, elle l'avait enfin trouvé avec Robert Willmont.

En cinq jours, elle loua un appartement à Telegraph Hill, pour elle et d'éventuels invités, équipa le quartier général de Front Street, engagea deux secrétaires et un employé de bureau dans une agence de travail temporaire, et fit venir de Washington deux assistants pour l'aider à lancer les opérations.

Le jeudi 17 décembre à quatre heures de l'après-midi, un horaire parfaitement calculé pour le journal télévisé du soir, elle se tenait à côté de Randy Neuburg, à l'abri des projecteurs, tandis que Robert Willmont annonçait à la presse et au peuple de Californie son intention d'être candidat au Sénat.

Mary Catherine appréciait Randy. C'était un garçon intelligent et réaliste, qui profitait de son enseignement pour devenir l'un des meilleurs conseillers de Washington. La ravissante femme du député, son adorable gamin dans les bras, était près de son époux. Un charmant tableau, se réjouit la rusée Mary Catherine, qui appréciait aussi Elizabeth Willmont. Outre la beauté et l'élégance, elle possédait le genre de charme et de douceur qui constituait un immense atout à Washington et dans les médias.

Du coin de l'œil, l'assistante passait en revue les journalistes qu'elle fréquenterait pendant les onze mois à venir. Au premier rang était assise une jolie petite blonde aux yeux bruns, en jupe très courte, les jambes croisées, un petit sourire insolent sur les lèvres. Elle était la seule à ne pas prendre de notes. Mary Catherine fronça les sourcils. En trois ans, elle avait vu ce sourire sur le visage d'un certain nombre de jolies filles, et il avait chaque fois fait tinter une sonnette d'alarme dans son esprit. Un léger soupir lui donna à entendre que Randy l'avait remarquée, lui aussi.

« Je crois que ça s'est bien déroulé, dit Robert, une fois les projecteurs éteints et les journalistes envolés.

— Le message est bien passé, approuva Randy.

— Tant que les électeurs conservateurs s'intéresseront à ma politique fiscale et les libéraux à mon programme social, résuma le candidat, il n'y aura pas de problème. »

Il s'étira et consulta ostensiblement sa montre. « Je suis en retard. Occupe-toi de faire ramener Elizabeth et Adam à la maison, veux-tu », demanda-t-il à Randy.

Ce dernier échangea un bref regard avec Mary Catherine.

« Je n'ai rien sur votre agenda pour ce soir, monsieur le député, fit-elle remarquer.

— Je dois faire un petit saut en ville. Ça ne sera pas long. »

Évidemment, puisqu'elle est au journal de six heures, se dit Mary Catherine.

Tu vas la sauter vite fait, oui, se dit Randy, qui poursuivit à haute voix : « Tu crois vraiment que c'est une bonne idée ? Les médias ne vont plus te lâcher, tu le sais bien.

— J'ai appris à les semer, gloussa Robert.

— Attention, il suffit d'un faux pas, insista Randy.

— Si je trébuche, riposta Robert sans aménité, tu me ramasseras, voilà tout. »

« C'est la blonde qui était au premier rang, dit Randy dès que Robert eut tourné le dos.

— Oui. Janice Evans, de Channel Seven. Encore une journaliste ! Ça aurait pourtant dû lui servir de leçon.

— Il a intérêt à vérifier qu'il n'y a pas de caméra planquée quelque part, cette fois-ci ! »

Peu avant la réélection du député à la Chambre, Randy avait été obligé de se transformer en cambrioleur pour lui éviter les désastreuses conséquences d'une liaison avec une jeune femme aux grands yeux qui se prétendait étudiante en sciences politiques alors qu'elle était journaliste dans une feuille de chou à scandales et cherchait un moyen d'entrer dans la grande presse.

Randy dut pénétrer dans son appartement par effraction et s'emparer de photos et de négatifs accablants. Puis, afin d'éviter qu'il ne lui prît la fantaisie de se répandre publiquement à ce sujet, Robert utilisa ses relations pour faire impliquer la jeune femme dans une affaire de drogue et de prostitution qui lui ôterait toute crédibilité. Lorsqu'elle avait été arrêtée et condamnée à neuf mois de prison, Robert n'avait pas cillé.

Mary Catherine soupira. Robert Willmont avait un seul défaut, une faiblesse qui risquait de lui coûter très cher s'il n'y prenait garde, et si Randy et elle relâchaient un instant leur vigilance : son incapacité congénitale à garder sa braguette fermée.

Septième partie

1991

Une action est bonne ou mauvaise selon que les circonstances et le moment sont bien ou mal choisis.

AGESILAS

1

Avec un long soupir de soulagement, Karen vida la dernière de ses malles garde-robe. Ce qu'elle détestait le plus, dans les déménagements, c'était de dénicher une place pour tout ce que l'on avait si aisément accumulé auparavant. En dix ans, c'était la quatrième fois qu'elle subissait cette corvée.

Leur nouvelle maison, à San Francisco, était plus petite que celle de Tucson, ce qui lui compliquait la tâche. Lorsqu'ils s'étaient installés successivement à Atlanta, Houston et Tucson, avec les filles, l'espace ne leur avait jamais manqué. Mais maintenant que Gwen avait fondé sa propre famille et que Jessica avait presque terminé ses études, ils n'avaient plus besoin d'autant de surface.

Karen avait trouvé la demeure coloniale d'Atlanta un peu prétentieuse, l'hacienda de Houston trop chaude et l'air de Tucson trop sec. Mais elle aimait cette maison-ci, située sur une colline dominant le Pacifique, dans le quartier de St. Francis Wood, au sud de San Francisco. Avec son solarium devant la cuisine et sa grande chambre à coucher avec terrasse, elle avait une allure méditerranéenne.

« Typique des années vingt », avait dit Ted en la visitant.

« Trois chambres nous suffisent, désormais, avait expliqué Karen à Gwen au téléphone.

— Et si Larry, les jumeaux et moi nous décidons de venir en même temps que Jessica ? avait protesté l'aînée de ses belles-filles, désormais à Philadelphie.

— Nous nous débrouillerons. »

« Pourquoi avez-vous choisi San Francisco ? avait questionné Jessica depuis son dortoir de l'université du Colorado.

— C'est San Francisco qui nous a choisis, comme d'habitude. On a demandé à ton père de construire un important complexe dans China Basin. »

« Pourquoi devons-nous déménager encore une fois ? s'était amèrement plainte Amy. Il ne me reste qu'une année de lycée. Je n'aurai plus d'amies, plus rien. Je vais être malheureuse comme les pierres.

— Je sais, dit Karen. Mais nous n'avons pas le choix. C'est un projet trop important pour que ton père le refuse.

— Ce n'est pas juste », s'était exclamée l'adolescente.

Et Karen admit que ça ne l'était pas.

Il y avait assez d'hôtels et de centres commerciaux à bâtir sur la côte Est pour occuper Ted. Mais il avait toujours envie d'aller plus loin.

Si Karen avait jamais pensé qu'il lui suffirait de se couler dans la famille de Ted pour jouir de la vie idyllique dont elle avait toujours rêvé, il lui fallut peu de temps pour s'apercevoir qu'elle s'était bercée d'illusions. Ted et les filles avaient pris des habitudes qui contrevenaient au sens de l'ordre et de l'intimité de Karen. Et chaque fois que Ted se montrait incapable de résister à l'appel de l'inconnu, il lui fallait abandonner le confort du nid familier.

Elle se sentit tour à tour isolée par l'hypocrisie sudiste de la Georgie, épouvantée par le gigantisme du Texas et poursuivie par le vent sec de l'Arizona, mais, lorsqu'elle y était enfin habituée, elle déménageait. En chemin, elle ne se fit que très peu d'amis.

Demion Five, les Yanow, Demelza et la bande de Sullivan Street manquaient cruellement à Karen, qui jugeait sa vie bien ennuyeuse comparée à celle qu'elle avait connue. Elle se replia sur la famille au moment où la famille se tournait vers l'extérieur : Ted était absorbé par son travail et les filles s'intéressaient à leurs études et à leurs activités propres. Elles avaient de moins en moins besoin d'elle. Heureusement, il lui restait son association avec Nancy.

En dix ans, les deux femmes avaient publié sept livres. Le deuxième, qu'elles terminèrent juste avant le départ des Doniger pour Atlanta, remporta un tel succès qu'un important éditeur de New York leur proposa un contrat et une diffusion nationale pour leurs prochains travaux.

« Ils s'imaginent qu'ils tiennent un bon filon », protesta Karen pour la forme, mais elle savait qu'il était temps d'élargir leur public, et de sortir de New York. Quelques semaines plus tard, Nancy s'envolait pour Atlanta. Elles avaient choisi cette ville comme thème de leur prochain livre, et les jeunes femmes l'explorèrent pendant trois semaines.

Elles s'attaquèrent ensuite à Washington, à Houston et à La Nouvelle-Orléans. Puis, en Arizona, elles se résolurent à passer à la couleur.

« On ne peut pas utiliser le noir et blanc, pour des paysages pareils », s'était exclamée Nancy avec emphase lors de son premier séjour dans le Southwest.

Comme elles décidèrent, rompant ainsi avec leurs habitudes, de ne pas se cantonner à une seule ville, Nancy fit six séjours dans la région et il leur fallut deux ans pour terminer le livre, qu'elles appelèrent

Tapisserie. Le résultat était extraordinaire, et l'éditeur décida d'en tirer vingt mille exemplaires.

Sur la couverture on voyait un jeune Indien hopi, debout sur la limite de sa réserve, et qui contemplait les montagnes lointaines.

La douleur est pourpre
comme ces pics lointains
à jamais
inaccessibles,
et verte
comme les prairies
à jamais
interdites.
La douleur
est brune
comme le sang des ancêtres,
et rouge
comme l'orgueil
qui y coule.
La douleur
est dorée
comme l'espoir
qui se lève avec le soleil,
et se couche avec la lune.
La douleur
est grise
comme la passivité
d'hier,
et l'indifférence
de demain.

Ce qui procura le plus de plaisir à Karen, dans *Tapisserie,* furent les quatre mois qu'elle et Nancy consacrèrent à parcourir l'État en tout sens, du Grand Canyon à Chiricahua et de Yuma à Mexican Water.

À chaque voyage, elle avait l'étrange impression de prendre la fuite.

Les filles grandissaient si vite ! Leur foyer, si vivant, si animé, et même si bruyant par le passé, était devenu avec leurs départs successifs un lieu vide et calme. Le temps pansant les blessures, Karen et Ted étaient parvenus à nouer une relative intimité, mais leur camaraderie insouciante avait disparu à jamais.

Ted consacrait à son travail l'énergie qu'il avait espéré déployer pour son couple. Le soir, il quittait fort tard sa table à dessin et il lui arrivait de s'y asseoir toute la journée du samedi et même du dimanche. Le rideau qu'il avait tiré entre leurs lits à New York était remplacé par un mur invisible qu'ils semblaient l'un et l'autre incapables de franchir. Poussés côte à côte, les lits jumeaux avaient l'apparence d'un grand lit, mais c'était une illusion.

Ce qui leur tint lieu d'amour physique commença quelques semaines après leur mariage, quand Ted comprit qu'il ne se contenterait pas de regarder Karen, ni de lui parler. Des gestes d'affection banals, un baiser, une accolade, firent place progressivement à l'acte lui-même, qu'ils consommaient en général lorsque Karen avait bu plus que de coutume.

La première fois, Karen se mordit la lèvre au sang et s'agrippa aux draps avec une telle ardeur qu'elle les déchira. Ils firent comme si de rien n'était. Peu à peu, l'alcool aidant, Karen parvint à séparer l'image de Ted de celle de ses cauchemars et à accepter de satisfaire ses besoins. Elle ne songeait pas un instant à son propre plaisir. Ce chemin lui était interdit par la culpabilité, la honte et l'humiliation qui vivaient en elle depuis si longtemps.

Aux yeux du monde, ils passaient pour le couple idéal, l'incarnation du rêve américain. Les filles étaient intelligentes et jolies, les parents bien habillés et courtois. Ils avaient assez d'argent, un chien de berger appelé Duster, un chat appelé Chat et un break non baptisé. Mais ce qu'ils avaient cru pouvoir partager n'était pas assez fort et la distance entre eux s'accrut d'année en année.

Ils n'en parlaient jamais. On aurait dit qu'ils avaient peur de dire ou de faire quelque chose qui détruirait l'illusion qui les aidait à vivre. Lorsqu'ils étaient seuls, ce qui leur arrivait le plus rarement possible, ils étaient pleins d'attention l'un pour l'autre, mais un fossé les séparait.

« Parfois, je me dis que nous n'aurions pas dû nous marier, dit un jour Karen.

— Tu as sans doute raison.

— Si tu veux divorcer, je le comprendrai.

— Moi, non. Et toi ?

— Moi non plus. »

Ce modus vivendi dura donc jusqu'au printemps 1990, lorsque le cheval d'Amy, excellente cavalière, fut mordu par un serpent pendant une balade dans le désert d'Arizona, et s'emballa. La jeune fille perdit l'équilibre, accrocha son pied droit dans l'étrier et fut tirée par sa monture sur une trentaine de mètres.

À l'hôpital, les médecins diagnostiquèrent de multiples contusions, deux jambes cassées, une hanche déplacée et une triple fracture du crâne.

Karen et Ted, familiers tous les deux de ce genre de lieu bien que pour des raisons différentes, arpentèrent les couloirs jusque bien après minuit, mais les médecins refusèrent de se prononcer. Les opérations s'étaient bien passées, mais les quarante-huit heures à venir demeuraient cruciales.

Ils se résolurent enfin à rentrer chez eux. Karen aida Ted, épuisé, à se coucher puis se rendit dans la cuisine pour remplir à ras bord deux verres de cognac.

« Voilà pour t'aider à t'endormir, dit-elle à Ted en lui tendant un verre.

— Je ne veux pas dormir, sanglota-t-il, alors qu'il tremblait de fatigue. Et si elle avait besoin de moi ? J'aurais dû rester près d'elle.

— Le médecin a dit qu'il appellerait s'il y avait le moindre changement. Et l'hôpital n'est qu'à dix minutes en voiture.

— C'est ma faute, dit-il soudain en pleurant.

— En quoi ?

— Je ne me suis pas assez occupé d'elle. Je ne sais rien de ce qu'elle fait, de ce qu'elle aime, de ce qu'elle pense. On ne se voit presque plus. Ça fait une éternité qu'on n'a pas passé un week-end ensemble.

— Tous les week-ends possibles n'auraient pas empêché l'accident. Tu es un père merveilleux. Si tu pouvais lui poser la question, elle te dirait elle-même qu'elle n'en voudrait pas un autre pour tout l'or du monde.

— Tout va si vite, marmonna Ted. Ce sont des bébés, et d'un jour à l'autre, elles deviennent des adolescentes, puis des femmes, elles s'en vont et font des bébés à leur tour.

— C'est la vie, fit remarquer Karen.

— Tu crois qu'elles y sont prêtes ? Qu'elles sont assez fortes ? Assez raisonnables ? Que nous avons fait ce qu'il fallait ?

— Nous avons fait de notre mieux. »

Ce lieu commun le calma pendant quelques instants. Il avala une gorgée de cognac, puis les larmes se remirent à couler sur ses joues.

« Je suis si seul, sanglota-t-il. Je ne veux plus être seul. »

Sans réfléchir, Karen le prit dans ses bras, comme

elle l'avait si souvent fait pour consoler ou rassurer les enfants et notamment Amy, lors de leur première nuit dans la nouvelle maison d'Atlanta.

Karen, une fois de plus, regrettait la distance qu'ils avaient laissé s'installer entre eux. Il croyait avoir épousé une femme, alors qu'elle n'était qu'une sorte de pur esprit. Elle avait espéré épouser un pur esprit, mais Ted était un homme. Une première brèche allait-elle enfin ébranler le mur invisible ?

« Tu verras, le rassura-t-elle, tout ira bien. Amy guérira. Nous guérirons tous. »

Au sujet d'Amy, sa prédiction se vérifia. Elle manqua un mois d'école mais rattrapa son retard sans problème. Elle passa l'été dans un fauteuil roulant, mais à l'automne, elle retourna en classe, sur des béquilles, puis avec une canne, et enfin sur ses pieds. Les fractures du crâne n'avaient provoqué aucun dégât sérieux. Ses cheveux repoussaient de façon indisciplinée autour des cicatrices et Amy en faisait toute une histoire, mais l'accident n'eut pas de conséquence plus grave.

En revanche, il en eut une autre, inattendue et positive : Ted et Karen commencèrent à se parler.

« Je t'ai épousée pour de mauvaises raisons, reconnut Ted. Maintenant je le sais. Tu ressemblais tellement à Barbara, tu comprends, et elle me manquait tellement. J'ai cru qu'elle revivrait à travers toi. C'était idiot, évidemment, et comme ça ne marchait pas, je t'en ai voulu.

— Moi aussi, je t'ai épousé pour de mauvaises raisons, avoua Karen. Je croyais pouvoir m'offrir certaines choses dont je m'estimais injustement privée, sans avoir à en payer le prix. Et c'est toi que j'ai fini par priver.

— Quel genre de choses ?

— Le mariage, des enfants à élever, le genre de vie pour lequel on m'avait élevée.

— Et cet accident — il t'a privée de tout ça ?

— Oui », répondit Karen sans rien ajouter.

Il avait bien entendu remarqué ses cicatrices, qui l'intriguaient, mais n'avait jamais posé de questions.

« Je ne savais pas que c'était aussi grave.

— Les médecins m'ont enlevé l'utérus. Mon petit ami de l'époque n'a pas supporté. Je suppose qu'il préférait avoir des enfants plutôt que m'avoir moi. Après, je me suis retirée de la course. J'avais trop peur de souffrir à nouveau.

— Je te comprends. Les hommes sont parfois si égoïstes, si insensibles.

— Ce n'était peut-être pas entièrement sa faute, s'entendit-elle dire.

— Quand tu m'as épousé, tu me croyais différent, n'est-ce pas ? Et en fait, je suis aussi égoïste et insensible que les autres.

— Non, rétorqua vivement Karen. Tu n'as rien à te reprocher.

— Qu'est-ce qu'on fait, à présent ? Tu veux divorcer ?

— Et toi ? contre-attaqua-t-elle, le souffle coupé.

— Non, dit Ted sans hésiter.

— Moi non plus, dit Karen en soupirant de soulagement.

— Bon. En ce qui me concerne, on recommence tout de zéro, pour le meilleur et pour le pire. »

Un an plus tard, ils s'installaient à San Francisco.

Karen buvait une tasse de thé dans le living-room. Les trois tableaux de Rankin étaient posés contre le mur. Le clown serait accroché dans le bureau, mais il incombait à Karen de trouver la place des deux autres. Elle allait les déballer lorsqu'on sonna à la porte.

Une grande femme approchant de la soixantaine, aux lèvres pleines, aux petits yeux marron rapprochés et aux cheveux poivre et sel noués en un chignon disgracieux, se tenait sur le pas de la porte, une casserole à la main. Elle ressemblait un peu à Demelza.

« Bonjour, dit-elle. Je voulais vous apporter ça hier, pour soulager un peu l'horreur du premier jour d'aménagement, mais j'ai eu une urgence au bureau et je suis rentrée trop tard. Alors je me suis libérée ce matin et me voilà. J'espère que ça vous sera utile.

— Merci, c'est très gentil à vous.

— Je suis Natalie Shaffer, et j'habite en face. Bienvenue dans le quartier, à San Francisco et peut-être même, qui sait, en Californie.

— Vous avez raison sur tous les points, répondit Karen en se présentant à son tour. Nous venons de Tucson.

— Connais pas, dit Natalie, mais si vous avez le temps, allons boire un café à la maison. Vous me raconterez.

— Je viens de faire du thé. Vous n'en voulez pas une tasse ?

— Du thé ! s'étonna Natalie en entrant. Grands dieux ! Mais on est civilisé à Tucson ! Je croyais que l'Arizona était un immense désert peuplé de vaches et de moutons !

— Ce n'est pas faux. Mais je suis de New York.

— Tout s'explique. Nous sommes donc doublement voisines. Je suis originaire de Pennsylvanie.

— Mon mari aussi. De Reading.

— Et moi de Scranton. Peut-être sommes-nous cousins ! »

Karen lui servit une tasse de thé et disposa des biscuits sur une assiette. Les deux femmes s'installèrent autour de la table de la cuisine.

« Comment faites-vous pour retrouver quoi que ce soit un jour après avoir aménagé ? C'est stupéfiant, s'étonna Natalie en mordant dans un biscuit.

— Je dirigeais un magasin. Il a bien fallu que j'apprenne à emballer et déballer en un temps record. Ma patronne me traitait de maniaque.

— Je suis plutôt bordélique, du genre hippie attardée », dit Natalie en faisant une petite grimace.

Karen lui sourit. Elle avait l'impression qu'elle avait enfin une nouvelle amie.

« Que faites-vous dans la vie, pour avoir à la fois des urgences et la possibilité de prendre une matinée de congé ?

— Je suis psychiatre, répliqua Natalie qui éclata de rire un instant après, et poursuivit : à voir votre visage, qui s'est figé instantanément, je parie que vous êtes nulle au poker.

— Ah ! s'étonna hypocritement Karen. Pourquoi ?

— Et je vais vous avouer pire encore : mon mari aussi.

— Vous êtes tous les deux... » Karen bredouillait, mal à l'aise. « La psychiatrie... doit être... rentable. »

Natalie gloussa. « Il n'y a rien de mal à ce qu'une personne, en parfaite santé par ailleurs, cherche à résoudre ses propres dysfonctionnements. C'est le cas de quatre-vingt-dix-huit pour cent de la population, vous savez.

— Je ne voulais pas vous blesser, dit Karen en toute hâte.

— Vous ne m'avez pas blessée le moins du monde ; bien au contraire, j'ai l'impression que nous allons devenir amies. »

Trois semaines plus tard, Karen avait oublié le métier de Natalie. Elles s'amusaient trop ensemble. Les couples se recevaient régulièrement, à déjeuner ou à dîner. La maison des Shaffer, bourrée d'antiquités de toutes les époques, ressemblait à un cauchemar de collectionneur. Karen y découvrit une armoire pleine d'éditions originales qui auraient enthousiasmé Demelza. Mais il régnait chez eux un épouvantable désordre, que Nancy revendiquait avec une absence totale de culpabilité.

« Nous sommes tous les deux nuls en rangement », affirmait-elle en haussant les épaules.

Herbert Shaffer était un homme de soixante ans, jovial, qui s'intéressait à l'architecture. Ted et lui s'entendaient à merveille.

La première fois que les Shaffer vinrent dîner chez les Doniger, ils parlèrent de films, de musique et des vins californiens en sirotant du cognac.

« Quel livre magnifique, s'exclama soudain Natalie en désignant l'exemplaire de *Tapisserie* que Ted s'obstinait à laisser traîner sur la table basse. Dès que je l'ai vu, je n'ai pas pu m'empêcher de l'acheter. On dit que les auteurs ont sillonné tout l'État en Jeep. Des originales, je suppose. »

Amy pouffa de rire.

« Qu'y a-t-il de si drôle ? demanda Natalie.

— C'est de traiter ma mère et ma tante d'originales, répondit Amy.

— Vos quoi ?

— Nancy Yanow est ma tante, expliqua Amy. Elle prend les photos. Et maman écrit les textes. Sous son nom de jeune fille, pour que personne ne sache que c'est elle.

— Pas du tout, protesta Karen. Je n'étais pas mariée quand nous avons commencé. »

Étonnée et admirative, Natalie observait Karen.

« Vous auriez pu nous en parler.

— L'occasion ne s'est pas présentée, dit Karen.

— Je vous ai demandé ce que vous faisiez, et vous avez prétendu être une femme au foyer, s'exclama Natalie.

— Mais c'est la vérité !

— Et une maman, ajouta Amy.

— Exactement, conclut Karen en enlaçant sa belle-fille. Le reste n'est qu'un passe-temps. »

« Amy est délicieuse, déclara un jour Natalie en faisant des courses. Tu as fait du bon boulot. J'ai hâte de connaître les deux autres.

— Je ne suis pas responsable, hélas. Ce ne sont pas mes filles. Leur vraie mère est morte quand elles étaient très jeunes.

— Tu m'as l'air tout à fait “vraie”.

— Ce n'est pas ce que je voulais dire.

— J'ai compris, mais tu dis des bêtises. Si Amy est comme elle est, c'est en grande partie grâce à toi.

— Peut-être.

— Tu n'as jamais eu d'enfants ?

— Non, j'ai eu un accident, il y a des années. Et après, je ne pouvais plus.

— Et tu n'as aucune envie de revenir là-dessus. Il faut toujours que je jacasse à tort et à travers, maugréa Natalie. C'est une des conséquences de mon métier, on pose des questions. On apprend aussi à écouter, évidemment. Donc, si un jour tu as envie de parler, de quoi que ce soit, n'hésite pas à traverser la rue. »

Karen sourit poliment, sans répondre. Des années auparavant, elle s'était confiée à Nancy au sujet de l'agression de Central Park. Puis elle avait décidé d'enterrer le passé. Ted n'était toujours pas au courant, malgré leur relation désormais confiante. Karen avait résisté à la tentation de s'ouvrir à lui, de crainte qu'il ne réagît comme l'avait fait Peter Bauer et ne se détournât d'elle.

Mais il lui arrivait parfois de souhaiter rencontrer quelqu'un qui l'écouterait sans la condamner, qui comprendrait, qui l'aiderait à se débarrasser de sa rage et de sa frustration. Le monde avait changé. Le viol était désormais un fait de société dont on discutait couramment. De plus en plus souvent, des femmes témoignaient : Oui, je suis sortie avec lui, mais je ne voulais pas faire l'amour, j'ai dit non. Et la justice leur donnait raison.

Ces paroles, Karen aurait tant voulu pouvoir les prononcer devant la police, sa mère, Peter, le monde entier ! Mais il ne s'était présenté personne pour la soutenir, et, en trente ans, elle en était venue à se considérer comme la coupable et non la victime.

La sécheresse persistait. Septembre fit place à octobre sans apporter la pluie tant espérée, et l'eau était sévèrement rationnée.

« Quand nous étions en plein désert, nous ne manquions pas d'eau, s'étonna un jour Karen. Et ici, entourés d'eau comme nous le sommes, les réservoirs sont à sec.

— C'est la faute des hommes politiques, lui expliqua Natalie. En Californie du Sud, ils nagent dans leurs piscines et arrosent leurs pelouses comme d'habitude, alors qu'ici on économise la moindre goutte de flotte. »

Karen ne s'était jamais intéressée à la politique. Elle votait régulièrement, mais sans conviction, révoltée par la corruption ambiante et par des conduites qu'elle considérait comme inacceptables. Elle ne lisait plus les journaux depuis plus de dix ans, n'écoutait pas les bulletins d'information.

« Tu as sûrement raison, répondit-elle à son amie, mais mon cas est incurable. Je ne sais même pas qui sont les prochains candidats à la présidence.

— Dommage. Il y a un type, ici en Californie, qui mérite qu'on s'intéresse à lui.

— Pourquoi ?

— C'est un homme juste, il prend les intérêts de l'État à cœur. Je l'ai entendu s'exprimer le mois dernier, au cours d'un congrès, il a eu le courage de reconnaître que nous étions dans le pétrin, et l'intelligence de nous expliquer comment on pouvait en sortir.

— Comment s'appelle-t-il ?

— Willmont. Robert Drayton Willmont. »

2

Le jeudi 24 octobre, Randy Neuburg se fraya un chemin dans la cohorte de journalistes qui se pressait devant le bureau privé de Robert Willmont au siège du Sénat, et referma soigneusement la porte derrière lui.

« C'est la jungle, dehors, s'exclama-t-il. Je n'ai jamais vu autant de journalistes au même endroit. Comment ont-ils appris que ce serait aujourd'hui, à ton avis ? »

Robert se renversa dans son fauteuil. « Mary Catherine le leur a dit », fit-il avec le même sourire juvénile que vingt ans auparavant. Son visage portait cependant les marques de la cinquantaine et, au lieu de dire qu'il était beau, on s'accordait à le trouver « distingué ».

« Toutes les feuilles de chou du pays ont envoyé un correspondant, sans parler des trois chaînes nationales et de CNN. Ils ont fini d'installer les projos. Tu es prêt ?

— Si je ne le suis pas maintenant, je ne le serai jamais. »

Belle vaillance, songea Randy, qui connaissait trop bien son homme pour ne pas percevoir l'angoisse cachée sous l'apparente désinvolture du sénateur, sur le point de jouer le plus gros coup de son existence.

Comme s'il avait lu dans ses pensées, Robert soupira. Tel un cheval emballé sur une colline glissante, il ne contrôlait plus les événements. Le lent et prudent voyage jusqu'à la Maison-Blanche s'était transformé en une course effrénée. Quelqu'un d'autre tenait les rênes, un groupe d'individus, en réalité, et il n'avait d'autre choix que de dévaler la pente, dans la direction qu'ils avaient choisie.

« C'est trop tôt, avait-il objecté aux gens de "là-haut" qui l'avaient contacté au début de l'été. Selon ma stratégie, je dois terminer ce mandat et me présenter en 1996.

— Au diable votre stratégie. C'est le moment de démarrer.

— Et si nous perdons ? Je serai un homme fini.

— Nous ne perdrons pas, assurèrent-ils.

— J'ai promis à ma femme qu'elle serait la première First Lady du XXIe siècle.

— Elle se fera une raison. »

En fait, Elizabeth Willmont ne se souvenait même pas de cette promesse. D'ailleurs, grâce aux petites pilules roses qui ne la quittaient jamais, elle ne semblait plus se souvenir de grand-chose. Que son mari continue donc de rêver à la Maison-Blanche, elle avait, quant à elle, une autre source où s'abreuver.

Adam avait onze ans. Il était malin comme un singe et beau comme un ange. La mère et le fils allaient partout ensemble : au zoo, au ballet, au musée des Sciences. Ils se promenaient dans les Muir Woods, occupaient la loge des Drayton à l'opéra, naviguaient dans la baie de San Francisco et admiraient les deltaplanes qui s'élançaient des falaises de Fort Funston.

« Aurais-tu envie d'essayer », lui proposa un jour Elizabeth.

Adam, qui avait alors neuf ans, secoua la tête. « Ça doit être amusant, mais c'est dangereux. On risque de se tuer. »

« Qu'as-tu l'intention de faire quand tu seras grand, mon garçon ? lui demanda un soir sa grand-mère paternelle qui allait fièrement sur ses quatre-vingts ans.

— Me rendre utile », répondit le garçonnet.

Il enchantait Elizabeth, et compensait largement les absences répétées de son père — Elizabeth avait depuis longtemps cessé de s'en soucier.

« Que dirais-tu de finir le siècle à la Maison-Blanche plutôt que d'y entamer le prochain, s'enquit Robert un soir à table.

— Comme tu voudras.

— Bon Dieu ! s'exclama-t-il, indigné. On dirait que je te parle d'acheter une nouvelle voiture.

— Il nous en faut une ? » questionna Elizabeth, d'une voix distraite.

Robert contempla la femme, encore belle mais si indifférente, assise en face de lui. Où avait donc disparu l'innocente et délicieuse jeune fille qu'il avait épousée ?

« Dis-leur que je marche, avait annoncé Robert à Randy le lendemain. Et mettons-nous au boulot. »

Randy s'était éclairci la gorge avant de parler. « J'ai un truc à te dire avant qu'on commence.

— Vas-y, dit le sénateur. Je t'écoute.

— Gary Hart.

— Quoi, Gary Hart ? Cet imbécile n'avait qu'à tendre la main pour entrer à la Maison-Blanche ! On lui avait déroulé le tapis rouge. Au lieu de cela, il s'est pris les pieds dedans ! »

Le regard que jeta Randy sur le sénateur en disait plus que de longs discours. Le visage de Robert s'assombrit.

« Ma vie privée ne regarde que moi, gronda-t-il.

— En Californie peut-être. Ici, on te passe tout. Mais en tant que candidat à la présidence, le pays tout entier va s'intéresser à tes faits et gestes, insista Randy. Tu me paies assez cher pour prendre mes conseils en compte. Alors, écoute-moi.

— D'accord », soupira le sénateur.

Randy pesa soigneusement les mots qu'il allait prononcer. « Il y a des gens, là-dehors, qui ignorent tout de tes activités extraprofessionnelles, et qui s'en ficheraient s'ils étaient au courant. Puis il y a ceux qui savent, mais qui considèrent que ce que tu représentes est plus important qu'une petite entorse à ton contrat de mariage de temps à autre.

— J'espère bien, l'interrompit Robert.

— Mais il existe aussi des défenseurs de la morale qui s'imaginent avoir été envoyés sur terre pour dicter à chacun sa conduite. Et ces parangons de vertu sont relayés par les médias, qui se fichent éperdument de ce que tu représentes ou de ce que tu pourrais accomplir au service du pays. La courtoisie, la discrétion, c'est du passé. Ce qui compte aujourd'hui, c'est la première page, le titre en manchette, et le sujet d'ouverture du journal télévisé.

— Et tu voudrais que je te promette de ne pas leur donner de la matière, c'est ça ? demanda Robert en riant.

— Un certain nombre de gens importants ont travaillé dur, et depuis longtemps, pour t'amener où tu es, répliqua Randy. Tu leur dois — tu nous dois — et tu dois au pays, n'ayons pas peur des mots, de ne pas tout gâcher.

— Hart aurait dû t'engager.

— Il a mésestimé le peuple et la presse. C'est une gaffe que personne, le sortant excepté, bien entendu, n'a aucune envie de te voir commettre.

— Du temps de JFK, on ne s'occupait pas de ces foutaises, rétorqua Robert. À l'époque, les gens savaient faire la différence entre ce qui est important et ce qui ne l'est pas.

— Il y a trente ans de cela. Les choses ont changé, et tu dois en tenir compte. »

Robert n'était pas un imbécile. Il savait que ses incartades étaient potentiellement dangereuses pour sa carrière, mais il était avant tout un homme, un homme qui avait de sérieux besoins, doté d'une femme qui n'avait plus aucune envie de les satisfaire. Malheureusement, les journalistes n'étaient plus aussi bien élevés, ni aussi tolérants pour la condition humaine que par le passé. À cause d'eux, l'année à venir risquait d'être bien ennuyeuse.

« Très bien. J'ai compris. Mais il y a un point sur lequel je ne transigerai pas.

— Qui est ? demanda Randy avec une inquiétude non dissimulée.

— Je ne veux pas entendre parler des services de renseignement. Je ne veux voir aucun de leurs chiens de garde rôder autour de moi, et enregistrer ce que je mange au petit déjeuner, l'endroit où je range mes chaussettes et l'heure à laquelle je vais aux chiottes.

— Et ta sécurité, protesta Randy, pris de panique. Tu sais bien le nombre de cinglés qui traînent.

— Si tu l'estimes indispensable, engage une société privée, et discrète. Qui dépendra uniquement de moi, pas de Washington. Je te promets de me conduire comme un bon garçon, mais à mes conditions. »

Randy soupira. Il savait qu'il ne servirait à rien de discuter. Cette demi-victoire valait mieux que rien.
« C'est entendu. Le moment venu, nous refuserons les services secrets. Et je vais demander à Mary Catherine de dénicher une société de protection efficace. »

Le sénateur sourit innocemment. « Autre chose ? »

En guise de réponse, Randy posa une chemise sur le bureau. « Voici quelques-unes des régions sélectionnées par les gens de “là-haut”. »

Robert passa la liste en revue. S’y trouvait une douzaine des principales arènes politiques du pays.

« Rien à dire.

— Je te conseille aussi d’engager une agence de conseil en communication.

— Pour quoi faire ?

— Elles bâtissent l’image, définissent les plans médias, analysent le candidat et trouvent la meilleure manière de le présenter à l’opinion.

— Je n’ai eu aucun problème d’image jusqu’à maintenant.

— Pas en Californie, en effet. Mais tu t’es tenu tranquille quand tu étais à la Chambre, pour te faire des alliés plutôt que des ennemis. Tu es donc un inconnu pour la grande majorité des électeurs du pays. Il faut que tu te fasses un nom à l’échelle nationale.

— Je comprends, murmura le sénateur.

— J’ai fait ma petite enquête, et je te conseille Smoeller et Dobbs. C’est une petite boîte, mais elle a de très sérieuses références, et une réputation sans tache. »

Le sénateur approuva de la tête.

« Là où j’ai vraiment été malin, c’est le jour où je t’ai engagé, hein ?

— C’est à ça qu’on reconnaît les vrais chefs, sourit Randy. Ils n’ont pas peur de s’entourer de gens qui les valent. À propos, Mme Dobbs sera là à trois heures. »

Mariah Dobbs était une femme d’affaires redoutable, qui réussissait fort bien. Mais, avec ses longues jambes révélées par une mini-jupe, son généreux décolleté, sa masse de cheveux blonds et ses yeux gris à demi dissimulés par d'immenses lunettes, on aurait plutôt dit qu'elle posait pour les pages centrales de *Playboy*.

« Si on me donne les bonnes informations et l'argent nécessaire, je suis capable de vendre n'importe quoi à n'importe qui, annonça-t-elle en préambule.

— Voilà qui est de bon augure, répliqua Robert en lui dédiant un de ses fameux sourires.

— Si j'accepte de travailler pour vous, sénateur, poursuivit Mariah, nous allons passer beaucoup de temps ensemble. Établissons donc clairement la nature de nos relations.

— Je vous en prie, dit Robert en s'agitant un peu nerveusement dans son fauteuil.

— Je ne mélange jamais vie professionnelle et vie privée, dit-elle d'un ton ferme. Nos relations se cantonneront donc strictement à des échanges intellectuels.

— Loin de moi l'idée qu'il en soit autrement, protesta Robert.

— J'ai l'intention d'étudier votre personnalité en profondeur, de me familiariser avec vos options politiques, de découvrir vos forces et vos faiblesses. D'instinct, je dirais que puisque les opinions que vous défendez sont principalement libérales, il serait prudent d'afficher un certain conservatisme dans votre tenue. Chemises blanches, costumes sombres, cravates discrètes, cheveux courts et pas de bronzage cet été.

— J'en fais mon affaire », dit-il. Et de toi aussi, d'ailleurs, songea-t-il. Aucune femme ne lui avait jamais résisté. Parfois, il fallait y mettre un peu plus de persuasion que de coutume, voilà tout, mais cela faisait partie du jeu.

« Les gens vont savoir que vous êtes un homme riche, continua la spécialiste des relations publiques, je veux qu'ils vous voient utiliser cette fortune, pas seulement en profiter.

— Je vous suis, Mariah.

— Dobbs, dit-elle. Je préfère qu'on m'appelle Dobbs.

— Très bien, Dobbs, se reprit Robert.

— Autre chose. Remplacez votre Lamborghini par une voiture moins voyante. Une Mercedes si vous tenez aux voitures européennes, mais prenez-la noire. Le rouge est parfait pour un play-boy, mais je ne crois pas que ce soit l'image que vous souhaitiez donner.

— D'accord, approuva Robert en songeant qu'elle avait soigneusement préparé l'entretien.

— Et si vous vous montrez dans le monde, faites-vous accompagner de votre femme et si possible de votre fils. Il faut qu'on vous considère comme un respectable père de famille.

— Mais je le suis, dit le sénateur en jetant un coup d'œil à Randy.

— Bon, je ne peux pas vous en dire plus pour le moment, conclut Mariah. Je vais étudier le dossier que m'a remis votre secrétaire et reprendre contact avec vous dans une petite semaine pour vous soumettre une série de propositions plus consistantes. »

Elle glissa l'épais dossier que Randy lui avait fourni dans sa mallette, serra froidement la main de Robert et se dirigea vers la porte. Au dernier moment, elle se retourna et, enlevant ses lunettes, gratifia les deux hommes de son sourire le plus enchanteur.

« Eh bien, messieurs, ferai-je l'affaire ?

— Absolument », répondit Robert dans un éclat de rire. Et comment que tu feras l'affaire ! ajouta-t-il in petto.

« Parfait, rétorqua-t-elle en rejetant en arrière sa chevelure dorée. Parce qu'avec ce que vous allez me payer j'ai bien l'intention de prendre ma retraite. »

Dès qu'elle eut refermé la porte, Randy eut un large sourire.

« Comment pourrions-nous perdre, avec cet atout dans notre manche ?

— Ne nous emballons pas, coupa Robert.

— Dans un mois, nous aurons une vue plus précise de la situation. »

Un mois plus tard, selon les sondages et la presse en général, le sénateur de Californie avait toutes les raisons de croire en ses chances d'accéder à la fonction suprême.

On le citait sans cesse, il était devenu le champion des petites phrases qui frappaient juste et fort. Il pouvait exaspérer, plaire, faire rire, mais il forçait tout le monde à réfléchir. Les journalistes eux-mêmes s'étonnaient de sa clairvoyance et de son courage.

C'est ainsi que, le 24 octobre, Mary Catherine, habillée d'une robe rouge flambant neuve, sortant de chez le coiffeur et des étincelles dans ses yeux de biche entrouvrit la porte de son bureau.

« Tout est prêt, annonça-t-elle.

— Elizabeth et Adam sont arrivés ?

— À l'instant. »

Robert se leva, ajusta sa cravate et fit quelques pas.

« De quoi ai-je l'air ?

— D'un homme qui s'apprête à sauter d'une falaise, dit Randy en riant.

— Du prochain président des États-Unis, dit Mary Catherine.

— Alors, en route. »

3

« À mon avis, il ne faut pas faire de livre sur San Francisco, dit Karen à Nancy le 24 octobre.

— Pourquoi ? C'est l'une des villes les plus aimées de tout le pays.

— Justement. Elle a été mille fois photographiée, dessinée, peinte, lithographiée... Je vois mal comment nous trouverions un angle original...

— Ça ne va pas plaire à notre cher éditeur.

— Mais j'ai une autre idée.

— Je t'écoute.

— J'aimerais faire un livre sur l'eau.

— Sur l'eau ? répéta Nancy, étonnée.

— Sur l'eau. Quand nous vivions à Tucson, il y en avait plein. Nous étions en plein désert, mais la question de l'eau ne se posait pas. À San Francisco, où l'eau nous encercle littéralement, il faut en économiser chaque goutte. On prend sa douche en famille, et on hésite à tirer la chasse.

— Je ne savais pas que c'était aussi grave que ça.

— Voilà bien le paradoxe. J'ai l'impression que c'est l'unique aspect de la ville qui soit inconnu. Penses-y et parles-en à Spectrum.

— Inutile, répliqua Nancy. C'est une idée formidable. Allons-y.

— Vraiment ? demanda Karen.

— Vraiment. »

« Ma belle-sœur arrive en décembre, annonça Karen à Natalie. Nous allons commencer un nouveau livre.

— Sur San Francisco ?

— Sur l'eau.

— J'en réserve un exemplaire dédicacé.

— J'espère que tu auras le temps de rencontrer Nancy.

— Je me débrouillerai, affirma Natalie. À condition de m'arracher au procès pour viol de Willie Smith.

— Ah, oui », dit Karen en se raidissant imperceptiblement. Mais les bons psychiatres savent déceler l'imperceptible, et Natalie Shaffer était une excellente professionnelle.

« Je suppose que tu n'as pas l'intention d'y assister ?

— Non, fit Karen en haussant les épaules. De toute façon, il sera acquitté.

— Pourquoi dis-tu cela ? Tu le crois innocent ?

— Non, je pense qu'il est coupable, mais il sera acquitté quand même. Le jury rejettera la faute sur la fille, sous prétexte qu'il était trois heures du matin, et qu'elle était sortie avec lui de son plein gré.

— Tu retardes ! s'exclama Natalie. Aujourd'hui, on condamne des violeurs tous les jours.

— Même lorsque l'homme et la femme se connaissent ?

— Même. Le viol est plus difficile à prouver, c'est tout.

— Il sera acquitté », répéta Karen.

« Nancy arrive en décembre, annonça Karen à Ted le soir même. Mon idée lui a plu.

— Elle me plaît aussi.

— Veux-tu un verre de vin ?

— Avec plaisir. »

Depuis qu'ils vivaient en Californie, les Doniger étaient passés du scotch au vin. Ted en buvait un verre chaque soir en regardant les informations, et Karen sirotait le sien en préparant le dîner.

Elle déboucha la bouteille d'un geste habile pendant que Ted s'installait devant le téléviseur.

« ... *Un candidat inattendu à la présidence s'est déclaré aujourd'hui. Robert Drayton Willmont, le charismatique sénateur de Californie, a convoqué la presse dans son bureau de Washington en fin d'après-midi.* »

Elizabeth remplit à moitié les deux verres.

« *Mesdames et messieurs, dit une autre voix, ma femme Elizabeth et mon fils Adam se sont mis dans la tête d'être les prochains locataires du 1600 Pennsylvania Avenue.* »

Quelques rires s'élevèrent dans l'assistance. Karen prit le verre de Ted pour le lui apporter.

« *Comme je me suis toujours efforcé de satisfaire le moindre désir de ces deux êtres chers, je pose aujourd'hui ma candidature...* »

Karen était arrivée devant la porte du living. Elle frissonna sans raison.

« ... *Nul n'ignore que le pays connaît de sérieux problèmes. Soyons plus précis : nous sommes au bord de la faillite, morale, intellectuelle et économique. Je crois que l'Amérique mérite un dirigeant capable de l'avouer et d'y remédier.* »

Il y avait quelque chose de familier dans la voix. Karen était certaine de l'avoir déjà entendue, et le souvenir qui essayait de remonter à la surface n'était pas agréable.

Elle entra dans la pièce. Le téléviseur était derrière elle et la voix semblait la traverser de part en part.

« *On vous a assez menti, on vous a assez trompés. Ce pays est le vôtre et vous avez le droit de savoir ce qui s'y passe. J'ai donc l'intention de profiter de toutes les occasions que la presse voudra bien m'offrir pour vous dire la vérité sur sa situation, aussi triste soit-elle, et sur les mesures à prendre d'urgence, aussi pénibles soient-elles à entendre.* »

Le monde se mit à tourner au ralenti. Karen pivota vers l'écran. De foncés, les cheveux étaient maintenant grisonnants, et les rides de la maturité creusaient le beau visage. Vingt-neuf ans après, peut-être n'aurait-elle pas reconnu la forme de la bouche, l'angle du nez, ou la petite tache brune sur la joue, mais il y avait une chose qu'elle n'oublierait jamais : les yeux.

Son verre de vin se brisa sur le sol.

Le lendemain soir à dix heures, Karen traversa la rue et sonna chez les Shaffer. La nuit précédente, pour la première fois depuis des années, son rêve était revenu la hanter. À nouveau le brouillard l'avait engloutie, et elle avait couru à perdre haleine pour échapper à son poursuivant.

Elle n'était pas sortie de la journée et ne s'était habillée que peu avant le retour d'Amy.

Elle n'arrivait pas à croire que, tant d'années après, il se retrouvât sur son chemin, et l'injustice de la situation la révoltait : non seulement il n'avait pas payé pour son abominable forfait, mais il triomphait sur tous les tableaux.

« Excuse-moi de te déranger si tard, Natalie. Mais tu m'as dit que si un jour j'avais besoin de parler...

— Entre », répondit la psychiatre en guidant Karen vers la petite pièce confortable et intime qui lui servait de bureau. Elle referma la porte derrière elle.

« Je ne sais pas quoi faire, murmura Karen. Je croyais que c'était du passé, et maintenant, ça revient, je ne sais pas quoi faire...

— Assieds-toi, dit Natalie, et explique-moi.

— Je veux le tuer, dit Karen.

— Tuer qui ?

— Je n'ai rien dit à Ted. J'ai trop peur qu'il aille le tuer lui- même, et qu'il gâche sa vie. Mais ma vie à moi est déjà gâchée, irrémédiablement. À cause de lui. Donc, je n'ai rien à perdre à le tuer.

— Tuer qui ? »

Karen éclata d'un rire strident, angoissé.

« Je le retrouve, si longtemps après, et qu'est-ce que je découvre ? Qu'il est candidat à la présidence. Candidat à la présidence ! Il y avait toutes les chances que je ne le revoie jamais, et qu'est-ce qui m'arrive ? Je viens m'installer en Californie, et il est candidat à la présidence ! »

Le rire se transforma en un gémissement, et Karen se mit à trembler. Lorsqu'elle reprit la parole, ce fut pour articuler, entre ses dents serrées : « Il ne mérite pas d'être président. Il ne mérite même pas de vivre. »

Natalie lui versa un verre de cognac et l'aida à le boire.

« Je croyais que c'était fini. Je ne faisais plus de cauchemars. Ted et moi, nous étions repartis d'un bon pied. Il m'arrivait de ne pas y penser pendant des journées entières. Et je le retrouve, sur un écran de télévision, et il parle de la vérité ! La vérité !

— Robert Willmont ? dit Natalie, incrédule. Tu veux tuer Robert Willmont ?

— Pourquoi pas, siffla Karen. Il m'a presque tuée, lui. »

Ses paroles flottèrent quelques instants dans l'air et Natalie prit le temps de les digérer.

« Si tu m'expliquais, dit-elle calmement bien qu'elle fût en proie à un tourbillon d'émotions contradictoires.

— Je ne savais pas qui c'était, dit Karen. En ce temps-là, on ne connaissait pas les noms de famille des gens. C'était Bob, un point c'est tout. Bob, de la faculté de droit de Harvard. »

Natalie savait que le sénateur de Californie y avait terminé ses études.

« Tu te rappelles que je t'ai dit que j'avais eu un accident qui m'empêchait d'avoir des enfants ?

— Je me rappelle.

— Mon accident, c'était lui. »

Et Karen lui raconta tout, du début, la soirée chez Jill Hartman, à la fin : les mois d'hôpital, les réactions de ses parents et de la police, la fuite de Peter Bauer, son humiliation, sa dégradation.

Natalie Shaffer exerçait depuis un quart de siècle. Elle avait développé l'art de l'attention flottante, une méthode qui permet de filtrer l'information sans manifester autre chose qu'un intérêt objectif. Mais, en l'occurrence, la technique échoua. Robert Drayton Willmont, l'homme pour qui elle avait voté deux fois, l'homme qu'elle avait l'intention de soutenir pendant la campagne présidentielle, qu'elle considérait comme un espoir authentique pour le pays, n'était donc qu'un monstre !

« Il a prétendu que tu avais commencé à flirter, puis que tu avais refusé de quitter le parc avec lui ?

— C'est ce que m'a rapporté l'inspecteur de police.

— Et tu es certaine qu'il s'agit du même individu ? Tu pourrais confondre, il y a si longtemps !

— Il y a des choses qu'on n'oublie jamais. Je pourrais me tromper sur le visage, sur la voix, mais pas sur les yeux. »

Natalie se leva pour se verser un verre d'alcool. « Je crois que j'en ai bien besoin, moi aussi ! dit-elle, encore sous le choc.

— Je suis désolée de t'avoir imposé cette corvée, s'excusa Karen, mais il fallait que je le dise à quelqu'un. À quelqu'un qui admettrait peut-être ma version des faits, qui me comprendrait.

— Rien de plus facile, dit Natalie. Tu souffres de culpabilité par association : tu étais là, donc c'est ta faute.

— Je n'en avais jamais parlé à personne.

— Sauf à Ted, je suppose.

— Non. Je ne lui ai rien dit. J'avais trop peur qu'il ne parte en courant, comme Peter Bauer. »

Natalie soupira. Elle aurait donné tout au monde pour que Karen eût confondu, se fût trompée de personne, eût inventé toute l'histoire. Mais son expérience lui avait appris à détecter le mensonge. Et il n'y en avait pas trace dans le récit détaillé de Karen.

« En décembre, pensa-t-elle à haute voix, les électeurs de Louisiane auront à choisir entre un escroc et un raciste. Si tu dis vrai, l'année prochaine c'est le pays tout entier qui devra élire soit un incompétent, soit un violeur.

— Tu l'as traité de violeur ? s'étonna Karen.

— Évidemment. Comment veux-tu que je l'appelle ? »

Riant et pleurant à la fois, d'une voix entrecoupée par les sanglots, Karen ajouta : « Tu ne penses donc pas que c'était ma faute ?

— Bien sûr que non. Pourquoi ? Toi, tu penses que c'était ta faute ?

— Tout le monde le pensait. Disait que si j'étais allée dans le parc avec lui, c'est que je cherchais les histoires, que j'avais dû lui faire des avances, et puis le planter là. Que c'était un citoyen au-dessus de tout soupçon, qui n'aurait sûrement pas fait une chose pareille si je ne l'avais pas provoqué. Tout le monde. La police, mes parents... et ils m'ont conseillé d'oublier. Mais je n'ai jamais pu.

— C'est normal. Il n'y a pas que le corps à guérir. Le cerveau aussi. Les médecins t'ont soignée, mais personne n'a compris qu'il fallait prendre soin de ton âme. Tu n'as jamais eu le droit d'en parler, ni d'être confrontée à ton agresseur, ce qui t'aurait libérée de ta colère, et de tes peurs. Bien au contraire, on t'a fait honte, on t'a culpabilisée.

— C'est exactement ça, dit Karen, les joues ruisselantes. Et pourtant je savais que je n'avais rien fait de mal.

— Pardon ?

— Pourtant, je savais que je n'avais rien fait de mal.

— Veux-tu répéter, s'il te plaît ?

— Je savais que je n'avais rien fait de mal.

— Encore une fois, insista la psychiatre.

— Je n'avais rien fait de mal, hurla presque Karen.

— Tu viens de faire le premier pas sur la voie de la guérison, dit Natalie à son amie.

— Mais comment puis-je guérir alors qu'il est là, libre comme l'air ? Quand il y a encore des gens, ma propre famille, en fait, pour me juger coupable ?

— Il suffit que tu saches que c'est faux.

— Ça ne suffit pas du tout, dit Karen avec amertume. C'est trop injuste. Depuis cette fameuse nuit, je me sens sale, indigne. Mes parents n'ont jamais eu qu'une envie : que cela ne se sache pas. Ils ont toujours parlé d'un "accident".

— C'est normal que tu leur en veuilles. Mais ils n'ont sans doute pas su affronter la situation, pas plus que toi.

— Ce n'est pas une excuse pour ne pas me croire. Mes propres parents ! Depuis des années, je n'ai plus confiance en moi à cause d'eux. Je ne supporte pas de me regarder dans une glace, je suis incapable d'avoir des relations normales avec les hommes. Je croyais, moi aussi, que le principal était d'enterrer toute l'histoire. Mais, alors que je croyais assumer, je n'assumais rien du tout, et tout gronde en moi, comme dans un volcan encore en activité, sur le point d'entrer en éruption.

— Fais-le.

— Tu veux dire que je devrais vraiment aller le tuer ?

— S'il n'y a pas d'autre solution.

— C'est une idée séduisante, concéda Karen.

— Je n'en doute pas. Mais le tuer te mènerait à quoi ? Cela te rendra-t-il ce qu'il t'a volé ? Cela justifiera-t-il toutes ces années de désespoir ? Retrouveras-tu le respect de toi-même ?

— Je ne le saurai que si je passe à l'acte, pas vrai ? »

Natalie contempla son amie un instant, puis éclata de rire.

« En tout cas, tu as gardé ton sens de l'humour !

— Pourtant, il faut que je fasse quelque chose.

— Je suis d'accord avec toi. Mais maintenant que la peine de mort est à nouveau en vigueur dans cet État, tuer Robert Willmont reviendrait à supprimer ce qui te reste de vie, et la justice n'y trouverait pas son compte.

— C'est un fait. Mais cet homme mérite-t-il de vivre ?

— Lui, peut-être pas. Mais toi, oui, fit remarquer la psychiatre. Malgré toutes les souffrances que tu as endurées, tu as réussi un certain nombre de choses. Tu n'as pas épuisé les joies du mariage, les filles que tu as élevées sont superbes, tu as écrit quelques très beaux livres. Comprends-moi bien : je ne dis pas que ta vie n'aurait pas été plus heureuse si tu n'avais pas croisé Willmont. Je prétends seulement que tu t'es plutôt bien débrouillée et que je réfléchirais à deux fois avant de tout envoyer balader pour satisfaire un besoin de vengeance.

— Dis-moi la vérité, insista Karen. Un homme qui a fait ce qu'il m'a fait mérite-t-il d'être élu à la Maison-Blanche ? »

Natalie garda le silence quelques instants.

« J'aimerais croire que les gens peuvent changer, dit-elle enfin. Que l'homme qui t'a battue à mort et violée à l'âge de vingt-quatre ans a appris depuis à construire plutôt qu'à détruire. Mais pour être franche avec toi, même si je trouve parfois que la Maison-Blanche ressemble de plus en plus à un bordel, non, je ne crois pas que Robert Willmont y ait sa place. »

Karen sourit, radieuse. « Comme c'est bon d'avoir enfin parlé, d'avoir prononcé les mots exacts, sans crainte !

— Ne t'arrête pas en chemin, lui conseilla Natalie.

— Que veux-tu dire ?

— Rentre chez toi et parle à Ted. Il est temps. Et si j'ai une once de psychologie, tu risques d'avoir une excellente surprise. »

En dépit de ses réticences, Karen savait que Natalie avait raison. Ted était un homme bon, compréhensif, et le mensonge avait assez duré.

« Je suis plus forte à présent. Même si Ted me tournait le dos, comme Peter, je souffrirais, mais je survivrais.

— Je le crois aussi », affirma Natalie.

Karen hocha la tête et se leva. « Merci de m'avoir

écoutée. Tu ne peux pas savoir à quel point cela m'aura aidée. »

En partageant sa peine, Karen avait allégé son fardeau. En exposant l'horreur en plein jour, elle savait qu'elle pourrait enfin envisager sous un autre angle l'atroce épisode qui avait endeuillé sa vie.

« Que vas-tu faire ? lui demanda Natalie.

— Je vais suivre ton conseil, et parler à Ted.

— Et après ?

— Après, on verra. »

Minuit avait sonné lorsque Karen rentra chez elle, mais Ted ne dormait pas. Il buvait une tasse de thé dans la cuisine.

« Je t'ai attendue, dit-il, au cas où tu aurais envie de bavarder.

— En effet », répondit Karen en s'asseyant en face de lui.

Ted lui versa une tasse de thé, y ajouta la cuillerée de miel dont elle raffolait et attendit.

« J'aurais dû t'en parler depuis longtemps, conclut Karen une demi-heure plus tard. Mais je savais que tu ne m'aurais jamais épousée si tu avais su. Alors j'ai été égoïste, et j'ai tout gardé pour moi. » Elle s'abîma dans la contemplation de sa tasse et ajouta : « Si tu veux divorcer, je comprendrai. »

Mais Ted fit le tour de la table pour s'asseoir à côté d'elle.

« Je ne sais pas exactement comment j'aurais réagi dans le temps, dit-il doucement, mais je suppose que cela n'aurait pas été différent de ce que je ressens aujourd'hui, c'est-à-dire que je suis révolté, indigné, mais pas par toi. Certainement pas.

— C'est vrai ? interrogea Karen, haletante.

— Peu m'importe ce qu'ont pensé la police, tes parents et Peter. Je te connais assez pour savoir que ce que t'a fait cet homme ne pouvait pas être ta faute. »

Karen n'en croyait pas ses oreilles. « Tu penses vraiment ce que tu dis ? »

Il l'attira contre lui. « Évidemment, que je le pense. En fait, je me suis toujours douté qu'il y avait autre chose que cet accident de voiture, qui explique les cicatrices sur ton corps, mais pas celles de ton âme. Et elles semblaient encore bien plus profondes.

— Tu t'en étais aperçu ? »

Ted hocha la tête. « Je regrette que tu aies dû porter cette croix toute seule pendant si longtemps. Mais c'est fini. J'ai confiance en Natalie, elle saura t'aider, et je suis là. Tu peux compter sur moi. Si tu veux, je suis capable d'aller tuer ce salaud à ta place.

— Non, murmura-t-elle. Pas ça.

— Tu es en sécurité, maintenant, lui dit-il en la prenant dans ses bras. Je ne laisserai plus jamais personne te faire du mal. »

4

Janice Evans descendait Front Street d'un pas décidé, en direction du quartier général de campagne du candidat à la présidence, Robert Willmont.

Une semaine plus tôt, le sénateur et son équipe étaient arrivés à San Francisco, et Mary Catherine lui avait téléphoné à huit heures et demie du matin.

« Le sénateur accepte un entretien, mais il tient à choisir les sujets.

— D'accord. Je peux être là en une heure.

— Le sénateur vous recevra à onze heures, ce matin. »

Depuis ce fameux jour, à l'aéroport, où elle avait brandi son micro pour recueillir les paroles d'un député, la jolie journaliste avait brûlé les étapes. Et elle le devait en grande partie à la notoriété qu'elle avait acquise pendant la campagne de Willmont.

Ce dernier se l'était doublement attachée : elle était devenue sa chargée de presse officielle, et sa maîtresse officieuse.

Les chaînes nationales avaient eu de multiples occasions de voir cette jeune journaliste bien informée et séduisante. Elle avait su leur plaire, et on lui avait proposé un poste à New York. Aujourd'hui, à trente-six ans, elle était l'une des animatrices d'un débat télévisé extrêmement suivi, et avait gagné l'estime de ses collègues et les faveurs du public.

Le temps n'avait pas eu beaucoup de prise sur elle. Sans doute se maquillait-elle un peu plus pour cacher les quelques rides qui avaient creusé son ravissant visage, mais elle semblait toujours aussi fraîche et jeune.

« Si je suis élu président, lui dit Robert, je t'offre le poste d'attachée de presse de la Maison-Blanche. Si tu en as envie, bien entendu.

— J'en ai envie. »

Janice Evans était fine et intelligente. Elle aurait certainement réussi, même sans le coup de pouce de Robert Willmont, mais le raccourci avait été appréciable. Les deux ambitieux se ressemblaient beaucoup, et s'utilisaient sans scrupule, ni états d'âme.

« Janice Evans. Je viens voir le sénateur, annonça la journaliste à la réceptionniste, une superbe Afro-Américaine.

— Il vous attend, mademoiselle Evans ?

— Je pense, oui.

— Un instant, je vous prie. »

Les deux complices avaient su garder le secret sur une liaison qui aurait pu nuire à leurs intérêts. Janice pensait que Randy Neuburg et Mary Catherine O'Malley étaient au courant, mais ils savaient tenir leur langue. Aux yeux du monde, elle n'était qu'une journaliste qui faisait son métier.

Le producteur de son émission télévisée n'avait donc rien soupçonné lorsque, le 15 octobre, elle lui avait proposé de consacrer un numéro spécial à Robert Willmont.

« Tu penses qu'il sera candidat ? Pourquoi ?

— Allons ! Je le suis à la trace depuis dix ans. Je connais ses méthodes. Et il vient de passer à la vitesse supérieure.

— On verra », avait répondu le producteur.

Le 25 octobre, il entra dans son bureau.

« Ton projet sur Willmont, c'est d'accord.

— J'ai carte blanche ? demanda Janice en souriant.

— À condition que ce soit bon.

— T'aurais-je habitué à autre chose ?

— Non, en effet. »

Et c'était vrai. Janice avait l'œil, et du flair. Elle proposait des reportages passionnants, parfois explosifs, mais toujours de bon goût.

« Le sénateur va vous recevoir, mademoiselle Evans », dit la réceptionniste en raccrochant le téléphone.

« Salut, ma belle, murmura Robert aussitôt qu'ils furent seuls. Comment va New York ?

— On y gèle.

— Bon. Ferme donc cette porte à clé, et je vais faire mon possible pour te réchauffer. Comme tu m'as manqué ! Randy me fait mener une existence de moine, depuis des mois.

— Si la presse t'entendait », pouffa Janice.

Robert soupira. « Dans le temps, la presse ne s'occupait pas de la vie privée des gens. Je préférais ça. »

Pour Robert, le sexe était une fonction aussi essentielle que de se nourrir ou de satisfaire ses besoins naturels. Lorsqu'il avait faim, il mangeait sans faire le difficile, lorsque sa vessie était pleine, il la vidait dans la première salle de bains venue et quand sa libido s'éveillait, il la calmait avec la première partenaire qui passait à sa portée. Et il n'en manquait jamais. Même la menace du sida n'avait pas modéré ses appétits. La surveillance qu'exerçait sur lui Randy était un véritable enfer.

« Si tu es en manque, proposa Janice, je serai chez moi ce soir.

— Moi aussi, hélas !

— Dans ce cas... »

Janice, avec un sourire entendu, se dirigea nonchalamment vers la porte, et la verrouilla.

Randy se percha sur le coin du bureau de Mary Catherine et regarda sa montre du coin de l'œil. « Elle est arrivée à quelle heure ?

— Vers onze heures. Ils n'ont pas déjeuné.

— Bon sang ! Il est deux heures et demie, gronda Randy. Il n'est vraiment pas raisonnable ! La sauter dans son bureau, où n'importe qui risque d'entrer...

— C'est fermé à clé.

— Il n'a pas de rendez-vous, cet après-midi ?

— Un photographe de *Times* devait venir à trois heures. Mais il a été retenu à Chicago. Il le verra demain.

— Tu crois qu'ils en ont encore pour longtemps ? Le *Chronicle* veut un commentaire sur les sanctions contre la Yougoslavie, et ABC attend son avis sur les bombardements à Beyrouth.

— Étant donné la façon dont tu lui as tenu la bride, je dirais encore une heure ou deux...

— Et nous ne sommes qu'en novembre », soupira Randy.

5

Karen sortit du jacuzzi que Ted avait fait installer dans la plus grande des salles de bains et se sécha vigoureusement. En général, elle l'utilisait le soir, pour se détendre avant de se coucher, mais ce matin, elle en avait ressenti le besoin.

Natalie lui avait conseillé de réfléchir sérieusement à la chance unique qui se présentait à elle. Et Karen avait compris que la psychiatre avait raison. Assassiner Robert Drayton lui procurerait un plaisir immédiat, mais guère d'autre satisfaction.

« Que décides-tu, alors ? lui avait demandé Ted.

— Je ne sais pas. Je ne sais pas ce que je peux faire. »

Mais elle savait qu'elle agirait, d'une façon ou d'une autre. Cela faisait trop longtemps qu'elle refoulait cet horrible souvenir et que l'image de Robert était enfouie au tréfonds de sa conscience. Désormais, Karen souhaitait se venger. Elle voulait que le monde entier connaisse l'ignominie cachée sous ce visage avenant et qu'il subisse la terrible humiliation d'être percé à jour aux yeux du pays tout entier.

Son plan était simple. Elle assisterait à l'une de ses réunions politiques, toujours suivies par une foule de journalistes qui se jetteraient avidement sur une histoire aussi salace. Elle hurlerait la vérité, et le choc se lirait si clairement sur le visage du sénateur que nul ne la soupçonnerait de mentir. Il survivrait, mais sa carrière politique serait définitivement brisée. Et il ne serait jamais président des États-Unis.

Karen avait choisi une cérémonie au cours de laquelle le sénateur poserait la première pierre du futur Pavillon Drayton du musée d'Histoire naturelle, à Golden Gate Park. Le Tout-San Francisco serait là et bien entendu la presse s'y bousculerait, avec l'espoir d'arracher au candidat un commentaire qui agrémenterait les journaux du soir.

Enveloppée dans une serviette, Karen se pencha sur le lavabo pour se brosser les dents, mais le drap de bain glissa et tomba par terre. Nue, Karen s'observa dans le grand miroir.

Dans deux mois, elle aurait cinquante ans, un demi-siècle. L'âge avait eu peu de prise sur sa silhouette, dont elle entretenait la minceur et la tonicité. Belle peau, chevelure abondante, et dont son coiffeur dissimulait habilement les fils gris, Karen savait qu'on ne lui donnait guère plus de trente-cinq ans lorsqu'elle était bien maquillée.

La cérémonie commençait à deux heures. Karen gara sa voiture à proximité vers midi, avant que les barrages de police ne fussent en place. Les curieux arrivaient peu à peu, et les équipes de télévision s'installaient.

Karen se fondit dans la foule, et attendit.

À deux heures moins cinq, le cortège officiel s'annonça. La foule s'ébranla, entraînant Karen avec elle. Elle n'était qu'à six ou sept mètres de la limousine lorsqu'il en sortit. En l'apercevant, Karen crut qu'elle allait s'évanouir, mais le millier de personnes qui l'entouraient en se pressant pour mieux voir la maintint sur ses jambes.

Les voitures du cortège se vidaient peu à peu de leurs occupants. Une trentaine de notables suivit le sénateur jusqu'à l'estrade dressée à l'extrémité du lieu de rassemblement.

Le nouveau maire de la ville était présent, ainsi que plusieurs membres de son équipe et des personnalités en vue, mais Karen ne reconnut personne. Elle ne pouvait quitter des yeux l'homme aux yeux fascinants qui avait brisé sa vie.

Sans prêter attention à l'ennuyeuse série de discours à la gloire de la famille Drayton, Karen se répétait inlassablement les paroles qu'elle allait prononcer quelques instants plus tard.

« Bonjour, Bob, dirait-elle en se plantant devant lui. Tu te souviens de moi, je suppose ? Et de ce que tu m'as fait. Bien sûr, que tu t'en souviens. Je le vois dans tes yeux, tout le monde le voit. Ces fameux yeux des Drayton ! Ta famille aurait mieux fait de te les crever le jour où tu es né. Tu m'as violée, tu m'as battue et tu m'as laissée pour morte, il y a bien des années de ça, sans éprouver l'ombre d'un regret. Et maintenant, tu t'imagines que tu vas être élu président de ce pays ? »

Il n'y avait plus un instant à perdre. Les discours étaient terminés, les officiels se dirigeaient vers le musée. Comme prévu, les journalistes entouraient le candidat et l'assaillaient de questions.

« Voyons, mesdames et messieurs, ceci n'est pas une réunion politique, leur reprocha Robert Willmont.

— Tout ce que vous ferez d'ici à novembre prochain sera politique, monsieur le Sénateur », rétorqua un reporter.

Un rouquin minuscule s'interposa. « Le sénateur doit maintenant poser la première pierre du Pavillon Drayton. Laissez-nous passer je vous prie. » Il prit le candidat par le bras pour l'entraîner, mais Karen Doniger lui barrait la route, les yeux fixés sur le monstre qui hantait ses rêves, et prête à lui lancer au visage les mots qui le damneraient pour l'éternité. Robert Willmont la regarda, il n'était pas à un mètre d'elle, lui sourit poliment et passa son chemin.

Karen, incrédule, prit conscience d'une évidence : il ne la reconnaissait pas. Cette découverte était si stupéfiante, qu'elle le laissa s'éloigner sans réagir. Le moment était passé. Elle devrait en trouver un autre.

Sans se retourner, Karen se hâta vers sa voiture. Ses mains tremblaient en ouvrant la portière et tremblaient encore sur le volant tandis qu'elle longeait l'océan Pacifique. Elle s'arrêta, enleva ses chaussures et marcha sur la plage, que la marée basse avait dégagée. Pieds nus, elle se tint au bord de l'eau et contempla l'immensité. Une écume glaciale, apportée par chaque vague, lui caressait les chevilles.

Elle finit par rebrousser chemin, et s'affala sur le sable sec, en proie à un incoercible vertige. Ainsi l'horreur qui s'était instillée dans son existence comme un acide n'avait laissé aucune trace sur le monstre qui en était responsable ! Il l'avait oubliée ! C'était inconcevable... et sans doute l'unique scénario qu'elle n'avait pas prévu.

Les genoux serrés entre les bras, Karen regarda longtemps la mer. Puis tout d'un coup elle éclata d'un rire libérateur.

Elle comprenait enfin qu'elle avait créé son propre enfer, qu'elle avait laissé un monstre hanter ses nuits et la terroriser pendant trente ans. Aujourd'hui qu'elle l'avait vu de si près, elle avait enfin compris que ce n'était qu'un homme. Elle avait plongé son regard dans les yeux aigue-marine d'un simple mortel, et elle n'aurait plus jamais peur de lui.

Karen remit ses chaussures et retourna lentement à sa voiture. Elle trouverait une autre occasion de démasquer Robert Willmont. Et, puisqu'il ne la reconnaissait pas, il ne lui restait qu'à employer une autre méthode.

Elle n'était pas pressée.

6

« Maintenant, plus personne ne nous arrêtera ! » s'écria Randy Neuburg, qui avait de bonnes raisons d'exulter. Robert Willmont avait d'ores et déjà remporté la moitié des primaires avec une moyenne de cinquante-trois pour cent des voix.

« Nous sommes en bonne voie, répliqua Robert, refusant de triompher.

— Tu parles ! Quarante-deux pour cent au Texas !

— Il faut croire que le message passe bien, dit tranquillement le candidat.

— Je sais que tu n'avais pas très envie de l'engager, mais il faut reconnaître que Dobbs vaut le double de ce que nous la payons ! »

La spécialiste en communication avait su façonner une image irrésistible du sénateur de Californie. Les hommes appréciaient son bon sens. Les femmes étaient sensibles à son charme. Les plus âgés des citoyens se laissaient prendre par l'affection manifeste qu'il portait à sa mère, à sa femme et à son fils. D'un bout à l'autre du pays, les gens buvaient ses paroles.

Le problème était limpide : si l'Amérique voulait s'en sortir, chacun devrait faire un effort. Personne ne toucherait de dividendes aux dépens d'autres citoyens. « Sauvez l'Amérique ! » pouvait-on lire sur ses banderoles, et en quelques mois ces deux mots étaient devenus le slogan de Robert Drayton Willmont.

Mariah Dobbs avait incontestablement rempli son contrat. Robert ne lui reprochait qu'une chose : dans ses veines coulait de l'eau glacée. Elle faisait partie de son équipe depuis six mois : ils avaient voyagé ensemble, en train ou en avion, avaient partagé des petits déjeuners et des dîners, parfois même des suites dans les hôtels, et elle ne s'était jamais dégelée. À la fin de la soirée, elle lui souhaitait poliment une bonne nuit et se retirait dans sa chambre dont elle fermait la porte à clé.

Pour un homme à la sexualité aussi débridée, c'était une abominable épreuve. Il commença de rêver d'elle, de se réveiller avant l'aube en pensant aux choses qu'il avait envie de lui faire, ou qu'elle lui fasse.

« Vous êtes lesbienne ? lui demanda-t-il un jour brutalement.

— Non, sénateur, répondit-elle en l'évaluant de ses yeux verts.

— Pourquoi êtes-vous aussi réfrigérante, alors ?

— Je croyais vous avoir expliqué que je ne mêlais jamais les affaires et le plaisir.

— Nous pourrions signer un autre contrat, si vous le prenez comme ça.

— Je peux m'en aller, si vous le prenez comme ça », rétorqua-t-elle sans aménité.

C'était exaspérant. Robert n'avait d'ordinaire aucun mal à mettre une femme dans son lit. Bien au contraire, il lui était difficile de les empêcher de sauter dedans. Mais celle-ci n'avait apparemment pas l'ombre d'un penchant pour lui. Et il résistait à son envie de lui imposer sa loi de crainte de se l'aliéner.

Reste qu'il n'avait pas l'habitude d'être repoussé, et plus elle se montrait farouche, plus il avait envie d'elle.

« Je suis navré que ma présence vous perturbe, lui dit Mariah d'un ton froid. Navrée que votre mariage ne comble pas tous vos désirs. Mais le mien est parfait.

— J'ignorais », répondit Robert, à qui personne n'avait dit que la petite garce était mariée. Non que cela l'eût gêné, mais cela expliquait l'indifférence dont elle faisait preuve.

« Il était inutile que vous le sachiez. L'unique chose importante pour vous est de passer pour un excellent père de famille aux yeux des électeurs. »

Robert avait un jour avoué à Mary Catherine que Dobbs était la première femme qui l'intimidât.

Désormais, il disait en haussant les épaules : « Ce n'est pas elle qui a mouillé sa chemise pour remporter les primaires, c'est moi. »

Randy dissimulait son sourire. Si peu de femmes avaient résisté à Robert ! Une seule, à sa connaissance. Une jeune et ravissante secrétaire, qui avait travaillé pour lui au Sénat, et s'était montrée assez intelligente pour ne pas s'attarder dans les parages après avoir repoussé ses tentatives de séduction.

Mais cette fois-ci, il avait trouvé du répondant. Mariah gardait ses distances, et manifestait en toutes circonstances une attitude purement professionnelle.

Ce que Robert Willmont ne savait pas, c'était que la jeune femme venait souvent se réchauffer dans le lit de Randy.

« Il croyait que j'étais lesbienne, déclara-t-elle un soir à Randy, en éclatant de rire. Quelle prétention ! Puisque je ne m'intéresse pas à lui, c'est la seule explication qu'il ait pu imaginer...

— Il n'est pas habitué à ça...

— C'est bien son problème. Tout lui est trop facile.

— Sans doute, approuva Randy. En treize ans, je n'ai vu qu'une seule autre femme refuser ses avances.

— Qui était-ce ?

— Maggie Holden, une jeune secrétaire qui ressemblait à Julia Roberts ! Elle le rendait fou. C'était comique de le regarder se pavaner en lui tournant autour. Mais il aurait pu être son père, et c'est comme ça qu'elle le voyait.

— Qu'est-elle devenue ?

— Elle a disparu du jour au lendemain. Ce sont des choses qui arrivent, à Washington. Beaucoup de gens ne supportent pas la pression permanente. Ce qui nous a étonnés, c'est qu'elle n'ait jamais appelé, qu'elle ne soit même pas revenue chercher ses affaires personnelles. Mary Catherine est allée les lui rapporter, mais on lui a dit qu'elle était rentrée chez elle, dans l'Utah.

— C'est sans doute le sénateur, qu'elle n'a pas supporté, intervint Mariah. Il y a des femmes qui détestent le harcèlement sexuel.

— N'allons pas si loin. Il flirtait avec elle, c'est tout.

— C'était peut-être trop pour elle.

— En tout cas, c'est dommage. C'était une gosse très intelligente, elle aurait fait son chemin, à Washington.

— À en juger par ma propre expérience, le sénateur sait se montrer très insistant, et il n'aime pas qu'on le repousse.

— Tu veux que je lui parle ?

— Bien sûr que non. Je suis une grande fille, tout à fait capable de me débrouiller. J'ai choisi de lui raconter un petit mensonge.

— Quel genre de mensonge ?

— J'ai prétendu que j'étais mariée.

— Pourquoi ?

— J'ai supposé que ça le calmerait un peu. »

Randy soupira. « Tu as sans doute remarqué que Robert avait besoin de beaucoup... d'exercice. Or, nous ne lui lâchons pas la bride.

— Ce n'est pas un gosse, pour l'amour du ciel ! Il a cinquante-quatre ans. À cet âge-là, on se contrôle.

— Il est comme il est.

— Enfin, si un petit mensonge de rien du tout me simplifie la vie, je n'en demande pas plus », dit Mariah.

Randy l'enlaça tendrement. « Qui sait ? Un jour ce ne sera peut-être plus un mensonge, murmura-t-il.

— Qui sait ? » répondit Mariah, à moitié endormie.

Fin mars, Robert progressait irrésistiblement vers l'investiture. Le regard braqué sur les primaires californiennes qui auraient lieu le 2 juin, il retourna passer deux semaines à San Francisco pour entretenir sa cote. Janice Evans ne suivait plus la campagne, elle était rentrée depuis longtemps à New York, pour mettre la dernière main à son portrait du sénateur, diffusé une semaine avant les primaires.

« Je joue mon rôle pour que tu remportes l'investiture, lui dit-elle au téléphone. Tant que personne ne s'occupe de savoir pourquoi, tout ira bien.

— Tu feras une magnifique attachée de presse à la présidence », répliqua Robert qui aurait pourtant préféré qu'elle fût en ville, car l'abstinence commençait de lui peser.

Le quartier général de campagne du candidat Willmont bruissait d'une activité intense. Les primaires californiennes n'auraient lieu que dans deux mois, mais il était essentiel de les gagner. Une nombreuse équipe de volontaires se pressait dans les bureaux, découpait des centaines d'articles de presse, léchait des milliers d'enveloppes et jonglait avec une quantité impressionnante de téléphones.

Mary Catherine était arrivée une semaine auparavant, tandis que le sénateur faisait campagne au Wisconsin. Le jour où il fit son apparition, son séjour à San Francisco était organisé au plus petit détail près.

« Une fatigue minimum pour une efficacité maximum, déclara Mary Catherine. Une œuvre d'art ! Mais ne me remerciez pas, ce n'est pas à moi que vous le devez.

— Comment cela ?

— L'équipe des volontaires a tout pris en charge. Une femme, surtout, une championne de l'organisation. Elle a préparé le programme, elle a fait toutes les réservations, préparé les dossiers de presse et maintenant elle travaille sur une demi-douzaine de dossiers promotionnels.

— Montrez-la-moi », demanda Robert.

Mary Catherine scruta la salle du regard. « La voilà, debout devant la photocopieuse. La brune, élégante. »

Le sénateur aperçut une femme séduisante, qui semblait âgée d'à peine quarante ans. Elle ne ressemblait en rien à Mariah Dobbs — brune alors que Mariah était blonde, mince alors que Mariah était toute en rondeurs —, mais sa façon de bouger et sa tranquille efficacité lui rappelèrent cependant sa chargée de relations publiques.

« On pourrait l'engager, murmura Robert, impressionné.

— N'y pensez pas. Elle réussit parfaitement bien dans sa carrière, et ne s'intéresse pas vraiment à la politique. Et, au cas où vous auriez d'autres idées en tête, elle est mariée.

— Quelle carrière ?

— Vous connaissez un livre qui s'appelle *Tapisserie ?* »

Robert secoua la tête en signe de dénégation.

« Moi, oui, intervint Randy. Photos et poèmes sur le Sud-Ouest. Très sensible.

— C'est l'un des bouquins qu'elle a écrits avec une autre femme.

— Ce sont les auteurs de *Dichotomie,* lui rappela Randy, ce bouquin sur Washington qui a fait tant de bruit il y a quelques années. »

Robert se souvenait de celui-là, qu'Elizabeth avait exposé sur la table basse du salon pendant des mois.

« C'est la photographe ou le poète ?

— Le poète.

— Qu'est-ce qu'elle fait ici ?

— Je suppose que les poètes votent, eux aussi, dit Mary Catherine. Elle est entrée, un beau jour, pour dire qu'elle avait quelques après-midi de libres, et que vous étiez, à son avis, le premier homme politique à oser affronter la vérité.

— Une minute, dit Robert en fronçant les sourcils. Est-ce que je pourrais la connaître ? Elle me rappelle vaguement quelque chose.

— Si je ne me trompe pas, déclara Randy, elle a assisté à la pose de la première pierre, en janvier dernier. J'ai eu l'impression, ce jour-là, qu'elle voulait te parler. Puis elle s'est ravisée.

— J'ai dû lui faire un sacré effet », s'exclama Robert, très satisfait, en leur dédiant un de ses célèbres et éclatants sourire.

Karen travaillait depuis trois mois au sein de l'état-major de campagne du sénateur. Les mardi et jeudi après-midi, elle se consacrait à la promotion d'un homme dont elle désirait ardemment la déchéance. La pure perversité de ce paradoxe lui donnait le sourire.

« Il faut que je le fasse, avait-elle dit à Ted, la veille de son premier jour à Front Street. Ne me demande pas pourquoi, mais il le faut.

— Et moi, il faut que je sache pourquoi.

— Je suis incapable de te l'expliquer. Cet homme a failli me tuer ; il a brisé ma vie, et je ne sais pas qui il est. Natalie prétend qu'un homme qui a détruit à l'âge de vingt-quatre ans a pu apprendre à construire depuis. Je dois savoir si c'est vrai.

— Il doit bien y avoir un autre moyen.

— Les articles de presse ou les entretiens divers ne me donneront pas la réponse que je cherche. J'ai besoin de savoir qui il est vraiment. Et j'ai le droit de le savoir. »

La photocopieuse s'arrêta de cracher les feuillets et Karen se pencha pour ramasser la pile. En se redressant, elle se cogna à un costume bleu marine. Les feuilles s'éparpillèrent sur le sol.

« Je suis absolument désolé, dit le costume bleu marine. Je vais vous aider. »

Robert s'agenouilla pour ramasser les papiers. De près, il s'était rendu compte qu'elle était sans doute un peu plus vieille qu'il n'y paraissait, mais tout aussi séduisante que de loin.

« Nous ne nous connaissons pas, dit-il en se relevant. Je suis le sénateur Willmont.

— Karen Doniger », répondit-elle, stupéfaite du calme de sa voix.

Il lui tendit la main et Karen, rassemblant tout son courage, la prit.

« J'ai cru comprendre que vous étiez une spécialiste de l'Amérique, déclara-t-il.

— Pardon ?

— Vos livres, voyons ! »

Karen rougit de confusion. « Vous connaissez mes livres ?

— À vrai dire, moi non. Mais mon équipe, oui. »

Elle récompensa sa franchise d'un léger sourire. « À certains égards, très limités, on peut sans doute dire que je suis une spécialiste, en effet.

— Ça m'intéresse, dit-il, et cela pourrait me servir. Nous devrions peut-être trouver un moment pour en parler. » Robert n'avait pas lâché sa main.

« Pourquoi pas », répondit Karen, apparemment indifférente, en retirant sa main.

La réponse ne l'engageait pas plus que la question. Mais la première manœuvre d'approche avait eu lieu. Il lui rendit la pile de feuillets qu'il avait ramassée en souriant.

« Je m'en réjouis d'avance », assura-t-il en lui jetant un regard caressant, le même regard qu'il avait porté sur elle un soir de décembre, tant d'années auparavant.

7

« Tu n'as pas oublié que j'allais dîner chez Dee-Dee, j'espère, s'enquit Amy le mardi matin suivant, en prenant son petit déjeuner. Je dois lui faire réviser son histoire.

— Je n'ai pas oublié, répondit Karen, émerveillée de la facilité avec laquelle sa belle-fille s'était acclimatée à San Francisco.

— Et moi, enchaîna Ted, j'ai une réunion avec le conseil d'administration. Il est possible qu'elle se prolonge assez tard.

— Aucun problème, dit Karen en souriant. Contrairement à l'opinion générale, une soirée solitaire ne me fait pas peur du tout.

— Tu en es sûre ?

— Évidemment. Et s'ils te demandent de dîner avec eux après la réunion, ne refuse surtout pas. Politiquement, ça ne peut pas te nuire.

— D'accord. » Ted sourit, mais depuis que Karen avait pris la décision de travailler pour la campagne de Willmont, il trouvait qu'elle pensait beaucoup à la politique.

Karen prit une longue douche et se lava les cheveux. Puis, enveloppée dans un épais peignoir de bain, elle se perdit un long moment dans la contemplation de l'océan Pacifique, en songeant aux textes qu'elle aurait bientôt à composer pour *Réflexions,* le livre qu'elle et Nancy consacraient au thème de l'eau. Les photos n'étaient pas encore définitivement choisies, et Karen ne pouvait pas avancer dans l'écriture. Elle avait donc tout le temps de se préparer pour son après-midi à l'état-major de campagne du candidat Willmont.

Elle aurait volontiers flâné la journée entière devant la grande fenêtre donnant sur la mer, en observant les mouettes et les pétroliers, les voiliers et les eaux ondulantes qui s'étendaient jusqu'à l'horizon.

Mais elle avait une autre tâche à accomplir.

Elle choisit dans sa penderie une robe bleu marine plissée, des escarpins et un sac de la même couleur. Le temps était radieux, une légère brise soufflait doucement. Le trajet en voiture fut un enchantement.

Mary Catherine l'accueillit avec soulagement.

« Comme je suis contente de vous voir ! Le sénateur veut que nous organisions une conférence de presse demain après-midi. Pouvez-vous vous en occuper ?

— Tout de suite. À quel sujet, la conférence de presse ?

— Une femme de San Jose a demandé au sénateur pourquoi nous brûlions des récoltes, laissions le grain pourrir dans des silos et payions des fermiers pour qu'ils mettent leurs terres en jachère alors qu'il y a des millions de gens qui meurent de faim en Amérique.

— La question me semble pertinente, dit Karen.

— C'est ce qu'il pense aussi. Et il veut en faire l'un des thèmes de sa campagne. »

Karen se mit au travail. À sept heures et demie,

elle avait terminé. Grâce au Macintosh, elle avait rédigé des textes destinés à la presse à partir des notes que lui avait fournies Randy. Sa participation à la campagne avait au moins un avantage, se dit-elle amusée : elle n'avait plus peur des ordinateurs.

Toute l'équipe des volontaires s'était égaillée depuis un bon moment. Il ne lui restait plus qu'à tirer elle-même les photocopies nécessaires. Mary Catherine vint la rejoindre auprès de la machine.

« Alors ? interrogea-t-elle.

— J'ai presque fini. »

L'assistante parlementaire jeta un coup d'œil sur les textes, et félicita chaleureusement Karen avant de lui proposer de l'aider à effectuer les derniers tirages.

« Il n'y a plus grand-chose à faire, et comme ma petite famille m'a laissée tomber pour la soirée, rien ne me presse.

— Je ne sais vraiment pas comment nous nous débrouillerions sans vous », lui dit Mary Catherine en souriant et en retournant à ses occupations.

À vingt heures, elle rejoignit Karen, qui agrafait ses dossiers de presse.

« Je pensais que le sénateur passerait, dit Mary Catherine, son sac à la main. Mais il a sans doute changé d'avis. Je vais prendre un verre et manger un sandwich. Vous venez avec moi ?

— Non merci, répondit Karen. J'ai encore une ou deux bricoles à terminer, puis je rentrerai chez moi.

— À demain alors. Vous n'avez qu'à tirer la porte derrière vous, elle se referme automatiquement. »

Vingt minutes plus tard, le bruit de l'agrafeuse empêcha Karen d'entendre la porte s'ouvrir. Le sénateur la prit totalement par surprise.

« Je vous paie assez pour que vous soyez encore au boulot à cette heure-ci ? lui demanda-t-il.

— Probablement pas, répliqua-t-elle en remarquant que pour une fois il était seul, sans Randy, et sans ses anges gardiens.

— Où sont les autres ? questionna Robert en contemplant les bureaux déserts.

— Rentrés chez eux.

— Tous, sauf vous ?

— Je n'en ai plus que pour cinq minutes. Mary Catherine a fini par penser que vous ne passeriez pas ce soir.

— Elle avait raison. Je me suis décidé à la dernière minute. J'ai donné congé à mes anges gardiens pour la nuit. Je n'en mourrai pas, j'imagine ! D'ailleurs, cette surveillance constante finit par vous taper sur les nerfs. Ce sont les dossiers pour demain ? interrogea-t-il en regardant la pile de documents de Karen.

— Oui. » Karen recula d'un pas.

« Parfait. Je vais en profiter pour y jeter un coup d'œil.

— Servez-vous. »

Il s'adossa à l'agrafeuse et lui dédia un de ses célèbres sourires.

« Cela fait un bon moment que je voulais vous remercier pour l'excellent travail que vous faites.

— C'est pour la bonne cause, n'est-ce pas, dit Karen, ambiguë.

— Permettez-moi donc de vous offrir un verre, ajouta Robert en consultant sa montre.

— Ce n'est pas la peine.

— Je sais, mais ça me ferait plaisir, insista-t-il. De plus, nous pourrions enfin parler de votre regard très particulier sur l'Amérique, vous vous rappelez ?

— Merci, dit Karen, mais je n'ai vraiment pas le temps. »

Elle le quitta pour déposer ses piles de documents sur le bureau de Mary Catherine. Robert Willmont ne la lâcha pas du regard. Elle sortit de l'immeuble, entra dans le garage et s'installa au volant sans pouvoir se libérer de la sensation de ses yeux sur son corps.

Elle secoua la tête, se trouva stupide, et tourna la clé de contact. Rien. Elle essaya encore et encore, sans que le moteur ne tourne.

« Tout ce qu'il me manquait », grommela Karen entre ses dents. Elle ouvrit le capot de l'intérieur et sortit. Mais elle ne connaissait rien à la mécanique et savait qu'il y avait bien peu de chance pour qu'elle décelât la panne.

« Que se passe-t-il ? » demanda soudain Robert.

Elle n'en croyait pas ses yeux. Il était là, à côté d'elle. L'aurait-il suivie ?

« Ma voiture ne démarre pas.

— Laissez-moi regarder ça de plus près. »

Avant que Karen n'eût pu protester, il s'était glissé au volant et mettait le contact. Il s'acharna, essaya de pomper, mais en vain.

« Ce n'est pas la batterie, en tout cas, assura Robert. Le démarreur, peut-être.

— Et alors ?

— Si c'est le démarreur, il faudra que vous laissiez la voiture ici jusqu'à demain, et que vous vous fassiez dépanner.

— Zut, murmura Karen.

— Votre mari peut-il venir vous chercher ?

— Il ne sera pas rentré, il a un dîner d'affaires, ce soir.

— Ne vous inquiétez pas. Je vous raccompagnerai chez vous.

— Mais non, voyons, c'est inutile. Je peux prendre un taxi.

— Absurde, affirma Robert. Il n'en est pas question. Avec toutes les heures que vous me consacrez, c'est bien le moindre des services que je puisse vous rendre. »

Karen l'observa longuement, avec une expression indéfinissable.

« Bien, dit-elle enfin, d'accord, si vous êtes certain que cela ne vous dérange pas.

— Pas du tout. Peut-être pourrons-nous même prendre un verre en chemin. Je voudrais vraiment vous poser un certain nombre de questions. »

Karen ne trouva aucun moyen de refuser sans se montrer impolie. « Allons en face, alors, proposa-t-elle, certaine qu'il y aurait beaucoup de monde dans ce bar très fréquenté.

— Parfait. »

Ils burent trois scotches et dégustèrent des clams à la vapeur, souvent interrompus par de nombreux supporters heureux de rencontrer leur candidat. Robert l'incita à parler de ses livres et de son expérience, et ne cessait de relancer la conversation.

Vers dix heures et demie, ils retournèrent au garage, et essayèrent à nouveau de faire démarrer la Volvo de Karen, mais sans plus de succès que précédemment. Ils se dirigèrent donc vers la Mercedes noire de Robert, garée à quelques pas.

Il lui ouvrit la portière, vérifia que le tissu de sa large robe bleu marine ne dépassait pas et la referma doucement.

Malgré les trois verres qu'elle avait bus, le cœur de Karen s'emballa lorsqu'elle prit conscience qu'elle était totalement seule avec lui, plus seule qu'elle ne l'avait jamais été. Ainsi, elle en était capable : être si près de lui, seule avec lui, et ne pas hurler de terreur. Quel long chemin elle avait dû parcourir pour en arriver là, constata-t-elle, incrédule.

Ils parlèrent peu. À cette heure tardive, la circulation était fluide et il en profitait pour conduire vite.

Ils s'engagèrent dans le Golden Gate Park, le plus court chemin pour rejoindre St. Francis Wood depuis que l'Embarcadero Freeway avait été rendu impraticable par le tremblement de terre qui avait ébranlé la ville deux ans et demi auparavant.

À cause de sa conduite trop rapide, des trois verres qu'elle avait bus ou de sa prise de conscience subite de la situation où elle se trouvait, Karen eut un violent haut-le-cœur.

« S'il vous plaît, souffla-t-elle, je crois qu'il vaut mieux s'arrêter. Je ne me sens pas très bien.

— Que vous arrive-t-il ?

— Je suis navrée. Je crois que je vais vomir. »

Ils s'engagèrent dans le Golden Gate Park, le plus court chemin pour rejoindre St. Francis Wood depuis que l'Embarcadero Freeway avait été rendu impraticable par le tremblement de terre qui avait ébranlé la ville deux ans et demi auparavant.

À cause de sa conduite trop rapide, des trois verres qu'elle avait bus ou de sa prise de conscience subite de la situation où elle se trouvait, Karen eut un violent haut-le-cœur.

« S'il vous plaît, souffla-t-elle, je crois qu'il vaut mieux s'arrêter. Je ne me sens pas très bien.

— Que vous arrive-t-il ?

— Je suis nauséee. Je crois que je vais vomir. »

8

L'aube pointait à peine lorsque Arthur Gertz descendit au pas de course les marches de sa maison, traversa Lincoln Way et entra dans le Golden Gate Park.

Les ombres de la nuit se dissipaient lentement, tandis que de pâles lueurs grises montaient à l'assaut du ciel. Les aiguilles phosphorescentes de sa montre indiquaient cinq heures.

Sortir de chez soi à l'aube pour aller courir comme un dératé n'était pas vraiment l'idée que se faisait Arthur d'une vie heureuse, mais il avait fini par céder aux instances d'Essie.

« Tu as cinquante-six ans, Arthur, lui répétait sa femme depuis plus d'un an. Tu as grossi, tu ne t'entretiens pas. À ton âge, les hommes trop gros qui ne font pas d'exercice meurent d'une crise cardiaque. »

Quant à lui, il avait plutôt l'impression que se lever à cinq heures était plus périlleux qu'une grasse matinée.

Arthur était expert-comptable dans une grosse société. Sa vie, partagée entre son travail, sa famille, sa collection de timbres, son bridge du mardi soir et ses romans de Robert Ludlum, était réglée comme du papier à musique. Et le jogging n'y avait pas sa place.

Mais Essie ne lui laissa pas le choix. Elle ne servit plus de viande rouge, élimina de son régime les produits laitiers et le harcela afin qu'il fît de l'exercice. Pour la réduire au silence, Arthur retira une heure de son programme sommeil pour la consacrer à une course dans le Golden Gate Park qui lui prenait exactement cinquante-cinq minutes. Et jamais il ne dévia de sa route.

Ce mercredi matin, cependant, il envisageait de raccourcir son trajet de sept minutes. La veille au soir, pendant sa partie de bridge, il avait commis une erreur idiote qui lui avait coûté une manche. Et, très perturbé, il lui avait fallu vingt minutes de plus que d'habitude pour s'endormir. Conséquence, il s'était réveillé vingt minutes trop tard.

Il en avait rattrapé une en choisissant des chaussures fermées par un Velcro. Il calcula rapidement qu'il gagnerait quatre minutes en ne se lavant pas les cheveux, trois en se brossant les dents sans utiliser le jet électrique et cinq en se privant d'une deuxième portion de céréales et de la lecture des notices nécrologiques dans le journal du matin. Il restait sept minutes à récupérer, ce qui explique pourquoi, ce matin-là, Arthur Gretz prit un raccourci.

Par la suite, il ne se rappela pas exactement ce qui avait attiré, et retenu, son attention.

À moitié dissimulée par un buisson, entourée de ses vêtements éparpillés, le visage tuméfié, la lèvre en sang et un œil au beurre noir, une femme mince était allongée par terre, le corps recouvert de meurtrissures.

Arthur devina aisément ce qui lui était arrivé. Étant donné son immobilité et la pâleur de sa peau, il était certain qu'elle était morte et sursauta lorsqu'elle remua, frémit plutôt, et qu'il perçut un faible gémissement.

« Mon Dieu ! Mon Dieu ! Elle est vivante ! »

Il regarda partout alentour, dans l'espoir de découvrir quelqu'un. Mais, à cette heure-ci, le parc était désert. Ils étaient seuls tous les deux. Il se rapprocha d'elle et s'agenouilla.

« Restez calme, vous êtes blessée, il ne faut pas que vous bougiez. Je vous ai trouvée. Je vais m'occuper de vous, tout ira bien. »

Des yeux gris-bleu s'ouvrirent un instant, et se fixèrent brièvement sur lui avant de se refermer.

Arthur réfléchissait. Il ignorait la gravité des blessures de la femme, mais il n'osait la soulever. En courant vite, il mettrait quatre minutes à atteindre une cabine téléphonique. Il se releva, la couvrit de sa veste en duvet et lui dit : « Je reviens tout de suite. Je vais chercher de l'aide et je reviens. Ne bougez pas, surtout. »

Sans savoir si la femme blessée l'avait entendu, il se lança dans une course effrénée vers les secours.

« Je m'appelle Azi Redfern, déclara une jeune Indienne à la femme qui reposait, immobile, sur le lit de la minuscule cabine. Je travaille au Centre de prévention et de traitement du viol. Je suis ici pour vous aider dans toute la mesure du possible. »

Moins d'un quart d'heure après avoir été alertées par téléphone, Azi et une infirmière étaient arrivées aux urgences de l'Hôpital général de San Francisco.

« Est-elle consciente ? demanda Azi à l'interne de service.

— Sonnée, mais consciente, oui.

— C'est grave ? »

Le docteur nia de la tête. « Des lésions externes, mais apparemment pas de troubles internes. Elle a le nez cassé, et on lui a flanqué une sacrée raclée.

— Le docteur va d'abord s'occuper de vous, dit Azi d'une voix douce. Vous n'êtes pas en danger, il en est certain. Alors essayez de vous détendre. »

La femme cligna les yeux une fois.

Lorsque le médecin eut terminé, Azi toucha la femme à l'épaule.

« L'infirmière va vous examiner aussi, pour recueillir toutes les preuves nécessaires. Nous le faisons toujours. »

À l'âge de treize ans, Azi avait quitté sa réserve pour aller vivre chez un de ses oncles, à Santa Fe, et terminer ses études. Trois mois plus tard, son oncle l'avait violée, et il persévéra dans cette pratique jusqu'à ce qu'elle atteignît l'âge de dix-sept ans et qu'on lui attribuât une bourse pour l'université du Nouveau Mexique, à Albuquerque.

Elle avait eu trop honte pour prévenir son père, trop honte pour en parler à quiconque jusqu'à ce qu'une psychologue de l'université l'aide à assumer sa souffrance et sa colère. Elle passa son diplôme et choisit de se consacrer à aider les victimes d'agressions sexuelles. Ainsi rejoignit-elle le corps des conseillers en matière de viol auprès des hôpitaux et des tribunaux.

En une demi-heure, l'infirmière avait rempli une douzaine de sacs en plastique avec notamment des sécrétions vaginales, des restes de sperme, des poils, des éclats d'ongles accrochés dans les sous-vêtements, des bas lacérés et des échantillons de sang. Une femme officier de police assistait à l'examen. Un photographe de la police avait pris une vingtaine de clichés. Azi ne lui avait pas lâché la main.

« Pourquoi faites-vous tout cela ? murmura la femme aux lèvres tuméfiées.

— Nous réunissons les preuves, expliqua Kelly Takuda, la femme policier qui avait répondu à l'appel affolé de Gertz. Nous mettons tout sous scellés, pour être certains que personne n'y touche, et nous possédons tout ce qu'il nous faut pour identifier votre agresseur, sans l'ombre d'un doute.

— Ah !

— Comment vous appelez-vous ? demanda l'inspecteur Takuda, car la police n'avait trouvé auprès de la victime ni sac ni papiers d'identité.

— Karen. Karen Doniger.

— Voulez-vous que nous prévenions quelqu'un ?

— Oui. Mon mari. »

Karen lui donna le numéro de téléphone, Kelly Takuda le nota et tendit le papier à son acolyte qui attendait à l'extérieur de la cabine.

« Et maintenant, insista-t-elle, pouvez-vous nous raconter... ? »

Karen reprit péniblement son souffle. « J'avais envie de vomir, j'avais peut-être trop bu, ou alors c'étaient les clams. Je lui ai demandé d'arrêter la voiture. »

Un flot de larmes coulait sur ses joues livides. Karen tenta de poursuivre son récit, malgré les sanglots qui l'étouffaient.

« Je suis sortie, j'ai fait quelques pas, pour respirer, en espérant que ça irait. Puis, tout d'un coup, il m'a attrapée et... et... il était trop fort pour moi, je n'ai pas réussi à lui échapper. »

Elle tremblait de tous ses membres. Azi la recouvrit d'une couverture et lui passa un bras autour des épaules.

« Ça va aller, dit-elle doucement.

— Connaissez-vous votre agresseur, madame Doniger ? s'enquit l'inspecteur Takuda. Pouvez-vous l'identifier ? »

Karen éprouvait une douleur lancinante dans la tête. Elle essaya de regarder la femme policier, mais ne vit qu'un uniforme. En gémissant, elle détourna les yeux. Kelly jeta un coup d'œil à Azi, mais la conseillère haussa les épaules et secoua la tête.

« Ça suffit sans doute pour le moment, dit gentiment Kelly Takuda. Vous nous raconterez tout ça quand vous vous sentirez mieux. »

Ted, fou d'inquiétude, avait passé une partie de la nuit à téléphoner à la police et dans les hôpitaux. Lorsqu'il se présenta aux Urgences, les deux policiers s'apprêtaient à partir.

« Elle a subi un sacré choc, monsieur Doniger, dit Kelly Takuda. Elle n'a pas recouvré tous ses esprits. Mais elle va aussi bien que possible. Les médecins disent qu'elle pourra rentrer chez elle dès qu'elle le souhaitera.

— Qu'est-il arrivé ?

— Elle vous en parlera elle-même », dit l'inspecteur Takuda qui, d'expérience, trouvait plus sage de ne pas s'immiscer dans l'intimité d'un couple.

Ted comprit d'un seul coup. Il n'y a qu'une sorte de dommage dont la police préfère ne pas parler. Il eut l'impression qu'on lui plongeait un poignard dans le cœur.

Karen était toujours blottie sous sa couverture lorsqu'il entra dans la petite cabine d'examen. Une jeune femme, penchée sur elle, lui tenait la main en lui parlant à voix trop basse pour qu'il pût saisir le sens de ses paroles. Ted s'approcha de sa femme, posa sa main sur ses cheveux et lui sourit, envahi d'un immense soulagement en la voyant vivante, et assez en forme pour être assise.

« J'étais tellement inquiet, dit-il.

— Pardon, murmura Karen.

— Ne me demande pas pardon, je t'en supplie. L'important est que tu ailles bien. » Mais Karen détourna le regard, et Ted se rendit compte qu'elle n'allait pas bien du tout.

La conseillère se présenta, prit les vêtements de rechange qu'avait apportés Ted et entreprit d'aider Karen à s'habiller.

En voyant le corps meurtri de son épouse, Ted eut envie de hurler, de massacrer à coups de poing l'ignoble individu qui avait ainsi blessé sa femme. Mais Karen avait besoin de lui. Elle tenait à peine sur ses jambes et il préféra refuser qu'on allât chercher un fauteuil roulant pour la soulever dans ses bras et l'emporter hors de l'hôpital comme si elle était aussi légère qu'une plume.

À deux heures, on sonna à la porte.

Un géant, vêtu d'une chemise à carreaux, d'un jean et d'une veste en cuir frangée, les pieds chaussés de bottes à talons, se tenait sur le seuil.

« Sergent Lamar Pope, dit-il en saluant Ted, de la Division des agressions sexuelles.

— Entrez, sergent. Ma femme se repose, je ne sais pas si elle est en état de vous recevoir pour l'instant.

— Je ne m'attarderai pas, monsieur Doniger. Mais vous le comprendrez, nous devons réunir au plus vite un maximum d'informations. »

Karen était recroquevillée sur le canapé du salon, et buvait la tasse de thé que venait de lui apporter Azi.

« J'ai vraiment besoin de vos premières déclarations, madame, dit le policier à Karen après s'être présenté. Pour lancer l'enquête. Nous officialiserons votre déposition plus tard, quand vous pourrez passer au bureau. »

Karen le regarda avec appréhension. Azi s'en aperçut, et s'assit à côté d'elle.

« Vous pouvez demander à parler à une femme, si

vous préférez, lui dit-elle doucement. Mais Lamar est le meilleur. C'est un excellent policier, et un homme de cœur. Il y a vingt ans, sa fille a été violée et assassinée par un jeune type qui s'en est sorti parce que la police n'a pas fait son travail. Depuis, Lamar ne s'occupe plus que des agressions sexuelles.

— D'accord », consentit Karen.

Lamar s'installa sur une chaise, en face d'elle, et sortit un bloc, un stylo et un magnétophone de ses nombreuses poches.

« Comme ça, je n'oublie rien, déclara-t-il en désignant le magnétophone. Quant au reste — il montra le bloc et le stylo —, c'est pour m'occuper les mains. J'essaie d'arrêter de fumer.

— Voulez-vous boire quelque chose, sergent ? proposa Ted.

— Ma foi, je ne dirais pas non à une bonne tasse de thé, si c'est bien ce que boit votre femme. »

Azi alla dans la cuisine et Ted se retira dans son bureau, laissant Karen et Lamar seuls.

« Je suis désolée, au sujet de votre fille, dit Karen.

— C'est gentil, madame. Vraiment gentil. Ça me touche beaucoup. Et maintenant, dit-il en enclenchant le magnétophone, si vous me racontiez exactement ce qui s'est passé ? »

Karen mit presque une heure à décrire la suite des événements, du moment où Robert s'était approché de sa voiture en panne jusqu'à celui où il l'avait laissée dans le Golden Gate Park. Lamar prenait d'innombrables notes, et posait de temps à autre des questions pour éclaircir un point de détail, tout en se montrant aimable et attentif.

« Vous vous en sortez très bien, madame, dit-il à Karen au moment où cette dernière commençait à faiblir. C'est presque terminé. Vous disiez donc que cet homme, après vous avoir contrainte à avoir un rapport sexuel avec lui, est remonté dans sa voiture et s'est éloigné, en vous laissant là?

— Je crois, oui, dit Karen. C'est sans doute ce qui s'est passé puisque j'étais encore allongée au même endroit quand on m'a trouvée. Mais je ne me rappelle pas vraiment ce qui est arrivé — je veux dire ce qui est arrivé juste après.

— Quel genre de voiture conduisait-il?

— Une Mercedes noire.

— Comment était-il habillé? »

Karen hésita un instant. « Un costume gris, je crois, avec de petites rayures, une chemise blanche et une cravate gris et marron. Des mocassins noirs ornés de glands.

— Parfait. Et vous dites que vous l'avez rencontré dans votre garage, qu'il vous a offert un verre et proposé de vous raccompagner chez vous?

— Il m'a d'abord proposé de me raccompagner, et ensuite de prendre un verre, rectifia Karen.

— A-t-il par hasard mentionné son nom? Ou l'endroit où il travaillait? »

Karen observa longuement l'enquêteur. Avec ses cheveux blancs et son visage fatigué, il semblait très paternel. Mais elle avait compris que ses yeux bleus compatissants cachaient un esprit acéré. Elle ne pouvait souhaiter qu'une chose : qu'il eût aussi du courage.

« Ce n'était pas la peine qu'il me dise son nom. Je le connais. C'est pour cela que j'ai accepté qu'il me raccompagne. Je travaille pour son état-major de campagne depuis trois mois. Il s'agit de..., du sénateur Robert Drayton Willmont. »

La main gauche de Lamar bondit en avant et écrasa le bouton d'arrêt du magnétophone. Figé par la stupeur, incrédule et désorienté, le policier s'interrogeait : par quelle monstrueuse déveine était-il tombé sur une affaire pareille?

C'était inutile de lui demander si elle était certaine de l'identité de son agresseur. Elle l'était manifestement. C'était inutile de lui demander si son accusation était motivée par des raisons politiques. Si c'était le cas, elle ne le reconnaîtrait certainement pas. C'était inutile de lui demander quoi que ce soit, en fait, jusqu'à ce qu'il ait eu le temps de digérer ce qu'il avait entendu.

« Bon, dit-il enfin. Je vous prierai de ne parler de tout cela à personne tant que l'enquête ne sera pas terminée. Étant donné les circonstances, un peu particulières, il me semble préférable de ne pas mêler la presse à l'affaire.

— Je n'ai aucune intention de m'adresser à la presse », déclara dignement Karen.

Lamar se leva, rangea le magnétophone dans une de ses poches, son carnet et son stylo dans une autre, et prit congé.

« Merci de m'avoir reçu, madame. Ne dérangez pas votre mari. Je retrouverai mon chemin.

— Au revoir, sergent. »

Karen le regarda s'éloigner. Trente ans plus tôt, elle s'était heurtée à un jeune étudiant en droit de Harvard, bien sous tous les rapports. Aujourd'hui, c'était un sénateur des États-Unis, candidat aux plus hautes fonctions. Ce serait sa parole contre la sienne. Et l'enquête était entre les mains d'un homme. La justice était-elle de ce monde? se demanda-t-elle avec une angoisse croissante.

Le soir était venu. Ted avait envoyé Amy dormir chez son amie Dee-Dee, car Karen ne voulait pas que sa belle-fille la vît dans cet état. Il appela Natalie.

« Elle ne l'admet pas, pourtant je sais qu'elle souffre, lui dit-il après quelques mots d'explications. Il faut que j'aille à la pharmacie, mais je ne veux pas la laisser seule. Pouvez-vous faire un saut ici et rester avec elle jusqu'à mon retour?

— Bien sûr.

— Je ne serai pas long. »

Natalie avait ses propres remèdes pour soulager les souffrances. Avant de rejoindre Karen dans sa chambre, elle remplit un verre de cognac.

« Bois », ordonna-t-elle.

Karen obéit, mais le liquide ne lui fit que peu d'effet.

« Ted t'a raconté ? »

Natalie hocha la tête. « Je n'arrive pas à y croire. Et j'ai l'impression que c'est ma faute. Je n'ai même pas essayé de te dissuader lorsque tu m'as annoncé que tu allais travailler pour lui. J'aurais dû, je m'en aperçois seulement maintenant. Tout au fond de moi, je suppose que je voulais croire qu'il avait changé. Jamais je n'aurais imaginé qu'une chose pareille pût se produire deux fois.

— Moi non plus, répondit Karen. C'est bien pour cela que je suis montée en voiture avec lui. Voyons, me suis-je dit, c'est quelqu'un d'important, maintenant, il a vieilli, et puis il a tellement à perdre ! Il faudrait qu'il soit fou pour tenter quoi que ce soit. Donc, je n'ai aucune raison d'avoir peur.

— Que vas-tu faire ?

— Moi rien. C'est à la police de décider de la marche à suivre.

— C'est une vraie bombe ! Personne ne va vouloir s'en approcher.

— Ted, toi et l'enquêteur vous êtes les seuls à être au courant. Si la police ne le poursuit pas, j'abandonnerai la partie.

— Comme je suis désolée, marmonna encore Natalie.

— Tu n'as rien à te reprocher. Ce n'est pas ta faute. Je suis une adulte. C'est à moi d'assumer mes propres responsabilités. »

Ted la berça et la caressa tendrement la nuit durant. Avec l'aide de Natalie, il avait réussi à faire avaler un bol de soupe à Karen, qui ne parvenait pas à se réchauffer.

« Je ne leur ai pas dit, tu sais.

— Que ne leur as-tu pas dit, Karen ?

— Au sujet de... de la première fois. Ils m'auraient vraiment prise pour une idiote.

— Mais ne devrais-tu pas les mettre au courant ? »

Karen haussa les épaules. « Il y a si longtemps ! Ce serait encore une fois ma parole contre la sienne. Et ça ne ferait que compliquer la situation. »

Ted se souvenait de la nuit où elle lui avait raconté sa première rencontre avec Robert Willmont. Il se rappelait l'avoir serrée dans ses bras, et lui avoir promis qu'il ne laisserait plus jamais personne lui faire de mal.

Il n'avait pas tenu sa promesse, et ça le bouleversait. Ted ne comprenait pas comment un homme pouvait abuser d'une femme, ne pas en garder le moindre souvenir et recommencer. Bien qu'il ne l'eût pas encouragée à travailler pour Willmont, Ted ne l'en avait pas non plus dissuadée, car Karen prétendait que c'était une étape qu'elle devait franchir pour être enfin capable de tirer un trait sur le passé. Comme il aurait préféré, maintenant que le pire était arrivé, s'être opposé de toutes ses forces à sa décision !

Ainsi, l'homme qui se cachait derrière le slogan qui faisait fureur dans tout le pays, « Sauvez l'Amérique ! », l'homme qui ralliait à sa cause des milliers de partisans tous les jours, était un immonde violeur !

Ted était un homme charitable et tolérant, qui avait appris à fouiller dans l'âme humaine pour y trouver le bien qui, croyait-il, existait dans chaque être. Mais cette fois-ci, il ne parvenait à trouver aucune excuse à Robert Willmont. Et la colère grondait si fort dans son cœur que s'il avait possédé une arme il serait sorti en pleine nuit et se serait fait justice.

9

Lamar Pope s'était fait une règle de ne jamais emprunter d'ascenseur s'il pouvait l'éviter. Ainsi, plus par habitude que par passion pour l'effort, il montait en général à pied les quatre étages qui menaient à la Division des agressions sexuelles, au palais de justice.

Ce matin-là, il fit comme de coutume. Après avoir fouillé quelques instants dans les tiroirs de son bureau, il pénétra dans le bureau du lieutenant et se laissa lourdement tomber sur une chaise.

On était vendredi matin, huit heures et demie, et cela faisait presque quarante-huit heures que Lamar Pope était assis sur sa bombe à retardement.

« Tu ne vas pas me croire », dit-il à son supérieur.

Le lieutenant Mike Perrone était dans la police depuis vingt-trois ans. Il n'y avait pas grand-chose qui pût encore l'étonner. Tous les matins, en partant travailler, il disait à sa femme qu'il ne supporterait plus longtemps de travailler pour la Division des agressions sexuelles. Les victimes hantaient ses rêves.

« Essaie toujours, dit-il.

— D'accord. J'ai sur les bras une femme qui prétend avoir été violée par Robert Willmont.

— Le sénateur Robert Willmont ?
— Lui-même.
— Tu as raison ! s'esclaffa Perrone. Je n'y crois pas.
— Le problème, dit Lamar en allumant une cigarette, c'est que ça risque bien d'être vrai. »
Le sourire s'effaça progressivement du visage du lieutenant.
« Monsieur Propre en personne ? Le défenseur de la veuve et de l'orphelin ?
— Ouais !
— Bon Dieu ! Où, et quand ?
— Mardi soir. Au Golden Gate Park.
— Où est le rapport de police ? On ne m'a rien signalé pour le moment. Et la tempête ne s'est pas encore déchaînée.
— J'ai gardé ça dans ma manche. Tout bien réfléchi, je me suis dit que c'était la meilleure des solutions avant d'en savoir plus. »
Perrone l'approuva de la tête. « Et alors ? Où en es-tu ?
— J'ai la déposition de la victime. Le rapport médical, les conclusions du Centre de traitement du viol, y compris l'analyse de fragments de peau sous les ongles. Et elle dit qu'elle l'a griffé de toutes ses forces. J'ai une empreinte de chaussure. Et une identification formelle.
— Deux mois avant les primaires ? Ça sent le coup monté, si tu veux mon avis.
— J'y ai pensé. C'est pourquoi j'ai gardé l'affaire sous le boisseau. Mais depuis quarante-huit heures, j'ai tout vérifié. Elle n'a aucun lien politique. Bien au contraire, ce que j'ai appris sur elle confirme qu'elle était sincèrement acquise à la cause de Willmont.
— Tu ne vas pas me dire que tu crois à ce bobard ?

— D'instinct, je dirais que ce n'est pas impossible.

— Et alors ?

— Il me semble que ça vaudrait la peine d'avoir une petite conversation amicale avec le bonhomme.

— Prends tes précautions, alors, et couvre tes arrières. Qu'as-tu fait des preuves ?

— J'ai réétiqueté le matériel que m'a remis le Centre de traitement du viol. Je suis le seul à pouvoir remettre la main dessus. L'empreinte de la chaussure est désormais classée "inconnu". J'ai enterré les rapports de l'hôpital et du poste de police sous un faux nom. J'ai effacé le nom de Willmont de la bande magnétique de la déposition de la plaignante. Je te garantis que rien ne fera surface avant que nous n'ayons pris une décision.

— Parfait. Passe-moi les éléments. Si j'arrive aux mêmes conclusions que toi, on le convoque. »

En cinq ans de travail en commun, Mike Perrone avait appris à se fier à l'instinct de Lamar Pope.

« Il ne viendra pas, répondit ce dernier.

— Évidemment qu'il ne viendra pas, aboya Perrone. Ce n'est pas une raison pour ne pas suivre la procédure, bon Dieu ! »

« Je te dis que c'est ridicule, Hal, explosa Robert Willmont, au téléphone avec son avocat. Cette bonne femme est une putain de menteuse ! C'est un coup monté, ça crève les yeux.

— Tu n'as donc aucune raison de t'inquiéter, répliqua calmement Hal Sutton. Ils veulent te parler, c'est tout.

— Va au diable. Ils me convoquent comme si j'étais un vulgaire délinquant.

— Ça devrait pouvoir s'arranger autrement, dit l'avocat. Je m'en occupe. Mais donne-moi d'abord exactement les tenants et aboutissants de cette histoire.

— Il s'agit d'une bénévole, qui travaille à l'état-major de campagne. Sa voiture ne démarrait pas, donc je lui propose de la reconduire chez elle. On va prendre un verre ou deux dans un bar, on bavarde tranquillement. Puis, en rentrant chez elle, elle se sent mal, et elle me demande d'arrêter la voiture. Elle descend, et elle disparaît. Je m'inquiète, je la suis pour m'assurer que tout va bien, et tout d'un coup elle me saute dessus. Une vraie furie ! Pire que ces groupies qui s'acharnent sur leurs stars préférées. Elle m'a griffé, elle m'a mordu. Impossible de me tirer de ses pattes.

— Elle était si forte que ça ?

— D'accord, reconnut Robert. Je ne me suis peut-être pas défendu avec tant d'acharnement que ça. Tu sais ce que c'est, quelques verres, la fatigue de la campagne, une femme qui se jette à ton cou... Ma capacité de résistance est faible, en ce moment. Un virus qui passe, et hop, je l'attrape ! Je ne suis qu'un homme, après tout, et Randy me tient en laisse depuis décembre dernier. Mais de là à prétendre que je l'ai violée, il y a un sacré chemin !

— Ne t'en fais pas. Le viol par personne connue est une accusation délicate, et la plus difficile à prouver. Si elle ment, elle n'a aucune chance de s'en tirer.

— Mais le simple fait d'un procès détruirait toutes les miennes. Je n'ai pas parcouru tout ce chemin pour être refait par une cinglée. Et si je niais tout en bloc ? Si je me dégotais un alibi prouvant que j'étais à des kilomètres de là ?

— Jamais je ne te conseillerai de te parjurer, répliqua vertement l'avocat. De plus, ils ont sûrement fait des prélèvements, et des analyses biologiques. L'ADN est aussi parlant, sinon plus, qu'un témoin oculaire.

— Je suis dans le milieu depuis assez longtemps

pour savoir qu'on peut détruire des preuves, dit Robert. Il suffit d'avoir de l'argent et des relations, et j'ai les deux.

— Tu as bâti ta réputation sur l'honnêteté, répliqua l'avocat. À ta place, je m'y tiendrais.

— C'était juste une idée en l'air, soupira Robert qui se demandait à quoi lui servirait sa bonne réputation lorsqu'il serait dans l'œil du cyclone. Alors, que faisons-nous ?

— Je vais voir. Je te rappellerai. »

Un vieux domestique en livrée noire ouvrit la porte de la maison de Jackson Street à Lamar Pope, et l'introduisit dans une magnifique bibliothèque aux murs lambrissés. Trois hommes l'y attendaient. Il reconnut Robert Willmont. Le deuxième avait une dizaine d'années de plus que le sénateur, et ses cheveux argentés lui donnaient une grande distinction et l'air sérieux. Le troisième était un petit rouquin à lunettes.

« Je suis Hal Sutton, sergent Pope, se présenta le plus âgé des hommes en s'avançant d'un pas sans lui tendre la main, l'avocat du sénateur Willmont. Et voici Randall Neuburg, son assistant. Vous connaissez le sénateur, bien entendu.

— Messieurs, salua Pope.

— Je vous remercie d'avoir accepté que cette réunion se tienne ici plutôt qu'au palais de justice, poursuivit l'avocat d'une voix douce. La discrétion est d'importance vitale en cette affaire, pour des raisons que je n'ai pas besoin de vous expliquer.

— Je vous garantis que j'aurais préféré faire la connaissance du sénateur en d'autres circonstances, rétorqua Lamar qui n'était pas homme à s'attarder en préliminaires. Finissons-en aussi rapidement que possible.

— Parfait, sergent. »

Les quatre hommes s'installèrent sur des canapés, face à face. Lamar sortit son magnétophone. « Vous permettez, monsieur ? c'est un aide-mémoire.

— Je vous en prie, répliqua le sénateur après avoir jeté un coup d'œil rapide à son avocat.

— Merci.

— Vous savez bien entendu que je serais parfaitement en droit de ne pas répondre à vos questions pour le moment, déclara Robert Willmont.

— Je le sais, monsieur le Sénateur.

— Mais je souhaite que cette affaire soit réglée de façon définitive avant qu'elle ne risque de faire des dégâts.

— J'ai parfaitement compris. »

Vingt minutes plus tard, le sénateur avait raconté à Lamar Pope sa version des événements du mardi soir.

« Vous comprenez certainement que dans ma position j'aie beaucoup d'ennemis prêts à me nuire par tous les moyens, conclut Robert Willmont. Vu les circonstances, je me suis montré très imprudent en cédant aux avances d'une femme que je connaissais à peine, c'est évident. Mais voilà tout ce dont je me suis rendu coupable : une simple imprudence. Et j'espère ne plus entendre parler de cette histoire.

— Ça, malheureusement, je ne peux pas vous le promettre, monsieur. Votre version est en totale contradiction avec celle de la dame en question. Nous devrons donc poursuivre encore un peu nos investigations.

— Voulez-vous dire que vous accordez plus de crédit à la parole de cette personne qu'à la mienne ? s'enquit le sénateur d'une voix coupante.

— Ce n'est pas à moi d'en décider, monsieur le Sénateur. Je recueille les informations, un point c'est tout.

— C'est à qui, alors ?

— Lorsque mon rapport sera bouclé, il montera au bureau du procureur.

— C'est incroyable. Une folle raconte un énorme bobard, et sous prétexte qu'un citoyen éminent et connu est impliqué, vous sautez dessus à pieds joints. »

Hal Sutton se racla la gorge.

« Que puis-je faire de plus pour vous, sergent ? demanda Robert d'un ton plus amène, alerté par le discret rappel à l'ordre de son avocat. Comment vous convaincre que je n'ai violé personne ?

— Auriez-vous l'amabilité de me montrer les vêtements que vous portiez mardi soir ?

— Mes vêtements ? Mais bon Dieu pour quoi faire ? explosa Robert. Ah oui, je comprends. Vous cherchez des preuves matérielles. Je ne vois pas ce que mes vêtements peuvent vous apporter, mais je vous en prie. »

Il bondit sur ses pieds, ouvrit la porte et appela le vieil homme qui se tenait dans le hall d'entrée. « Preston, apportez les vêtements que je portais mardi. Costume, chemise, cravate, tout.

— Et les chaussures, souffla Lamar.

— Et mes mocassins noirs », poursuivit Robert à l'adresse du domestique.

« Je suis navré, Monsieur, mais la chemise est à la blanchisserie », dit le valet de chambre en entrant dans la pièce quelques instants plus tard.

Robert haussa les épaules. « Ça suffira comme ça, dit-il, agacé.

— Dans ce cas, monsieur, intervint Lamar, j'espère que vous ne verrez aucun inconvénient à déboutonner votre chemise.

— Il n'en est pas question, éclata le sénateur. Pour qui vous prenez... »

Cette fois-ci, ce fut le rouquin qui se racla la gorge.

« Puisque vous me le demandez, sergent... », se reprit Robert.

Il dénoua sa cravate et défit les boutons de sa chemise. Quatre lignes rouges barraient sa poitrine.

« Elle m'a griffé, en effet, si c'est ce que vous cherchez à savoir, concéda-t-il. Mais je vous affirme que c'était par... disons par passion, et non pour se défendre...

— Je vous remercie, dit Lamar en se saisissant des vêtements du sénateur. Je n'ai pas besoin d'autre chose pour le moment. »

« Alors ? interrogea Robert dès que le policier eut tourné les talons.

— Je pense qu'ils vont t'inculper, répondit Sutton.

— Merde !

— Quand ils commencent à demander les vêtements et à chercher des marques, c'est mauvais signe, en effet, ajouta Randy.

— Mais je suis innocent.

— Nous le prouverons au tribunal, dit l'avocat.

— S'il va au tribunal, c'est la fin de sa carrière politique.

— Peut-être, mais il ne sera pas en prison.

— Ma seule chance est que mon innocence éclate au grand jour, et pour cela, il faut en passer par le tribunal, soupira Robert en s'adressant à Randy. Mets Dobbs là-dessus. Qu'elle en fasse une cause exemplaire. Une leçon de civisme, qui prouvera au pays que le système judiciaire est le même pour tous, qu'il fonctionne comme il faut et qu'il vole au secours des innocents.

— Et si ce n'était pas le cas ?

— Aucun problème, assura le sénateur. Je suis

chez moi, ici, dans mon État, dans ma ville. Aucun jury ne me condamnera pour une faute que je n'ai pas commise. »

Le lundi suivant, à neuf heures quarante-cinq, l'adjoint du procureur général de San Francisco se dirigeait d'un pas décidé vers le petit bureau, à peine plus grand qu'un placard, qu'occupait Teresa Maria Yacinta Escalante, une jeune femme aux yeux et aux cheveux noirs, au sourire éclatant, et sans conteste le meilleur des substituts avec qui il eût jamais travaillé.

« Je t'ai entendu arriver, mais j'espérais que tu ne t'arrêterais pas. Regarde mon bureau, dit-elle en montrant les piles de dossiers en attente, en équilibre instable. Je ne peux prendre aucune nouvelle affaire pendant au moins deux mois.

— Je suis navré, Tess, soupira Jay Agar en ajoutant une chemise sur la pile. Je te jure que je suis désolé. »

Tess la saisit et l'ouvrit, certaine qu'il s'agissait d'une affaire importante, car il ne lui avait même pas demandé si elle avait passé un bon week-end. Elle parcourut rapidement le dossier et ses yeux s'écarquillèrent de plus en plus à chaque page.

« C'est une blague ? On est le 1er avril, ou quoi ?

— Ce n'est pas une blague.

— Robert Willmont est réellement accusé de viol ?

— C'est ce qu'on m'a dit.

— Le sénateur Robert Willmont ?

— Je n'en connais pas d'autre.

— Pourquoi moi, Jay ? En général tu te réserves les gros coups. Et c'en est un, bon Dieu !

— L'affaire Stepaner, lui rappela Agar. Je me vois mal prévenir le juge que je le laisse tomber en plein milieu d'un procès pour triple meurtre. »

Il s'abstint d'ajouter que l'affaire Stepaner défrayait la chronique et qu'elle lui apportait la célébrité, alors que celle-ci était manifestement une chausse-trappe.

Tess se renversa dans sa chaise, les sourcils froncés, en se tapotant la paume de la main avec son stylo.

« Ça ne tient pas debout. Willmont sait qu'on l'observe au microscope. En principe, il a son investiture dans la poche. Pourquoi prendrait-il un tel risque ? Tu n'as pas l'impression que c'est trop beau pour être vrai, que ça pourrait parfaitement être un coup monté ?

— Possible. Mais qu'importe ce que je pense. Le procureur général est d'avis qu'il y a trop d'éléments pour qu'on puisse se permettre de ne pas donner suite.

— Pourquoi moi ? répéta-t-elle.

— Parce que tu es honnête, compétente et que tu es la meilleure. Si je mettais n'importe qui d'autre sur cette affaire, on me traiterait de cinglé.

— Mais j'ai du boulot par-dessus la tête.

— Je sais. Je suis prêt à te libérer d'autant d'affaires que tu veux. Inutile de te dire que nous sommes devant une priorité absolue.

— Sans blague !

— J'ai quand même une bonne nouvelle : c'est Lamar qui a dirigé l'enquête.

— N'essaie pas de m'amadouer. Si ce n'était pas lui, je ne toucherais pas à cette affaire avec des pincettes. »

Malgré la présence de l'inspecteur texan, qu'elle appréciait et avec qui elle avait plusieurs fois fait équipe, Teresa Maria Escalante n'avait pas la moindre envie de poursuivre un sénateur des États-Unis, surtout pas celui-là.

Elle n'était pas militante politique, mais elle ouvrait les yeux, et, fille d'émigrés qui s'étaient épuisés sur leurs maigres récoltes, elle s'inquiétait de l'état de son pays. Ce que disait Willmont lui plaisait, même si la plupart de ses collègues le trouvaient un peu trop radical.

La vie privée de Robert Drayton Willmont n'avait jamais suscité la moindre rumeur, ce qui signifiait soit qu'elle était irréprochable, soit qu'il se montrait d'une discrétion à toute épreuve. Cependant, depuis quelques années, de nombreux hommes et femmes politiques avaient été éclaboussés par des révélations croustillantes sur leur intimité et le scandale avait brisé leur carrière. On ne pouvait exclure une telle éventualité en ce qui concernait Willmont.

« Bon, d'accord. Et maintenant file et laisse-moi travailler. Mais tu me revaudras ça, je te le promets... »

Elle lut attentivement le dossier, étudiant en premier lieu les rapports préliminaires de police, celui d'Azi Redfern et les deux dépositions de Karen Doniger. Elle regarda ensuite les photographies des services de police, puis les déclarations de Robert Willmont. Lorsqu'elle eut terminé, la silhouette massive de Lamar Pope se profila dans l'embrasure de la porte.

« Alors, tu vas voter pour qui, aux primaires ? lui demanda-t-elle.

— Je ne vote pas aux primaires. Je suis un non-inscrit farouche. »

Tess pouffa de rire devant l'accoutrement de son collègue. Lamar, pourtant pur produit de l'université, était le seul homme du bureau à se permettre le luxe de s'habiller en cow-boy. Elle reprit son sérieux pour lui demander comment il avait réussi à obtenir la déposition de Willmont.

« Il l'a proposé lui-même. Il a dit qu'il voulait faire éclater la vérité au grand jour.

— Comment tu le sens ?

— Je ne suis pas encore sûr, avoua l'enquêteur. Avec les primaires dans deux mois, je n'arrive pas à imaginer qu'il se soit conduit aussi bêtement.

— C'est à peu près ce que j'ai dit à Agar.

— Tu envisages un coup monté ? »

Tess soupira. « Je ne sais pas ce que j'envisage. Je ne suis sûre que d'une chose : j'aurais mieux fait de ne jamais quitter Salinas... »

10

Assise à son bureau dans l'obscurité grandissante, Mary Catherine réfléchissait. Elle avait renvoyé toute l'équipe de campagne dans ses foyers à l'instant même où elle avait appris la nouvelle : Robert Willmont était arrêté pour agression sexuelle et coups et blessures. On l'avait emmené, on allait prendre ses empreintes digitales, le photographier, et l'enfermer derrière des barreaux comme un criminel. La meute des journalistes s'était immédiatement pendue au téléphone.

« Je suis certaine que c'est une horrible erreur judiciaire, assura-t-elle avec calme aux tout dévoués membres de l'équipe de campagne qui la regardaient, interloqués, traumatisés par les charges qui pesaient sur leur candidat. On se trompe de personne, manifestement. Vous verrez que dès demain tout sera éclairci, et que nous pourrons tous reprendre le boulot. »

Mais, dans son for intérieur, elle ne se faisait aucune illusion.

Elle déclara aux journalistes qu'elle n'avait aucun commentaire officiel à formuler, mais qu'en tant que femme, et proche collaboratrice du sénateur depuis dix ans, elle ne pouvait croire au bien-fondé d'une telle accusation.

« Que savez-vous de la supposée victime ?

— Rien, dit-elle, car on lui avait conseillé de ne parler à personne de Karen Doniger.

— Mais vous la connaissez, pourtant ?

— Le sénateur fera une déclaration dans un jour ou deux. Patientez jusque-là. »

Tout en s'interrogeant sur les raisons qui auraient pu inciter la meilleure de ses bénévoles à trahir, Mary Catherine n'arrivait pas à croire à un viol. Robert Willmont était un homme assez séduisant pour n'être pas contraint de prendre une femme par la force.

Pourtant... Karen Doniger paraissait équilibrée, elle n'était pas du genre à servir de pion dans un jeu politique. C'était une personne intelligente, compétente, et parfaitement normale, en fait le genre de personne propre à réveiller les instincts lascifs de Robert Willmont. De toute façon, songeait Mary Catherine, cela n'avait plus aucune importance. Innocent ou coupable, la carrière politique du sénateur était bien compromise. Les ligues morales se détourneraient de lui comme d'un pestiféré et les gens raisonnables ne manqueraient pas de rappeler l'adage : il n'y a pas de fumée sans feu. Forte de sa longue expérience, Mary Catherine savait que la tache ne s'effacerait pas.

Le samedi précédent, Randy, Robert et elle s'étaient réunis pour mettre au point leur stratégie dans l'éventualité où le pire se produirait.

« C'est inimaginable ! s'était exclamé Robert. Cette femme se jette pratiquement à ma tête, et c'est moi qu'on accuse !

— Ne perdons pas notre temps en colères inutiles, était intervenu Randy. Il faut décider de la façon dont nous allons réagir. Tu es censé participer à trois réunions publiques pendant le week-end. Veux-tu prendre les devants ? Veux-tu laisser entendre qu'il s'agit d'un complot politique ? »

Robert s'était tourné vers Mary Catherine. « Que savez-vous d'elle ?

— C'est une femme séduisante, efficace, elle est mariée, elle a une nombreuse belle-famille, et elle écrit des poèmes.

— Que fait son mari ?

— Il est architecte. En fait, c'est l'architecte responsable du projet China Basin. »

Robert réfléchit. « Peut-on faire pression de ce côté-là ?

— C'est trop tard, dit Randy.

— J'aurais mieux fait de nier en bloc, et d'envoyer tout le monde au diable !

— Ton avocat t'a prévenu du danger, rappelle-toi. Ça n'aurait pas marché.

— J'ai pris contact avec mes principaux conseillers politiques, vous vous en doutez bien. Ils me disent tous d'y aller au culot. Mais c'est en vous deux que j'ai le plus confiance. Quelle est votre position ?

— Un, dit Randy, tu la boucles pour le moment, et tu fais comme si de rien n'était. Inutile d'ouvrir la boîte de Pandore avant que ce ne soit indispensable. »

Randy s'était longuement entretenu avec Mariah, et il livrait au sénateur le fruit de leur réflexion commune.

« D'accord, dit Robert.

— Deux, on engage la meilleure agence de détectives privés du pays, pour tout savoir sur Karen Doniger.

— Occupez-vous de ça, Mary Catherine, ordonna Robert.

— Trois, si on en arrive là, tu reconnais que tu as fait une connerie. Tu invoques l'angoisse, l'épuisement, et même la folie passagère, si tu veux. Les électeurs adorent les pécheurs qui se repentent sincèrement. Alors, tu auras intérêt à avoir l'air sacrément sincère.

— Je suis sincère.

— Quatre, tu suggères qu'il s'agit d'un coup monté par tes adversaires politiques, qui cherchent un moyen d'arrêter ton ascension. Tu n'accuses personne, bien sûr, mais tu fais la liste de ceux, partis ou industriels, et même pays étrangers, qui auraient intérêt à t'écarter de la course à la présidence.

— Excellent !

— Cinq, s'il doit y avoir procès, tu fais jouer toutes tes relations pour qu'il ait lieu le plus tôt possible. Si tu es rapidement acquitté, on pourra peut-être s'en tirer.

— Que veux-tu dire avec ton "Si" ? Évidemment que je serai acquitté, puisque je suis innocent !

— Six, Elizabeth et toi vous ne vous quittez plus d'une semelle. »

Le sénateur s'agita, un peu mal à l'aise. « Je ne sais pas comment elle va prendre ça ! Pour dire vrai, nous ne sommes pas très... intimes, depuis quelque temps.

— Alors, appelle-la. Il faut la sonder. Sans elle, nous n'avons pas l'ombre d'une chance. »

Elizabeth avait passé l'après-midi à la plage avec son fils, dont elle avait admiré l'aisance sur une planche de surf. En rentrant, les joues rosies par le grand air, elle découvrit son mari qui l'attendait avec impatience, en compagnie de ses deux acolytes.

« Vous vouliez me parler ? s'enquit-elle en les rejoignant dans la bibliothèque.

— Nous avons besoin de votre aide », répondit simplement Randy.

Elizabeth, qui aimait bien le rouquin, resté juvénile malgré ses quarante ans, lui sourit.

« S'agirait-il par hasard du sujet de ces mystérieux conciliabules qui ont lieu ici depuis quelques jours ? »

Stupéfait, Randy se tourna vers Robert. « Elle n'est pas au courant ? Tu ne lui as rien dit ?

— Au courant de quoi ? interrogea Elizabeth.

— Je n'avais aucune raison de le faire, répliqua le sénateur, un peu gêné. Tant que ce n'était pas nécessaire, vous savez...

— C'est nécessaire, coupa Randy, qui traversa la pièce et prit le bras de Mary Catherine. Nous allons faire un tour, tous les deux. Il est grand temps que nous nous dégourdissions les jambes. Nous serons de retour dans une demi-heure. »

Lorsqu'ils revinrent, le visage d'Elizabeth avait perdu ses belles couleurs. Un verre d'eau et une boîte de pilules étaient posés sur la table basse.

« Je ne suis pas le moins du monde étonnée, leur dit-elle calmement. En fait, je savais qu'à un moment ou à un autre ses pulsions lui joueraient un mauvais tour. Je craignais plutôt le sida, ce qui explique que je ne dorme plus avec lui depuis des années. Mais ne vous inquiétez pas. Je suis sa femme, je le soutiendrai, pour le meilleur et pour le pire. Je suis prête à me parjurer s'il le faut. »

Sur ces paroles, Elizabeth Willmont quitta la pièce avec dignité.

Quelle femme, se dit Randy avec admiration. Elle savait, et elle se taisait. À une époque où les femmes divorçaient sous n'importe quel prétexte, Elizabeth avait gardé le regard braqué sur leur objectif. Elle était plus forte qu'il ne l'avait supposé, malgré les dégâts causés par les médicaments, et il avait désormais confiance : elle tiendrait le coup.

Elle doit avoir une sacrée envie d'être l'épouse du président, songea Mary Catherine avec respect. Si elle avait été elle-même mariée au sénateur, ce n'était pas seulement de sa chambre à coucher qu'elle l'aurait éjecté sans douceur, Maison-Blanche ou pas !

« Il n'est pas question de la jeter en pâture à l'opinion, déclara Robert. À moins bien entendu que le pire ne se produise. »

Et le pire s'était produit en ce lundi 13 avril à deux heures de l'après-midi, lorsque Lamar Pope se présenta au domicile du sénateur avec un mandat d'amener, et le conduisit au palais de justice.

Mary Catherine poussa un profond soupir. Elle savait qu'elle n'aurait pas dû rester là, assise dans le noir, à ressasser de sombres pensées. Mieux valait ranger ses affaires, ou réserver son billet d'avion pour rentrer à Washington. Mais elle ne bougea pas. Elle avait soixante ans, et il était trop tard pour reprendre son bâton de pèlerin.

Il n'y aurait plus d'idéalistes aux yeux brillants à initier au quadrille de la politique. Non. Le moment était venu de faire le compte de ses économies et de prendre sa retraite.

À vingt heures, elle entendit une clé tourner dans la serrure.

« Je pensais bien te trouver ici, dit Randy en allumant la lumière. Mais pourquoi es-tu dans le noir ?

— C'est la couleur qui me semblait convenir, dit Mary Catherine en haussant les épaules. Où est-il ?

— Chez lui. Hal a tout arrangé. L'audience préliminaire aura lieu le 23.

— Si tôt ?

— Si cela avait été possible, on aurait choisi qu'elle ait lieu demain.

— Comment va-t-il ?

— Incrédule... Hors de lui... Indigné... Comme je

le serais si toute ma vie était fichue en l'air d'un seul coup.

— Il en est conscient ?

— En partie, je crois. Mais il ne le reconnaîtra jamais. Il est convaincu qu'il va s'en sortir, et que le peuple se ralliera à son panache...

— Les électeurs ont fait pire !

— C'est vrai.

— Il va falloir qu'il fasse une déclaration quelconque.

— Il veut donner une conférence de presse demain. Et raconter sa version de l'histoire tant que la femme en question garde l'anonymat.

— Qu'en pense Hal Sutton ?

— Il a dit que ça ne peut pas lui nuire.

— Je vais m'en occuper.

— Convoque-les avant trois heures. Qu'on soit à temps pour le journal télévisé. »

Mary Catherine observa en souriant son dernier protégé : il avait bien appris ses leçons : même au milieu de la tempête, il ne perdait pas ses réflexes professionnels.

« Comment te sens-tu ? lui demanda-t-elle gentiment.

— Abasourdi... En colère... Frustré ! On était si près du but...

— Que vas-tu faire ?

— Redevenir avocat, j'imagine. Me marier. Avoir une vie à moi.

— Bonne idée.

— Mais ce n'est pas juste, bordel ! Gâcher la vie de quelqu'un comme ça, d'un claquement de doigts ! »

Mary Catherine se leva et prit son sac.

« Viens, dit-elle, allons nous soûler. »

11

Depuis une semaine, les lumières du bureau de Tess Escalante étaient restées allumées jusque tard dans la nuit. Dans douze heures, elle présentait ses conclusions au tribunal, et demanderait l'inculpation de Robert Drayton Willmont pour agression sexuelle et coups et blessures. Bien qu'elle disposât en général de plusieurs mois pour instruire une affaire, et qu'on ne lui eût accordé que quelques jours pour celle-ci, elle se sentait prête.

Elle en avait tout d'abord voulu à Jay Agar de lui avoir passé ce dangereux relais, mais elle reconnaissait désormais que le dossier l'avait passionnée. Quoique substitut du procureur, la jeune femme était encline à ne pas croire la prétendue victime : en effet, Karen Doniger accusait de viol un homme que de très nombreux Américains, dont Tess elle-même, considéraient comme le dernier espoir de leur pays.

Toute l'équipe avait suivi la conférence de presse du sénateur, le lendemain de son inculpation, et les convictions de Tess s'en étaient trouvées renforcées.

« Comme certains d'entre vous l'ignorent peut-être encore, avait-il commencé en regardant la caméra en face, sa main dans la main de sa femme, hier on m'a accusé de viol. »

Il n'essayait pas de cacher sa fatigue, ni son angoisse.

« Ai-je fait l'amour avec la femme en question ? avait-il poursuivi en évitant soigneusement de prononcer son nom. Oui. Je l'ai fait. Je ne veux pas vous mentir. J'ai, consciemment, transgressé les liens sacrés du mariage et je n'ai pour cela aucune excuse. Aucune excuse valable, en tout cas. Mais l'ai-je violée ? Non. Ce fut une rencontre brève, fondée sur une attirance réciproque. Nous nous sommes séparés en bons termes, du moins l'ai-je cru. »

Comme pour l'approuver en silence, Elizabeth Willmont se rapprocha d'un pas de son mari.

« Comment se défend-on lorsqu'une femme crie au viol ? Comment peut-on la traiter d'infâme menteuse sans passer pour un mufle ? Comment expliquer qu'on s'est sans doute conduit comme un imbécile, mais pas comme un criminel ? Et que toute cette affaire arrive à point nommé pour ceux qui, étant donné votre position et vos convictions, voudraient se débarrasser de vous définitivement ? »

Un frisson parcourut la rangée de magistrats qui entouraient Tess.

« Certains prétendent que je n'ai plus aucune chance d'être candidat, poursuivit le sénateur. Si un jury m'estime coupable de ce crime atroce, ils ont raison, bien évidemment. Mais je crois en la justice de notre pays. Je crois que l'Amérique est un pays où la vérité éclate au grand jour, et où les innocents sont acquittés. Donc, je serai acquitté. »

Les membres de l'équipe du sénateur relevaient peu à peu la tête, et se tenaient de plus en plus droits.

« Je pourrais, bien entendu, obtenir de mes avocats qu'ils utilisent tous les recours du droit pour que le procès n'ait pas lieu avant des années, continua le candidat. Bien au contraire, je leur ai donné l'ordre de tout mettre en œuvre pour que je sois jugé le plus vite possible, afin de me libérer de cette accusation offensante et de poursuivre la tâche que je me suis assignée. »

Il s'interrompit et fixa la caméra sans cligner les yeux, pendant cinq bonnes secondes.

« Certains pensent que ceux qui sont candidats aux plus hautes fonctions devraient être des héros, des saints ou des dieux, dit-il pour conclure. Mais en vérité, nous ne sommes que des hommes — vulnérables, faillibles, très humains, qui font de leur mieux avec les outils dont ils disposent. Et c'est ainsi que je suis — un homme qui croit qu'il peut aider son pays à traverser une période difficile. Je n'ai aucun moyen de vous convaincre de m'accorder le bénéfice du doute jusqu'à ce que cette épouvantable histoire soit terminée et mon innocence établie. Mais j'espère de tout mon cœur que vous le ferez. »

Tess avait longuement regardé l'écran éteint.

« Il aurait fait un bon acteur, avait commenté l'un des substituts en riant.

— Ne parle pas de malheur ! Pas d'autre acteur à la Maison-Blanche, pour l'amour du ciel !

— En tout cas, il a de la classe, intervint un autre.

— Qu'est-ce que tu en penses, Tess ? demanda quelqu'un.

— Je pense que c'est un homme très intelligent. »

Coupable ou innocent, il avait réagi à la perfection. Il avait pris à témoin l'opinion publique, rapidement, dignement, et Tess Escalante ne demandait qu'à le croire.

Mais dès qu'elle eut entendu Karen Doniger, elle comprit que la prétendue victime n'était le pion de personne, ni une mythomane, ni une déséquilibrée, prête à tout pour faire parler d'elle.

« Je n'ai pas vraiment envie d'être ici, avait-elle déclaré après avoir décliné son identité.

— Pourquoi y êtes-vous, alors ?

— Parce qu'Azi m'a convaincue qu'il fallait au moins que je vous parle, répliqua-t-elle en désignant la conseillère de la tête.

— C'est vrai, confirma l'Indienne. Je lui ai dit que l'identité et la position de l'homme qui l'avait violée ne devaient pas entrer en ligne de compte, car, aux yeux de la loi, il n'est pas plus important qu'elle.

— Je vous approuve, dit Tess.

— Est-il exact que je puisse refuser de témoigner ? questionna Karen.

— C'est votre droit. Si vous l'exercez, il n'y aura plus de charges contre le sénateur, et l'affaire sera close. Mais alors, s'il a réellement commis les actes dont vous l'accusez, il aura la possibilité de les commettre à nouveau.

— Je sais », murmura Karen et Tess remarqua l'expression angoissée de son regard.

« Ne vous faites aucune illusion, poursuivit Tess. Un procès pour viol est aussi traumatisant et humiliant pour la victime que l'agression elle-même. Avez-vous peur d'affronter cette situation ? Craignez-vous de ne pas supporter la pression qui va s'abattre sur vous ?

— Je ne sais pas. Peut-être que si je pensais qu'il pouvait être condamné je trouverais la force nécessaire. Mais à vrai dire, mademoiselle Escalante, je ne crois pas qu'il sera condamné, et je n'ai pas très envie de me soumettre à une épreuve qui risque de bouleverser, et même de détruire, ma famille, ma vie tout entière, pour rien.

— Il me semble que vos accusations sont parfaitement étayées, madame Doniger. Pourquoi supposez-vous qu'il ne sera pas condamné ?

— Parce que de tels hommes ne sont jamais jugés pour leurs actes. Ce qu'ils veulent, ils le prennent. Ce qu'ils ne peuvent acheter, ils mentent pour l'obtenir. Il y a encore beaucoup de gens qui pensent qu'une femme ne peut pas être violée, qu'on ne peut la contraindre à faire l'amour si elle ne le veut pas. Et, malgré toutes les preuves que j'aurai accumulées, ce sera finalement ma parole contre la sienne. Or, c'est un homme politique, un élu de la nation, qui peut faire beaucoup pour le pays. Qui suis-je, moi, pour m'opposer à lui ? »

Tess la regardait avec attention. Elle devait en partie son excellente réputation et les succès qu'elle remportait à sa capacité d'observation et d'évaluation. En dépit de ses convictions préalables, elle savait interpréter les preuves, les témoignages, les regards, et sentait la vérité lorsqu'elle l'entendait.

« Il l'a fait, n'est-ce pas ? murmura-t-elle, le cœur au bord des lèvres.

— Oui, mademoiselle Escalante. Il l'a fait.

— Alors, Azi a raison. Peu importe sa position. Personne n'est au-dessus de la loi.

— Vous savez bien qu'en réalité les choses se passent rarement comme cela. Je n'ai rien contre vous, mademoiselle Escalante. Je ne vous connais pas. Mais j'ai des enfants que j'aime infiniment, et un mari que son métier expose à l'opinion publique. Et ma propre carrière. Même si vous me croyez, ce n'est pas moi que vous représenterez à l'audience. Vous incarnez l'État. Mais moi, je serai vilipendée, traitée de menteuse, de femme adultère, ou pire encore, pour le restant de mes jours.

— C'est vrai, soupira le substitut. Je ne peux pas vous garantir que le système soit parfait. Mais en général il fonctionne.

— Je suis certaine que le système fonctionne. Mais pas que justice soit faite à tous les coups.

— Elle l'est presque toujours.

— Mais Robert Willmont pourrait faire exception, n'est-ce pas ?

— Je fais bien mon boulot, madame Doniger, dit Tess. Très bien, même. Je travaille énormément. Je ne commets pas d'erreurs. Je ne me présente pas au tribunal si je ne suis pas convaincue de pouvoir gagner. Je vous accorde qu'on ne peut jamais prévoir à coup sûr les réactions d'un jury, mais mon pourcentage de réussite est plutôt bon. »

Karen lança un coup d'œil dubitatif à Azi.

« Je connais Tess depuis cinq ans, dit la conseillère. Même si, légalement, elle ne vous représente pas, je suis certaine que vous ne pourriez être entre de meilleures mains.

— J'irai plus loin, madame Doniger, ajouta le substitut. Si vous ne témoignez pas, si nous classons l'affaire, cela revient à reconnaître que ce qu'il vous a fait est très bien. Croyez-vous vraiment que ce qu'il vous a fait soit très bien ! »

Des larmes perlèrent aux yeux de Karen, qui contemplait obstinément ses mains. Cette décision était l'une des plus douloureuses qu'elle eût jamais eu à prendre. Elle leva enfin son regard sur Tess.

« Je m'appelle Karen », dit-elle.

La défense avait obtenu une telle accélération du processus habituel que Tess dut abandonner toutes ses autres affaires pour se consacrer à celle-là.

La veille de l'audience préliminaire, elle revoyait son dossier une fois de plus, traquant la moindre contradiction, la plus minime des failles où pourrait s'engouffrer la défense pour obtenir un non-lieu.

« Je pensais bien te trouver ici, dit Lamar Pope en entrant dans son bureau.

— Ce ne sera qu'une formalité, pourtant. Nous avons plus de preuves qu'il n'en faut pour obtenir l'inculpation. Et toi, où en es-tu ? »

Lamar se laissa tomber dans une chaise en face d'elle.

« Ce genre d'enquête, tu sais, je le considère toujours comme un gigantesque puzzle. Dès qu'on assemble correctement les morceaux, l'image surgit, parfaitement claire. C'est ce qui rend le jeu excitant. Mais cette fois-ci, j'ai l'impression qu'il me manque une pièce.

— Explique-toi. »

Le géant se gratta l'oreille, perplexe. « C'est vague. Une intuition, plutôt qu'une certitude. Comme s'il y avait un trou quelque part. »

Tess avait appris à respecter les intuitions de l'enquêteur. Aussi le poussa-t-elle dans ses retranchements.

« Sois plus précis, veux-tu ?

— Toute cette histoire est absurde, voilà le problème. Je crois Karen Doniger. Je mettrais ma main au feu qu'elle dit la vérité, que tout s'est passé comme elle le raconte.

— Mais ?

— Mais mon petit doigt me dit que Willmont dit la vérité aussi.

— C'est impossible. Il y en a forcément un des deux qui ment.

— C'est bien là que le bât blesse, soupira Lamar Pope.

— Tu sais, il y a des hommes qui ne supportent pas qu'on leur dise non. Qu'on puisse leur dire non, à eux. Ils estiment qu'ils sont au-dessus de tout rejet, et ça les rend incapables d'accepter un refus. Robert Willmont en fait peut-être partie.

— Peut-être, dit Lamar d'un ton peu convaincu.

— Hal Sutton nous a trop bousculés, tu n'as pas disposé du temps nécessaire pour faire une enquête aussi approfondie que d'habitude. Demain, nous obtiendrons l'inculpation et je me débrouillerai ensuite pour que tu puisses chercher ta mystérieuse pièce manquante.

— Tu aimes bien Karen Doniger, n'est-ce pas ?

— C'est vrai, acquiesça Tess. Je l'aime beaucoup. Elle est à la fois très vulnérable, et très courageuse. J'ai toujours l'impression qu'elle lutte contre une immense souffrance intérieure.

— Oui, moi aussi.

— Elle est très secrète, réservée, même. Quel que soit le résultat, l'audience publique sera affreusement pénible pour elle, aussi pénible sans doute que l'agression qu'elle a subie.

— C'est sûr.

— Toi aussi, tu l'aimes bien, n'est-ce pas ?

— C'est une dame, dit Lamar. Et je n'en rencontre pas beaucoup, dans mon métier. Mais...

— Je sais, il y a une pièce qui manque. »

Huitième partie

1992

La justice n'existe pas, ni au tribunal ni ailleurs.

Clarence DARROW

1

Son Honneur le juge Oliver Wendell Washington était en proie à de violentes crampes d'estomac. En fait, il souffrait de gastrite aiguë depuis le jour où il avait appris qu'il présiderait le tribunal chargé de juger Robert Drayton Willmont.

« Pourquoi moi ? avait-il grogné à l'intention de sa femme en se précipitant dans la salle de bains pour la deuxième fois de la matinée.

— Parce que tu es juge, je suppose, lui rappela Thelma Washington depuis sa chambre. Et que manifestement quelqu'un a pensé que tu étais la personne adéquate pour ce boulot.

— J'aurais dû devenir concierge, marmonna l'ex-professeur de droit de l'université de Stanford.

— À qui voudrais-tu essayer de faire croire ça ! s'écria sa femme en riant. Rien ne te fait plus plaisir que de te pavaner dans ta robe de juge !

— Moi, non. C'est à ma mère que ça fait plaisir ! Du jour où je suis né, elle n'a rêvé que de ça ! Tu seras juge, mon fils ! Voilà ce qu'elle m'a seriné à longueur de journée.

— Et aujourd'hui, ta maman est fière de son petit.

— Tu ne comprends pas. En novembre, je me représente aux élections. Si je fais une seule erreur au cours de ce procès, un seul faux pas, le rêve de ma mère va s'envoler pour de bon. Ça la tuerait avant l'âge.

— Avant l'âge ? Elle a quatre-vingt-huit ans, si je ne me trompe ?

— Il faudrait que je m'allonge quelques instants.

— Si tu te couches, tu seras en retard au tribunal. Et ce serait ta première erreur.

— Si je me faisais porter malade maintenant, avant que ne commence la sélection du jury, ils pourraient me remplacer. »

Thelma secoua la tête avec commisération. « Si tu n'avais pas la peau aussi noire, tu serais livide de trouille, mon pauvre ami.

— Mais c'est vrai. Regarde dans quel état je suis ! Je ne peux pas m'éloigner à plus de trois mètres des toilettes.

— Oliver Wendell, l'admonesta sa femme d'un ton sans réplique, tu vas arrêter de te lamenter et partir au boulot. Tu es un bon juge, et tout le monde le sait. Voilà pourquoi on t'a confié cette affaire. Et tu t'en tireras très bien. Si tu as un problème, prends tes pilules ; je les mets avec ton déjeuner. »

Ceux qui y travaillaient avaient surnommé la 21e Chambre de la Cour supérieure de justice le Palais de verre. Située à l'extrémité d'un long couloir, au troisième étage du bâtiment, elle ressemblait aux autres salles d'audience : taille modeste, un couloir central, un parterre aux sièges inconfortables pour le public et l'ancre de Californie trônant à côté du drapeau des États-Unis au-dessus de l'estrade du juge. Comme les autres, elle n'avait pas de fenêtre. Son unique particularité, et de là découlait son surnom, était la paroi de verre blindé qui isolait les spectateurs des magistrats, des plaignants et des présumés coupables.

« On ne dramatise pas un peu ? avait demandé

Lamar à Tess lorsqu'elle lui avait indiqué la Chambre où se déroulerait le procès.

— Je suppose que personne n'a envie qu'un cinglé se pointe avec un fusil », avait-elle répondu en haussant les épaules.

Mais, tandis qu'elle se frayait un chemin dans la foule rassemblée devant la porte de la 21e Chambre, le substitut n'aperçut pas Lamar. On était le jeudi 4 juin, deux jours après le triomphe de Robert Willmont aux primaires de Californie, avec quatre-vingt-deux pour cent des voix. Son investiture était désormais acquise.

« Salut, Tess, cria un reporter. Alors, quelles sont vos chances d'obtenir l'inculpation du prochain président des États-Unis ?

— Les mêmes que pour n'importe quel citoyen, répliqua-t-elle avec son sourire le plus professionnel.

— Comment pouvez-vous faire quelque chose d'aussi affreux à un homme aussi formidable ? » intervint une femme d'un certain âge.

Le substitut ne lui répondit pas. Après avoir montré son insigne aux policiers armés qui montaient la garde à la porte de la chambre, elle entra dans le Palais de verre.

Il était neuf heures moins vingt. La partie gauche du prétoire était remplie de journalistes et de spectateurs. Dans moins d'une demi-heure, tous les sièges de la partie droite seraient occupés par les jurés potentiels et le processus de sélection commencerait.

Tess portait un tailleur gris, strict et élégant, qui lui conférait une allure de jeune professionnelle sûre d'elle et pleine d'avenir. Elle posa sa mallette sur le bureau réservé à l'accusation, sortit un à un ses dossiers et les rangea devant elle.

Puis elle ouvrit calmement la chemise où se trouvaient les noms des deux cents citoyens inscrits sur les listes électorales qui avaient été tirés au sort pour participer à cette sélection. Depuis deux semaines, toute son équipe s'était efforcée d'en apprendre le plus possible sur chacun d'entre eux. Qui étaient-ils ? Comment vivaient-ils ? Quelles étaient leurs opinions ? La réponse à ces questions était cruciale.

Le substitut allait s'efforcer de sélectionner un groupe d'hommes et de femmes capables de juger les témoignages et d'évaluer les preuves. Chaque détail connu l'y aiderait. Un ou deux conservateurs ne la gêneraient pas, des féministes acharnées seraient les bienvenues, un représentant du troisième âge également. Mais l'unique espoir qu'elle pouvait raisonnablement nourrir était que le jury soit finalement constitué de douze esprits ouverts.

Lorsqu'elle interrogeait un juré potentiel, Tess s'attachait à trois aspects de sa personnalité : la regardait-il dans les yeux ? s'exprimait-il de façon franche et directe ? savait-il écouter ? Karen avait raison de prétendre qu'il y avait encore des gens qui étaient certains qu'on ne pouvait pas violer une femme non consentante, et Tess devrait les repérer.

Le substitut se fiait à son jugement et à celui de Lamar. Le géant en bottes de cow-boy s'assiérait derrière elle, les bras croisés sur le ventre, et ferait semblant de sommeiller. Mais chaque fois qu'elle se retournerait vers lui, il tiendrait à sa disposition un petit morceau de papier avec un oui ou un non griffonné dessus.

Tess jeta un coup d'œil impatient à sa montre. En général, Lamar arrivait au tribunal avant elle. Être en retard ne lui ressemblait guère. Depuis cinq ans qu'ils travaillaient ensemble, elle avait appris à compter sur sa présence, comme sur un filet de sécurité. Contrariée, elle fronçait anxieusement les sourcils.

Hal Sutton entra alors dans la salle d'audience, flanqué d'une ravissante brune en tailleur Chanel, d'un jeune Afro-Américain qui ressemblait à un héros de feuilleton télévisé et d'un homme trapu au crâne brillant et aux chaussures neuves qui crissaient à chacun de ses pas.

Hal Sutton n'était pas seulement un excellent avocat, il était en plus séduisant et impeccablement habillé, comme un homme qui approche de l'âge de la retraite en prenant soin de sa forme physique. Dans les milieux de la justice, on l'appelait le Renard argenté. Les jurés hommes l'enviaient et il alimentait les fantasmes des jurés femmes. Robert Willmont n'aurait pu choisir un meilleur défenseur.

Sutton salua cordialement Tess en s'installant à la table de la défense avec son équipe. Tess s'assit, aussi impressionnée que si elle était David s'apprêtant à affronter Goliath, et scruta à nouveau la salle en cherchant des yeux le géant qui était censé être de son côté.

Deux minutes plus tard, un premier groupe de quarante jurés potentiels entra dans la salle. Tess les entendit s'asseoir mais ne se retourna pas pour les regarder. Par une sorte de superstition, elle préférait les découvrir un à un plutôt que tous à la fois.

Neuf heures sonnaient lorsque Robert Drayton Willmont fit son entrée, vêtu d'un costume sombre, d'une chemise blanche et d'une cravate sobre, entouré de sa femme, en tailleur gris, de sa mère, environnée d'un halo de dentelles mauves, d'un homme dont la chevelure se clairsemait, avec des taches de rousseur et des lunettes et d'une femme entre deux âges, aux cheveux gris et portant une robe noire beaucoup trop chaude pour la saison.

Le sénateur aida sa mère à s'installer au premier rang des chaises situées derrière les vitres blindées et embrassa sa femme avant de rejoindre Hal Sutton à la table de la défense. Aucun de ses gestes n'avait échappé au jury, se dit Tess en souriant intérieurement. Le spectacle avait commencé.

L'huissier pénétra dans la salle à neuf heures dix. « Mesdames et messieurs, la cour, déclara-t-il en donnant le signal de se lever.

»Affaire 458 026, l'État de Californie contre Robert Drayton Willmont, présidée par le juge Oliver Wendell Washington », annonça-t-il solennellement.

Sur ses paroles la porte à gauche de l'estrade s'ouvrit et un homme de haute taille, ex-procureur de Los Angeles, ex-avocat de San Francisco et ex-professeur de droit de l'université de Stanford, apparut, dans sa robe de juge qui le grandissait encore de moitié. Dans ses intelligents yeux bruns, on lisait un mélange de résignation et de malaise. Son visage, d'ordinaire d'un noir éclatant, était légèrement gris.

« Je vous prie de bien vouloir excuser mon retard, marmonna Washington après s'être éclairci la gorge. L'accusation est-elle prête, mademoiselle Escalante ?

— Prête, Votre Honneur.

— La défense est-elle prête, monsieur Sutton ?

— Oui, Votre Honneur. »

Washington fit un signe à l'huissier. « Commencez l'appel des jurés, je vous prie. »

L'huissier agita un tube noir, y plongea la main et en sortit un premier papier : « Agnes McFaddan. »

Une toute petite femme de soixante-dix ans environ se leva de sa chaise et alla s'installer sur les bancs des jurés. Tess trouva rapidement son nom sur la liste ; célibataire, libraire, inscrite au parti démocrate.

Le substitut se leva, inspira profondément pour imposer le calme aux battements de son cœur, qui s'emballait toujours aux premières minutes d'un procès, et s'approcha de la femme.

« Bonjour, mademoiselle McFaddan, dit-elle en souriant gentiment. Quelle impression ressentez-vous, aujourd'hui, à l'idée d'être ici ?

— La même que les autres fois, j'imagine.

— C'est-à-dire ?

— Je suis fière d'accomplir mon devoir, triste d'avoir à juger un autre être humain.

— Combien de fois avez-vous siégé ?

— Quatre fois.

— Vous rappelez-vous dans quelles affaires ?

— Bien sûr. Ce ne sont pas des choses qui s'oublient.

— Voulez-vous nous en parler ? demanda Tess.

— Voyons. La première fois, il s'agissait d'un jeune homme qui avait cambriolé un magasin de spiritueux. Il y avait des témoins oculaires, nous avons dû le condamner. Puis ce fut un ivrogne au volant, qui avait tué un enfant. Nous l'avons condamné, lui aussi. Le troisième était un homme qu'on accusait d'avoir manigancé la mort de sa femme, mais l'accusation ne nous a pas convaincus. La quatrième fois, c'était une femme qui avait tiré sur son ex-mari, rentré chez elle par effraction. Nous l'avons acquittée.

— Quel est le sujet de ce procès-ci ? Le savez-vous ?

— Bien sûr. La télé ne parle que de ça depuis des semaines. Il s'agit d'un viol.

— Que pensez-vous du viol, mademoiselle McFaddan ?

— C'est un crime. Je le considère comme aussi grave que le meurtre ou le rapt.

— Quelle est votre opinion sur l'accusé ? »

Agnes McFaddan sourit de bon cœur. « C'est un

homme bien, un bon sénateur. À mon avis, il fera un très bon président.

— Je crois que tout le monde ici est d'accord avec vous à ce sujet, concéda Tess. Mais la question est la suivante : seriez-vous capable d'imposer silence à votre considération pour l'homme politique au cas où vous seriez convaincue de la véracité de l'accusation lancée contre lui ? »

La vieille femme prit son temps avant de répondre. Puis elle regarda le substitut dans les yeux et dit en soupirant : « Ça me rendrait triste, mais il faudrait bien que je le fasse, n'est-ce pas ?

— Je vous remercie, mademoiselle McFaddan. Pas d'autres questions. »

Elle retourna à sa place et se réjouit de voir que Lamar avait pris son siège habituel. Sur un petit bout de papier posé sur sa table, elle lut : oui.

Le chauve trapu qui portait les chaussures crissantes s'appelait Andrew Cardigan ; c'était un analyste, un expert quant à la sélection d'un jury. Les accusés qui pouvaient se permettre le luxe de lui payer les honoraires exorbitants qu'il demandait n'hésitaient pas à recourir à ses services.

Assis à la gauche de Robert Willmont, avec sa propre liste de noms annotée devant lui, il passait sans arrêt des petits mots à Hal Sutton et à ses assistants. De plus, deux de ses collaborateurs étaient installés dans les rangs du public ; ils enregistraient les réponses des jurés potentiels et se tenaient en contact constant avec Cardigan et ses collaborateurs au moyen de micro-émetteurs sophistiqués.

« Depuis combien de temps vivez-vous à San Francisco, madame DeMaio ? demanda Hal Sutton à une jeune mariée de vingt-trois ans.

— J'y suis née, et j'y ai toujours vécu.

— Êtes-vous au courant de l'affaire qui nous intéresse ?

— Par la télévision, oui.

— Vous êtes-vous d'ores et déjà, grâce aux informations que vous avez entendues, forgé une opinion sur l'innocence ou la culpabilité de mon client ?

— Non. »

Andrew Cardigan passa un petit mot à l'assistant noir de Sutton qui le lut et se racla ostensiblement la gorge.

« Permettez-moi de répéter ma question. Vous êtes-vous d'ores et déjà, grâce à quoi que ce soit, forgé une opinion sur l'innocence ou la culpabilité de mon client ?

— Il y a deux ans, ma petite sœur a été violée en revenant de l'école. Un type très gentil, qui lui a dit qu'elle lui rappelait sa fille, et qui l'a entraînée dans Sigmund Stern Grove pour la violer. Elle avait onze ans ! Donc, à mon avis, si une femme dit qu'un type l'a violée, c'est qu'il l'a fait. »

« Avez-vous voté aux primaires de mardi dernier, monsieur Hiltz ? demanda Tess à un mécanicien automobile d'une trentaine d'années.

— Et comment, répliqua l'homme.

— Cela vous ennuie-t-il de nous dire pour qui vous avez voté ?

— Ça m'ennuie pas le moins du monde. J'ai voté pour le sénateur ici présent, et j'en suis fier.

— Pourquoi ?

— Parce que c'est pas un de ces rigolos qui nous promettent monts et merveilles pour se faire élire, et qui oublient tout le lendemain. Il est peut-être riche, mais il s'intéresse à nous autres pauvres pommes de salariés.

— Que pensez-vous du crime dont le sénateur est accusé ?

— Un crime ? Quel crime ? Je ne vois pas en quoi ce serait un crime d'offrir à une gonzesse les services qu'elle demande. »

« Êtes-vous une féministe, mademoiselle Chu ? demanda Sutton à une jeune et jolie assistante dentaire.

— Si vous me demandez si je crois à l'égalité entre les hommes et les femmes, je réponds oui. Bien que ce ne soit pas la coutume dans le pays d'où je viens, mon père a toujours traité ma mère avec beaucoup d'égards.

— Considérez-vous l'adultère comme un crime ? »

Elaine Chu réfléchit un instant. « Moralement, oui. Mais du point de vue de la loi, rien n'est moins sûr.

— Seriez-vous plus encline à accuser un homme de viol si vous saviez qu'il avait commis l'adultère ?

— Je condamnerais un homme pour viol si je suis convaincue qu'il a violé. Adultère ou pas. »

« Considérez-vous qu'une femme a le droit de dire non à un homme, monsieur Barstow ? »

L'homme qu'interrogeait Tess était un vendeur de logiciels informatiques de quarante-deux ans, qui portait une cravate bleue à pois blancs.

« Oui et non. Oui si elle refuse carrément, sans faire de manières. Un homme doit respecter ça. Mais si elle l'excite de toutes les façons possibles et imaginables, qu'elle le laisse croire que c'est dans la poche, et qu'après elle lui rit au nez, je ne suis pas sûr qu'elle ait le droit.

— Vous sentez-vous capable d'écouter les témoignages sans parti pris et de rendre un verdict impartial ?

— Oui. »

« J'ai cru pendant un moment que tu n'arriverais jamais, dit Tess à Lamar Pope en déjeunant.

— J'ai peut-être une piste. »

Elle arrêta de manger.

« Une piste sérieuse ?

— Je ne sais pas. Il faut que je creuse encore un peu.

— Je me débrouillerai toute seule, si tu veux t'en aller.

— Non. J'ai un rendez-vous, mais tard ce soir. Je reste. »

À la fin de la journée, Robert interrogea son équipe.

« On se débrouille formidablement bien, déclara Cardigan. Ces gens vous adorent. Je n'arrive pas à comprendre pourquoi le procureur n'a pas exigé que le procès se déroule dans une autre juridiction.

— Tess Escalante est intelligente, répliqua Sutton. Elle veut faire croire que l'affaire est si évidente qu'elle ne craint pas de la plaider en territoire ennemi.

— Elle l'est ? demanda Robert.

— Ne nous faisons pas d'illusions, dit Sutton. Si nous n'arrivons pas à trouver à cette Doniger un motif de vouloir nuire au sénateur, je ne vois pas comment nous pourrions empêcher cette femme de convaincre le jury. »

Robert se tourna vers Mary Catherine, l'interrogea du regard. Cette dernière soupira.

« J'ai engagé la meilleure agence de détectives privés du pays. Des anciens du FBI exclusivement. Ils sont une centaine à fouiller tous azimuts. Pour l'instant, chou blanc sur toute la ligne.

— Dites-leur que s'ils ne trouvent rien ils ne seront pas payés, fulmina Robert.

— Que sait-on sur elle ? » demanda Randy.

Mary Catherine ouvrit une maigre chemise. « Cinquante ans. Née et élevée à Great Neck, Long Island, New York. Père dentiste à la retraite, mère femme au foyer. Parents installés en Floride depuis sept ans. Une sœur qui vit à Boston, mariée à un avocat, deux enfants.

— Rien de ce côté-là ? s'enquit Robert.

— Non. Il n'appartient à aucun parti.

— Continuez.

— Elle est allée à l'université, mais n'a pas terminé ses études. S'est mêlée à la contre-culture vers la fin des années soixante et au début des années soixante-dix. A fait partie d'un petit groupe de non-conformistes, pacifistes, etc. Une série de petits boulots. Puis elle a dirigé une galerie d'art à la mode, à Manhattan. A épousé un architecte, veuf avec trois enfants, en 1981. A acquis une relative célébrité grâce à ses livres sur l'Amérique.

— Rien sur son coauteur ? »

Mary Catherine secoua la tête. « La photographe est sa belle-sœur. Rien à signaler de ce côté-là.

— Pourquoi n'a-t-elle pas achevé ses études ? » questionna Randy.

Mary Catherine parcourut son dossier. « Voyons. Je me rappelle qu'il est question d'un accident. Oui. Voilà. Elle a été sérieusement blessée au cours d'un accident pendant sa première année. L'hôpital n'a plus le dossier, il s'est apparemment perdu. Mais certains membres du personnel, en poste à l'époque, se souviennent qu'il s'agissait d'un accident de voiture. Elle a passé plusieurs mois à l'hôpital, et deux ans de convalescence chez elle. Elle n'a pas dû avoir envie de retourner à la fac après, je suppose.

— Des activités politiques ?

— Aucune.

— Des relations avec la mafia ?

— Pas l'ombre.

— Et les hommes ?

— Excepté un petit ami du temps de l'université, qui nous a envoyés au diable — et son mari, bien entendu —, l'agence n'a pas réussi à mettre la main sur le moindre mâle qui prétendît ne fût-ce que l'avoir embrassée.

— Conclusions ? demanda Robert.

— Conclusions ? Blanche-Neige en personne, répondit Randy. À condition bien sûr de croire encore aux contes de fées.

— Continuez à chercher », ordonna Robert.

Il fallut presque deux semaines pour sélectionner les douze membres du jury. L'accusation et la défense finirent par se mettre d'accord sur cinq hommes et sept femmes, dont Agnes McFaddan, Elaine Chu et Brian Barstow, et sur deux suppléantes femmes. Les deux parties se félicitèrent de ce choix, et déclarèrent aux médias que l'affaire se présentait sous les meilleurs auspices.

2

« Vous tenez le coup ? » Telle fut la question que posa Tess, la veille de l'ouverture du procès, en arrivant chez les Doniger. Une meute de journalistes assiégeait la maison, campant sur la pelouse.

« Je travaille le plus possible à mon prochain livre, répondit Karen, en refermant vite la porte pour échapper aux grossières questions qui fusaient de toutes parts. Ça m'occupe l'esprit. Je sors très peu, et j'essaie de ne pas regarder la télévision. »

La convention nationale pour l'investiture présidentielle se tiendrait dans un peu moins d'un mois, et Mariah Dobbs ne ratait aucune occasion de pilonner son message : Robert Willmont était l'incarnation même du sauveur cloué au pilori. Un sauveur dont l'auréole, cependant, avait légèrement pâli...

Tous les jours, en sortant du tribunal, le sénateur faisait une halte sur les marches du palais de justice pour répéter aux représentants des médias à quel point il était désolé d'avoir enfreint les lois sacrées du mariage, et il en profitait pour lancer de vagues accusations contre les méchantes gens qui profitaient de sa faiblesse passagère. Sa femme, son fils et sa mère ne le quittaient jamais d'une semelle.

« Mon fils est innocent », déclarait solennellement

Amanda Drayton dès qu'on lui posait une question. Bien qu'âgée de quatre-vingt-quatre ans, et à moitié paralysée, elle parlait toujours d'une voix forte et claire. « Je suis convaincue que tout cela est l'œuvre de ceux qui ont peur pour leur porte-monnaie si mon petit Bobby est élu président. »

« Je suis consciente de la très forte tension qu'a subie mon mari, affirma Elizabeth lors d'une émission télévisée du matin. Je sais à quel point il est difficile de résister à la tentation quand on est épuisé. Je lui ai pardonné, et j'espère que le pays suivra mon exemple. »

En conséquence, les journalistes, dont le métier ne consiste pas précisément à observer les règles de la stricte neutralité, s'étaient rangés du côté du sénateur. À qui mieux mieux, ils dénonçaient le coup monté, ou la manipulation, et criaient au coup bas, comme la majorité de leurs lecteurs ou téléspectateurs. Il ne se passait pas un seul jour sans qu'un nouvel éditorialiste ne clamât l'innocence du candidat, et ne traînât dans la boue la victime supposée.

« Vous avez raison de ne pas la regarder, dit Tess à Karen.

— Hélas, répondit cette dernière en dépliant le journal du matin, j'ai lu... »

Sur la manchette du quotidien, on lisait : *Une bénévole accuse le sénateur de viol. Procès demain.* Et l'article qui accompagnait ce titre racoleur se poursuivait par une description détaillée de la vie de Karen. La seule chose que semblait ignorer le plumitif était sa taille de soutien-gorge !

« Je suis navrée. Soyez certaine que la fuite ne s'est pas produite chez nous, assura Tess.

— Je sais. » Karen connaissait l'existence des dossiers sur les bénévoles constitués par l'état-major du sénateur. « Cela devait arriver tôt ou tard. En fait, je suis étonnée que cela ait mis si longtemps. »

Dès l'aube, le téléphone n'avait cessé de sonner. Des amis, stupéfaits, appelaient Karen et lui prodiguaient des encouragements.

Laura lui avait téléphoné de Boston : « On ne parle que de ça dans les nouvelles du matin. On donne ton nom, tout. Je n'en croyais pas mes oreilles. C'est si étrange d'entendre des étrangers parler de sa propre sœur. Si je peux faire quelque chose pour toi... »

Arlene Minniken Slarsky, son ex-compagne de chambre devenue psychologue, s'était montrée totalement incrédule. « Robert Drayton représente le rêve de toutes les femmes. Il n'a qu'à claquer des doigts pour qu'elles se jettent à sa tête. On n'arrive pas à croire qu'il ait eu recours au viol. »

« Un détective privé est venu me voir », lui dit Peter Bauer, qui avait repris et développé l'affaire de son père. Sa femme et lui avaient cinq enfants et quatre petits-enfants. « À la recherche de quelque chose de croustillant. Je l'ai envoyé paître.

— Merci d'avoir appelé, dit Karen. Ça me fait très plaisir.

— Tu sais, reprit Bauer, d'un ton embarrassé, j'ai trois filles. Elles m'ont fait comprendre, chacune à sa façon, à quel point je m'étais mal conduit avec toi, à l'époque. Le mal est fait, mais si je peux t'aider en quoi que ce soit... »

« Pourquoi ont-ils mentionné ton nom ? explosa Gwen, indignée, après avoir couché les jumeaux pour leur sieste du matin. Ils n'ont pas le droit de faire ça !

— Ils l'ont pris », soupira sa belle-mère.

« J'arrive ce soir, déclara Jessica, interne en hématologie à l'hôpital de Denver pour l'été. Je me suis organisée, inutile de discuter. »

« Tu es certaine que tu ne veux pas que je vienne ? demanda Nancy. Je pourrais répondre au téléphone à ta place, te débarrasser des journalistes. »

« On est avec toi, chérie », roucoula Ione.

« Tiens le coup, ma fille », lui ordonna Demelza.

Et enfin, ce fut un appel de Palm Beach, où s'étaient retirés ses parents.

« Tu es contente de toi ? Ton père a eu une crise cardiaque », fulmina Beverly Kern.

Leo en était à son deuxième infarctus en cinq ans. Les médecins recommandaient un pontage, mais le retraité de soixante-dix-huit ans ne faisait pas confiance à la chirurgie. Il se contentait d'obliger sa femme à lui faire suivre un régime contre l'excès de cholestérol.

« Comment va-t-il ? demanda Karen.

— Je suppose qu'il survivra. Mais ce ne sera pas grâce à toi !

— Embrasse-le pour moi.

— Pourquoi fais-tu ça ? À ton âge, bon sang, tu aurais pu devenir raisonnable. Comment oses-tu nous faire une chose pareille ?

— Je ne vous fais rien du tout, maman. Il s'agit de moi.

— Que vont dire les gens ?

— Tu trouves ça important, l'avis des voisins ?

— Tu ne t'en rends sans doute pas bien compte, mais nous vivons en cercle fermé. Partout où je vais, je rencontre quelqu'un que je connais. Le téléphone n'a pas arrêté de sonner de toute la matinée.

— Pour te parler de moi ?

— Ils prétendent que c'est pour prendre des nouvelles de ton père, mais je sais bien que ce n'est pas la vraie raison.

— Dis à papa que je l'appellerai bientôt. »

Karen raccrocha.

« Elle est de mauvaise humeur, dit Ted. Sans doute est-elle inquiète pour ton père.

— Ne lui cherche pas d'excuses, répliqua Karen. Toute sa vie elle s'est conduite comme ça. »

« Les gens se sont tous comportés de façon formidable, dit Karen à Tess en lui versant une tasse de thé. Presque tous, devrais-je dire. »

Les deux femmes étaient assises autour de la table de la cuisine, à l'arrière de la maison, à l'abri des regards indiscrets.

« Ne vous laissez surtout pas abattre, l'avertit la conseillère. Il reste un long chemin à parcourir.

— Que pensez-vous du jury ?

— Une bonne moyenne, je dirais. Un Asiatique, deux Noirs, deux Hispaniques, deux juifs, un adepte du Renouveau chrétien, quatre républicains, huit démocrates, moitié de cols blancs, moitié de cols bleus. Un mélange honnête, qui devrait nous garantir une certaine impartialité.

— Bon, soupira Karen. Il n'y a plus qu'à attendre le grand jour...

— Ne vous en faites pas. Notre affaire est solide.

— J'espère simplement que je serai à la hauteur. »

Tess sourit malgré elle. Si différentes fussent-elles, les deux femmes étaient devenues très proches. Tess remarquait qu'après s'être méfiée du système Karen commençait à se méfier d'elle-même.

« Si vous racontez votre histoire comme vous l'avez racontée à Lamar et à moi, il n'y aura aucun problème. »

Karen soupira encore, et laissa errer son regard.

Ted avait pris un après-midi de congé, et il jardinait avec Amy dans le petit enclos derrière la maison, protégé de la curiosité des journalistes par un mur et un portail fermé à clé.

« Vous ne vous êtes jamais mariée, Tess? demanda Karen à la conseillère.

— Si. Une fois. Ça a duré quarante-huit heures.

— Deux jours?

— Il y a bien longtemps, dit Tess en haussant à demi les épaules.

— Combien de temps?

— Nous nous sommes rencontrés à l'université. On peut appeler ça un coup de foudre, comme on écrit dans les livres. On ne touchait plus terre, ni l'un ni l'autre. Il s'appelait Eddie-Edward Parker Hilliard. Moi, j'avais une bourse. Lui, sa famille n'avait aucun problème pour lui payer ses études. Pendant trois ans, nous ne nous sommes pas quittés, et le lendemain de notre diplôme, nous nous sommes enfuis et nous nous sommes mariés. C'était sans doute stupide, je vous l'accorde, mais tellement romantique. Nous rêvions de vivre ensemble dans un petit appartement, et d'aller à la fac de droit. Puis nous sommes revenus, et nous avons annoncé la bonne nouvelle à nos parents. »

Karen écoutait attentivement. C'était la première fois que Tess évoquait son passé. Jusqu'à maintenant, elle s'était contentée de mentionner à l'occasion le milieu social défavorisé dont elle était originaire.

« Mes parents ont été ravis, poursuivit-elle. Ils aimaient beaucoup Eddie. Mais en ce qui concerne les Hilliard, ce fut une autre chanson. Ils étaient fous de rage à l'idée que leur fils mette en péril la pureté de leur sang... Ils ont essayé de me donner de l'argent pour que je divorce, mais je n'ai pas voulu en entendre parler. Alors, ils ont tenté d'acheter mon père; ils lui ont proposé plus d'argent qu'il ne pourrait en gagner en une vie de labeur. Je dois avouer qu'il les a envoyés au diable. Ils nous ont alors menacés d'user de leur influence pour me faire supprimer ma bourse d'études, et ils ont fini par jurer qu'ils déshériteraient Eddie et qu'ils se débrouilleraient pour que lui non plus ne mette jamais les pieds à la fac de droit. »

Tess s'interrompit un instant et rit sans amertume.

« J'étais déjà sacrément têtue, à l'époque. Je leur ai dit que nous n'avions aucun besoin de leur sale argent, que nous nous aimions et que nous saurions bien nous débrouiller sans leur aide. Mais je suppose qu'Eddie préférait devenir un riche avocat plutôt qu'un pauvre mari. Toujours est-il que ses parents ont lancé la procédure d'annulation le lendemain et que je ne l'ai jamais revu. Fin de l'épisode.

— Et depuis ?

— Je n'ai pas pris le temps de chercher...

— Moi, j'avais presque quarante ans quand je me suis mariée. J'aimais beaucoup mon mari, mais je n'étais pas amoureuse de lui. Il se trouve qu'il est passé par là au bon moment, lorsque je commençais à redouter de finir ma vie toute seule. Ça n'a pas été facile, au début. Nous n'attendions pas la même chose du mariage. Mais maintenant... Je ne sais pas ce que je ferais sans lui. »

Tess se pencha vers Karen et lui prit la main.

« Tout se passera bien », lui promit-elle.

À huit heures du soir, on sonna à la porte des Doniger. Karen terminait de faire la vaisselle à la cuisine avec Amy et Jessica. Elle entendit Ted ouvrir la porte, puis un brouhaha de conversations étouffées avant qu'elle ne se referme. Karen sortit de la cuisine en s'essuyant les mains et se cogna contre Ted qui venait à sa rencontre.

« Il y a des gens qui voudraient te dire un mot, lui dit-il sans pouvoir retenir un grand sourire. Je crois que ça te fera plaisir. »

Depuis que la presse avait fondu sur eux, Ted la protégeait. Il ne laissait entrer que Tess, Lamar et les Shaffer. Curieuse, Karen le devança et regarda dans l'entrée.

« Salut, ma belle, s'écria Mitch Rankin. Si nous avions su que cette adresse était aussi courue, nous serions venus plus tôt. »

Agé maintenant de cinquante-neuf ans, Mitch avait toujours sa même stature d'ours.

« Ne nous en tiens surtout pas rigueur, s'exclama Ione. Mais il fallait que nous soyons là. »

Malgré ses cinquante-huit ans, Ione ressemblait toujours à un elfe.

« Nous nous sommes dit que quelques visages amicaux compenseraient l'hostilité de l'Ouest », ajouta Demelza. Ses épais cheveux noirs avaient blanchi, et comme elle le disait en plaisantant, elle devait aux ravages provoqués par un cancer du côlon la minceur de sa silhouette.

« En vérité, dit Jenna, rousse et rose, son bras passé sous celui de John qui ressemblait de plus en plus à Sherlock Holmes, nous avions besoin de vacances.

— Quand je pense que je ne suis encore jamais venue en Californie ! » Felicity était là aussi, se tenant toujours aussi droite et maigre comme une danseuse.

« Nous avons établi nos quartiers au Campton Place, et nous resterons jusqu'à la fin », conclut Mitch.

Inutile de discuter. L'hôtel dont il parlait était l'un des meilleurs de San Francisco.

Ted s'approcha de Karen et la prit par les épaules. « J'ai l'impression qu'ils ne se laisseront pas dissuader », murmura-t-il à son oreille.

Les piliers de son passé troublé, songeait Karen, la bande de Sullivan Street, prête comme d'habitude à la protéger, à la soutenir, sans se poser de questions, sans juger. Ses yeux se remplirent de larmes.

« Je suis si heureuse que vous soyez là !

— Nous avons tout combiné, lui dit Ione tandis qu'ils s'installaient sur les canapés du salon. Nous irons tous les jours à l'audience, et nous essaierons de nous souvenir de tout ce qui se dira. Comme ça, en récapitulant ce que nous aurons tous vu et entendu, tu auras un tableau aussi complet que possible des événements de la journée.

— Peut-être pas objectif, intervint Demelza, mais complet.

— Vous viendrez dîner ici, annonça Karen en quêtant du regard l'approbation de Ted. Ça ne me donnera pas beaucoup de travail, et ça m'occupera l'esprit.

— Amy et moi, nous préparerons tout ce que nous pourrons, dit Jessica. Elle ne veut pas qu'on aille au tribunal.

— Certainement pas, rétorqua Karen. Il n'est pas question de vous livrer en pâture aux journalistes. Ça suffit comme ça. »

À neuf heures et quart, on sonna à nouveau.

« Pas un mot, ordonna Nancy Yanow en refermant la porte au nez de la horde déchaînée qui assiégeait la maison. D'accord, je suis un mois en avance. Mais tu ne t'apercevras même pas de ma présence. Je dormirai sur la terrasse, sur un divan, n'importe où. Mais je ne ressors pas. Si tu t'imagines que je prendrai le risque de les affronter encore une fois, tu as perdu la tête. »

Karen serra sa belle-sœur, et sa meilleure amie, dans ses bras. « Si tu as apporté ton appareil, lui dit-elle, ce ne sera pas une totale perte de temps.

— Bien sûr que je l'ai pris, sourit Nancy en lui faisant un clin d'œil. Tu ne crois quand même pas que j'ai fait tout ce chemin uniquement pour te voir ! »

Ted disparut dans la cuisine et revint avec un plateau sur lequel il avait disposé des verres et deux bouteilles de champagne.

« Je les gardais pour le jour du verdict, dit-il, mais je crois que nous devrions les boire maintenant. » Il fit sauter les bouchons des bouteilles et les servit. Lorsque chacun eut son verre en main, il leva le sien. « À la justice, dit-il.

— À la justice, répétèrent-ils tous. À la condamnation du salaud !

— Oh oui, murmura Karen. À la justice. » Et elle but une gorgée de champagne.

Minuit sonna. La défense avait passé des milliers d'heures, et dépensé des centaines de milliers de dollars pour trouver des réponses aux questions les plus cruciales mais en vain. Maintenant, le temps lui manquait pour pousser plus loin son travail d'investigation.

Assis à son bureau, éclairé par le halo d'une lampe, le sénateur faisait tourner un trombone du bout de son crayon. Randy était affalé sur une chaise en face de lui. L'ombre et le silence régnaient sur les bureaux du quartier général de campagne.

« On se croirait à un enterrement, marmonna Robert.

— Je ne creuserais pas la tombe aussi vite, si j'étais toi, dit Randy.

— Les autres la creusent pour moi.

— Mais non, intervint Mary Catherine qui entrait

dans la pièce avec une bouteille de champagne et trois verres.

— Qu'est-ce qu'on fête ? demanda Robert.

— Il y a deux mois, si vous m'aviez posé la question je vous aurais répondu que la campagne et votre carrière politique étaient fichues. Mais j'avais dû lire le mauvais scénario, puisque, malgré tout ce cirque, la majorité des électeurs s'est ralliée à vous et que vous n'êtes qu'à un pas de l'investiture. Pour que la Maison-Blanche soit à vous, il suffit d'un acquittement. »

Quel monde changeant et versatile, songea Robert. Des hommes politiques étaient cloués au pilori pour des peccadilles et lui, on lui pardonnait. Il aurait voulu croire qu'il devait cette indulgence, cette tolérance, à sa personnalité exceptionnelle, mais il savait qu'elle était sans doute causée par l'état déplorable du pays.

« Et si les électeurs vous croient, pourquoi le jury n'en ferait-il pas autant ? poursuivit Mary Catherine.

— Elle a raison, intervint Randy. Il est vrai que nous n'avons pas trouvé l'ombre d'une raison pour que cette femme crie au viol, mais, en fin de compte, ce sera sa parole contre la vôtre.

— Voilà, ajouta Mary Catherine. Et je vous parie que la défense aura du mal à convaincre qui que ce soit qu'un homme tel que vous a besoin de recourir à la force pour obtenir les faveurs d'une dame.

— Alors, buvons à l'acquittement », suggéra Robert.

Mary Catherine versa le champagne, et ils levèrent leurs verres. Ils trinquèrent et le tintement du cristal résonna quelques instants dans les bureaux obscurs.

« À l'acquittement », s'écrièrent-ils à l'unisson.

C'était juste avant l'aube que le cerveau de Lamar Pope fonctionnait le mieux. D'ailleurs, il dormait rarement plus de quatre heures par nuit et ce trop court sommeil était peuplé de rêves sur Darcy, sa merveilleuse, sa ravissante petite fille.

Il n'avait jamais cessé de se reprocher sa mort. Car, à l'époque, son métier de flic remplissait sa vie. Être un père passait au second plan. Même après la mort de sa femme, lorsqu'il s'était trouvé seul pour élever une gamine de douze ans qu'il connaissait à peine, il n'avait pas changé. Il se promettait toujours de lui consacrer plus de temps, mais les semaines, les mois et les années s'écoulaient, et il remettait à plus tard. Jusqu'à ce qu'il fût trop tard.

D'autres lui parlèrent alors d'elle. D'autres qui s'étaient rendus disponibles pour elle, qui lui avaient fait une place dans leur vie.

« C'était un ange, disaient-ils. Une bénédiction. »

« Elle t'aimait beaucoup, elle était très fière de toi, ajoutaient-ils. Et elle savait que tu serais toujours là pour t'occuper d'elle. »

Mais hélas, c'était faux. Et la nuit où elle avait été violée et battue à mort, il s'acharnait à traquer un quelconque voleur à la tire.

Les semaines qui suivirent l'enterrement, il erra dans un état d'abrutissement total, favorisé par l'alcool dont il abusait. Maintenant qu'elle était morte, il comprenait qu'elle était la seule personne qui donnât un sens à sa vie. Le temps qu'il dessoûle, l'ordure qui l'avait assassinée était libre.

« L'enfoiré ! Il avait un alibi en béton, lui annonça l'inspecteur chargé de l'enquête. On sait que c'est du bidon, mais on ne peut pas le prouver. »

Lamar avait hoché la tête calmement. « Ça t'ennuie si je jette un coup d'œil au dossier ?

— Au contraire ! Bon Dieu ! Si c'était ma gamine qui avait subi ça, j'en ferais autant. »

Grâce au dossier, Lamar apprit que le salaud en

question était un étudiant fortuné, champion de football, et que son équipe avait perdu un match le jour même. Plusieurs membres de l'équipe juraient qu'il ne les avait pas quittés de la nuit.

Lamar se désintéressa du dossier. Mais il commença sa propre enquête. Il ne lui fallut que peu de temps pour découvrir qu'en deux ans le jeune homme avait été impliqué dans trois autres affaires similaires : à El Paso, à Lubbok et à Abilene. Aucune ne s'était soldée par la mort, mais, chaque fois, il avait été arrêté puis relâché, soit parce que la plainte était mystérieusement retirée, soit parce que des amis lui fournissaient un alibi inattaquable.

Le père de Darcy entama sa traque. Il n'était pas pressé, il savait que son heure sonnerait. Sept mois plus tard, le petit salaud commettait son dernier forfait.

Par une douce nuit de printemps, au beau milieu des examens de fin d'année, le footballeur emmena une autre lycéenne se balader en voiture dans le désert qui s'étend à l'ouest d'Amarillo — une lycéenne trop ivre ou trop naïve pour imaginer ce qu'il avait en tête.

Lamar l'entendit hurler et il freina à mort pour venir s'arrêter juste derrière la Corvette. En moins de trois secondes, il était sorti de sa voiture, braquait son arme sur l'étudiant et lui tirait sans hésitation une balle dans la tête.

La jeune fille, trop effrayée et trop reconnaissante pour s'interroger sur les raisons de la présence de Lamar, se jeta dans ses bras en sanglotant. Il l'enveloppa dans une couverture et la reconduisit chez elle. Puis il se rendit au commissariat pour signaler le meurtre.

La jeune victime raconta son aventure et il fut innocenté. Personne ne se demanda ce que Lamar faisait en plein désert au milieu de la nuit. Le hasard fait parfois bien les choses. Et il devint une sorte de héros local.

Lamar avait vécu heureux à Amarillo pendant quarante ans. Il aurait pu y rester, mais il choisit de partir. Trop de mauvais souvenirs, et un échec trop cuisant l'incitèrent à faire ses bagages. Il ne se remaria jamais, car il pensait n'avoir rien à offrir à une femme. Et, puisqu'il était flic et ne se voyait exercer aucun autre métier, il décida de le rester, mais de s'y prendre désormais autrement.

Darcy était morte vingt ans auparavant, et, depuis lors, Lamar assemblait patiemment des pièces de puzzle, de puzzles qui concernaient tous le même genre de crimes. Dans sa spécialité, il était devenu imbattable.

Tandis que les aiguilles de sa montre se rapprochaient de six heures, il passait une dernière fois en revue les notes griffonnées étalées devant lui. Une page après l'autre, un indice par là, une intuition par ici. Il avait traversé trois fois le pays en six semaines, il avait cherché, creusé, ce qu'il savait faire mieux que personne. Résultat : deux feuilles de papier, l'une provenant d'un rapport classé par un policier de New York, mort depuis, et qui s'appelait Michael Haller, l'autre gribouillée pendant une conversation avec un certain Dr Waschkowski, du New Hampshire.

« Je veux bien être pendu », marmonna-t-il soudain, les yeux fixés sur les deux feuilles qu'il examinait tour à tour.

Il savait que la défense ne pouvait être parvenue aux mêmes conclusions que lui. Après tout, elle enquêtait sur Karen Doniger et non sur Robert Willmont. Lui seul avait concentré ses recherches sur les deux protagonistes de cette mystérieuse affaire. Il savait aussi qu'il ne pouvait utiliser ce qu'il avait découvert. Il était de plus assez honnête pour s'avouer que, même s'il le pouvait, il ne le ferait sans doute pas. La satisfaction résidait ailleurs : dans la conscience qu'il avait eu raison, une fois encore. Que son instinct ne l'avait pas trompé. Il manquait bien une pièce, et maintenant qu'elle était en place, le tableau était enfin devenu clair.

savait aussi qu'il ne pouvait utiliser ce qu'il avait découvert. Il était de plus assez honnête pour s'avouer que, même s'il le pouvait, il ne le ferait sans doute pas. La satisfaction résidait ailleurs : dans la conscience qu'il avait eu raison, une fois encore. Que son instinct ne l'avait pas trompé. Il manquait bien une pièce, et maintenant qu'elle était en place, le tableau était enfin devenu clair.

3

Une foule compacte se pressait dans le couloir du troisième étage du palais de justice. Tous les médias du pays avaient envoyé des correspondants sur place, et des centaines de curieux, découragés par l'exiguïté du Palais de verre, avaient afflué.

Soumis à la pression des journalistes, le juge Washington avait finalement accepté la vidéotransmission des débats dans une salle réservée à la presse. Les curieux en furent pour leurs frais.

Tess Escalante et son assistante, une femme à la mémoire infaillible, nommée Anne Jenks, se frayèrent un chemin parmi la foule.

« Je savais que ce serait le cirque, cria le substitut pour couvrir la mêlée, mais je ne pensais pas que ce serait à ce point. »

Lamar les attendait à l'intérieur de la salle d'audience.

« J'ai quelque chose d'intéressant pour toi, annonça-t-il. Malheureusement, c'est à usage interne exclusivement. Tu ne pourras pas t'en servir.

— Montre. »

Il sortit la feuille de papier qu'il avait gribouillée une heure plus tôt et la lui tendit.

« On dirait que notre sénateur n'est pas exactement le saint dont son équipe nous rebat les oreilles.

— Grands dieux ! s'émerveilla Tess. Où as-tu déniché ça ?

— C'est pas tes oignons. »

Tess sourit. C'était sa réponse habituelle. Elle se pencha sur les notes griffonnées qu'elle était le seul substitut à pouvoir déchiffrer.

« Son père a payé celle de l'université pour qu'elle se taise ?

— Oui, confirma Lamar. Elle a accepté de me parler, mais en privé. Elle a une famille, des enfants. Pas question qu'elle vienne témoigner.

— Et celle-ci ?

— Mon petit doigt m'a donné l'idée d'enquêter sur tous les crimes sexuels ou assimilés de la ville de San Francisco durant les trente dernières années. J'ai réussi à pister deux anciens voisins de la fille. Ils m'ont dit qu'il venait régulièrement, trois ou quatre soirs par semaine. Elle disait à tout le monde que son Bobby allait l'épouser. Les voisins prétendent qu'ils auraient volontiers raconté ce qu'ils savaient à la police, quand elle est morte. Mais on leur a dit que c'était un suicide. De plus, ils n'auraient jamais imaginé qu'un jeune homme aussi convenable ait quoi que ce soit à voir avec son décès.

— Et cette journaliste qui est allée en prison ?

— Elle prétend qu'on l'a piégée parce qu'elle possédait des photos où on la voit s'envoyer en l'air avec Willmont. Elle est la seule à le dire, évidemment, mais son histoire se tient. On a cambriolé son appartement une semaine avant son arrestation, mais on ne lui a rien volé. La police confirme qu'elle a été mise sur sa piste par une dénonciation anonyme, l'accusant de prostitution et d'usage de drogue. Elle maintient qu'elle a été convoquée pour une interview dans cette chambre d'hôtel, mais elle ne sait pas qui lui a téléphoné. Un dealer connu a aussi reçu un mystérieux appel téléphonique, et la police a trouvé deux kilos de crack sous l'oreiller de la fille.

— Je parie qu'elle adorerait venir à la barre, gloussa Tess.

— Et comment ! Mais ça ne nous servirait à rien. Elle dit qu'il aime faire l'amour, mais qu'il ne l'a jamais violée. Donc il n'y a aucun rapport entre les affaires. Tout est fondé sur des on-dit, et c'est une criminelle condamnée. Il pourrait nier en bloc et s'en tirer sans une égratignure. Sans compter Sutton qui hurlerait à la mort avant même qu'elle n'ait ouvert la bouche. »

Tess connaissait son homme, il lui cachait manifestement quelque chose. « Qu'est-ce que tu as d'autre, que tu ne me montres pas ?

— Une présomption d'agression quand il était à la fac de droit, répondit Lamar sans avoir l'air d'y toucher en pensant aux deux feuilles de papier qu'il avait consultées tard dans la nuit. Mais il s'est contenté de nier, et il n'y a pas eu de plainte déposée contre lui.

— Encore quelqu'un qui a payé ?

— Qui sait ?

— Alors, à ton avis, nous sommes devant un innocent qui avait le tort de passer par là ou un fieffé salaud ?

— On raconte qu'il a une liaison avec une journaliste de la télévision depuis plus de dix ans, dit Lamar en observant la salle. Regarde : deuxième rang à gauche, côté couloir. »

Tess jeta un coup d'œil sur la jolie blonde aux yeux marron, reconnaissable entre toutes. Elle soupira.

« N'attendons aucune aide de sa part...

— Tu ne peux compter que sur les preuves que tu as réunies, dit Lamar, et faire confiance au jury.

— C'est mon habitude, approuva Tess en glissant la feuille de papier dans sa mallette. Mais un petit coup de pouce ne m'aurait pas déplu. C'est sa ville, ses concitoyens, sa région ! Le moins qu'on puisse dire, c'est qu'on ne part pas favoris !

— Je suis navré de ne t'avoir rien rapporté d'intéressant.

— Ça ira, le rassura-t-elle en rejetant en arrière sa chevelure brune, les yeux brillants. Je ne suis jamais meilleure que lorsque je plaide la cause des opprimés. Mais je dois reconnaître que je suis encore meilleure quand j'ai un atout caché dans ma manche... »

La famille et les amis de Robert Willmont entrèrent en cortège et prirent place du côté gauche de la salle, traditionnellement réservé à la défense. Les partisans de Karen Doniger s'installèrent à droite.

Janice Evans était au deuxième rang, juste derrière Elizabeth et Amanda Drayton Willmont. Robert était en face d'elle, de l'autre côté de la paroi de verre, assis au milieu de son impressionnante cohorte d'avocats et de conseillers.

Son portrait du sénateur, hâtivement mis à jour pour tenir compte des événements récents, avait été diffusé un mois plus tôt. Il avait battu tous les records d'audience.

« Va suivre le procès à San Francisco, lui avait demandé son producteur, et ponds-nous un truc à ta façon. Quelle que soit l'issue, on va pulvériser les indices d'écoute...

— Je suis sûre que Robert apprécierait de savoir à quel point tu t'intéresses à son sort, ironisa Janice.

— Je m'intéresse à lui dans la mesure où il rapporte, répliqua le producteur en haussant les épaules.

— Tu sais que c'est manifestement un sabotage politique, insista la journaliste. Les faux en écriture, c'est du passé ! L'arme absolue des années quatre-vingt-dix, c'est le sexe.

— Si tu as raison, tu fixeras désormais toi-même ton salaire. »

Deux jours plus tard, Janice grimpait dans l'avion de San Francisco.

Elle observait attentivement les visages des jurés, qui entraient dans la salle d'audience et allaient s'asseoir sur les bancs qui leur étaient dévolus. Était-il envisageable qu'ils le jugent coupable ? Qu'ils croient aux monstrueux mensonges d'une femme de cinquante ans, frustrée et rejetée ? Ils avaient l'air de se prendre tellement au sérieux, gonflés comme des paons par l'importance de leur mission ! Janice se demanda à quoi ils pouvaient penser, et même s'ils pensaient. Comme elle aurait aimé les avoir à sa disposition pendant cinq minutes, et leur faire la leçon !

« Vous ne voyez pas ce qui se passe ? leur aurait-elle crié. Vous ne voyez pas que les forces du mal sont à l'œuvre, déterminées à lui barrer la route de la Maison Blanche à n'importe quel prix ? Regardez-le ! Pourquoi croyez-vous qu'un homme pareil aurait besoin de violer une pouffiasse alors que des filles jeunes et ravissantes font la queue pour qu'il les baise ? »

Elle sourit intérieurement. Non, ces dernières paroles, elle ne les aurait pas prononcées. Surtout après tous les efforts déployés pour le faire passer pour un homme entièrement dévoué à sa famille. Quelle ironie ! songeait Janice. Les gens bien informés savaient pourtant que Robert avait sans doute fait l'amour à toutes les femmes de moins de quarante ans plus ou moins agréables à regarder qui avaient croisé son chemin !

Le substitut du procureur, par exemple. En voilà une qu'en d'autres circonstances il n'aurait pas laissée passer. Une vraie beauté, si on appréciait le type hispanique. Et elle savait s'habiller. Son élégant tailleur bordeaux, avec escarpins assortis, dénotait la compétence et la confiance en soi. Une fine chaîne en or autour de son cou ajoutait à sa tenue l'indispensable note féminine.

Les femmes journalistes à New York en savaient long sur l'importance des vêtements dans les milieux proches du pouvoir. Une avocate assez intelligente pour se présenter ainsi au tribunal l'était certainement assez également pour démolir Robert Willmont, se dit Janice avec un pincement au cœur.

De l'autre côté du couloir, Felicity observait les visages avec la même attention que Janice Evans.

« Ils n'ont vraiment rien d'extraordinaire, soufflat-elle à Demelza.

— Comme la plupart des gens.

— Tu les crois assez malins pour reconnaître la vérité lorsqu'ils l'entendent ? Pour ne pas se laisser impressionner par la richesse et la célébrité ?

— Espérons-le. »

« Tu crois vraiment qu'on peut trouver dans cette ville un jury qui accepterait de le condamner ? demandait au même instant Mitch Rankin à sa femme.

— Regarde le procureur, répondit Ione. La femme au superbe tailleur bordeaux... À mon avis, elle sait ce qu'elle fait.

— Peut-être, mais l'avocat de la défense n'a pas l'air d'une cloche non plus. »

Ione n'eut pas le temps de répondre. L'huissier

s'avançait pour annoncer la cour. Tout le monde se leva et le juge Oliver Wendell Washington, flottant majestueusement dans les plis de sa robe noire, entra dans la salle et alla s'asseoir à sa place.

Il était neuf heures et une minute, en ce jeudi 18 juin. Le procès de Robert Drayton Willmont commençait.

« Je rappelle au public, déclara d'emblée le juge, qu'aucune manifestation d'aucune sorte ne sera tolérée dans l'enceinte de cette cour, sous peine d'évacuation immédiate. Je vous rappelle également, et ceci s'adresse particulièrement aux membres de la presse, qu'il est interdit de prendre des photos et d'utiliser quelque appareil d'enregistrement que ce soit. »

Un remue-ménage se produisit dans le public, puis tout le monde se calma. Le juge Washington croisa les mains devant lui et fit signe au procureur.

Tess recula sa chaise et se leva.

« Bonjour, mesdames et messieurs, dit-elle en s'adressant aux jurés. Je m'appelle Teresa Maria Yacinta Escalante, et je représente le ministère public. »

Sa voix, claire et mélodieuse, portait facilement dans toute la salle.

« Lorsqu'un crime est commis, il appartient aux pouvoirs publics, représentants du peuple, d'instruire l'affaire, c'est-à-dire de recueillir les témoignages, de réunir les preuves, de les examiner en détail et d'analyser toutes ces informations afin de découvrir l'éventuel coupable. Ce n'est qu'après avoir rempli ces obligations que nous nous présentons devant la justice, et que nous demandons à un groupe de jurés sélectionnés de nous dire si nous avons bien fait notre travail. »

Quittant l'abri de sa table, elle entra dans le prétoire.

« À une époque, il n'y a d'ailleurs pas si longtemps, les tribunaux de notre pays ne reconnaissaient pas l'existence du viol. Les gens estimaient, alors, que si un homme abusait d'une femme c'était soit parce qu'il exerçait une sorte de droit ancestral et archaïque, soit parce qu'elle l'avait bien cherché. Dieu merci, ces temps-là sont révolus. Dieu merci, aujourd'hui nos tribunaux poursuivent les violeurs, et, Dieu merci, des jurys trouvent le courage de les condamner. Car peu de crimes sont aussi ignobles que le viol, surtout s'il est commis par une personne connue de la victime. »

Le substitut du procureur se dirigea lentement vers les bancs des jurés.

« Lorsqu'une femme est agressée et violée par un étranger, nous pensons pouvoir nous en accommoder et nous disons : c'était un fou, un maniaque sexuel, et elle est son innocente victime. Le crime est alors clairement établi, et nous en acceptons les circonstances. Mais être violentée par quelqu'un que l'on connaît, que l'on admire, parfois, et en qui l'on a certainement confiance, c'est une tout autre affaire. »

Tess, à cet instant, jeta un coup d'œil vers la table de la défense.

« Et c'est une différence que les tribunaux ne reconnaissent pas toujours. Il existe des viols d'un genre différent, et il faut évaluer séparément leur gravité. C'est cette différence que nous vous demanderons de faire. Car nous affirmons qu'une femme a le droit d'aller prendre un verre avec un homme dans un bar, et d'accepter qu'il la raccompagne chez elle en voiture, sans que cela implique qu'elle a envie d'avoir une relation sexuelle avec lui. »

Elle regarda tous les jurés dans les yeux, un par un.

« D'autres affaires de ce genre ont été plaidées récemment, et les jurés, parfois très embarrassés, ont accompli leur devoir et rendu un verdict. Aujourd'hui, c'est à votre tour. Il n'y a pas de témoin oculaire. Dans ce genre de cas, il y en a rarement. Il s'agira donc de juger sur deux critères : la crédibilité et les preuves. Qui croirez-vous ? Quelles preuves vous sembleront-elles convaincantes ?

» À mon sens, poursuivit Tess en hochant la tête, la crédibilité de la victime est indiscutable. Et les preuves montreront, au-delà d'un doute raisonnable, je dirais même sans l'ombre d'un doute, que Robert Drayton Willmont a violé et battu Karen Doniger dans la nuit du 7 avril et qu'il l'a abandonnée, comme un tas d'ordures, en plein milieu de Golden Gate Park...

» Sa famille, ses origines sociales et le poste qu'il brigue ne comptent pas. Ce qui compte, c'est qu'il l'a fait. Il l'a fait. Et si nous tous, qui représentons l'accusation, n'en étions pas intimement persuadés, nous ne serions pas ici. »

Tess salua de la tête et retourna s'asseoir à sa place.

« On n'est pas au bout de nos peines », murmura Mitch.

« Merde », marmonna entre ses dents Janice Evans.

Le juge Washington fit signe à la défense, et Hal Sutton se leva.

« Je m'appelle Hal Sutton, déclara-t-il. Mais ça n'a guère d'importance. Ce qui est important, c'est que je suis l'avocat du sénateur Robert Drayton Willmont. Voilà même le seul élément qui ait une importance certaine aujourd'hui.

» Le substitut du procureur, poursuivit-il en regardant Tess, prétend que sa famille et le poste que brigue mon client ne doivent pas entrer en ligne de compte. Moi, je dis exactement le contraire. Car toute cette affaire repose là-dessus. Et que c'est une histoire vieille comme le monde. Qu'un homme ait le courage de se lever et de dire : "Suivez-moi, je connais le chemin", et aussitôt il se trouve des gens, trop timorés ou trop avides de richesse, des marchands du Temple, qui se liguent pour le détruire. Un tel homme est ainsi mort sur la croix, il y a deux mille ans. »

« Incroyable, chuchota Demelza. Jésus-Christ Willmont ! »

« Mesdames et messieurs, continua Sutton d'une voix calme, la première chose dont vous devez vous persuader c'est que si Robert Drayton Willmont n'était pas précisément ce qu'il est, s'il ne présentait pas sa candidature à de si hautes fonctions, il n'y aurait ni accusation de viol, ni procès, ni calomnie à l'égard de cet homme de bien qui, depuis quinze ans, consacre sa vie à son pays. »

Il posa sa main sur l'épaule de Robert.

« Oui, mon client avoue qu'il a eu des relations sexuelles avec Karen Doniger. Il ne prétend pas être Dieu, mais simplement l'un de ses fils, imparfait comme nous le sommes tous. Mais la vérité est la suivante : c'est elle qui l'a provoqué, qui l'a encouragé, qui l'a séduit et qui a finalement abusé de lui, d'un homme affaibli par la tension nerveuse, par la fatigue et par l'alcool. Ce n'est pas le contraire qui s'est passé. Puis, à la surprise générale, la voilà qui crie au viol. Que pensez-vous de cela, mesdames et messieurs les jurés ? »

Il s'arrêta un instant, pour laisser les esprits s'imprégner de ses fortes paroles.

« Le sénateur Robert Drayton Willmont est un bon fils, un bon époux et un bon père, poursuivit-il. La présence aujourd'hui de sa famille à ce tribunal en témoigne. Il a aussi été un bon serviteur de l'État. Je n'en veux pour preuve que son élection et sa réélection au Congrès et au Sénat, ainsi que ses victoires aux primaires de cette année. Vous semble-t-il vraisemblable qu'un tel homme, au faîte des honneurs, sur le point de remporter le plus difficile des combats, compromette ainsi ses chances pour satisfaire à tout prix une envie passagère ? »

Il serra doucement l'épaule de Robert, qui se leva.

« Regardez cet homme, mesdames et messieurs. Le fils d'une des plus anciennes, et des plus respectées familles de San Francisco, le symbole même de l'espoir pour l'Amérique en déroute, un homme riche, intelligent et charismatique, qui a choisi de consacrer sa vie à son pays. Un tel homme a-t-il besoin de recourir au viol ? »

Il retint son client immobile pendant une quinzaine de secondes avant de l'autoriser à se rasseoir.

« Les preuves dont parle le substitut du procureur, conclut Sutton, montreront en effet que le sénateur Willmont et Karen Doniger ont partagé quelques instants d'intimité. Qu'ils ont bu un verre ou deux ensemble dans un bar du centre-ville et qu'ils sont ensuite allés au Golden Gate Park, où ils sont sortis de la voiture du sénateur et ont eu des relations sexuelles. Mon client ne le nie pas. Mais il ne faut pas confondre le rapport par consentement mutuel et le viol. Car ce crime, malgré les allégations du ministère public, mon client ne l'a pas commis. »

« Bien joué », murmura Janice Evans.

De l'autre côté de la salle, John Micheloni s'agita sur son siège. « Il est bon, sacrément bon », chuchota-t-il à l'intention de Jenna.

4

Tess but une gorgée de café froid en étirant son dos endolori. Pour la centième fois, elle tempêta intérieurement contre le refus de la ville de lui accorder le siège ergonomique qu'elle réclamait depuis plus d'un an, pour éviter une aggravation de l'état de sa colonne vertébrale.

Globalement, elle n'avait pas à se plaindre de grand-chose. Les deux premières journées du procès Willmont s'étaient déroulées sans accroc.

Arthur Gertz s'était présenté le premier à la barre. Son témoignage avait été aussi impressionnant et efficace qu'elle l'avait prévu. La description précise mais émouvante de son jogging matinal et de sa macabre découverte produisit sur le jury l'effet escompté, un impact émotionnel profond que le bref contre-interrogatoire de Hal Sutton ne parvint pas à dissiper.

Kelly Takuda, qui était intervenue ensuite, convainquit le jury de deux faits : Karen Doniger avait été trouvée à demi inconsciente dans le Golden Gate Park, et tout indiquait qu'elle avait subi une agression brutale.

« Inspecteur Takuda, avait demandé Sutton après que Tess en eut terminé avec son témoin, pouvait-on déduire de l'état dans lequel se trouvait cette femme, ou de quoi que ce soit d'autre, l'identité de l'initiateur du rapport sexuel ?

— Non, maître. Aucun indice sur le début de la scène. Le résultat, en revanche, était clair.

— Il est donc parfaitement possible, insista Sutton, que ce que vous avez constaté en ce matin du 8 avril ne soit pas la conséquence d'une agression, comme vous l'avez dit précédemment, mais d'un acte sexuel librement consenti, et, plus... disons exubérant, que d'habitude. »

La femme policier réfléchit quelques instants. « C'est sans doute possible. Mais très peu probable.

— Mais c'est possible ?

— Peut-être.

— Merci, inspecteur Takuda. Ce sera tout.

— Inspecteur Takuda, avait alors repris Tess, sur combien d'incidents consécutifs à des violences sexuelles avez-vous personnellement enquêté durant les douze derniers mois ?

— Une quarantaine cette année.

— Et l'an dernier ?

— Une centaine. Cent dix, peut-être.

— D'après votre expérience, l'expérience de quelqu'un qui s'est penché sur cent cinquante cas de ce genre en dix-huit mois, lorsque vous êtes arrivée sur les lieux en ce 8 avril, en avez-vous conclu que la femme à demi inconsciente que vous voyiez, blessée et couverte de bleus, avait participé à un acte sexuel librement consenti ?

— Non. J'en ai conclu alors, et j'en suis toujours persuadée aujourd'hui, que cette femme avait été la victime d'une agression sexuelle, ainsi que de coups et blessures.

— Une dernière question et j'en aurai terminé, inspecteur Takuda, conclut Tess. Considérez-vous comme possible, je ne dis pas probable, comprenez-moi bien, que le ciel nous tombe demain sur la tête ?

— Objection ! s'écria Sutton.

— Mademoiselle Escalante, gronda le juge Washington, je vous croyais plus raisonnable.

— Je retire ma question Votre Honneur », concéda Tess avec un sourire contrit.

L'infirmière du Centre de traitement du viol qui avait examiné Karen détailla les procédures qu'elle utilisait pour collecter les preuves, et les précautions qu'elle prenait pour éviter tout risque de perte ou de confusion. Son témoignage clôtura le deuxième jour du procès. Elle était l'un des atouts les plus solides de l'accusation et elle confirma sans hésitation que toutes ses observations correspondaient à ce que l'on constate en cas de viol. Sutton ne parvint pas à la déstabiliser.

On était vendredi soir, et le procès se poursuivrait le lendemain. D'ordinaire, il n'y avait pas session le samedi mais, devant l'insistance de la défense, le juge Washington avait accepté de modifier les horaires habituels. Pour se justifier officiellement, il avait prétendu que si la cour siégeait le samedi on parviendrait plus vite aux conclusions et on augmentait les chances de libérer le jury pour le jour de la fête nationale, le 4 juillet.

Tess, en fait, était contente. Le lendemain, elle allait appeler à la barre l'expert du laboratoire de la police dont le témoignage et le contre-interrogatoire prendraient sans doute la journée. Tess lui ferait examiner les vêtements de Karen un à un, toutes les taches d'herbe ou de boue, toutes les traces de sang ou de sperme. Puis elle lui demanderait d'exposer ses conclusions sur les vêtements de Robert Drayton, les marques de goudron sur sa veste, la déchirure de son pantalon et toutes les traces et les taches qu'il y avait décelées. Pour terminer, il produirait le détail de la très technique, très ennuyeuse mais indispensable analyse de l'ADN.

Si tout se déroulait comme prévu, le jury se retirerait dans ses quartiers de confinement, à l'hôtel Sheraton, avec deux faits d'importance vitale sur lesquels méditer jusqu'au lundi matin : un, l'analyse d'ADN prouvait la présence indiscutable du sperme de Robert Drayton Willmont dans le vagin et dans la bouche de Karen Doniger, et deux, l'état de ses vêtements et les traces de sang révélées par le frottis vaginal indiquaient clairement qu'il avait été fait usage de violence.

Le substitut du procureur s'étira de nouveau, et se leva. De sa fenêtre, elle voyait l'autoroute, où régnait l'intense circulation des fins de semaine. Tous ces gens qui ont un endroit où aller, soupira-t-elle avec envie, fugitivement, sans réaliser qu'elle-même avait la chance de jouer un rôle de premier plan dans l'événement le plus dramatique de la décennie, et que bien d'autres auraient volontiers échangé leur place contre la sienne.

Ce procès, qu'elle avait tout d'abord considéré comme une corvée, était devenu pour elle une croisade. De loin, Robert Willmont brillait comme une étoile, mais de près, il perdait beaucoup de son aura. Le mélange de contrition éplorée et de vertueuse indignation qu'il déployait aux yeux du monde entier avait le don de mettre Tess en colère, et de la persuader chaque jour davantage de sa culpabilité.

« Je n'ai jamais eu autant d'atouts en main, affirmait-elle à Karen. J'ai souvent obtenu gain de cause avec bien moins.

— Je fais confiance à votre jugement, répondait Karen.

— Tiens ? Vous avez retrouvé foi en le système ?

— Je n'ai jamais douté du système, rectifiait Karen. J'ai simplement dit qu'il ne fallait pas confondre son bon fonctionnement et le triomphe de la justice. »

Ce qui était malheureusement plus souvent vrai que Tess n'avait envie de le reconnaître.

Elle y pensait en terminant ses préparatifs pour le lendemain, en éteignant sa lampe et en refermant derrière elle la porte de son bureau. Elle ne trichait pas en affirmant qu'elle avait rarement eu autant d'atouts en main, mais elle comprenait aussi les atermoiements inévitables du jury. Non. Comprendre n'était pas le mot juste. Elle était bien incapable de comprendre les jurés. En revanche, elle avait appris à les manipuler.

« Tu as l'air fatigué, dit Mariah Dobbs qui avait appelé Randy de New York.

— Je le suis. Fatigué, et solitaire.

— Tu comprends que je ne puisse pas être avec toi, n'est-ce pas !

— Bien sûr, soupira-t-il. Tu as d'autres clients. Ils ont besoin de toi.

— Exactement », l'approuva Mariah. Mais en fait, sa véritable raison était qu'elle souhaitait prendre ses distances avec son encombrant client tant qu'il ne serait pas innocenté.

« Pour l'instant, poursuivit-elle, je ne peux rien faire pour lui. Tout est entre les mains du jury et je n'ai aucun moyen de l'influencer. Mais s'il est acquitté, tu peux compter sur moi pour lancer une attaque médias tous azimuts, un véritable bombardement, qui le propulsera jusqu'à la porte du 1 600 Pennsylvania Avenue.

— Il y a deux mois, je n'aurais pas misé trois sous sur lui, dit Randy.

— Moi non plus, répondit Mariah qui pensait que malgré le résultat des primaires elle ne s'y risquerait toujours pas.

— Sans toi et ta trouvaille du cœur sur la main et du mea culpa public, il serait déjà mort et enterré.

— Les électeurs l'aiment, ils veulent croire en lui. Ils sont tout prêts à lui accorder le bénéfice du doute — jusqu'au verdict du jury.

— Je les regarde, au tribunal, j'essaie d'imaginer ce qui leur passe par la tête. Moi qui croyais qu'aller ou non à la Maison-Blanche dépendait de millions d'individus ! Maintenant, notre sort est entre les mains de douze personnes, cinq hommes et sept femmes.

— Eh oui ! C'est la Maison-Blanche ou la prison, maintenant. Pile ou face, yin ou yang...

— Arrête, ce n'est pas drôle.

— Comment ça se passe, en fait ?

— Pas brillant, avoua-t-il. L'expert du laboratoire a témoigné hier. Il a été mortellement barbant, j'ai vu plusieurs jurés bâiller et je me suis presque endormi. Mais je dois reconnaître que les preuves matérielles sont accablantes.

— Qu'a répondu le sénateur ?

— Il prétend n'avoir aucune idée de ce qui a pu arriver.

— Il vaudrait mieux qu'il se prépare une explication plus convaincante. Et son avocat ?

— Il n'est pas du genre expansif. Si on insiste, il dit qu'il faut attendre notre tour et jouer nos cartes, mais entre toi et moi, je crois qu'il est inquiet.

— Et notre cher candidat ?

— Honnêtement, je n'ai pas l'impression qu'il s'inquiète de quoi que ce soit. Manifestement, il se dit que les événements se plieront à sa volonté, comme d'habitude. »

5

Lundi matin, le premier des témoins à comparaître fut l'interne en chirurgie qui avait soigné les blessures de Karen aux Urgences de l'hôpital de San Francisco. Il décrivit chaque contusion avec un luxe de détails éprouvant, n'hésitant pas à dénombrer la quantité de points de suture nécessaires pour recoudre sa lèvre et à décrire la réduction de la fracture de son nez.

« Votre Honneur, intervint Tess lorsqu'il en eut terminé, je voudrais maintenant faire passer aux membres du jury les pièces à conviction soixante-six à soixante-douze.

— Je réitère mon objection, Votre Honneur, s'exclama Hal Sutton. L'accusation a déjà produit de fort nombreuses preuves de l'état physique de la supposée victime. Ces photographies n'apporteront rien de nouveau.

— Au contraire, Votre Honneur, rétorqua Tess. Il est bien différent d'entendre parler d'un nez cassé, d'une lèvre fendue ou d'une hanche contusionnée et d'en voir les conséquences de ses propres yeux.

— L'accusation ne peut ignorer, Votre Honneur, que ces photographies sont délibérément provocatrices.

— Du point de vue de son client, Me Sutton a raison. Mais je souhaite que le jury, lui, les considère avec son objectivité naturelle.

— Objection !

— Objection rejetée », déclara le juge Washington.

Tess montra les photos au jury une à une, et s'assura que chaque juré avait le temps de l'examiner attentivement. À sa grande satisfaction, elle les vit faire la grimace.

« Et maintenant, docteur, reprit-elle après que toutes les photos furent passées entre toutes les mains, diriez-vous que les blessures montrées sur ces documents, et que vous avez soignées, sont de celles qui se produisent au cours d'un rapport sexuel normal ?

— Non, mademoiselle Escalante.

— Quel mot utiliseriez-vous pour les définir ?

— Je dirais qu'elles relèvent de l'usage de la violence.

— Je vous remercie, docteur.

— Dites-moi, docteur, demanda Hal Sutton, existe-t-il un moyen d'affirmer que ces blessures ont été infligées par l'accusé ?

— Non, pas particulièrement.

— Serait-il possible, par exemple, que la lèvre se soit fendue et le nez cassé en se cognant contre un arbre dans l'obscurité, ou en trébuchant et en tombant par terre ?

— Rien n'indique une telle possibilité.

— Mais de telles blessures pourraient-elles être provoquées par de telles causes, docteur ?

— Je le suppose, oui.

— Merci, docteur. Pas d'autre question. »

« Que croit-il prouver avec ça ? murmura Anne Jenks à l'oreille de Tess.

— Il n'a guère de marge de manœuvre. Il fait ce qu'il peut », répondit cette dernière.

Après une interruption de séance pour le déjeuner, Lamar Pope fut appelé à la barre. Il y resta jusqu'à la fin de la session et revint mardi, passant en revue les entretiens qu'il avait eus avec l'accusé et avec la victime, consultant fréquemment ses notes.

Tess lui fit raconter comment ils avaient découvert l'empreinte de pied correspondant au mocassin du sénateur et les égratignures sur la poitrine de l'accusé, correspondant aux fragments de peau recueillis sous les ongles de Karen. Puis il fut question du sac à main de Karen, qui n'avait pas été retrouvé sur les lieux de l'agression.

« Sergent Pope, avez-vous fouillé la voiture de l'accusé le 10 avril après-midi ?

— Oui.

— Qu'y avez-vous trouvé ?

— Un sac bleu marine contenant les papiers d'identité de Karen Doniger ainsi que d'autres objets lui appartenant.

— L'accusé a-t-il fourni une explication sur la présence de ce sac dans sa voiture ?

— Non. Il a eu l'air surpris de l'y voir. Le sac avait apparemment glissé entre les sièges, sans qu'il le remarque.

— Je vous remercie. Pas d'autre question.

— Le sénateur Willmont a-t-il coopéré de son plein gré à votre enquête, sergent Pope ? demanda Hal Sutton.

— Oui.

— A-t-il répondu à vos questions du mieux qu'il le pouvait ?

— Oui.

— A-t-il refusé de répondre à une de vos questions ?

— Non.

— A-t-il nié avoir eu des relations sexuelles avec Karen Doniger?

— Non.

— Revenons un instant à ces égratignures, sergent, proposa Sutton. Le sénateur Willmont s'en est-il expliqué?

— Oui. Il a dit qu'elles étaient dues au caractère passionné de leurs ébats, et non à de la résistance.

— Passons au sac à main, maintenant.

— Monsieur Sutton, intervint le juge Washington qui sentait venir une nouvelle attaque gastrique, il est tard. Personnellement, je suis fatigué, et je suppose que les jurés le sont également. Si vous avez l'intention de vous lancer dans un long contre-interrogatoire, et tout laisse supposer que c'est le cas, je vous suggère de le remettre à demain matin. Vous disposerez alors de tout votre temps, et de notre attention soutenue.

— Volontiers, Votre Honneur. »

« On n'avance pas beaucoup, n'est-ce pas? demanda Robert en rentrant chez lui.

— Des preuves sont des preuves, grommela Hal Sutton. Tout dépend de la façon dont on les interprète. Et tu sais aussi bien que moi que leur interprétation définitive n'est jamais acquise avant que le dernier mot soit prononcé.

— Mais ces photos... j'ai vu les jurés frémir en les regardant. Elles me font passer pour une espèce de monstre. À ton avis, elles ont été retouchées?

— Non, je ne pense pas.

— Elle n'était pas aussi abîmée, je vous assure. Peut-être ai-je été un peu brutal, je l'admets, mais elle en redemandait. En revanche, je ne me souviens pas du tout de l'avoir laissée dans un tel état.

— Ces photos ne nous aideront pas, c'est certain.

— Au début, j'étais convaincu que pas un seul individu doué de sens commun ne croirait à son histoire, confia Robert. Réfléchis, qui pourrait imaginer qu'un sénateur, engagé dans la course à la candidature suprême, s'amuserait à violer qui que ce soit ? Mais j'ai observé les jurés aujourd'hui. Et j'ai lu des envies de lynchage sur certains visages.

— Ne désespère pas encore, dit calmement Sutton. Nous n'avons pas encore avancé nos pions. »

C'était ce qu'il disait toujours. Auparavant, ces paroles avaient apaisé Robert, mais à présent, elles l'agaçaient. Après tout, Sutton n'était qu'un des partenaires du cabinet. Que lui importait de perdre ou de gagner ce procès ? Il resterait un avocat aux honoraires exorbitants, libre d'exercer son métier, et il trouverait le moyen d'effacer la tache qui risquait de ternir sa réputation.

Le candidat soupira ; il savait qu'il était trop tard pour se demander s'il avait choisi le bon avocat.

« Docteur Linderman, commença Tess le mercredi après-midi, après le contre-interrogatoire de Lamar par l'avocat de la défense et le témoignage incontesté d'Azi Redfern, quelle est votre activité principale ?

— Depuis trois ans, répondit le respecté psychiatre de Berkeley, je me consacre exclusivement à une étude sur la psychologie du viol.

— Auriez-vous l'amabilité de préciser la nature de vos travaux à l'intention du jury ?

— Dans un premier temps, nous avons sélectionné un échantillon aléatoire de quatre cent cinquante individus condamnés pour crimes sexuels. Puis nous les avons interrogés, nous avons organisé une thérapie de groupe et, selon des techniques mises au point pour cette étude, nous avons essayé de déterminer le profil psychologique du violeur potentiel.

— Peut-on affirmer sans risque d'être démenti qu'à la suite de votre travail au sein de ce protocole d'étude vous êtes désormais reconnu comme un spécialiste en ce domaine ?

— Je le crois. J'ai publié de nombreux articles sur le sujet, dans des revues nationales et internationales, et j'écris régulièrement dans le *American Journal of Psychiatry*.

— Votre Honneur, interrompit Sutton, personne ne met en doute les aptitudes professionnelles du Dr Linderman.

— Etes-vous parvenu, docteur, reprit Tess, à déterminer ce profil psychologique ?

— Oui et non.

— Expliquez-vous, je vous prie.

— Nous avons découvert qu'il nous était impossible de déterminer ce profil parce qu'en fait il y en a plusieurs.

— Plusieurs ?

— Oui, mademoiselle Escalante. Tout d'abord, il y a ce que l'opinion publique considère en général comme le violeur type : l'inconnu qui attire une femme dans un coin sombre et abuse d'elle. Mais il existe aussi le violeur domestique — un mari, un petit ami, un père, un beau-père, un frère aîné. Et un troisième type, que nous appelons le violeur familier — un homme qui connaît la victime, ou qui est connu d'elle, qui entretient des relations avec elle, ou des amis, des collègues de travail, ou encore des voisins à elle.

— Vous prétendez donc, docteur, en conclusion de vos recherches, qu'il existe trois types distincts de violeurs, qui commettent différents types de viols ?

— Absolument, confirma Linderman. Ces crimes sont tous violents, et connaissent plus ou moins la même conclusion, mais définir les uns par les mêmes termes que les autres reviendrait à vouloir additionner des pommes et des poires.

— Voudriez-vous décrire au jury les différences que vous avez notées entre le violeur inconnu et le violeur familier ?

— Volontiers. Nous pouvons affirmer que le violeur inconnu agit dans l'anonymat, et que ses crimes sont provoqués par une colère profondément enracinée, un manque d'estime de soi-même et une forte impuissance émotionnelle. Il déteste les femmes ; parfois, il déteste le monde entier, et il se déteste en tout cas lui-même, bien qu'il lui arrive de penser le contraire. Il agit dans le but d'imposer sa volonté à la victime, de la dominer et de l'humilier, autant que lui-même se sent dominé et humilié dans sa vie quotidienne. Et il ne connaît qu'un moyen d'y parvenir : l'abus sexuel. Pour lui, le viol n'est pas un acte sexuel, mais un acte de violence et d'intimidation. Il libère sa colère sur quelqu'un de trop faible pour lui résister et se venge ainsi de sa propre faiblesse avec certains individus. En d'autres termes, il extériorise sa rage contre des personnes de son entourage sur quelqu'un qu'il ne connaît pas, et qu'il peut donc attaquer en toute sécurité. Il acquiert ainsi un sentiment passager de puissance. Mais hélas peu durable. Donc, il recommence.

— Répète-t-il le même type d'actes ?

— Fréquemment. Ses victimes, par exemple, peuvent souvent se ressembler, car il choisit des femmes du genre de celle qui est le véritable objet de sa colère — sa mère, sa patronne, une petite amie qui l'a rejeté. Même si elles ne se ressemblent pas vraiment, les victimes ont en général un point commun : la couleur des cheveux, le style des vêtements, ou la profession. Lorsqu'il se met en chasse, il utilise en général une tactique identique : une ligne de bus spécifique, le même centre commercial. Il aura tendance à infliger à ses victimes le même traitement, à les menacer de la même arme, à les attacher de la même façon. Il prononcera souvent les mêmes mots. Il possède une tenue qu'il endosse lorsqu'il sort pour se livrer à ses actes criminels et qu'il considère comme une protection, une sorte d'armure, pourrait-on dire. »

« Charmant garçon, murmura Mitch.

— Mais pas le genre de garçon qu'on cherche », répondit Ione.

Janice Evans se tourna vers Randy, assis à côté d'elle. « Je ne vois pas à quoi veut en venir le procureur.

— Elle a sûrement ses raisons », répliqua Randy d'un ton morne.

« Maintenant, docteur Linderman, parlez-nous s'il vous plaît du violeur familier. »

Hal Sutton se leva. « Tout cela a beau être passionnant, Votre Honneur, je ne vois pas le rapport avec l'affaire qui nous préoccupe.

— Mademoiselle Escalante ? interrogea le juge Washington.

— Nous considérons comme essentiel, Votre Honneur, que le jury soit instruit de la différence entre les violeurs. La défense prétend depuis le début qu'un homme comme le sénateur Willmont n'a aucun besoin de recourir au viol, comme s'il suffisait d'être riche, séduisant et célèbre pour charmer n'importe quelle femme. Il me semble de mon devoir de remettre cette théorie en question.

— Objection rejetée, déclara le juge.

— Reprenons, docteur Linderman, poursuivit calmement Tess. Voudriez-vous décrire le dernier type de violeur que vous avez évoqué ?

— Le violeur familier est totalement différent du

violeur inconnu. Il ne manque pas forcément de confiance en lui. En général, il aime les femmes, mais il les respecte rarement, ce qui ne l'empêche pas de se montrer charmant et attentionné. Il papillonne, il fait sa cour, convaincu que toute femme ne peut qu'être honorée de son choix. La femme qu'il viole doit le connaître, car il veut qu'elle soit impressionnée par son nom, son allure, son histoire, son travail, sa maison, ses revenus et, par extension, ses prouesses sexuelles. Il entretient deux illusions : la première est que toutes les femmes le trouvent irrésistible, l'autre est qu'il a le droit de prendre tout ce dont il a envie. Pour lui, il ne s'agit que d'un jeu de pouvoir. Nous l'appelons entre nous le syndrome “Moi Tarzan, toi Jane”. Il persiste jusqu'à ce qu'elle succombe. S'il rencontre une femme qui ne lui cède pas, il considère que la violer fait partie du jeu. On l'a élevé dans l'idée que toutes les femmes veulent être prises, de force si nécessaire... »

« Maintenant, on s'y croirait », murmura Demelza.

« Voilà où elle voulait en venir », chuchota Randy.

« Docteur Linderman, demanda Tess, avez-vous isolé certains paramètres inhérents à ce profil psychologique ?

— Quelques-uns. Le violeur familier est habituellement un homme aux aspirations plus élevées que le violeur inconnu. Il a mieux réussi professionnellement, mais son environnement familial est souvent peu satisfaisant. Le violeur inconnu a souvent été lui-même victime d'inceste ou d'abus sexuel, alors que le violeur familier a d'ordinaire souffert soit d'un excès d'amour, soit d'un rejet parental. Au cours de notre étude, nous avons découvert que de nombreux violeurs familiers avaient appris dès leur plus jeune âge à manipuler les femmes.

— Existe-t-il des critères objectifs de définition de ce type de violeurs ?

— Je dirais plutôt qu'il existe des critères par défaut. Le violeur familier ne prémédite pas son geste, à l'inverse du violeur inconnu, qui élabore soigneusement son plan. Il agit sur l'impulsion du moment. Il sort avec l'idée de trouver une femme, mais pas de violer. Pour employer une terminologie machiste, il chasse, il traque et il conquiert.

— Il conquiert ? Comme on conquiert un territoire ennemi à la guerre ?

— La domination sexuelle fut longtemps considérée comme un signe acceptable de victoire à l'issue d'une bataille. Un tableau célèbre le prouve, il s'agit de *L'Enlèvement des Sabines.*

— Une victoire à l'issue d'une bataille, répéta Tess.

— Votre Honneur, intervint Sutton, mon client serait-il par hasard accusé d'avoir mis à sac une nation tout entière ?

— C'est juste, maître Sutton. Mademoiselle Escalante, veuillez vous en tenir aux questions qui nous concernent.

— Certainement, Votre Honneur, concéda Tess avant de se retourner vers son témoin. Donc, docteur Linderman, nous pouvons en conclure que le violeur familier est un supermacho, un enfant gâté, qui se considère comme irrésistible et se lance à la conquête de tout ce qui passe à sa portée ?

— Globalement, oui. Mais en fait il ne part pas nécessairement à la chasse. Il peut s'intéresser à une personne de son voisinage, ou à une collègue, et attendre la bonne occasion. Et je répète qu'il ne considérera pas son acte comme un viol, car il est convaincu que toute femme ne peut qu'être flattée de ses avances. Ce n'est que lorsqu'on lui résiste, lorsque ses manœuvres échouent, que la colère profondément enracinée en lui s'extériorise et qu'il a recours à la violence. »

« Bon sang ! En plein dans le mille ! » Jenna retint son exclamation du mieux qu'elle le put.

« Merde », soupira Randy.

« Pour comprendre le violeur familier, il faut savoir qu'il est en général attiré par la femme qu'il va violer lorsqu'il comprend qu'elle n'est pas attirée par lui. Les femmes, à commencer par sa mère, ont toujours cédé à ses quatre volontés. Pourquoi celle-ci ferait-elle exception à la règle ? Si elle lui résiste, se dit-il, c'est par jeu. Il n'a donc pas l'intention de violer, mais il est tout simplement incapable de supporter un refus.

— En tant que spécialiste, docteur Linderman, considérez-vous que le violeur familier ait des excuses ?

— Absolument aucune. Une fois qu'une femme a dit non, si l'homme abuse alors d'elle par la force, fût-ce sous le prétexte qu'il ne croit pas à son refus, il est coupable de crime sexuel, mademoiselle Escalante. Les bonnes raisons qu'il se donne à lui-même pour justifier son acte n'ont pas à entrer en ligne de compte.

— Je vous remercie, docteur. Pas d'autre question.

— Ai-je bien compris, docteur Linderman ? demanda Hal Sutton. Avez-vous dit que même si l'homme croit sincèrement à un rapport sexuel librement consenti, vous le considérez comme coupable de viol ?

— Si la femme résiste, oui.

— Vous donnez là un avis médical, je suppose, et non légal. À moins que vous ne soyez aussi avocat ?

— Non, monsieur Sutton, je suis uniquement psychiatre.

— Et en tant que psychiatre, docteur Linderman, quel est votre avis sur toutes les femmes dont on sait qu'elles ne résistent que sous le poids de la pression sociale, et non parce qu'elles le souhaitent vraiment ? Des femmes qui ne peuvent dire oui, car elles se considéreraient alors comme immorales, et qui, pour surmonter leur culpabilité, ont besoin de se sentir contraintes par la force ?

— Il y a trente ou quarante ans, peut-être. Mais aujourd'hui, je doute qu'il en reste plus d'une poignée.

— Mais en supposant que nous parlions d'une femme élevée à cette époque, docteur, une femme élevée dans les années cinquante, et marquée par sa stricte éducation ?

— Objection, intervint Tess. Il s'agit maintenant d'une pure spéculation. À quel titre peut-on demander au Dr Linderman de parler de la psychologie de femmes élevées au cours des années cinquante ?

— Le Dr Linderman témoigne en tant que spécialiste du viol. L'accusation prétend-elle que son expérience est limitée à une décennie prédéfinie ?

— Mais vous lui demandez de lire dans les esprits, insista Tess.

— Pas du tout. Je lui demande simplement de nous livrer le fruit de sa considérable expérience.

— Objection rejetée, décida Washington. Vous pouvez répondre à la question, docteur.

— Il arrive que des schémas d'éducation s'impriment d'une façon définitive, concéda le médecin avec réticence.

— Merci, docteur. Autre chose, maintenant. Au cours de votre programme de recherche, vous êtes-vous également intéressé aux victimes de viols ?

— En fait, les victimes font l'objet de la deuxième partie de notre étude, et nous travaillons en ce moment avec un groupe de femmes dont les agresseurs ont été soit condamnés, soit acquittés.

— Parlons plus précisément des femmes qui présentaient des blessures provoquées selon leurs allégations par des violeurs familiers et similaires à celles dont nous avons pu voir les photographies.

— Que désirez-vous savoir ?

— L'une d'elles s'appelle-t-elle Marion Healy ?

— Objection, Votre Honneur. Quel rapport entre ce sujet particulier des recherches du Dr Linderman et l'affaire dont traite ce tribunal ?

— Je garantis à la cour que j'établirai la pertinence de ma question, dit calmement Sutton.

— Je vous y autorise donc », dit Washington.

Tess chuchota rapidement quelques mots à l'adresse d'Anne Jenks, assise à côté d'elle, mais la jeune femme était déjà plongée dans un intense exercice de concentration.

Sutton reprit la parole. « Je répète ma question, docteur Linderman. L'un de vos sujets s'appelait-elle Marion Healy ?

— Oui, en effet.

— Au cours de vos divers entretiens avec elle, qu'avez-vous appris des circonstances du prétendu viol dont elle aurait été victime ?

— Comment avez-vous eu accès à mes dossiers ? demanda le médecin d'une voix coupante.

— Pourquoi l'aurais-je fait ? Ce cas est de notoriété publique, docteur. Mon équipe a parfaitement pu être renseignée sur Mlle Healy par d'autres sources. Je répète, docteur, qu'avez-vous appris ?

— Elle a reconnu avoir incité l'homme à se montrer brutal car elle aimait ça. Ce n'est que lorsqu'elle a vu dans quel état il l'avait mise, et après qu'il eut refusé de payer les notes de médecin qu'elle a changé d'avis et l'a accusé de viol.

— Néanmoins, un innocent a été condamné et envoyé en prison, n'est-ce pas, docteur ?

— Votre Honneur ! protesta Tess.

— Monsieur Sutton, je vous en prie, aboya le juge.

— S'il plaît à la cour, Votre Honneur, reprit l'avocat de la défense, cet expert a été appelé à la barre pour nous faire profiter de ses lumières sur le viol en général. Il me semble qu'il en va de mon devoir de lui demander de présenter les deux aspects de son expérience au jury. L'accusation nous l'a permis en se référant à son programme de recherche. »

Le juge soupira. « On ne peut nier que la défense tienne là un argument de poids, mademoiselle Escalante. »

Tess secoua la tête, écœurée.

Anne Jenks prit une feuille de papier et commença d'écrire.

« Reprenons, docteur Linderman. Marion Healy, dont les blessures présentent de nombreuses similitudes avec celles dont nous avons eu à prendre connaissance ici, a par la suite reconnu qu'elle avait participé, et même demandé cette violence sexuelle, n'est-ce pas ainsi ?

— En effet, monsieur Sutton.

— Je vous remercie, docteur. Pas d'autre question. »

« Dieu merci, il a pu en parler », marmonna Mary Catherine à Randy.

« Le juge n'aurait jamais dû permettre ça », s'indigna Felicity.

Anne Jenks glissa un bout de papier à Tess, qui le lut et bondit sur ses pieds.

« Docteur Linderman, lança-t-elle, vous avez mentionné tout à l'heure que vous avez réuni un échantillon de quatre cent cinquante hommes. Sur combien de femmes avez-vous travaillé ? »

Le psychiatre sortit un carnet de sa poche et le feuilleta avant de répondre.

« Sept cent dix.

— Et combien de ces sept cent dix femmes avaient-elles été les victimes supposées d'un violeur familier ?

— Trois cent quarante-deux, répondit Linderman après avoir consulté ses notes.

— Combien de ces trois cent quarante-deux femmes ont-elles été blessées par leur agresseur ?

— Quarante-huit.

— Bien. Dans combien de ces quarante-huit affaires la victime a-t-elle ensuite reconnu avoir lancé une fausse accusation ?

— Une.

— S'agissait-il de Marion Healy ?

— Oui, confirma le médecin. Et j'aimerais ajouter quelques mots, si je le puis.

— Je vous en prie.

— Marion Healy est une femme déséquilibrée qui peut avoir été violée ou non. Mais l'homme qu'elle avait tout d'abord accusé puis innocenté purge actuellement une peine de prison de vingt-cinq ans au Nevada. Pour viol augmenté de coups et blessures.

— Je vous remercie, docteur, ce sera tout. »

« Et ça risque de suffire », grogna Janice.

« Bien vu », exulta Mitch.

« De quel chapeau avez-vous tiré ce lapin ? demanda Tess à Anne Jenks.

— Je me suis rappelé que j'avais lu quelque chose à ce sujet dans un journal du Nevada », murmura son assistante, qui n'oubliait jamais rien.

6

Le lendemain matin à neuf heures dix, Tess se leva et prit la parole.

« Votre Honneur, déclara-t-elle, nous avions prévu de citer plusieurs témoins de moralité, mais, dans le souci de respecter le vœu de la défense, qui a exprimé clairement son désir de parvenir rapidement à la conclusion de cette affaire, je me contenterai d'appeler encore une seule personne à la barre. Le ministère public appelle donc Karen Doniger. »

Pendant un instant, on aurait entendu voler une mouche. Puis des gens se levèrent, remuèrent sur leur siège, des yeux se fixèrent sur les doubles portes d'entrée de la salle d'audience. Le moment tant attendu arrivait enfin. Depuis des semaines, son nom était sur toutes les lèvres, mais la plupart des spectateurs, les jurés y compris, n'avaient jamais vu la victime supposée en personne.

Une photo d'elle, contretypée à partir de la jaquette de couverture de *Tapisserie,* avait circulé dans les journaux et à la télévision, mais l'accusatrice de Robert Willmont n'avait donné aucune conférence de presse, n'avait fait aucune déclaration publique et n'avait accordé aucune interview. Les feuilles à scandales en avaient été pour leurs frais, malgré les chèques de centaines de milliers de dollars qu'elles proposaient en échange de quelques confidences.

Les portes s'ouvrirent et Karen fit son entrée, flanquée de deux policiers. Elle hésita, puis se redressa, descendit le couloir central d'un pas décidé, sans regarder ni à droite ni à gauche, franchit résolument la porte en verre blindée et prit place dans le box des témoins, entre le juge et les jurés.

Elle portait un ensemble en soie mauve et une blouse à col en dentelle montant. Autour de son cou, un camée en opale que Natalie lui avait offert pour lui donner du courage, et au poignet, un bracelet en or dessiné par Felicity, cadeau de Ted.

Jessica avait coiffé sa belle-mère, dégageant son visage, Amy l'avait abreuvée de thé, Nancy avait repassé son ensemble et Natalie avait mis presque une heure à choisir la bonne couleur de bas et d'escarpins.

« Pas trop strict, surtout, avait prévenu Nancy. On ne veut pas la faire passer pour une conservatrice.

— Mais rien de trop voyant non plus, avait renchéri Natalie. Il ne faut pas qu'on la prenne pour une cocotte. »

Son maquillage avait fait l'objet de longues discussions. On lui avait remis un peu de mascara, enlevé un peu de rouge à joue, passé une ombre légère sur les paupières et rosi les lèvres.

Pendant ce temps-là, Karen se regardait dans un grand miroir, en se demandant qui était la femme qui s'y reflétait. Sa lèvre et son nez avaient désenflé et les horribles meurtrissures s'étaient estompées, mais les pommettes semblaient trop saillantes, les yeux exprimaient le désarroi et la crispation des mâchoires s'était accentuée.

La veille, alors qu'elle s'était aventurée dans le

jardin pour prendre un peu d'air, elle était tombée nez à nez avec un journaliste qui avait escaladé la clôture.

« Alors, qu'est-ce qu'on ressent quand on va démolir le plus grand homme du pays ? » avait-il lancé.

Nancy était présente, heureusement, et l'avait fait fuir en brandissant un balai. Karen n'avait cependant pas pu s'empêcher de s'interroger pour la centième fois : avait-elle raison d'agir ainsi ?

Mais déjà l'huissier remplissait son office.

« Jurez-vous de dire la vérité, rien que la vérité et toute la vérité ? Levez la main droite et dites je le jure.

— Je le jure, répondit Karen d'une voix claire et ferme.

— Votre nom ?

— Karen Doniger.

— Votre adresse ? »

Elle donna le nom de la rue et le numéro de sa maison.

« Veuillez vous asseoir. »

Le fauteuil la surprit, trop profond, trop confortable pour l'occasion. Elle s'efforçait encore de s'y installer à son aise lorsque Tess se leva et se rapprocha d'elle.

« Bonjour, madame Doniger, dit le substitut du procureur avec la politesse un peu guindée de règle à la cour et un sourire d'encouragement.

— Bonjour, répliqua Karen en se redressant et en croisant les mains sur ses genoux.

— Commençons par le commencement, si vous voulez bien. Dites à la cour en quelles circonstances vous vous êtes engagée à servir la campagne du sénateur Willmont.

— J'ai beaucoup circulé dans notre pays, depuis

une dizaine d'années. Mon mari et moi avons déménagé plusieurs fois. » Karen regardait le jury, comme Tess lui avait appris à le faire. « Je ne suis pas une militante politique. Je vote, bien entendu, mais pas toujours pour le même parti. Je choisis le candidat dont j'apprécie les gestes et les déclarations.

— Comme beaucoup d'entre nous, murmura Tess.

— On m'a élevée dans l'idée que les États-Unis sont le plus grand pays du monde, mais dans certains des lieux où j'ai vécu, il était évident que le rêve américain n'était plus qu'un triste souvenir.

— Nous sommes nombreux à partager cette opinion. Poursuivez, je vous prie.

— Cela me tracassait, mais je ne savais vraiment pas quoi faire pour que ça change. Lorsque nous avons emménagé à San Francisco, j'ai pu constater que le sénateur Willmont était non seulement parfaitement conscient de l'état de notre pays, mais qu'il semblait savoir comment agir pour y remédier. Lorsqu'il a rendu publique sa candidature, je me suis dit que je pourrais l'aider. Que j'avais enfin l'occasion de me rendre utile à quelqu'un qui comprenait les problèmes et serait peut-être capable de les résoudre.

— Vous vous êtes donc engagée comme bénévole à l'état-major de campagne ?

— Oui. Deux après-midi par semaine.

— Quel genre de travail y avez-vous effectué ?

— Au début, je remplissais des enveloppes, je photocopiais des documents, je répondais au téléphone... le genre de tâches dévolues d'ordinaire aux bénévoles. Mais un jour, on a dû sortir un dossier de presse d'urgence. Tout le monde était débordé, et personne n'avait l'air de savoir ce qu'il fallait faire. Alors j'ai pris les documents à partir desquels travailler, je me suis installée dans un coin et j'ai écrit un papier. Ensuite, ils m'ont souvent demandé de m'occuper de la rédaction de communiqués de presse ou de matériel promotionnel. J'ai même rédigé une prise de position sur la faim. En fait, c'est ce que je faisais le soir où... ce soir-là.

— Quelle est votre profession ? Pourquoi l'équipe vous faisait-elle confiance pour la rédaction de textes aussi importants ?

— Je ne sais pas si ça a joué, mais je suis le coauteur d'un certain nombre de livres de photos sur l'Amérique. Ma partenaire prend les photos et j'écris les textes. Certains des membres de l'équipe connaissaient les livres. Ils ont sans doute supposé que je savais écrire.

— Votre dernier ouvrage, *Tapisserie,* a reçu un excellent accueil, si je ne me trompe ?

— C'est vrai. Ce livre était notre ouvrage le plus ambitieux. »

Nancy, assise au troisième rang à droite, sourit et pressa la main de Ted. Demelza les regarda pardessus son épaule et leur fit un clin d'œil.

Tess recula de plusieurs pas.

« Combien de fois avez-vous été mariée, madame Doniger ?

— Une seule fois.

— Depuis combien de temps ?

— Cela fera onze ans en novembre.

— Avez-vous, durant cette période, eu une aventure avec un autre homme ? »

Tess l'avait prévenue qu'elle lui poserait cette question mais Karen se sentit tout de même rougir. « Je me suis mariée à trente-neuf ans, mademoiselle Escalante, dit-elle dignement. Et, aussi incroyable que cela puisse paraître, je n'ai jamais eu d'aventure avec un autre homme, ni avant ni après mon mariage. »

« Une vierge de trente-neuf ans ? murmura Janice Evans. Ça cache quelque chose. »

Randy s'agita sur sa chaise, mal à l'aise.

« Revenons à la nuit du 7 avril, proposa Tess. Pourquoi étiez-vous restée si tard au quartier général de campagne ?

— Je travaillais sur le papier dont je parlais tout à l'heure. Le sénateur venait de décider de prendre comme thème de combat la faim en Amérique. Il donnait une conférence à ce sujet le lendemain, et il fallait lui préparer un dossier. Ma fille était chez une amie, et mon mari avait un dîner d'affaires. Rien ne m'empêchait de finir mon travail. Le sénateur est arrivé quelques minutes avant que ce ne soit bouclé.

— Y avait-il quelqu'un d'autre dans les locaux ?

— Non. Son assistante venait de partir. J'étais seule au bureau.

— Racontez-nous ce qui s'est passé. »

Karen s'exécuta, s'efforçant de n'omettre aucun détail.

« Combien de temps êtes-vous restés dans ce bar ?

— Une heure et demie, environ. Assez longtemps pour boire trois scotches chacun, et partager une assiette de clams.

— De quoi avez-vous parlé ?

— De mes livres, surtout. Quand on le pouvait.

— Que voulez-vous dire ?

— Le bar était bondé et nous étions souvent interrompus par des gens qui venaient manifester leur appui au sénateur. Il leur répondait très calmement, je suppose qu'il y était habitué.

— Lorsque vous pouviez parler, quels ont été vos sujets de conversation, mis à part vos livres ?

— Il a un peu parlé de la campagne, de la fatigue que cela représentait d'être toujours sur les routes, et de la solitude qui en découlait. Il m'a dit qu'il serait heureux quand cela serait fini.

— Rien d'autre ?

— Non, pas que je me souvienne.

— Bien. Et qu'est-il arrivé lorsque vous êtes sortis du bar ?

— Nous sommes retournés au garage, et comme ma voiture ne démarrait pas, nous sommes montés dans la sienne, et il a pris le chemin de chez moi. Le plus court, c'est de passer par le parc. C'est là que nous étions quand je me suis sentie mal.

— Vous vous êtes sentie mal ?

— Oui. Je ne sais pas si c'était le scotch ou les clams, mais j'ai été prise d'une terrible envie de vomir et je lui ai demandé d'arrêter la voiture.

— L'a-t-il fait ?

— Il m'a dit qu'il s'arrêterait dès que possible. J'ai supposé qu'il voulait d'abord sortir de la grand-route qui traverse le parc, mais lorsque nous sommes arrivés au feu rouge, une centaine de mètres avant la sortie, il a pris à gauche dans Martin Luther Drive. Je lui ai redemandé de me laisser descendre pour faire quelques pas et respirer un peu, mais il m'a répondu que si je me sentais mal je préférerais être dans un coin tranquille, donc il a tourné dans la petite route de Stow Lake et il s'est arrêté. »

Karen s'interrompit, haletante, le cœur battant.

« Souhaitez-vous que nous fassions une courte pause avant de poursuivre, madame Doniger ? proposa Tess.

— Non. Ça ira. Je préfère continuer. Et en finir tant que j'ai le courage.

— Parfait. Racontez-nous ce qui s'est passé lorsque vous êtes descendue de voiture.

— J'ai marché un peu en respirant profondément. Et tout d'un coup il était là, juste derrière moi. J'ai bondi. Je ne m'y attendais pas du tout, je ne l'avais même pas entendu sortir de la voiture.

— A-t-il dit quelque chose ?

— Il m'a demandé si j'avais envie de vomir. Je lui ai répondu que si je prenais encore un peu d'air je pourrais tenir le coup jusque chez moi.

— Et puis ?

— J'ai marché un peu et je suis retournée à la voiture. Il était appuyé contre le capot. Je lui ai dit que j'allais mieux, et que nous pouvions repartir. J'ai ouvert la portière, mais il m'a dit qu'il n'était pas pressé, que je pouvais prendre mon temps. Comme sa voiture était toute neuve, j'ai supposé qu'il n'avait pas envie de courir de risque. Alors j'ai fait le tour de la voiture une ou deux fois. Il s'est approché de moi, il m'a demandé si j'avais froid, il a enlevé sa veste et a voulu me la poser sur les épaules. J'ai refusé, je me suis éloignée un peu. Mais il a prétendu que je tremblais, qu'il ne voulait pas que j'attrape mal, il s'est rapproché et, quand j'ai essayé de reculer, il m'a attrapée et... »

Nancy sentit Ted se raidir. Elle glissa son bras dans le sien.

De l'autre côté de la vitre blindée, Elizabeth Willmont respira profondément et pensa qu'elle devait emmener Adam à la plage.

« Continuez », insista doucement Tess.

Karen refoula des larmes brûlantes. « J'ai essayé de le repousser, mais il était trop fort pour moi, et il m'a embrassée. Il disait qu'il en avait eu envie toute la soirée, et qu'il voyait bien que j'en avais envie moi aussi. Je lui ai dit qu'il avait tort, que j'étais très heureuse avec mon mari, qu'il ne m'intéressait pas à ce niveau-là, que tout ce que je désirais c'était rentrer chez moi. Il a ri, et m'a serrée plus fort. Il a dit qu'il savait reconnaître une petite garce en chaleur quand il en voyait une, que je lui avais fait du charme, que je ne demandais que ça... Je lui ai crié qu'il était fou, mais je suppose que ce n'était pas la chose à dire, parce que ça l'a mis dans une rage terrible. Il m'a giflée si fort que je suis tombée contre la voiture. Pendant que je tentais de me relever, il a hurlé que c'était moi qui allais être folle de lui quand il en aurait fini avec moi. Et puis il m'a tirée sur le bas-côté de la route et m'a jetée par terre. »

Tess attendit calmement que son témoin ait trouvé un mouchoir dans son sac, et se soit essuyé les yeux.

« Voulez-vous que nous arrêtions un peu ? »

Karen secoua la tête et raconta comment l'accusé avait déchiré sa robe, lui avait arraché sa culotte et l'avait pénétrée de force. Alors que dans la salle d'audience tout le monde s'agitait, en proie à un profond malaise, elle ajouta qu'il avait éclaté de rire en l'entendant protester, qu'elle avait réussi à le griffer, qu'il avait réagi en la frappant de nouveau, qu'il lui avait pris les deux mains et les avait tenues sous elle.

Randy essayait de ne pas entendre les mots qui crucifiaient le sénateur de Californie. Cette femme, dont il avait tout d'abord admiré le travail, puis qu'il avait appréciée pour son dévouement, qu'il voulait maintenant mépriser pour sa trahison, produisait un effet catastrophique sur les jurés, sur la cour en général. Même le juge semblait pris de nausée et la si acerbe Janice Evans ne trouvait pas la moindre remarque à faire.

Randy était un romantique masqué, qui avait attendu l'âge de quarante ans pour tomber amoureux. Élevé dans le respect de la femme, il était convaincu que personne ne pouvait tolérer le genre de violence décrite par Karen Doniger. Sans illusions sur la planète, Randy voulait cependant garder sa foi en les gens qu'il connaissait, et qu'il avait choisi de suivre.

Robert Willmont pouvait se montrer grossier, Randy le savait, et même sans pitié si la situation l'exigeait, mais de là à se conduire comme la bête féroce que décrivait la victime, il y avait loin. Quelles forces silencieuses possédait cette femme pour qu'elle délivrât un message aussi diabolique ?

Randy lui-même avait proposé son témoignage.

« Je connais le sénateur depuis quinze ans, avait-il déclaré à Hal Sutton. Il n'a pas d'ami plus proche que moi. Autorisez-moi à dire au jury qu'il ne peut pas avoir commis les actes dont cette femme l'accuse.

— Ne l'avez-vous jamais quitté d'une semelle pendant ces quinze années ?

— Si, bien sûr, admit Randy.

— Alors, vous ne nous serez d'aucune aide, avait répondu Sutton, gentiment, mais fermement. Si nous appelons des témoins de moralité, nous citerons un ou deux de ses collègues du Sénat, ou de ses partisans à la Cour suprême, ou un des principaux maires qui soutiennent sa campagne. Ne vous vexez pas, je vous en prie. »

Randy avait compris les arguments de l'avocat. Mais, tandis qu'il écoutait cette respectable femme d'un certain âge qui semblait bien décidée à briser à jamais son ami et mentor, son angoisse croissait, et son cœur saignait.

« J'ai essayé de lutter, poursuivait Karen, les joues ruisselantes de larmes, mais il était trop fort pour moi. Je pleurais, je tremblais, j'étais à bout de souffle, et il continuait à me dire qu'il savait que j'aimais ça, et que cela faisait longtemps qu'il attendait cette occasion. Pourtant, je ne le connaissais que depuis quelques jours. Et au moment où... au moment... vous savez... où il allait conclure, il a éclaté de rire et il s'est écrié : "Et voilà Mariah, il suffisait d'être patient !" »

Randy Neuburg se redressa sur son siège, en alerte.

« Il vous a appelée Mariah ? demanda Tess. Ni Susie, ni Sally, ni Elizabeth, mais Mariah ?

— Oui. J'en suis certaine. »

Janice Evans se tourna vers Randy en gloussant. « Bobby aurait-il fantasmé sur l'iceberg humain ? »

Mais cela n'amusait pas Randy. Les mains crispées sur les accoudoirs de son fauteuil, l'estomac noué, il avait blêmi. À deux rangs devant lui, mais séparé par la vitre blindée, Robert Willmont restait impassible.

« Connaissez-vous une personne qui s'appelle Mariah, madame Doniger ?

— Je crois qu'une des collaboratrices du sénateur porte ce nom, mais je ne la connais pas.

— Une collaboratrice... je vois. Bon. Reprenons juste après qu'il vous a appelée Mariah.

— Eh bien... Il a continué à me dire qu'il était certain qu'on ne m'avait jamais rien fait d'aussi bon, répondit Karen d'une voix brisée. Et puis... Et puis il a dit qu'il savait de quoi j'avais envie.

— Aviez-vous une idée de ce qu'il sous-entendait ?

— Non. Pas à ce moment-là. Après, j'ai compris. »

Et Karen, aidée par le substitut du procureur, relata difficilement, les yeux écarquillés d'horreur, comment le sénateur avait forcé sa bouche.

« Il disait que c'était ce qu'il préférait... Et qu'il était sûr que moi aussi j'adorais ça ! »

Ted Doniger gémit.

Elizabeth Willmont se contenta de cacher son étonnement.

« Et puis ? poursuivit Tess.

— J'ai eu un haut-le-cœur, et je crois que je l'ai mordu, parce qu'il a crié, et qu'il s'est retiré. Il était furieux, il a dit qu'il allait m'apprendre à jouer à ce petit jeu, et il m'a donné un coup de poing dans le nez. Ensuite, je ne me souviens que d'un homme en jogging, penché sur moi.

— Merci, madame Doniger », dit Tess, qui ajouta, à voix basse : « Et bravo. »

Le substitut s'avança vers la table de l'accusation et s'y pencha un instant, dos tourné à Karen. Subitement, elle se redressa et fit volte-face.

« Madame Doniger, au cours de cette soirée, dans le garage, ou au bar, ou dans la voiture, avez-vous à un moment ou un autre incité l'accusé à penser que vous aviez envie d'avoir une relation sexuelle avec lui ?

— Non. Absolument pas. Vous comprenez, je n'en avais pas envie du tout. Pourquoi lui aurais-je donc donné cette impression ?

— Et vous n'étiez pas consentante ?

— Non, mademoiselle Escalante, je n'étais pas consentante. » La réponse de Karen fut prompte et solennelle.

« Et vous n'avez rien fait qui pût être pris pour un consentement ?

— Non. Rien. À moins qu'accepter de prendre un verre avec lui et l'autoriser à me raccompagner chez moi puissent être interprétés comme une autorisation implicite à me faire ce qu'il m'a fait. » Karen regarda alors le juge, puis les jurés, et se tourna enfin vers Tess. « Serait-ce le cas ? »

La représentante du ministère public ne répondit pas immédiatement. Elle ne s'attendait pas à cette question, mais elle était ravie que Karen l'eût posée.

« Non, dit-elle. Non, je ne crois pas que ce soit le cas. »

Puis elle aussi regarda tour à tour le jury, les spectateurs et l'accusé. « Et j'espère sincèrement que nul dans cette salle ne le pense. »

« Tu as été formidable, déclara Ione pendant le déjeuner qu'ils prenaient tous ensemble au Campton Place. Tu as répondu à toutes les questions, de ton mieux, et il était évident que tu disais la vérité. »

Le juge Washington ayant ordonné l'interruption de séance, deux policiers avaient escorté Karen et son entourage jusqu'à une porte à l'arrière du bâtiment, devant laquelle Ted attendait dans une limousine. Ils avaient choisi la salle à manger du Campton Place pour sa tranquillité, et pour la qualité de la nourriture qu'on y servait. Mais Karen avait à peine touché à son assiette.

« La vérité est une notion très élastique, murmura-t-elle. On peut lui faire dire ce que l'on veut.

— J'observais les jurés, dit Demelza. Ils étaient aussi stupéfaits et impressionnés que nous.

— Moi, j'ai observé l'accusé, dit Jenna. Aussi immobile qu'un bout de bois. »

« Quelle est votre impression sur le témoignage de Karen Doniger, monsieur le Sénateur, demanda un journaliste à Robert qui descendait les marches du palais de justice.

— Très émouvant, répliqua calmement le sénateur, en prenant la main de sa femme. Très dramatique, très calculé et très mensonger.

— Avez-vous la moindre idée de la raison pour laquelle cette femme s'acharne contre vous ? interrogea à haute voix un sympathisant du candidat.

— Ce n'est pas à moi qu'elle fait ses confidences, dit Robert. Mais je trouve extrêmement triste de voir une femme en arriver à un degré de malheur et de frustration tel qu'elle se lance dans une entreprise aussi humiliante, et aussi indigne.

— Elle était très convaincante !

— Moi, je suis bien placé pour ne pas la croire...

— Et le jury ? Croyez-vous qu'il l'a trouvée crédible ? »

Robert dédia un de ses fameux sourires à son interlocuteur. « Il me semble que les jurés sont trop intelligents pour ça, non ?

— Votre avocat sera-t-il capable de la discréditer ?

— Vu ses honoraires, dit le sénateur en riant, je l'espère sincèrement. »

Mais le ton était entièrement différent un quart d'heure plus tard, dans la salle de réunion de Front Street où Hal Sutton avait convoqué son équipe pour mettre au point le contre-interrogatoire de Karen Doniger. Robert avait insisté pour assister à cet important conseil de guerre.

« Elle m'a enterrée, bon Dieu ! s'écria-t-il. Et il a fallu que je reste là, à l'écouter m'assassiner !

— Je dois avouer qu'elle force le respect, reconnut Sutton.

— Le respect ? C'est une performance qui devrait lui valoir l'Oscar de la meilleure comédienne de tous les temps ! Pourras-tu la prendre en défaut ?

— Je vais essayer, en tout cas. Je crois qu'il y a dans son histoire des points faibles, que nous pourrons mettre en évidence.

— À ton avis, pourquoi l'accusation a-t-elle abandonné ses autres témoins ?

— Je pense que c'est une manœuvre habile pour retourner notre hâte contre nous, répondit Sutton. Escalante a fait passer un message aux jurés : notre affaire est si évidente, que nous n'avons même pas besoin de témoins de moralité.

— L'est-elle ?

— Disons qu'il n'y a aucune raison de s'inquiéter pour le moment. Nous avons de solides arguments, nous aussi. Ta réputation, tout d'abord, absolument sans tache jusqu'ici. Le nom des Drayton, qui pèse son poids dans cette ville. Et l'absence totale de mobile : pourquoi aurais-tu risqué ta carrière d'une manière aussi inconsidérée ? En fin de compte, ce ne sera pas une affaire de preuve, ou de témoins, mais de crédibilité. Et ta crédibilité au sein de cette communauté est solide comme le roc. »

« Madame Doniger, commença Hal Sutton à la reprise de la séance, vous avez déclaré que le soir en question vous aviez travaillé jusque tard à l'état-major de campagne pour terminer un projet dont le sénateur avait besoin pour le lendemain. Exact ?

— Oui, répondit Karen après avoir observé le silence pendant trois secondes, comme le lui avait demandé Tess, qui souhaitait avoir le temps de s'opposer à une question.

— Le sénateur était-il censé passer ce soir-là ?

— Non.

— Vous êtes-vous attardée volontairement, dans l'espoir de le voir.

— Non.

— Qui a proposé que votre fille passe la soirée chez des amis !

— Elle.

— Qui a proposé que votre mari dîne en ville ?

— Moi, mais uniquement parce que...

— On pourrait donc affirmer, l'interrompit Sutton, que dès le matin et sans savoir que vous auriez à rédiger cet article, vous vous étiez rendue disponible pour rester tard à votre travail.

— Non. »

« Il retourne tout, se plaignit Jenna. Comme s'il voulait faire croire qu'elle avait projeté de se faire violer.

— C'est son boulot », lui dit Mitch.

« Il justifie son salaire », murmura Mary Catherine, de son côté de la salle.

« Revenons à votre témoignage, reprit Sutton. Vous avez déclaré vous être engagée aux côtés du sénateur Willmont parce que vous le considériez comme le seul homme capable de résoudre les problèmes de notre pays. Exact ?

— Plus ou moins, oui.

— Y avait-il une autre raison ?

— Je ne comprends pas.

— Je vais formuler autrement ma question, si vous le permettez. Considérez-vous le sénateur comme un bel homme ?

— Je suppose qu'on pourrait le dire, oui.

— Le trouvez-vous séduisant ?

— Oui. On peut le trouver séduisant.

— Éprouviez-vous de la curiosité pour le sénateur lui-même ? Pour l'homme derrière le programme politique ?

— Un peu, sans doute.

— Vous vous sentiez donc attirée par lui ?

— Professionnellement, peut-être, mais pas personnellement.

— Vous êtes-vous parfois imaginé l'allure qu'il avait lorsqu'il... disons, retirait ses vêtements ?

— Non.

— Ou l'effet que cela ferait de faire l'amour avec lui ?

— Non.

— Donc, selon vos propres paroles, le sénateur est bel homme, séduisant, vous éprouviez une certaine curiosité à son égard, vous aviez une assez bonne opinion de lui pour consacrer deux après-midi par semaine à son élection, mais il ne vous attirait pas le moins du monde ?

— Exactement. »

« Il est génial, cet avocat », fit observer Janice Evans.

« Pourquoi le procureur ne proteste-t-il pas ? s'écria Felicity.

— Contre quoi ? soupira Demelza. Il a le droit de tout faire pour la discréditer. »

« Venons-en à l'épisode du garage, maintenant. Vous prétendez que votre voiture n'a pas démarré. Exact ?

— Oui.

— Vous avez déclaré que vous vous apprêtiez à regarder sous le capot quand le sénateur est arrivé.

— Oui.

— Et que vous avez pensé qu'il vous avait suivie ?

— Oui.

— Était-ce un espoir ?

— Non.

— Où était garée sa voiture ?

— À plusieurs places de la mienne.

— Est-il possible qu'il vous ait vue en allant vers sa voiture et qu'il ait alors songé à vous proposer de l'aide ?

— C'est possible.

— Lorsque le sénateur vous a proposé de vous raccompagner chez vous, pourquoi avez-vous accepté ?

— Il a insisté, et je ne voulais pas me montrer discourtoise.

— Mais si vous l'aviez voulu, vous auriez pu prendre un taxi, n'est-ce pas ?

— Comme je vous l'ai dit, je ne voulais pas me montrer discourtoise.

— Qui a eu l'idée d'aller dans le bar de l'autre côté de la rue ?

— Il a eu l'idée d'aller dans un bar, et moi d'aller dans celui-là.

— Vous arrive-t-il souvent d'aller dans un bar avec un homme et d'y boire trois scotches en bavardant pendant deux heures ?

— Non.

— Mais cette fois vous l'avez fait ?

— Oui.

— Et le lendemain, après que vous avez accusé mon client de viol et que votre mari a fait dépanner votre voiture, a-t-on découvert ce qui ne fonctionnait pas ?

— Il y avait un fil débranché.

— La batterie n'était donc pas morte ?

— Non.

— Ni le démarreur en panne ?

— Non.

— Un simple fil débranché, que n'importe qui aurait pu tirer — n'importe qui ayant besoin d'une excuse pour se trouver dans le garage avec le sénateur au moment où il viendrait chercher sa propre voiture.

— Je ne connais rien à la mécanique, monsieur Sutton. J'ignore pourquoi et comment ce fil s'est débranché.

— Mettons. Revenons à votre extraordinaire affirmation, selon laquelle vous n'avez eu aucune aventure avec un homme avant votre mariage. C'est bien ce que vous avez déclaré, n'est-ce pas ?

— Oui.

— Tout à fait remarquable, pour les années soixante-dix, madame Doniger. Vous devriez être citée en exemple. Vous vous protégiez bien avant l'heure...

— Objection, Votre Honneur, protesta Tess, écœurée. L'humour de M. Sutton me semble parfaitement déplacé dans cette cour.

— Je suis d'accord avec vous, maugréa le juge

Washington en menaçant l'avocat de la défense avec son marteau avant de l'abattre sèchement sur son bureau.

— Je retire ma question. Où avez-vous vécu de 1969 à 1977, madame Doniger ?

— À New York, 12e Rue.

— Fréquentiez-vous à l'époque un quartier de New York appelé le Village ?

— Oui. J'y travaillais et j'y avais d'excellents amis.

— Des amis qui habitaient Sullivan Street, par hasard ?

— Oui.

— Voudriez-vous expliquer à la cour le mode de vie de vos amis, je vous prie ? »

Karen observa l'avocat avant de répondre. « Comme beaucoup de gens à l'époque, et pour, entre autres, des raisons d'économie, ils vivaient en communauté.

— Une communauté — où plusieurs célibataires de sexe différent partagent le même appartement ?

— Objection, s'écria Tess. Je ne vois pas le rapport.

— Votre Honneur, Mme Doniger ayant affirmé ce matin, de son propre chef, n'avoir pas eu de relations sexuelles avant son mariage, j'approfondis la question, voilà tout.

— Objection rejetée.

— Madame Doniger, reprenons. Dans cette communauté spécifique, y avait-il des hommes et des femmes ?

— Oui.

— Combien de chaque ?

— Cela dépendait des périodes. Le bail était au nom d'une femme, et elle y invitait ceux de ses amis qui ne savaient où habiter à y rester aussi longtemps qu'ils le voulaient.

— Diriez-vous que ces gens faisaient partie de la contreculture ? Qu'ils étaient ce qu'il est convenu d'appeler des hippies ?

— Oui.

— Et ces hippies avaient-ils des relations sexuelles les uns avec les autres ?

— Parfois.

— En fait, le sol de la chambre à coucher de cet appartement n'était-il pas recouvert d'un seul grand matelas ?

— L'appartement était petit. Il n'y avait pas la place d'y mettre tous les lits séparés qui auraient été nécessaires. »

Ione s'agita sur son siège. « Comment sait-il tout ça ? demanda-t-elle.

— Son ex-compagne d'appartement, je parie, dit Demelza.

— Ou l'ancien propriétaire », marmonna Mitch.

Janice Evans se redressa. « La colombe n'est peut-être pas aussi blanche qu'il y paraît, après tout », murmura-t-elle.

« Mais il arrivait fréquemment que deux, trois ou même quatre couples utilisent ces matelas pour la nuit ?

— Oui.

— Vous alliez souvent chez vos amis de Sullivan Street, n'est-ce pas ?

— Oui, confirma Karen.

— Y passiez-vous souvent la nuit ?

— Une ou deux fois par semaine.

— Une ou deux fois par semaine, vous passiez la nuit dans un appartement où des couples illégitimes se livraient ouvertement à des activités sexuelles.

— Oui.

— Et vous prétendez faire croire au tribunal que vous n'avez jamais eu d'aventure avant votre mariage ? »

Karen lança un bref coup d'œil à Tess, qui sourit imperceptiblement. Sutton ne s'en aperçut pas.

« Ce qui me rendait ces personnes si chères, monsieur Sutton, et la raison pour laquelle je passais autant de temps avec eux, c'est qu'ils ne m'ont jamais obligée à faire quoi que ce soit contre ma volonté.

— Vous persistez donc à prétendre faire croire au jury que vous avez passé de nombreuses nuits dans une pièce recouverte de matelas sans prendre part aux ébats multiples qui se déroulaient autour de vous ?

— Je ne demande pas au jury de me croire sur parole, dit tranquillement Karen. Les gens concernés sont presque tous là, dans la salle. Il suffit de les interroger. »

Et, comme dans un spectacle soigneusement répété, cinq personnes se levèrent en silence. Les jurés se dévissèrent le cou pour mieux voir ce groupe de quinquagénaires à l'air prospère et respectable.

« Je suppose que ce ne sera pas nécessaire, murmura Sutton, filant doux. Le jury s'est certainement fait une idée de la situation. Revenons-en donc à la nuit fatidique. »

Et, jusqu'à la fin de la séance, Sutton s'efforça de prendre Karen en défaut, de l'obliger à se contredire, de mettre en évidence une éventuelle incohérence.

« Donc, dit-il pour conclure cette longue journée, après avoir reconnu que vous trouviez le sénateur bel homme et séduisant, après vous être débrouillée pour rester très tard au quartier général de campagne, après vous être arrangée pour être dans le garage lorsque le sénateur y passerait, après lui avoir suggéré d'aller dans le bar situé de l'autre côté de la rue, après avoir bu trois scotches et trouvé une excuse pour que le sénateur arrête sa voiture dans un endroit reculé du Golden Gate Park, vous persistez à vouloir faire croire au jury que le sénateur vous a violée ?

— Oui, monsieur Sutton. Parce qu'il l'a fait.

— Pas d'autre question », déclara l'avocat de la défense en balayant l'air de la main.

Tess Escalante se leva et s'adressa au juge. « L'accusation en a terminé, Votre Honneur. »

« Alors ? demanda Robert en sortant du tribunal. Avons-nous effectué la percée ?

— Difficile à dire », répliqua Sutton, taciturne comme de coutume.

Robert soupira. « Peut-être n'était-ce pas bien habile d'essayer de la faire passer pour une quinquagénaire frustrée...

— Nous n'avions pas le choix. Il n'y a pas l'ombre d'un indice de mobile...

— Je sais, dit Robert sur un ton conciliant. Je me demandais simplement si c'était efficace...

— Avec les jurés, on ne sait jamais. Nous avons planté les bonnes graines. S'il ne se produit aucune surprise de dernière minute, je suis certain qu'elles prendront racine.

— Quel genre de surprise de dernière minute ?

— Un témoignage qui corroborerait le sien. »

Robert eut un rire bref. « Ne t'inquiète pas à ce sujet. De plus, si l'accusation avait déterré un témoin oculaire, nous serions au courant.

— Alors, ce sera sa parole contre la tienne, dit Sutton d'une voix plus aimable. Et tu seras le dernier à parler. »

« Tu as été sensationnelle, lui dit Ted. Si calme, si maîtresse de toi. On aurait dit que tu avais prévu que l'avocat te parlerait de Sullivan Street.

— Moi non, reconnut Karen, mais Tess s'en était doutée.

— Il fait fausse route. Quelle idée d'essayer de faire croire au jury que tu as tout combiné ! Mais je suppose que je ferais la même chose à sa place... Semer le doute dans l'esprit des jurés, leur proposer de nouvelles pistes à suivre. »

Dans le rêve de Tess, un bourdonnement incessant autour de sa tête gâchait la perfection d'une belle journée de printemps. En vérité, l'on sonnait à sa porte, de façon insistante.

Elle ouvrit les yeux et regarda son réveil, qui indiquait trois heures du matin. Elle sortit de son lit, passa une robe de chambre et se dirigea vers la porte.

« Qui est là ? s'enquit-elle en poussant le bouton de l'interphone.

— Lamar. »

Tess lui ouvrit en s'écriant : « Tu as intérêt à m'apporter de bonnes nouvelles !

— Fais-nous un peu de café », demanda Lamar, amusé comme d'habitude par la décoration frivole de l'appartement de Tess, toute en dentelles et en froufrous, comme aurait dit sa mère, alors qu'elle s'attachait à se donner une apparence austère dans son milieu professionnel. Le contraire exact du détective qui s'affublait d'un accoutrement de cow-boy alors qu'il vivait dans un décor spartiate.

« Du café ? proposa faiblement Tess.

— Ouais ! Il faut que tu sois bien réveillée pour écouter ce que j'ai à te dire. »

Lamar Pope ne se permettait pas souvent d'arriver ainsi au milieu de la nuit. Tess ne posa plus de questions et se rendit dans la cuisine. Cinq minutes plus tard, ils étaient assis l'un en face de l'autre, une tasse fumante de café instantané entre les mains.

« Tu ne t'attendais tout de même pas à ce que je mette le percolateur en route à une heure pareille, s'indigna Tess en voyant Lamar faire la grimace après avoir bu sa première gorgée. Et maintenant dis-moi pourquoi je suis assise en face de toi à cette heure peu chrétienne alors que je devrais dormir profondément pour avoir le teint et l'esprit frais à huit heures demain matin ?

— J'ai déniché quelque chose, dit Lamar en fouillant dans ses poches pour en sortir son carnet. J'ai parlé à une certaine Margaret Smith, de Provo, dans l'Utah.

— Et alors ?

— Cette Mme Smith a travaillé comme secrétaire pour Robert Willmont. » En fait, Lamar s'était donné le mal de retrouver la trace de toutes les femmes qu'avait employées l'accusé, depuis l'époque du cabinet d'avocat jusqu'à présent. « En 1984, au milieu de son premier mandat de sénateur, celle-ci prétend qu'il l'a violée et qu'il lui a dit que si elle s'en ouvrait à qui que ce soit, non seulement il nierait — et que vaudrait sa parole contre celle d'un sénateur respecté —, mais aussi qu'il ferait en sorte qu'elle ne retrouve plus jamais de travail à Washington.

— Pince-moi, pour me prouver que je ne dors pas, l'implora Tess qui avait totalement oublié qu'un instant plus tôt elle n'aspirait qu'à retrouver son lit.

— Attends, ce n'est pas fini. Il lui a signé un chèque de deux cent cinquante mille dollars, sur les lieux, et il l'a prévenue qu'elle ne pourrait le toucher que si elle disparaissait totalement de la circulation.

— Deux cent cinquante mille dollars !

— Ouais !

— Et elle a disparu.

— Comme tu dis. Mais elle est d'abord allée à l'hôpital. Le médecin a fait un rapport, donc la police est intervenue. Elle leur a raconté qu'elle avait été violée, mais qu'elle n'avait pas vu son agresseur.

Bon Dieu ! entre un quart de million de dollars et des poursuites aussi aléatoires, elle n'a pas eu de mal à choisir.

— C'est bien beau, mais Willmont a raison : ce ne sera qu'une parole contre la sienne.

— Pas tout à fait, rectifia Lamar en souriant. Elle s'est procuré un double de son dossier médical, en prétextant qu'elle en avait besoin pour son médecin personnel, et, avant d'encaisser le chèque, elle l'a passé dans une jolie petite photocopieuse.

— Elle a gardé le document ?

— Ouais ! Bien caché. Une poire pour la soif, pourrait-on dire.

— Et elle est disposée à témoigner ? » demanda Tess, les yeux agrandis par l'espoir.

Lamar acquiesça, sans prendre la peine de mentionner les heures qu'il avait consacrées à la convaincre. « Elle a suivi le procès, et elle veut que ce salaud soit condamné. Elle est mariée depuis cinq ans, et vient juste de raconter son aventure à son mari. Mais c'est un brave type, prêt à la soutenir jusqu'au bout.

— Tu as tout vérifié ? murmura Tess, pourtant convaincue de connaître la réponse à cette question.

— Bien sûr. Je suis allée à l'hôpital. J'ai dégotté l'officier de police à qui elle a parlé. J'ai téléphoné à un ou deux copains qui travaillaient à Capitol Hill à l'époque. Et je viens de tirer d'un profond sommeil une ancienne représentante du Connecticut. Je ne serais pas venu te voir avant d'être sûr que c'était du béton.

— Il lui faut combien de temps pour être ici ?

— Elle peut prendre l'avion demain matin. »

Le substitut du procureur réfléchit aux options qui se présentaient à elle. Lamar pouvait entendre tourner les rouages de son esprit acéré.

« Non, dit-elle lentement. Appelle-la, dis-lui de préparer ses bagages, mais de ne pas arriver ici avant mardi soir. Puis dis-lui de téléphoner à mon bureau mercredi matin, entre neuf heures et midi, et de me laisser un message pour me prévenir qu'elle possède des informations concernant cette affaire.

— Je reconnais cette étincelle dans ton regard, dit Lamar. Elle signifie que tu t'apprêtes à oublier certaines des règles de la stricte éthique professionnelle.

— À peine, avoua Tess. Sutton a convoqué un grand nombre de témoins. Les auditions dureront au moins jusqu'à mercredi. Et s'il est aussi malin que je le pense, il gardera sa meilleure carte pour la bonne bouche. Il va s'en remettre au charisme du sénateur pour convaincre les jurés. Et je vais le laisser jouer la partie comme il l'entend. Puis je ferai intervenir Mme Smith, en réfutation.

— Ça me plaît », dit Lamar.

Un sourire heureux s'épanouit sur le visage de Tess.

« Je vais faire tout mon possible pour aider ce bon sénateur à se passer lui-même la corde au cou. »

7

Les prévisions de Tess se révélèrent exactes. Jusqu'au mardi suivant inclus, la cour assista à un impressionnant défilé de témoins intervenant dans divers domaines : un pathologiste de Harvard, un psychiatre d'Oxford, le maire de San Francisco, deux femmes députés, deux sénateurs des États-Unis, un juge de la Cour suprême et même une célèbre vedette du spectacle, venue de Hollywood pour l'occasion.

Les deux femmes députés déclarèrent avoir travaillé à plusieurs reprises avec le sénateur, n'avoir eu qu'à se louer du respect avec lequel il les avait traitées, elles et les autres femmes de leur entourage, et vantèrent son dévouement à la cause publique. Le pathologiste de Harvard affirma au jury que les preuves matérielles dont se targuait l'accusation n'étaient pas aussi évidentes qu'il y paraissait, et qu'on pouvait les interpréter autrement. Le psychiatre d'Oxford consacra les vingt minutes de son audition à décrire le sénateur comme un homme émotionnellement stable, à l'esprit vif, équilibré et pas le moins du monde enclin à la violence.

Tess les contre-interrogea pour la forme.

Enfin, mercredi matin, Robert Drayton Willmont

fut appelé à la barre. Et Hal Sutton lui posa sa première question.

« Il n'y a personne au sein de ce tribunal, dans tout l'État et probablement dans le pays qui ignore qui vous êtes, monsieur le Sénateur. Mais je pense qu'il serait bon que vous parliez au jury de l'homme privé que dissimule parfois l'homme public.

— Volontiers », dit Robert.

Les premières heures de ce témoignage tant attendu furent donc consacrées à une exégèse de son histoire, sa famille, son travail, ses principes. Le sénateur en profita pour se présenter comme un fils attentionné, un père fier de son fils et un mari aimant.

« Depuis la mort de mon père, déclara-t-il, je m'efforce de donner à ma mère toute l'aide et le soutien dont elle peut avoir besoin. Et, chaque fois que j'en ai l'occasion, c'est moi qui vais la border dans son lit le soir. »

Amanda Drayton Willmont hocha la tête en signe d'approbation.

« Mon fils Adam entre en troisième l'année prochaine. Il est presque aussi grand que moi, et au moins deux fois plus intelligent. »

Assise au côté de sa belle-mère, Elizabeth Willmont se demanda où son mari avait trouvé le temps de s'en apercevoir.

« Ma femme et moi fêterons bientôt nos noces d'argent. Elle m'a donné vingt-cinq années de bonheur, dans le meilleur des foyers dont un homme puisse rêver. Et j'ai pris le risque inconsidéré de lui promettre la Maison-Blanche en échange. »

Dans les rangs des spectateurs, un sourire amusé apparut sur de nombreux visages.

« Ma famille signifie tout pour moi, Elizabeth surtout. On dit que derrière chaque homme qui réussit il y a une femme remarquable, vous le savez. J'ai eu cette chance. Elizabeth et moi sommes très proches. Nous nous comprenons, nous nous respectons. Nous discutons de toutes les décisions importantes que je dois prendre, nous examinons toutes les actions que je souhaite entreprendre. Elle représente ma principale motivation, mon inspiration. Sans elle, sans sa foi et son aide, je serais sans doute toujours avocat dans le cabinet de mon père. »

De sa main aux articulations déformées, Amanda caressa le bras de cette belle-fille qu'elle n'avait jamais aimée.

Robert mentionna ensuite ses différents professeurs, et la chance qu'il avait eue de fréquenter les meilleures universités du pays, puis s'attarda sur les quinze ans passés dans le service public avant d'en venir à sa candidature à la présidence.

« Je crois en l'Amérique, dit-il avec emphase. Je crois en une Amérique où les gens travailleront ensemble pour éviter que l'avidité d'aujourd'hui n'appauvrisse nos enfants. Une Amérique où les classes moyennes recevront la part des richesses que se réservent actuellement les privilégiés. Bien que je sois né riche — non, je devrais dire *parce que* je suis né riche, je sais où résident les problèmes, et je sais comment trouver des solutions. Et seul le pouvoir accordé au président des États-Unis permet de mettre en œuvre les réformes nécessaires. »

« Excellent discours électoral, grommela Mitch. J'ai violé une femme ? N'y pensez plus, les mecs, puisque je vais vous remplir les poches. »

La matinée se poursuivit de la même façon, jusqu'à l'interruption de midi.

« Il est malin, fit observer Tess à son assistante Anne Jenks. Sutton va se débrouiller pour que son interrogatoire prenne toute la journée. Et que les jurés aient toute la nuit pour méditer les paroles édifiantes de son client.

— Pourquoi n'avez-vous pas protesté contre cet éternel numéro d'autosatisfaction ? »

Tess se contenta de sourire. « Parce que je souhaite donner au sénateur toutes les occasions qu'il veut de se pendre !

— Vous y croyez ?

— Il a bien commencé, répliqua sereinement le substitut. À propos, ajouta-t-elle d'un ton insouciant, à la fin de la journée prévenez le juge Washington que nous présenterons peut-être un témoin en réfutation.

— Je peux le faire tout de suite, si vous voulez.

— Non. À la fin de la séance. »

À une heure trente précise, Sutton reprit la parole. « Monsieur le Sénateur, voudriez-vous raconter à la cour, dit-il sans plus s'attarder en préambules, ce qui s'est passé dans la nuit du 7 avril ? »

Robert tourna vers le jury un visage sincèrement ému. Désormais, il ne quitterait plus de son célèbre regard d'aigue-marine les cinq hommes et les sept femmes qui tenaient entre leurs mains son destin.

« Comme vous le savez, je suis rentré à San Francisco début avril, pour vous parler, réunir des fonds, me retrouver parmi les miens, et vous écouter. Trois mois d'une campagne intensive m'avaient épuisé, physiquement et moralement. Cette ville, où je suis né, où j'ai grandi, est pour moi la fontaine où je m'abreuve, la source où je puise de nouvelles forces. Elle le sera toujours, car ici je me sens chez moi. »

Il respira profondément, et se lança.

« Le 7 avril, une femme de San Jose m'a demandé pourquoi notre pays détruisait une si grande partie de la nourriture qu'il produit, alors que des Américains ont faim. J'ai honte de vous avouer que je n'avais pas de réponse à lui fournir. Mais j'ai décidé, au moment même, qu'il fallait modifier notre politique agricole. Nous parlons beaucoup du triste état de notre économie, de notre système de santé et d'éducation, mais nous nous taisons pudiquement quand on évoque les pleurs d'une enfant qui a faim, ou la détresse d'un vieillard qui dort sur un banc parce qu'il n'a pas d'endroit où habiter. »

Les jurés s'agitèrent un peu sous le regard direct du sénateur.

« Je me suis rendu compte qu'on ne pouvait plus occulter ces questions, et j'ai demandé à mon équipe de me préparer un dossier qui me servirait de base pour proposer une série de changements radicaux. »

« Il faudrait lui rappeler qu'il a déjà remporté les primaires en Californie », souffla Mitch.

« Regardez-moi ça, murmura Janice Evans à Randy. Il les a pris aux tripes. »

« Lorsque je suis revenu de San Jose, il était environ huit heures, et j'ai commis la regrettable erreur de libérer mon escorte. Mes agents de sécurité avaient travaillé dur, il me semblait qu'un peu de repos leur ferait du bien. Ce n'est qu'un peu plus tard que j'ai décidé d'aller au bureau pour jeter un coup d'œil au dossier de presse que mon équipe avait préparé. »

Inutile, se dit-il, de préciser que sa mère s'était déjà retirée pour la nuit et que la grande maison de Jackson Street était vide et déprimante.

« Mme Doniger était encore là. Elle avait manifestement beaucoup travaillé. Sur l'inspiration du moment, je lui ai proposé d'aller prendre un verre, pour la remercier. Mais elle a refusé et je n'ai pas insisté. J'ai pris un exemplaire du dossier, je l'ai lu pour être sûr qu'il me convenait, je l'ai mis dans ma mallette et je suis parti.

— Saviez-vous que Mme Doniger avait déjà quitté les lieux ?

— Oui. Elle m'avait dit au revoir, et demandé de fermer la porte en sortant.

— Êtes-vous allé directement au garage ?

— Oui.

— Pour quelle raison ?

— Pour prendre ma voiture et rentrer à la maison.

— Qu'avez-vous vu, au garage ?

— Mme Doniger, devant sa voiture, apparemment en panne. »

Le récit de Robert se poursuivit, identique à celui de Karen.

« Et que s'est-il passé ensuite ?

— Nous avons traversé la rue pour aller prendre un verre.

— Semblait-elle pressée de rentrer chez elle ?

— Non.

— Comment s'est-elle comportée, dans ce bar ?

— Elle était de très bonne humeur, et semblait impressionnée par le nombre de gens qui venaient me témoigner leur sympathie. Elle riait beaucoup, et a pressé sa jambe contre la mienne à plusieurs reprises.

— A-t-elle continué après que vous avez quitté le bar ?

— Non. Dans la voiture, elle n'a pas dit grand-chose. Elle s'était installée tout contre la portière. Puis, en traversant le parc, elle a dit qu'elle se sentait mal, et m'a prié de m'arrêter. Je roulais sur la bande de gauche, et il n'était pas possible de laisser la voiture au milieu de la route, donc je lui ai demandé d'attendre que nous soyons sortis du parc. Mais elle a prétendu qu'elle ne tiendrait pas jusque-là.

— Elle ne tiendrait pas jusqu'à ce que vous soyez sortis du parc ? »

Robert hocha la tête. « J'ai cru qu'elle allait vomir d'un instant à l'autre, donc j'ai tourné à gauche dans King Drive et j'allais me garer lorsqu'elle m'a dit qu'elle préférerait être malade dans un coin plus tranquille et qu'elle aimerait que j'aille un peu plus loin. Lorsque je suis arrivé à la route qui mène à Stow Lake, elle m'a demandé de la prendre. Puis, quelques centaines de mètres après, elle a trouvé l'endroit qui lui convenait.

— C'est elle qui vous a demandé de prendre la route de Stow Lake ?

— Oui, affirma Robert en regardant les jurés en face. Puis elle est sortie de la voiture et elle a disparu. J'ai attendu environ cinq minutes, et, ne la voyant pas revenir, je me suis inquiété. Je suis parti à sa recherche. Elle était contre un buisson, et elle tremblait, alors j'ai enlevé ma veste et je la lui ai posée sur les épaules. Mais elle a éclaté de rire et dit qu'elle n'avait pas froid, que l'air frais lui avait fait du bien, que la nuit était magnifique et que ce serait amusant de faire le tour du lac à pied.

— Le tour du lac à pied ?

— C'est ce qu'elle a proposé. Je lui ai répondu que ce serait certainement agréable, mais qu'il fallait que je rentre chez moi. Puis j'ai fait demi-tour. C'est au moment où j'arrivais à la voiture qu'elle m'a littéralement sauté dessus. J'étais en quelque sorte cloué contre le capot. Et elle répétait qu'elle rêvait de cet instant depuis qu'elle m'avait vu, qu'elle ne pourrait supporter plus longtemps de me voir sans m'avoir à elle, et que personne n'en saurait jamais rien, que ce serait notre secret, que ni son mari ni ma femme ne l'apprendraient.

— Êtes-vous en train de dire à ce tribunal que Mme Doniger vous a fait des avances ? demanda lentement Sutton. Qu'elle vous a proposé une relation intime ?

— Des avances ? Un véritable assaut, oui. Je jure devant Dieu, et devant cette cour, que l'initiative est venue d'elle.

— Mais vous n'avez pas résisté ? »

Le sénateur soupira à fendre l'âme. « J'aimerais pouvoir vous répondre que si. Comme je le voudrais ! Mais hélas, non. Passé le premier moment de surprise, je n'ai pas résisté. Je ne bois pas beaucoup, d'ordinaire, et j'avais pris trois verres, j'étais épuisé, cela faisait des nuits que je ne dormais pas. Non. J'ai honte de l'avouer, mais je n'ai pas résisté. Elle m'a attiré dans les bosquets — on aurait dit une tigresse, elle a arraché ses vêtements, elle s'agrippait aux miens. Et elle criait : fais-moi mal, fais-moi mal ! Plus tu me feras mal et plus j'aimerai ça. Et elle m'a griffé la poitrine, pour me montrer. Elle gémissait, elle grognait, elle répétait : tu es fantastique ! Tu es irrésistible ! Ça n'a jamais été aussi bon. »

« Tu crois à ces foutaises ? siffla Ione.

— Il suffit de connaître Karen pour savoir que c'est grotesque, répondit Jenna.

— Absolument, dit Demelza. Mais les jurés ne connaissent pas Karen. »

Janice Evans se pencha vers Randy. « Il est vraiment irrésistible, je peux en témoigner. »

« Que s'est-il passé ensuite, monsieur le Sénateur ?

— Je... Je n'étais pas en très grande forme, à cause de la fatigue, de l'alcool, mais elle a dit qu'elle savait comment réveiller mon ardeur, et elle... elle m'a pris dans sa bouche. »

Sutton poussa son client à donner des détails. Les jurés s'agitaient, mal à l'aise, les femmes essayant de dissimuler leur gêne, les hommes de cacher leur intérêt.

« Au bout d'un moment, elle a obtenu le résultat qu'elle souhaitait. J'avais une érection. Dès qu'elle l'a constaté, elle m'a dit : Vite, allons-y. Mais elle n'était pas tout à fait aussi prête qu'elle me l'avait laissé croire.

— Que voulez-vous dire ? »

Le témoin entra dans les détails, à l'embarras général, y compris le sien.

« J'ai essayé de lui dire que ça ne marchait pas, mais elle a noué ses jambes autour de moi. J'ai enfin réussi à la pénétrer et ça s'est terminé aussitôt.

— Vous avez joui ?

— Oui.

— Et elle ?

— Peut-être. Je ne sais pas. Je ne pense pas.

— Votre... rapidité l'a-t-elle ennuyée ?

— Apparemment non. Je me suis excusé, mais elle a souri, et elle a dit que c'était exactement ce qu'elle espérait.

— Et puis ?

— Je me suis relevé et rhabillé pour partir, mais elle ne voulait pas s'en aller. Elle a prétendu avoir envie de faire un tour. Je lui ai dit qu'il était tard, mais elle ne voulait pas retrouver son mari tout de suite, ou qu'il la voie dans cet état, je ne sais plus. J'ai eu beau insister, elle a préféré rester, en prétendant qu'elle trouverait un taxi pour rentrer chez elle un peu plus tard. J'ai essayé de l'obliger à monter en voiture, mais elle m'a échappé. Vous comprenez, cela m'ennuyait de la laisser toute seule dans le parc au milieu de la nuit. Mais il n'y a rien eu à faire. Elle s'est enfuie en courant. Puis elle s'est cachée, et je ne l'ai pas retrouvée. Finalement, je suis remonté en voiture et je suis parti. »

« Un vrai gentleman », ironisa Felicity.

« Avec moi, il ne s'est jamais excusé d'avoir joui trop vite », marmonna Janice entre ses dents.

« Monsieur le Sénateur, poursuivit Sutton, vous

avez vu les pièces à conviction numéro soixante-dix à soixante-douze produites par l'accusation, ce sont des photographies de Mme Doniger lors de son admission à l'hôpital, le 8 avril dernier au matin. Je vous demande maintenant de nous dire, sous serment, si vous êtes responsable des blessures qui lui ont été infligées ?

— Non, absolument pas. Elle m'a incité à exercer une certaine violence, parce qu'elle aimait ça, mais rien de comparable à ce que montrent ces documents.

— Lorsque vous l'avez quittée, Mme Doniger allait donc tout à fait bien ?

— Ses vêtements étaient un peu déchirés, par sa faute surtout, et peut-être avait-elle quelques bleus sur les bras ou sur les jambes, mais rien de plus.

— Comment expliquez-vous son apparence sur ces photos ?

— Je ne me l'explique pas. On l'a mise dans un état épouvantable. Et je vous jure que ce n'est pas moi. » Robert se tourna alors vers les jurés. « J'ai commis une erreur, je le reconnais. Une erreur si grave que je n'aurai pas trop de toute ma vie pour la déplorer. Mais je ne suis pas un sadique, ni un maniaque sexuel, ni un pervers. Pourquoi infligerais-je un tel traitement à quiconque ?

— Monsieur le Sénateur, avez-vous violé Karen Doniger ?

— Non, répondit Robert, face aux jurés. J'ai eu des rapports sexuels avec elle, librement consentis de sa part, et même réclamés avec insistance.

— Au cours de ces rapports, l'avez-vous battue, giflée et laissée pour morte dans Golden Gate Park ?

— Non. Je ne l'ai pas battue, je ne l'ai pas giflée, et elle était tout à fait consciente lorsque je l'ai quittée.

— Avez-vous une idée de la raison que pourrait avoir Mme Doniger de vous accuser ?

— Non, reconnut humblement le candidat. C'était en apparence quelqu'un de très bien. Peut-être a-t-elle eu peur d'affronter son mari. Peut-être est-elle manipulée par un groupe politique, je ne sais pas. Mais ce que je sais, c'est qu'elle a menti à cette cour. Je brigue les fonctions de président des États-Unis. Pourquoi prendrais-je le risque de perdre toutes mes chances d'être élu en violant et en battant une bénévole de ma propre équipe ? C'est absurde.

— Merci, monsieur le Sénateur. Pas d'autre question. »

« Prêt ? » demanda Janice.

Debout sur les marches du palais de justice, la journaliste lissa sa jupe, boutonna sa veste et remit un peu d'ordre dans ses cheveux balayés par le vent.

« Prêt, répondit le cadreur.

— Prêt, répéta le preneur de son.

— Ça tourne. »

Le cadreur enclencha son appareil.

« Je me trouve devant le palais de justice de San Francisco, commença Janice, où va bientôt se décider le destin de Robert Willmont. Et peut-être aussi celui de l'Amérique. Il y a quelques mois à peine, le sénateur était une étoile montante de la politique, prêt à mettre son sort entre les mains des électeurs. Aujourd'hui, sa carrière politique ne dépend plus que des cinq hommes et sept femmes qui vont devoir choisir, en leur âme et conscience, entre les versions contradictoires du face-à-face le plus médiatisé de cette décennie. »

Elle descendit lentement les marches, se rapprochant de la caméra.

« De quel côté se rangeront-ils ? Voilà la question qui tient le pays tout entier rivé à son poste pour écouter les dernières informations. Le juge Oliver Wendell Washington n'a pas voulu de caméras dans la salle d'audience. Chacun ne connaît donc le déroulement de ce procès sensationnel que grâce aux récits de ceux qui y assistent. Et moi qui me suis assise chaque jour dans la salle, moi qui ai scruté sans relâche les visages des participants, séparés des spectateurs par une vitre blindée, je m'efforce aujourd'hui de faire la part de la vérité et de la fiction. C'est une tâche monumentale, et, plus le temps passe, plus je me demande comment le jury y parviendra. »

Janice s'arrêta en bas des marches.

« Ce sera tout pour ici, cria-t-elle à l'équipe de tournage. On remballe et on file à Jackson Street. »

« Je n'ai jamais entendu débiter de telles inepties, s'écria Mitch dans le taxi où ils s'étaient tous entassés pour retourner au Campton Place. Même du temps où les hommes politiques essayaient de justifier notre présence au Vietnam.

— Et le jury a tout gobé, renchérit Felicity.

— C'est que, au fond d'eux-mêmes, ils ne demandent qu'à le croire, fit remarquer Demelza. Ils cherchent une bonne raison de l'acquitter.

— La triste vérité, soupira Ione, c'est que dans ce pays il n'est pas nécessaire de savoir gouverner pour être élu. Il suffit de savoir mentir. »

Le sénateur était assis à côté de sa femme sur un profond canapé en cuir, dans la bibliothèque de la grande demeure des Willmont. Des projecteurs éclairaient cruellement chaque ride, chaque imperfection de son visage.

« On est peut-être capable de leurrer une foule, dit-il, mais je ne crois pas qu'on puisse mentir à une caméra.

— Aviez-vous l'intention de mentir? questionna Janice, assise en face de lui.

— Non. Je me demandais simplement pourquoi tant de gens s'y risquent. »

La journaliste croisa les chevilles, humecta ses lèvres et fit signe aux techniciens.

« Lors de notre dernier entretien, monsieur le Sénateur, vous projetiez de mettre votre destin entre les mains de la majorité des citoyens de ce pays. Que ressentez-vous aujourd'hui, alors que vous êtes à la merci de douze personnes?

— De la tristesse. Pour ma famille. Pour l'Amérique. Et tout d'abord parce qu'une accusation aussi grotesque a réussi à faire son chemin jusqu'au tribunal. Mais aussi de la confiance. Je ne puis imaginer que le jury se laissera prendre à une tentative aussi patente de m'écarter du jeu politique.

— Vous pensez donc être acquitté?

— Je crois en notre système. Je crois que la justice protège les innocents. Je crois que le jury m'innocentera.

— Même s'il semble peu vraisemblable que vous ayez été sauvagement agressé par une femme d'un certain âge, deux fois plus petite que vous?

— C'est bien la question, s'exclama Robert. La vérité est trop bizarre pour que je l'aie inventée. Si j'avais eu l'intention de mentir, je vous assure que j'aurais trouvé quelque chose de beaucoup plus plausible.

— Si vous êtes acquitté, vous avez toutes les chances de recueillir l'investiture. Pensez-vous que vous serez alors élu président en novembre? »

Robert réfléchit quelques instants. « Je le crois, oui, dit-il avec la confiance d'un homme qui n'a jamais appris à accepter le rejet.

— Bien que vous ayez avoué avoir commis un adultère?

— Je crois que je serai élu parce que j'aurai avoué. Parce que je n'ai pas essayé de nier, ni de mentir aux gens. J'ai avoué la vérité, aussi tordue soit-elle. Il existe dans ce monde quelques rares personnes parfaites, mademoiselle Evans. Manifestement, je n'en fais pas partie. Il y aura quelques âmes pures pour se détourner de moi avec indignation, mais j'espère que la majorité des gens respectera mon honnêteté.

— Si vous êtes acquitté, poursuivrez-vous Karen Doniger en diffamation ?

— Pourquoi ? soupira Robert. Seul le verdict compte, à mes yeux. Je n'ai aucune envie d'humilier encore plus cette femme et sa famille. Je n'espère qu'une chose : c'est qu'ils consacreront les sommes que j'aurais gagnées si je l'avais attaquée à lui offrir le soutien psychiatrique dont elle a de toute évidence besoin. »

8

« Monsieur le Sénateur, j'aimerais revenir sur certains points de votre déposition d'hier, si cela ne vous ennuie pas.

— Pas le moins du monde, mademoiselle Escalante, répondit le sénateur avec un sourire confiant et agréable.

— Et tout d'abord sur votre vibrant hommage à votre mariage.

— Voilà un sujet dont je pourrais vous parler pendant des heures, dit Robert, le visage toujours rayonnant.

— Je ne pense pas que ce sera utile, rétorqua sèchement Tess. Je ne m'intéresse qu'aux fondements mêmes de votre relation avec votre femme. Vous avez déclaré hier que vous discutiez ensemble de toutes les décisions importantes que vous êtes amené à prendre, et que vous examinez les actions que vous avez l'intention d'entreprendre. Exact ?

— Oui, c'est parfaitement exact.

— Avez-vous discuté avec votre femme de l'éventualité de faire l'amour avec Karen Doniger ?

— Bien sûr que non. Comme je l'ai dit, ce fut une réaction spontanée.

— Cela signifie-t-il que si cela n'avait pas été une

réaction spontanée vous en auriez discuté avec elle ? »

Le sénateur soupira. « Si j'avais pris le temps de réfléchir avant d'agir, ce soir-là, je me serais conduit bien différemment, mademoiselle Escalante. Donc, il n'y aurait pas eu matière à discussion.

— Cela signifie-t-il que votre femme et vous avez discuté de l'opportunité d'un adultère en des circonstances, disons, moins spontanées ?

— Objection ! Que nous importe ce dont le témoin parle ou non avec sa femme ?

— Votre Honneur, l'accusé a affirmé qu'il discutait de tout avec sa femme avant d'agir. Je cherche à comprendre s'il disait ou non la vérité.

— Votre client a ouvert lui-même la porte, maître, soupira le juge Washington. Objection rejetée. Mais vous êtes sur un terrain glissant, mademoiselle Escalante. Prenez garde.

— Bien, monsieur le Juge... Je répète ma question, monsieur le Sénateur : Avez-vous jamais discuté avec votre femme de votre intention de commettre un adultère ?

— Je faisais évidemment référence à des problèmes politiques.

— Commettre ou non un adultère n'est donc pas une décision que votre femme et vous prenez en commun ? C'est une décision que vous prenez seul.

— Je ne crois pas avoir dit cela.

— Je vous demande pardon. Qu'avez-vous dit exactement ?

— J'ai dit qu'il s'agissait d'un accident isolé.

— Par isolé, voulez-vous dire que c'est la seule fois où vous ayez commis l'adultère, ou la seule fois où vous ne vous en êtes pas entretenu avec votre femme au préalable ?

— Vous déformez mes propos.

— J'en serais navrée, monsieur le Sénateur. Je vais donc formuler autrement ma question. L'infidélité est-elle un sujet que vous ayez jamais abordé avec votre femme ?

— Je n'ai jamais eu la moindre raison de le faire, déclara Robert Willmont.

— Soyez précis, monsieur le Sénateur : déclarez-vous que mis à part votre relation avec Karen Doniger vous n'avez jamais été infidèle à votre femme ?

— Je dis que j'ai commis une erreur, mademoiselle Escalante. Une erreur que je regretterai ma vie durant. J'ai fait du mal à ma femme, j'ai mis ma famille dans l'embarras et j'ai déçu beaucoup de braves gens qui comptaient sur moi. Je le regrette plus que je ne saurais le dire.

— Que regrettez-vous exactement ? D'avoir violé Karen Doniger ou de vous être fait prendre ?

— Objection !

— Mademoiselle Escalante, l'admonesta le juge.

— Je retire ma question, Votre Honneur. Sénateur Willmont, avez-vous trompé votre femme avant la nuit du 7 avril ?

— Objection ! L'accusation tourmente le témoin.

— Votre Honneur, argumenta Tess, cet homme s'est dépeint comme un parangon de vertu conjugale. Nous cherchons simplement à savoir ce qu'il en est vraiment. La défense s'est efforcée de nous présenter Karen Doniger comme une sorte de hippie attardée, une folle qui s'est attaquée à l'accusé comme un animal prédateur, sans raison apparente. N'ai-je pas le droit de prouver que Robert Drayton Willmont est un homme aux appétits sexuels insatiables, qui ne répugne pas à prendre par la force ce qu'on lui refuse ?

— Elle a raison, maître. Vous n'avez d'ailleurs pas pris la précaution préalable d'exclure les antécédents de ces débats, comme vous aviez la latitude de le faire.

— C'était inutile, Votre Honneur. Chacun sait que mon client n'a rien à se reprocher.

— Alors, sourit Washington, votre client n'a pas la moindre raison de s'inquiéter. Objection rejetée.

— Avez-vous trompé votre femme avant le 7 avril de cette année, monsieur le Sénateur ? » répéta Tess.

Randy Neuburg et Mary Catherine O'Malley échangèrent un regard angoissé, Janice Evans remua un peu sur son siège et Elizabeth Willmont ne fit pas un geste, de peur que son masque ne s'effrite et que son visage ne trahisse ses sentiments.

De son côté, la bande de Sullivan Street retenait son souffle. Dans la salle tout entière, les visages se tendirent, et tous se penchèrent en avant, pour ne pas perdre une seule syllabe de la réponse qu'allait faire le sénateur.

« J'ai une femme belle et aimante. Avant le 7 avril, je n'ai eu aucune raison de lui être infidèle. »

Un soupir s'échappa de toutes les poitrines.

« Bien joué, dit Randy.

— C'est un politicien-né », approuva Mary Catherine.

« Il n'a pas répondu à la question », protesta Felicity.

« On ne peut guère appeler cela une réponse directe, monsieur le Sénateur. Mettons cette façon de s'exprimer sur le compte de votre long séjour à Washington.

— Votre Honneur, rugit Sutton.

— Je suis navrée, dit Tess en haussant les épaules.

— N'abusez pas de l'indulgence de la cour, mademoiselle Escalante, intervint le juge.

— Je vais essayer, monsieur le Juge. » Puis la représentante du ministère public s'interrompit un instant avant de se retourner brusquement vers l'accusé. « Qui est Mariah, monsieur Willmont ? »

Randy retint son souffle.

Robert se raidit légèrement. « Si vous songez à Mariah Dobbs, elle est conseil en relations publiques.

— Est-ce une personne avec qui vous avez eu, ou espéré avoir, une liaison ?

— Absolument pas.

— Je vois. C'est donc tout à fait par hasard que vous criez son nom au moment où.... où vous atteignez le summum de l'extase ?

— Votre Honneur ! se lamenta Sutton.

— Oui, monsieur Sutton. Changez de ligne, je vous prie, mademoiselle Escalante.

— Bien, accepta Tess en s'éloignant du candidat de deux pas. Monsieur le Sénateur, reprit-elle d'une voix claire, le 7 avril exclu, combien de femmes avez-vous violées ?

— Objection, s'écria l'avocat de la défense.

— C'est inutile, dit Robert avant que le juge n'ait statué. Je peux parfaitement répondre à cette question. Le 7 avril inclus, mademoiselle Escalante, la réponse est : aucune.

— Aucune, sénateur ? le défia Tess. Jamais, de toute votre vie, vous n'avez contraint une femme à avoir des relations sexuelles avec vous ? Elles ont toutes été volontaires ?

— Ma foi oui. Avant mon mariage, je n'ai pas mené une vie de moine. Comme la majorité des jeunes gens, j'ai eu plusieurs aventures, mais je vous assure que les jeunes femmes en question, dont je ne citerai évidemment pas les noms, étaient parfaitement consentantes.

— Toutes ont donc librement choisi, comme vous le prétendez pour Karen Doniger, d'avoir des relations sexuelles avec vous ?

— Oui. Comme Mme Doniger.

— Résumons, monsieur le Sénateur. Avant le 7 avril, vous n'aviez jamais été infidèle à votre femme, et, à votre connaissance, vous n'aviez jamais violé de femmes. Est-ce bien là votre témoignage ?

— Parfaitement. »

Tess eut un sourire de chat qui a piégé une souris.

Randy fronça les sourcils, mal à l'aise.

Le substitut du procureur passa ensuite en revue les détails de la nuit du 7 avril, mais ses questions étaient désormais de simple routine. Elle avait obtenu ce qu'elle voulait. Le reste n'était que pure formalité.

« Combien de temps êtes-vous resté au bureau après le départ de Karen Doniger ?

— Un quart d'heure, environ.

— Pour lire le dossier qu'elle avait préparé, comme vous l'avez déclaré précédemment ?

— Oui.

— Combien de pages contenait ce dossier ?

— Une vingtaine.

— Cela vous surprend-il d'apprendre qu'il en contenait en fait quarante ?

— C'est possible.

— Etes-vous formé aux techniques de la lecture rapide, monsieur le Sénateur ?

— Non. Mais j'ai acquis l'habitude de parcourir ce genre de documents.

— Donc, selon votre témoignage, vous avez passé une quinzaine de minutes à lire après le départ de Mme Doniger.

— Oui.

— Étiez-vous pressé de partir ?

— J'étais fatigué, mais rien ne me pressait particulièrement.

— Pas trop fatigué pour inviter Mme Doniger à boire un verre ?

— Je le lui avais proposé sous l'impulsion du moment.

— C'est ce que vous avez dit, en effet. Donc, bien que rien ne vous presse particulièrement, vous parcourez à toute vitesse les quarante pages d'un dossier que vous avez vous-même qualifié de très important et vous vous débrouillez pour arriver au garage à temps pour aider Mme Doniger dont la voiture était en panne ?

— Comment aurais-je pu savoir qu'elle était encore là ?

— Selon le registre tenu par le portier de votre immeuble, Karen Doniger est sortie à huit heures vingt-cinq, et vous à huit heures vingt-neuf. Que dites-vous de cela ?

— Je ne me rappelle pas exactement l'heure qu'il était. Quant au registre, en général, je ne le signe pas.

— Votre Honneur, dit Tess en s'approchant de l'estrade du juge, je voudrais produire la pièce à conviction numéro soixante-quinze, le registre des entrées et sorties de l'immeuble où sont installés les bureaux du sénateur. »

Sutton se leva d'un bond et vint inspecter le registre.

« Pas d'objection, soupira-t-il, en reconnaissant le cahier qu'il avait lui-même paraphé à plusieurs reprises.

— En effet, sénateur, vous n'avez pas signé le registre ce soir-là. Le portier a pris l'habitude de le faire à votre place, et je peux le citer si nécessaire. »

L'accusé et son avocat échangèrent un rapide coup d'œil.

« Pour gagner du temps, Votre Honneur, la défense accepte que cette pièce à conviction soit portée au dossier, dit Sutton.

— Dans ce cas, reprit Tess, ayez la bonté de lire au jury votre heure d'entrée le 7 avril.

— Il est noté que je suis arrivé à huit heures dix-huit.

— Et la sortie ?

— Elle est inscrite à huit heures vingt-neuf.

— Donc, selon ce registre, et même en supposant que vous ayez pris l'ascenseur direct jusqu'au douzième étage, vous n'avez pu rester à lire au bureau pendant un quart d'heure après le départ de Karen Doniger ?

— En effet.

— En réalité, vous êtes parti juste après elle, n'est-ce pas ? Vous avez sans doute pris l'ascenseur suivant.

— Je n'ai pas fait attention. En tout cas, je ne la suivais pas, si c'est ce que vous sous-entendez.

— Non. Bien sûr que non, murmura Tess en lui ôtant le registre des mains pour le poser au milieu des autres pièces à conviction. Combien mesurez-vous, monsieur le Sénateur ?

— Un mètre quatre-vingt-douze.

— Et combien pesez-vous ?

— Cent cinq kilos.

— Etes-vous en bonne forme physique ?

— Assez bonne, oui, pour quelqu'un qui est sur la brèche six jours sur sept.

— Et vous prétendez nous faire croire qu'une femme d'un mètre soixante et pesant cinquante-deux kilos vous a pratiquement cloué contre le capot de votre voiture ?

— Oui.

— Vous prétendez que cette femme, incroyablement forte malgré sa petite taille, vous a attiré dans les buissons et a exigé que vous lui fassiez violemment l'amour ?

— Oui.

— Et que vous vous êtes plié à ses exigences ?

— Je n'en suis pas fier, mais je l'avoue. J'ai eu des relations sexuelles avec elle.

— Et vous l'avez marquée ?

— Elle m'a supplié d'être violent. Je l'ai peut-être légèrement contusionnée.

— Légèrement ? Un œil au beurre noir, un nez cassé, une lèvre fendue qu'il a fallu recoudre ?

— Je n'ai aucun souvenir d'avoir fait ce genre de chose.

— Vous prétendez aussi qu'elle vous a griffé, mais que c'était par passion, et non pour vous résister ?

— Oui.

— Ces égratignures étaient-elles assez profondes pour vous faire saigner ?

— Oui.

— Cela vous a-t-il fait mal ?

— Sans doute.

— Pourtant, vous n'avez pas réagi ? Vous n'avez pas crié, vous n'avez pas protesté, vous ne l'avez pas giflée, vous ne lui avez pas maintenu les mains derrière le dos pour l'empêcher de recommencer ?

— Non.

— Vous avez simplement continué à faire ce que vous faisiez ?

— Oui.

— Et après avoir eu ces relations librement consenties vous êtes remonté dans votre voiture et vous l'avez laissée au beau milieu de Golden Gate Park, en pleine nuit, les vêtements déchirés, la lèvre et le nez en sang, et sans un centime pour rentrer chez elle puisque son sac était dans votre voiture ?

— Je n'ai pas vu de sang. Et je voulais la raccompagner. Mais elle a refusé catégoriquement.

— Elle avait besoin de soins médicaux, elle était pratiquement nue, elle n'avait pas d'argent pour prendre un taxi, ni même pour téléphoner, et vous voulez faire croire aux jurés qu'elle a insisté pour rester là où elle était ?

— Ça semble fou, je suis d'accord, mais c'est ce qu'elle a fait. »

À deux heures et dix minutes, Tess termina son contre-interrogatoire et retourna s'asseoir à sa place en faisant un signe de tête à Lamar Pope, qui était resté debout au fond de la salle.

« Monsieur le Sénateur, reprit alors Hal Sutton, avez-vous violé Karen Doniger au cours de la nuit du 7 avril ?

— Non.

— La défense en a terminé, conclut Sutton.

— Mademoiselle Escalante ? » interrogea le juge Washington.

Tess se leva. « Votre Honneur, avec la permission de la cour, l'accusation voudrait entendre un témoin en réfutation. J'appelle Margaret Smith. »

Sutton regarda son client. Le sénateur haussa les épaules et secoua la tête.

« ... Margaret Holden Smith. »

Randy et Mary Catherine, assis au deuxième rang de spectateurs, se regardèrent avec stupéfaction. Robert Willmont blêmit.

« Débarrasse-toi d'elle, souffla-t-il à son avocat. Sous n'importe quel prétexte, mais débarrasse-toi d'elle.

— Votre Honneur, s'écria Sutton en bondissant sur ses pieds, pouvons-nous vous dire un mot en privé ? »

Washington hocha la tête et couvrit son micro

d'une main en faisant signe aux deux avocats de s'approcher.

« Oui, monsieur Sutton ?

— La défense n'a pas eu connaissance de la citation de ce témoin. Son nom n'est pas sur la liste qui nous a été communiquée. Nous nous opposons à son témoignage. »

Tess camoufla un sourire. « Je suis navrée de n'avoir pu prévoir, Votre Honneur, mais Mme Smith n'est rentrée en contact avec moi qu'hier, après le début de la séance. Après avoir pris connaissance de son message, j'ai demandé à mon assistante de notifier à votre greffier qu'il y aurait peut-être un témoin en réfutation. Mais tant que je ne l'avais pas interrogée moi-même, ce qui n'a pu intervenir que tard hier soir, je ne pouvais être certaine de la pertinence de l'information.

— Le substitut du procureur dit vrai, maître, conclut Washington. Elle a respecté les règlements et la procédure.

— Alors, Votre Honneur, je demande un délai, argumenta Sutton qui sentait le sol se dérober sous ses pieds. La défense doit entendre la déposition du témoin et disposer du temps nécessaire pour préparer son contre-interrogatoire.

— De combien de temps souhaitez-vous disposer, monsieur Sutton ?

— Un minimum de deux à trois semaines, Votre Honneur.

— Je m'en doutais, soupira Washington. Mademoiselle Escalante ?

— Nous sommes le 2 juillet, monsieur le Juge. Même si nous repoussions de deux semaines seulement, la convention aurait eu lieu et il me semble me rappeler que je n'ai eu que deux mois pour instruire cette affaire parce que la défense a insisté pour qu'elle soit jugée avant le 13 juillet.

— Elle a raison, maître.

— Puis-je m'entretenir un instant avec mon client, Votre Honneur ? »

Washington accéda à sa requête.

Tess s'efforçait de ne rien laisser paraître de son excitation.

« Que se passe-t-il, bon Dieu ? murmura Sutton à l'oreille de son client. J'avance les yeux fermés. Jusqu'où veux-tu que j'aille ?

— Aussi loin qu'il le faudra, répondit Robert.

— Nous ne pourrons pas réfuter ce témoignage. Escalante a joué selon les règles. Tout ce que nous pourrons obtenir, c'est un délai, mais nous raterons la date de la convention. Que peut cette Margaret Smith contre toi ?

— Elle peut m'assassiner », dit Robert en regardant son avocat.

« Mon client demande un délai, Votre Honneur, dit alors Sutton en se rapprochant de l'estrade.

— Allons dans mon bureau », dit le juge en montrant les jurés, et en quittant la salle d'audience, suivi de Sutton et Tess. Dès qu'il eut refermé la porte derrière lui, il demanda d'un ton agacé : « Voyons ? De quoi s'agit-il exactement ?

— Le sénateur a bien compris qu'un délai nous entraînerait au-delà de la convention, expliqua Sutton, mais il souhaite que les droits de la défense soient respectés.

— Qu'avez-vous à nous apprendre, mademoiselle Escalante ?

— Le sénateur a déclaré, sous serment, qu'il n'avait jamais de sa vie violé quiconque et qu'il n'avait jamais été infidèle à sa femme avant le 7 avril, répondit Tess. Mme Smith nie ces deux affirmations.

— Des racontars, aboya Sutton.

— Pas exactement, dit la représentante du ministère public en se tournant vers le juge. Vous me connaissez, Votre Honneur, je n'agis jamais à la légère. »

Le juge hocha lentement la tête.

« En outre, poursuivit Tess, si j'avais eu le temps d'instruire cette affaire, la défense aurait eu, elle aussi, tout le temps de préparer son contre-interrogatoire. »

Washington soupira. « Maître Sutton, comme vous le réclamiez ou plutôt l'exigiez, mon bureau et celui du procureur ont tout fait pour que ce procès soit jugé le plus rapidement possible. Je ne suis donc pas particulièrement enclin à vous accorder un long délai. Mais voici ce que je vais faire pour vous : Mlle Escalante va appeler son témoin, et je vous propose de prendre ce long congé de fin de semaine pour préparer votre contre-interrogatoire. Néanmoins, cette affaire devra être close au milieu de la semaine prochaine. Me suis-je bien fait comprendre ?

— Oui, Votre Honneur, répondirent les deux avocats.

— Alors, reprenons. »

« Ne la laisse pas témoigner, glissa Robert à son avocat comme il s'asseyait à côté de lui.

— Je ne peux pas l'en empêcher », répondit Sutton sur le même ton.

Maggie Holden Smith, plus jolie encore que ne s'en souvenaient Randy et Mary Catherine, traversa la salle et prêta serment.

« Madame Smith, voulez-vous dire à la cour en quelles circonstances vous avez connu l'accusé ?

— J'ai travaillé comme secrétaire au bureau du sénateur Willmont, à Washington, de janvier à juin 1984, déclara le témoin en réfutation d'une voix grave.

— Ce travail vous plaisait ?

— En grande partie, oui. C'était très stimulant, la cadence était infernale mais on côtoyait des gens importants et célèbres, de ceux qu'on ne voit en général qu'à la télévision.

— Ça comptait pour vous ?

— J'ai fait des études de sciences politiques, et je désirais ardemment travailler à Washington. Je n'avais que vingt-deux ans, j'étais très idéaliste. C'était la première fois que j'approchais le monde du pouvoir et de la politique.

— Vous avez dit que vous aimiez votre travail en grande partie. Qu'est-ce qui vous déplaisait ?

— Je n'aimais pas beaucoup que le sénateur soit là.

— Pourquoi ?

— Parce qu'il me tournait autour, et qu'il faisait des remarques qui me gênaient.

— Quel genre de remarques ?

— Il disait que ma présence l'empêchait de travailler, que quand il me regardait, il regrettait d'être marié, ou que si on savait à quoi il songeait quand je traversais la pièce, on le mettrait en prison. Des choses comme ça.

— Vous les preniez au sérieux ?

— Je pensais qu'il plaisantait, mais ça me gênait quand même.

— Le lui avez-vous dit ? Lui avez-vous demandé de s'abstenir ?

— Grands dieux non ! Je n'étais qu'une gosse, toute seule dans la grande ville, et je ne voulais pas perdre mon boulot. J'avais bien trop peur de me faire virer pour ouvrir la bouche. Mais au bout d'un certain temps, j'ai pris mon courage à deux mains et j'en ai parlé à son assistante parlementaire. Elle m'a répondu qu'il était toujours comme ça, qu'il ne fallait pas que je m'en fasse. Mais elle a dû voir à quel point ça me tracassait, parce qu'elle m'a promis de lui en toucher un mot. Je suppose qu'elle l'a fait parce qu'il m'a laissée tranquille pendant un certain temps. »

Mary Catherine hocha la tête. Elle se rappelait fort bien la jeune fille en pleurs, et le sénateur balayant ses reproches d'un revers de main.

« Que s'est-il passé ensuite ?

— Un mois plus tard, il a recommencé, en pire. Je n'étais pas sa secrétaire personnelle, mais il me demandait de lui apporter un café, ou un dossier et quand j'entrais dans son bureau, il me déshabillait du regard. Il disait que je devrais porter des vêtements plus ajustés, qui mettraient ma poitrine en valeur, et qu'il regrettait l'époque des mini-jupes parce qu'il aurait mieux vu mes jambes.

— Lorsque le sénateur vous parlait ainsi, ne pouviez-vous pas en rire ?

— J'appartiens à une famille très pratiquante et très conservatrice, mademoiselle Escalante, où l'on considère ce genre de remarques comme indécentes. Je les trouvais dégradantes, et humiliantes.

— Qu'avez-vous fait ?

— J'ai cherché un autre travail.

— Vous en avez trouvé un ?

— J'avais un dernier entretien avec une représentante du Connecticut prévu pour le troisième mercredi de juin. Je crois que je lui plaisais beaucoup, et qu'elle m'aurait engagée.

— Votre Honneur, intervint Sutton, je ne vois pas le rapport entre la carrière professionnelle de Mme Smith et l'affaire qui nous intéresse.

— Un instant encore, répondit Tess, et je suis persuadée que la cour ne manquera pas de voir la pertinence de la déposition du témoin.

— Objection rejetée, décida le juge. Mais venons-en au fait, mademoiselle Escalante.

— Que s'est-il passé la veille de votre rendez-vous avec le député du Connecticut ?

— La secrétaire particulière du sénateur était malade, et il m'a demandé de rester pour taper un article qu'il avait écrit. Je n'en avais aucune envie, mais il m'a promis qu'il ne me faudrait qu'une heure ou deux. Refuser m'aurait fait passer pour une idiote, et pour des raisons financières, les heures supplémentaires étaient vraiment les bienvenues. Donc, j'ai accepté. Mais il modifiait sans cesse son texte, et il fallait que je le retape à chaque fois. Le temps que ce soit fini, il était presque dix heures. Il m'a invitée à dîner, pour me remercier, mais j'ai répondu qu'il était trop tard. Alors il m'a proposé de me raccompagner chez moi. Il a dit que c'était la moindre des choses. »

Au second rang, du côté droit de la salle, la bande de Sullivan Street échangeait des regards satisfaits et Ted se tenait un peu plus droit.

De l'autre côté du couloir central, le nœud qui crispait l'estomac de Randy se resserra douloureusement. Mary Catherine, impassible, était figée sur son siège.

« Avez-vous accepté ?

— C'est qu'il était vraiment tard, répliqua Maggie. J'étais fatiguée, et, à cette heure-là, les autobus ne sont pas sûrs. De plus, il s'était montré assez correct pendant toute la soirée, et je ne voulais pas le vexer. Donc, oui, j'ai accepté qu'il me raccompagne chez moi. »

La jeune femme, agrippée aux bras de son fauteuil, fut soudain prise d'un violent tremblement.

« Voulez-vous boire un verre d'eau ? » lui demanda gentiment Tess.

Le témoin refusa d'un signe de tête. « Ça ira, dit-elle d'une voix mal assurée. Mais c'est si difficile d'en parler, même au bout de tant d'années !

— Prenez votre temps. »

Et Maggie commença, d'une voix blanche.

« J'habitais Alexandria, à environ trois quarts d'heure en voiture du centre. Quand nous sommes arrivés, il m'a demandé s'il pouvait entrer pour aller aux toilettes, car il avait une longue route à parcourir avant d'arriver chez lui, à Rock Creek Park. L'appartement était en désordre. Ma colocataire venait de partir en vacances, et elle avait laissé traîner ses vêtements un peu partout. Je n'avais pas vraiment envie qu'il voie ça. Mais comment dit-on à un sénateur des États-Unis qu'il ne peut utiliser votre salle de bains parce que votre colocataire a vidé la moitié de sa penderie par terre ? Donc je l'ai fait entrer, et j'ai attendu près de la porte d'entrée. Mais, lorsqu'il est sorti de la salle de bains, il a enlevé sa veste et dénoué sa cravate, puis il a dit : "Vous pouvez fermer la porte, je n'ai pas l'intention de m'en aller tout de suite..." » Puis l'ancienne secrétaire ajouta, dans un souffle : « Et il m'a violée. »

Un hoquet général de surprise accueillit les paroles de Margaret Holden Smith.

« Votre Honneur, je proteste contre ce témoignage dont rien ne prouve la véracité.

— Asseyez-vous, maître Sutton ! l'interrompit le juge Washington. Vous aurez l'occasion de procéder au contre-interrogatoire du témoin.

— Le sénateur Robert Willmont vous a violée ? demanda Tess.

— Oui, confirma Magie. Il m'a dit que je l'avais bien cherché, que cela faisait des mois que je le provoquais avec mes robes sexy et mes airs de sainte-nitouche, que le petit jeu était terminé. Il m'a pénétrée de force, et quand j'ai voulu résister, crier, il m'a battue, il m'a giflée et il m'a donné un coup de poing. Quand il a eu fini, il s'est levé, il a mis de l'ordre dans ses vêtements et il m'a dit qu'il était sans doute préférable que je ne revienne pas au bureau. Je lui ai répondu que je n'avais aucune intention de revenir, que j'allais le dénoncer à la police.

— Comment a-t-il réagi ?

— Ça l'a fait rire. Il m'a dit que je pouvais raconter ce que je voulais, qu'il nierait tout, et que la police aurait à choisir entre la parole d'un sénateur et celle d'une petite allumeuse qui croyait pouvoir se frayer un chemin vers le sommet en couchant à droite et à gauche. Il était sur le point de partir quand il s'est ravisé. Il ne voulait pas, a-t-il prétendu, que nous gardions un mauvais souvenir l'un de l'autre. Et il m'a signé un chèque de deux cent cinquante mille dollars.

— L'accusé vous a signé un chèque de deux cent cinquante mille dollars ?

— Objection ! hurla Sutton. Le témoin n'a aucune preuve de ce qu'il avance. »

Tess se dirigea lentement vers la table de l'accusation et y prit une feuille de papier. « S'il plaît à la cour, Votre Honneur, je voudrais verser au dossier la pièce à conviction soixante-seize, une photocopie d'un chèque bancaire numéro 8038, sur le compte 331-020-665, daté du 20 juin 1984. Son montant est de deux cent cinquante mille dollars, il est au nom de Margaret Holden et signé par l'accusé.

— Objection ! Rien ne prouve que ce chèque ait jamais existé. La photocopie est peut-être un faux, ou un chèque modifié.

— Nous préférerions, en effet, posséder l'original. Mais le sénateur Willmont aura peut-être l'amabilité de nous fournir le talon, ou ses relevés bancaires ? »

L'avocat de la défense se précipita vers son client et s'entretint fiévreusement avec lui.

« Hélas, Votre Honneur, annonça-t-il en revenant devant le juge, mon client, comme la plupart des honnêtes gens de ce pays, ne conserve pas la trace de ses dépenses personnelles plus de sept ans, comme le demande la loi. Il a donc jeté ses relevés bancaires et chéquiers de l'année 1984.

— Je demande donc à la cour d'enregistrer cette photocopie en lieu et place de l'original, dit Tess.

— Approchez tous les deux, ordonna le juge en couvrant son micro. Je suppose, mademoiselle Escalante, que vous pourrez faire état de précédents ?

— Oui, Votre Honneur.

— Retirons-nous dans mon bureau. »

Le juge suspendit la séance d'un coup de maillet. Anne Jenks suivit Tess et les avocats de la défense. Dix minutes plus tard, tous revenaient. Tess arborait un léger sourire, alors que Sutton essayait de dissimuler sa fureur.

« L'objection est rejetée, déclara le juge. Bien que sujette à un témoignage contradictoire ou à la présentation de l'original, la photocopie de ce chèque sera versée au dossier. Poursuivez, mademoiselle Escalante.

— D'où vient cette photocopie, madame Smith ?

— C'est moi qui l'ai faite, expliqua le témoin. En me donnant le chèque, le sénateur m'a prévenue qu'il le ferait annuler si je ne quittais pas immédiatement Washington. Il m'a dit que si j'en parlais un jour à qui que ce soit, il ruinerait ma famille, qu'il avait le pouvoir de le faire.

— Qu'avez-vous fait ?

— J'ai honte de l'avouer, mais j'ai pris le chèque. Je mourais de peur. C'était un homme important, je me suis dit qu'il avait sans doute raison. Qui me croirait, alors que je l'avais autorisé à me raccompagner et que je l'avais fait entrer chez moi à une heure aussi tardive ? On penserait que j'étais consentante. Et comment pourrais-je prouver le contraire ? Mais j'avais peur qu'il ne change d'avis, qu'il ne s'en prenne à ma famille, donc j'ai préféré garder une preuve. Dès qu'il est parti, j'ai photocopié le chèque dans un drugstore, puis je suis allée à l'hôpital.

— Votre Honneur, je voudrais maintenant verser la pièce à conviction numéro soixante-dix-sept, une photocopie du dossier médical de Margaret Holden. »

Sutton jeta un coup d'œil sur le dossier et haussa les épaules. « Pas d'objection.

— De quelles blessures souffriez-vous, madame Smith ?

— Un œil au beurre noir, la mâchoire fracturée, de multiples contusions et deux côtes cassées. »

Mary Catherine pleurait en silence.

« Le dossier médical prouve que Margaret Holden Smith a bien été soignée pour ces blessures dans la nuit du 20 juin 1984, Votre Honneur. Avez-vous parlé à la police ? demanda Tess à son témoin.

— Oui. L'hôpital était obligé de les prévenir. Mais j'avais si peur que j'ai dit à l'inspecteur que je n'avais pas bien vu l'homme qui m'avait violée.

— Puis vous avez quitté Washington ?

— Oui. Le lendemain même. Je suis rentrée chez moi, dans l'Utah. Je n'ai prévenu personne de mon départ. Je ne suis même pas retournée au bureau ranger mes affaires. Étant donné l'état dans lequel j'étais, je n'avais pas envie de donner d'explications.

— Huit années durant, fit observer Tess, vous avez gardé le silence. Qu'est-ce qui vous a fait changer d'avis ?

— La culpabilité, je suppose. Et aussi un sentiment nouveau de sécurité. Il ne peut plus rien contre moi. Lorsque le sergent Pope m'a retrouvée, j'étais au courant du procès, et je me disais sans cesse : si j'avais été plus forte, à l'époque, si je l'avais attaqué en justice au lieu de prendre son sale argent et de m'enfuir comme un chien battu, Karen Doniger n'en serait peut-être pas là aujourd'hui.

— Objection ! s'exclama Sutton.

— Objection retenue. Tenez-vous-en aux faits, madame Smith.

— Je n'ai plus de question, Votre Honneur », dit Tess.

Les joues du témoin ruisselaient de larmes. « Ce n'est pas juste, mademoiselle Escalante. Je n'avais qu'un but, depuis toute petite, c'était de travailler à Washington, d'être partie prenante de l'histoire de mon pays. J'apprenais vite, j'étais douée. J'aurais pu réussir. Ce n'est pas juste qu'il ait pu me priver de tout ça.

— Non, approuva Tess. Ce n'est pas juste. »

« Pourquoi ne m'en as-tu pas parlé, bon Dieu ? explosa Sutton.

— Je ne pensais pas que c'était si important que ça, grommela Robert.

— Pas si important que ça ?

— C'était sa parole contre la mienne. Comment pouvais-je imaginer que cette petite garce ferait une photocopie du chèque ?

— Elle a dit la vérité ? Tu l'as vraiment violée ?

— Bien sûr que non, coupa Robert, agacé. Pourquoi l'aurais-je fait ? J'ai peut-être été un peu violent, mais c'est tout. Cela faisait des mois qu'elle me provoquait, avec ses vêtements moulants et ses petits airs effarouchés. Ce jour-là, elle m'a demandé de la raccompagner. Le message était on ne peut plus clair. Elle a eu ce qu'elle voulait. Je lui ai donné de l'argent parce que c'était mon premier mandat au Sénat, et que je ne voulais prendre aucun risque.

— Tu aurais dû m'en parler franchement, Robert, dit l'avocat en se massant les tempes. J'aurais peut-être pu limiter les dégâts. J'aurais en tout cas pu exclure le passé des débats.

— Impossible, on en avait besoin pour discréditer Karen Doniger.

— Mais ça ne s'est pas exactement déroulé comme nous le souhaitions, n'est-ce pas ? Escalante nous a tendu un piège, et nous sommes tombés dedans tête la première, comme deux débutants.

— La garce, grogna Robert. Qu'est-ce qu'on fait, maintenant ?

— Nous pouvons essayer de faire passer Margaret Smith pour la putain du Capitole, mais je crains bien que l'accusation n'ait établi le parjure.

— D'accord, j'ai commis une erreur. Je n'aurais pas dû être aussi péremptoire quand Escalante m'a demandé si j'avais déjà été infidèle à ma femme. Mais ce qui s'est passé à l'époque n'a rien à voir avec notre affaire d'aujourd'hui. Je n'ai pas violé Karen Doniger, crois-moi. Elle ne demandait que ça.

— Peut-être, dit Sutton. Mais je ne suis plus certain de pouvoir en convaincre le jury. »

Sutton consacra la majeure partie du lundi à essayer de réparer les dégâts causés par Maggie Smith. Il demanda l'annulation du procès, ou du témoignage de la jeune femme mais Washington refusa. Il tenta de la discréditer, invoquant son refus de décrire son agresseur à la police. Il suggéra que le sénateur avait peut-être eu de bonnes raisons de considérer son attitude comme provocante. Il laissa entendre que c'était elle qui avait demandé à être raccompagnée, elle qui lui avait proposé d'entrer, pour faire avancer sa carrière. Il mentionna l'éventualité d'un coup monté par la jeune fille pour exercer un chantage contre le sénateur. Pour terminer, il sortit de sa manche un expert graphologue prêt à affirmer que le chèque était un faux.

Ses diverses tentatives firent peut-être impression sur les jurés, c'était difficile à évaluer, mais les médias qui, depuis avril, manifestaient beaucoup de sympathie pour le candidat, fondirent soudain sur lui comme des vautours reniflant la charogne.

9

Mardi fut le jour des conclusions.

Sutton plaida avec éloquence et vigueur. Son client, prétendit-il, était l'innocente victime d'un sabotage politique. Peu lui importait de n'avoir aucune preuve matérielle, ni le moindre témoignage pour étayer sa théorie. Le climat sociopolitique de San Francisco lui semblait la meilleure des explications.

« Un seul homme peut faire la différence, déclara-t-il. Un homme dont les opinions et le programme sont de nature à permettre au pays de sortir de l'ornière. On ne veut pas le lui permettre. Il est indispensable de l'éliminer. Pourquoi ? Parce qu'il représente une menace pour les grands de ce monde, qui profitent depuis douze ans de l'incompétence du gouvernement. Ils ont mené l'Amérique où ils voulaient, les pauvres se sont appauvris et les riches enrichis. Un homme seul se dresse contre eux : Robert Drayton Willmont. Un homme riche, mais qui refuse le rôle de privilégié. Comment se débarrasser de lui ? Comment supprimer cette menace ? Ils n'ont rien trouvé de mieux que de le faire accuser de viol ! »

Amanda Drayton Willmont hocha la tête.

Mitch fit une grimace. « Le voilà qui hurle à la conspiration ! »

« Criez au viol, mesdames et messieurs, et le monde entier vous écoute. Les images qu'évoque ce mot sont obscènes, lubriques. Une femme incite un homme à se mettre dans une situation compromettante, puis elle prétend qu'il a abusé d'elle. Comment l'homme se défend-il sans passer pour un salaud encore plus infâme que s'il avait réellement accompli les actes dont on l'accuse ? »

« Un salaud reste un salaud », murmura Jenna.

Elizabeth Willmont était assise à côté de sa belle-mère. Pendant l'interruption de séance, elle avait avalé une poignée de comprimés. Déconnectée d'avec la réalité, elle n'était plus qu'une fillette de douze ans, qui souriait aux anges sous le radieux soleil de Denver.

« Certains de nos concitoyens ne peuvent pas tolérer qu'un tel homme devienne président des États-Unis, poursuivit Sutton en regardant tour à tour chaque juré. Il y a des gens qui ne reculent devant rien pour protéger leurs privilèges, acquis à nos dépens à tous. Et ils ont trouvé le bon moyen pour le détruire. Ils ont trouvé une femme d'un certain âge, ancienne militante zélée, pour crier au viol. »

L'avocat arpenta la salle quelques instants.

« Serait-il possible que les choses se soient passées comme le prétend Karen Doniger ? Oui, ce serait possible. Après tout, il a bien fallu qu'elle concocte une histoire vraisemblable, sinon, il n'y aurait pas eu de procès. Mais n'est-il pas tout aussi probable que les choses se soient déroulées exactement comme le dit l'accusé ? Ne peut-on pas envisager l'éventualité qu'il soit tombé dans un piège insidieux, et soigneusement tendu ? Bien sûr que si. »

Sutton hocha la tête d'un air entendu.

« Et voilà pourquoi une seule femme ne leur a pas suffi. Ils ne pouvaient pas prendre le risque que vous soyez assez intelligents pour déjouer leur complot. Surtout qu'en dépit du sale tour qu'ils lui ont joué le candidat remportait victoire sur victoire aux primaires, et que sa nomination était quasiment acquise. Ils se sont aperçus qu'une seule accusatrice ne remplirait peut-être pas sa fonction. Alors qu'ont-ils fait ? Ils se sont mis en quête d'une autre femme, et ils ont déniché une ancienne employée, rancunière, qui exhibe au bon moment une mauvaise photocopie sans doute aussi fiable que l'escroc qui l'a trafiquée, et ils l'ont persuadée de crier elle aussi au viol. »

Sutton secoua la tête comme si c'était par trop invraisemblable.

« Robert Drayton Willmont peut-il survivre à ces deux coups mortels tirés contre lui ? Vont-ils remporter la victoire finale ? Notre pays sera-t-il, pour quatre années encore, gouverné de façon aussi désastreuse ? Serons-nous obligés d'assister au spectacle de notre belle Amérique, saignée à blanc par des oiseaux de proie jusqu'à ce qu'il n'y ait plus rien à sauver ? Si vous condamnez cet homme pour un crime qu'il n'a pas commis, c'est exactement ce qui va se produire. Ils auront gagné, et le pays aura perdu. »

Sutton considéra un à un les jurés. « Mesdames et messieurs les jurés, cela dépend de vous », dit-il solennellement.

« Amen », fit la mère de l'accusé.

Demelza grimaça.

Avec un long soupir, qui semblait porter tout le malheur du monde, Hal Sutton regagna sa place alors que Tess Escalante se levait à son tour.

« Un sinistre complot ourdi par de machiavéliques ennemis ? Une pure stratégie ? Je trouve que l'avocat de la défense devrait se reconvertir : il ferait un excellent auteur de romans policiers. En effet, dans un roman policier il faut toujours induire le lecteur en erreur, l'envoyer sur une fausse piste. Et ma foi, pour ce qui est des fausses pistes, nous venons d'être bien servis ! »

« Amen », fit Demelza.

La mère de l'accusé grimaça.

« À entendre la défense, Robert Willmont est un saint, un envoyé de Dieu, descendu sur terre pour sauver le monde, et qui a eu le malheur de se trouver au mauvais endroit au mauvais moment... Qui a invité Karen Doniger à prendre un verre par hasard. Qui est arrivé par hasard dans ce garage quatre minutes après elle. Qui a par hasard insisté pour la raccompagner chez elle. Qui a, toujours par hasard, garé sa voiture dans un coin désert de Golden Gate Park. Et qui, par ce qu'il faut désormais appeler le plus stupéfiant de tous les hasards, a eu une relation sexuelle avec elle, lui a cassé le nez, fendu la lèvre et fermé un œil pour lui faire plaisir. »

Le substitut du procureur secoua la tête avec indignation.

« Et tant pis si la défense n'a pas produit la moindre preuve d'un complot politique ourdi pour nuire au sénateur. Elle vous demande de la croire sur parole. Moi, mesdames et messieurs du jury, je vous demande de distinguer entre les faits et la fiction. Et je vais être parfaitement explicite : Robert Drayton Willmont est un violeur, et un violeur de la pire espèce, celle qui inspire de la confiance au premier abord puis la trahit. Celle qui ne se contente pas d'abuser sexuellement des malheureuses femmes qu'il convoite, mais qui aime aussi les frapper. »

Tess frissonna ostensiblement.

« Dans cette affaire, les faits furent clairement établis à partir du moment où Karen Doniger les eut relatés. Et peu importe la façon dont l'avocat de la défense les a déformés. Mais s'il subsistait l'ombre d'un doute dans les esprits, Margaret Holden Smith est intervenue pour le dissiper. Car si l'accusé n'a pas violé ces deux femmes — qui ne se connaissent pas, qui n'ont rien en commun, qui ne se sont jamais adressé la parole —, comment se fait-il qu'elles racontent la même histoire, en des termes presque identiques ? La réponse à cette question est cruellement évidente. Leurs témoignages se ressemblent parce qu'elles disent la vérité. Robert Willmont les a violées toutes les deux, voilà la triste réalité. C'est un violeur, mesdames et messieurs les jurés. Le grand espoir de l'Amérique est un violeur. Avoir un brillant cerveau politique n'empêche hélas pas d'être un pervers. »

Amanda Drayton Willmont se cramponna à son sac pour ne pas manifester sa colère.

Felicity se cramponna à son sac pour ne pas applaudir.

L'habile représentante du ministère public soupira profondément.

« Mais il restait une question en suspens : pourquoi un homme de sa trempe aurait-il recours au viol ? Un sénateur des États-Unis, un candidat à la présidence, riche, séduisant, un homme idolâtré, dont le chemin est jonché de femmes qui se jettent à ses pieds ? Cette question me taraudait jusqu'à ce que j'entende le témoignage du Dr Linderman. Si je connais un homme dont le profil psychologique correspond parfaitement à celui du violeur familier qu'il a décrit, c'est bien Robert Willmont, un homme qui entreprend de séduire et finit par violer, un homme habitué à obtenir ce qu'il désire, même si ce qu'il désire n'est pas en vente. »

Tess arpentait à son tour la salle d'audience.

« Il ne s'agit pas d'une intrigue politique, mesdames et messieurs les jurés, ni d'une bande de comploteurs soucieux de s'emparer de l'Amérique, à leur seul profit. Il s'agit d'un homme de cent kilos imposant sa force à une femme de cinquante au milieu de Golden Gate Park — et vous avez pu constater de vos propres yeux les répugnantes conséquences de la résistance que cette femme lui a opposée. »

Tess regardait à son tour chaque juré droit dans les yeux.

« Robert Drayton Willmont a violé Karen Doniger, malgré son histoire personnelle, malgré sa position sociale et malgré les risques immenses qu'il courait. Pourquoi se montrer aussi stupide ? Peut-être, tout simplement, parce qu'il se croyait au-dessus de tout soupçon. Parce qu'il croyait que son pouvoir, son argent le mettaient à l'abri des poursuites dont les gens ordinaires, comme vous et moi, sont susceptibles d'être l'objet. Regardez-le. Corruption, parjure, coercition — voilà les armes dont on dispose dans son monde. S'il ne peut mentir pour se tirer d'affaire, il sort son carnet de chèques. »

Tess paraphrasait Karen, persuadée que cette dernière ne lui en voudrait pas. Elle leva son bras gauche et brandit un doigt accusateur vers le candidat.

« Cet homme se croit tout simplement au-dessus des lois, dit-elle d'un ton vengeur. Mesdames et messieurs du Jury, à vous de le détromper. »

Oliver Wendell Washington passa près d'une heure à faire la leçon au jury sans s'écarter une seule fois de la plus stricte neutralité. Il jouissait d'une réputation de juge intègre et rigoureux, et se comporta comme tel. Au moment où les sept femmes et les cinq hommes se retirèrent pour délibérer, ils étaient parfaitement instruits de leurs droits et leurs devoirs. Il était alors quatre heures et demie.

Robert Willmont rentra chez lui et s'enferma dans la bibliothèque. Randy Neuburg ne l'accompagna pas. Dès son retour dans son appartement de Telegraph Hill, Mary Catherine O'Malley commença de faire ses bagages. Hal Sutton s'assit à son bureau et, le regard absent, s'absorba dans la contemplation du ciel. Il savait qu'il n'aurait pas longtemps à attendre le coup de téléphone fatidique.

Tess dit à Anne Jenks qu'on pourrait la joindre chez les Doniger.

« Je veux assister au verdict, dit Karen. J'en ai le droit.

— Vous en avez tout à fait le droit, acquiesça la représentante du ministère public. Mais n'oubliez pas qu'il peut vous être défavorable.

— Je le supporterai, répondit Karen. Mais je veux y assister. Il le faut.

— Je viendrai avec toi, dit Ted. Nous irons tous. »

Dans la maison, chacun se préparait à une attente dont il ignorait la durée. Felicity et Ione faisaient la cuisine. Amy et Jessica mettaient la table. Demelza s'était assise dans le bureau, et gardait le silence. Jenna repassait la robe beige toute simple que Karen voulait porter pour la circonstance. Mitch arpentait nerveusement le living-room. John préparait à boire. Nancy, à l'extérieur, parlait aux journalistes agglutinés devant la porte d'entrée.

« Ils ont changé de ton, fit-elle observer en rejoignant ses amis. Ils sont presque polis.

— Ça prend combien de temps, en général ? interrogea Jenna au moment où ils se mettaient à table.

— J'ai appris à ne pas faire de pronostic, répliqua

Tess en se servant de salade. Un jour aussi bien qu'une semaine.

— S'il est condamné, ira-t-il en prison ? demanda Amy.

— Oui.

— Pour longtemps ?

— Pour le restant de ses jours, peut-être.

— Pourquoi ce peut-être ? s'inquiéta Felicity.

— Parce que le jury doit se déterminer sur deux chefs d'accusation distincts, expliqua Tess. L'agression sexuelle, c'est-à-dire le viol, et les coups et blessures. Et les douze jurés doivent parvenir à un accord sur chacun des points.

— Cela signifie qu'on pourrait le condamner pour coups et blessures mais pas pour viol ?

— Exactement. Ils peuvent décider que Karen a consenti au rapport sexuel, mais qu'elle n'est en rien responsable des coups et blessures.

— Pour la simple raison qu'elle a bu un verre ou deux avec lui et s'est fait raccompagner chez elle ? »

Tess soupira. « On a beau tout faire pour tester les jurés, on ne peut jamais prédire leurs réactions. Il faut aussi tenir compte de la dynamique de groupe, et de la forte pression que peut exercer l'un d'entre eux.

— J'ai siégé une fois dans un jury, dit John. Pas un procès important comme celui-ci, mais je me rappelle que deux des jurés ont tout fait pour obliger les dix autres à changer d'avis.

— Que s'est-il passé ? voulut savoir Amy.

— Ils ont refusé de se rallier à l'avis de la majorité, et ils ont empêché le jury de rendre son verdict.

— Ça pourrait arriver cette fois ? demanda Jessica à Tess.

— Tout peut arriver, dut-elle reconnaître.

— Mais ce ne sera pas le cas, dit Ione en apportant à table une énorme platée de lasagnes. J'ai bien regardé les jurés. Ils y mettront le temps qu'il faudra, mais je suis persaduée qu'ils ne se tromperont pas. »

Le téléphone sonna à sept heures dix.

Karen s'assit au troisième rang, à côté de Ted, qui lui tenait solidement la main. Du coin de l'œil, elle apercevait Elizabeth Willmont. Quelle que soit l'issue du procès, elle aurait de la peine pour cette femme. Derrière la séparation en verre blindé, l'accusé, calmement assis, attendait.

La salle d'audience regorgeait de monde. Chaque centimètre carré qui n'était pas occupé par les familles et les amis était envahi par les journalistes qui s'étaient contentés jusque-là de la retransmission vidéo en circuit fermé, mais qui voulaient assister en direct au final.

Tess regardait les jurés, pour tenter de lire un indice dans un regard ou un geste. Les cinq hommes et les sept femmes, immobiles, impassibles, ne quittaient pas le juge des yeux.

« Le jury est-il parvenu à un verdict ? interrogea Washington.

— Oui, Votre Honneur, répondit Brian Barstow, le représentant en logiciels informatiques qui avait été élu porte-parole par ses pairs.

— Voulez-vous nous en faire part ? »

Un silence épais tomba soudain sur la salle, et chacun, directement impliqué ou non, retenait son souffle.

« En ce qui concerne l'accusation de coups et blessures, dit Barstow en lisant le papier qu'il avait en main, nous avons jugé l'accusé coupable des faits qui lui sont reprochés. »

La tension monta d'un cran. Karen serra plus fort la main de Ted.

« En ce qui concerne l'accusation d'agression sexuelle, poursuivit Barstow, nous avons jugé l'accusé coupable des faits qui lui sont reprochés.

— À l'unanimité ?

— À l'unanimité. »

La salle explosa. Les journalistes se bousculèrent pour être les premiers à communiquer la nouvelle à leur rédaction, les premiers à apparaître à l'antenne. Dans le clan des Willmont, on entendit s'élever des protestations, tandis que du côté des Doniger on s'efforçait autant que possible de ne pas manifester trop bruyamment sa joie. Robert s'était figé sur sa chaise, le visage paralysé par l'incrédulité et la colère, sans entendre ses avocats qui le rassuraient en lui disant qu'ils allaient faire appel, sans voir sa femme se lever tranquillement et quitter le prétoire, sans voir sa mère, frappée de stupeur par ce qu'elle venait d'entendre. Il n'était conscient de rien, pas même des deux huissiers qui prirent position derrière lui.

Hal Sutton s'était levé et demandait l'annulation du verdict, mais ce n'était manifestement qu'une protestation formelle. Le juge Washington agitait en vain son maillet. Il dut crier pour remercier et libérer le jury, et annoncer la sentence pour le 14 septembre à deux heures.

C'était terminé.

Karen se sentait si faible qu'elle n'était pas sûre de pouvoir tenir debout. Jamais, même dans ses rêves les plus fous, elle n'avait osé espérer que ce moment viendrait. Pourtant, l'heure avait sonné. Après trente ans d'angoisse, elle avait sonné. Les yeux fermés, elle se laissa peu à peu envahir par un sentiment de paix et de soulagement indescriptible. Ted l'enlaça et resta près d'elle sans dire un mot.

Elle ne vit pas Robert bondir hors de son siège, le renverser dans sa hâte et bousculer les deux huissiers surpris par la rapidité de son geste. Elle ne prit conscience de sa présence que lorsqu'il fut debout devant elle, à la regarder de ses célèbres yeux d'aigue-marine.

« Pourquoi, sacré bon Dieu ? Pourquoi ? » hurlait-il.

Karen se concentra sur une froide nuit d'hiver, une nuit où elle n'avait rien pu faire, puis son esprit bascula sur une douce nuit de printemps, une éternité plus tard, une nuit où elle avait eu le pouvoir de faire ce qu'elle voulait. Elle vit les buissons de Stow Lake, qui ressemblaient beaucoup à ceux de Central Park. Elle vit son visage, contusionné et ensanglanté, couvert des blessures qu'elle s'était infligée de toutes ses forces. Elle vit une âme éparpillée, qui avait enfin retrouvé son unité.

Plusieurs fois, durant ces derniers mois, elle avait perdu confiance, et douté de parvenir à ses fins. Mais elle avait eu la force de surmonter cette épreuve et l'ironie de la chose ne lui échappait pas. Trente ans auparavant, elle avait dit la vérité et on ne l'avait pas crue. Cette fois-ci, c'était lui qui disait la vérité, et on ne le croyait pas. Elle ne se rappelait pas le moment exact où avait germé cette idée — le piéger aujourd'hui pour un crime qu'il avait commis longtemps auparavant —, mais cela n'avait aucune importance. Ce qui comptait, c'était qu'elle eût réussi.

Œil pour œil, dit la Bible. Qu'il en soit donc ainsi. Il lui avait un jour volé son bien le plus précieux, et elle venait de lui rendre la pareille, sans regret ni remords.

La conscience tranquille, Karen fixa sur lui son calme regard gris-bleu.

« 22 décembre 1962 », dit-elle d'une voix douce.

TABLE

Achevé d'imprimer en juillet 1999
sur les presses de l'Imprimerie Bussière
à Saint-Amand (Cher)

POCKET - 12, avenue d'Italie - 75627 Paris Cedex 13
Tél. : 01-44-16-05-00

— N° d'imp. 1642. —
Dépôt légal : janvier 1999.

Imprimé en France